GRETA JÄNICKE

MS Kristiana

Sommerliebe am Fjord

Über die Autorin:

Greta Jänicke lebt mit ihrer Familie und dem neurotischen Kater Klaus-Peter am Niederrhein. Sie arbeitet im Vogelschutz und setzt sich für Tierrechte ein. Mit den Romanen über die *MS Kristiana* widmet sie sich einem Herzensprojekt. Die Jungfernfahrt führt die Leser ins wunderschöne Norwegen. Greta Jänicke ist Mitglied bei DELIA, der Vereinigung deutschsprachiger Liebesroman-Autoren und -Autorinnen.

Greta
Jänicke

MS Kristiana

Sommerliebe am Fjord

Roman

lübbe

Dieser Titel ist auch als Hörbuch und E-Book erschienen

MIX
Papier aus verantwortungsvollen Quellen
FSC® C014496

Originalausgabe

Textredaktion: Marion Labonte, Labontext
Umschlaggestaltung: Guter Punkt, München unter Verwendung
von Illustrationen von © Adobestock: Andrey Armyagov;
© GettyImages: Nikolaichuk
Satz: Dörlemann Satz, Lemförde
Gesetzt aus der Minion
Druck und Verarbeitung: GGP Media GmbH, Pößneck
Printed in Germany
ISBN 978-3-404-18367-8

2 4 5 3 1

Sie finden uns im Internet unter luebbe.de
Bitte beachten Sie auch: lesejury.de

Prolog

Nachdenklich strich Adrian über die Reling. Sein letzter Abend auf dem Forschungsschiff *FS Syreni*. Das letzte gemeinsame Essen mit der Crew und dem wissenschaftlichen Team. Das letzte Glas Lonkero mit Peetu. Der finnische Meeresbiologe mit dem skurrilen Humor war in den vergangenen Jahren zu einem seiner besten Freunde geworden.

In diesem Moment trat er neben ihn. »Du weißt, wie dankbar wir dir alle sind?«, fragte er ungewöhnlich ernst. »Ohne dich müssten wir die Forschungen Ende des Monats abbrechen. Jetzt, wo das Institut sie aus eigenen Mitteln nicht mehr finanzieren kann.«

Adrian lachte bitter auf. »Dafür müsst ihr euch bei meinem Schwiegervater bedanken.«

»Ja, ihm sind wir natürlich auch dankbar, dass er die Finanzierung für zwei weitere Jahre übernimmt«, versicherte Peetu.

Adrian nickte knapp. Seit vier Jahren war er Kapitän dieses Forschungsschiffes. Mindestens zwei Jahre lang wollten sie noch neue Erkenntnisse zum Klimawandel gewinnen, doch vor ein paar Wochen kam die Nachricht, dass ihre Expedition aus finanziellen Gründen beendet werden müsse.

Adrian hatte sich mit seinem Schwiegervater, einem wohlhabenden Reeder, in Verbindung gesetzt. Clemens Tychsen hatte seine Hilfe sofort zugesagt, dabei aber eine Bedingung gestellt: »Ich will, dass du zu uns zurückkommst«, hatte er unmissverständlich klargemacht. »Ich brauche einen fähigen Kapitän für *meine* Kreuzfahrtflotte. Für die *MS Kristiana*.«

Adrian hatte zunächst abgelehnt. Zum einen, weil er seine Frau Eva, Clemens' Tochter, auch nach nunmehr vier Jahren Trennung nicht wiedersehen wollte. Und das würde er, dafür würde Eva schon sorgen. Zum anderen, weil er vor Jahren den Entschluss gefasst hatte, nie wieder als Kapitän eines Kreuzfahrtschiffes anzuheuern, weil diese stark zur Verschmutzung der Weltmeere beitrugen. Eine Entscheidung, die sich in seiner Zeit auf dem Forschungsschiff gefestigt hatte.

Sein Schwiegervater hatte ihn jedoch gebeten, achtundvierzig Stunden über eine endgültige Antwort nachzudenken, und ihn in dieser Zeit mit Informationsmaterial über die *MS Kristiana* geradezu überschüttet: ein modernes Hybridschiff, das durch seinen elektronischen Antrieb weniger Schadstoffe ausstieß und wegen seiner umweltschonenden und nachhaltigen Technologie neue Maßstäbe in der Schifffahrt setzte. Adrian war nicht überzeugt, aber beeindruckt.

Obwohl alle an Bord angespannt auf seine Entscheidung warteten, drängte ihn niemand. Adrian spürte die Angst seiner Kollegen und Freunde, die Expedition nicht fortführen zu können. Andererseits würden sie ihn als Kapitän vermissen, das machten sie mehr als ein Mal deutlich.

Und so war der Jubel verhalten, als er schließlich bekannt gab, dass er das Schiff verlassen würde. Die Forschungen waren einfach zu wichtig, das gab den Ausschlag.

Zwei Monate waren ihm seitdem geblieben, um sich damit abzufinden. Es war ihm bis heute nicht gelungen, und morgen stand der Abschied endgültig bevor. Mit dem ersten Versorgungshubschrauber würde er das Schiff verlassen.

»Schau mal, was ich zum Abschied für dich bestellt habe«, durchbrach Peetu Adrians Gedanken. Er deutete auf den Himmel.

Nebel hing über dem eiskalten Meer, während vor ihnen

der atemberaubende Tanz der Polarlichter begann. Grünblaue Schleier spannten sich über den Himmel, rote Flammen mischten sich in vollkommener Harmonie unter.

Schweigend betrachteten die beiden Männer den Nachthimmel. So oft schon hatte Adrian dieses Naturschauspiel beobachtet, und doch faszinierte es ihn immer wieder aufs Neue. Er spürte, wie er ruhiger wurde.

»Wir Seeleute sind durch das Meer immer miteinander verbunden«, sagte Peetu tröstend und streckte ihm die Hand entgegen. »Freunde für immer?«

Adrian erwiderte den Händedruck des Finnen. »Freunde für immer«, versicherte er.

»Darauf trinken wir einen Lonkero!« Peetu grinste.

Adrian nickte. »Oder auch zwei.« Er schaute noch einmal an den vom Polarlicht verzauberten Himmel, dann folgte er Peetu in den Gemeinschaftsraum.

Kapitel 1

Eine Lichtinstallation tauchte den Hamburger Hafen an diesem Abend in eine türkisblau schimmernde Symphonie. Eine symbolische Verbindung zum Meer, untermalt vom Wellenrauschen aus verborgenen Lautsprechern.

Inzwischen drängten sich mehr als hundert geladene Gäste auf der Landungsbrücke. Applaus brandete auf, als Fiona Steidl eintraf.

Clemens Tychsen hatte die bekannte Moderatorin für diesen Abend engagiert. Sie sollte durch das Programm führen und als Höhepunkt die Schiffstaufe der *MS Kristiana* vornehmen.

Eva stand ein wenig abseits und beobachtete das Treiben mit zwiespältigen Gefühlen. Sie war sich nicht sicher, ob sie die richtige Entscheidung getroffen hatte. Ihre Nervosität hatte aber noch einen anderen Grund. Heute würde sie Adrian wiedersehen, und sie hatte keine Ahnung, wie das Treffen verlaufen würde.

Dabei hatte sie sich sorgfältig vorbereitet. Sie hatte ihre blonden Haare zu einem kinnlangen Bob schneiden lassen. Und sie hatte lange nach einem Abendkleid gesucht, das zu ihrem hellen, nordischen Typ passte und die Farbe ihrer Augen unterstrich. Ein dunkles Blau in changierender Seide. Ein ähnliches Kleid hatte sie auf dem Ball getragen, auf dem sie Adrian das erste Mal begegnet war.

In diesem Moment legte Clemens Tychsen einen Arm um ihre Schultern, um vor den Gästen und der Presse eine Nähe zu demonstrieren, die es nie zwischen ihnen gegeben hatte. In den vergangenen vier Jahren hatte sich die Distanz sogar noch verstärkt, obwohl Eva mit ihrer Tochter inzwischen in die Villa ihres Vaters nach Blankenese gezogen war.

»Ist sie nicht wunderschön?«, fragte er jetzt begeistert.

»Fiona Steidl?« Eva ließ ihren Blick kritisch über die stark geschminkte Moderatorin in dem goldfarbenen Abendkleid gleiten. Sie hegte den Verdacht, dass ihr Vater dem wachsenden Erfolg Fiona Steidls mit seinen Kontakten kräftig nachgeholfen hatte. Eva war, nicht nur wegen der Berichte in der Boulevardpresse, überzeugt, dass er eine Beziehung mit der vierzig Jahre jüngeren Moderatorin hatte.

Er lachte. »Nein, ich meine natürlich die *MS Kristiana.*«

»Ja«, erwiderte Eva gleichgültig. Eine andere Sache interessierte sie weitaus mehr: »Weiß Adrian inzwischen, dass *ich* die Bordärztin bin?«

»Nein!«, war alles, was Clemens dazu sagte, bevor er den Arm von ihren Schultern nahm und jemandem winkte. »Schau, da ist er.«

Evas Herz machte einen Satz. Adrian sah fantastisch aus in der weißen Uniform. Die vier goldenen Streifen neben dem Stern auf der Schulterklappe wiesen ihn als Kapitän eines Schiffes aus. *MS Kristiana* stand auf der Brusttasche, und direkt darunter sein Name. *Adrian Fredriksen.* Seit vier Jahren hatte Eva ihn nicht mehr gesehen, die einzige Verbindung zwischen ihnen war ihre gemeinsame sechzehnjährige Tochter Fenja. Er sah genauso aus, wie sie ihn in Erinnerung hatte, auch wenn sein immer noch dunkles Haar von wenigen grauen Strähnen durchsetzt war, ebenso wie der sorgfältig gestutzte Bart.

Adrian schritt mit unbewegter Miene heran. »Eva.« Er nickte knapp zum Gruß. »Du siehst gut aus.«

»Danke, du auch.« Mehr brachte Eva nicht hervor. Schon gar nicht in Gegenwart ihres Vaters.

»Wie gefällt dir dein neues Schiff?« Mit einer ausladenden

Armbewegung wies Clemens auf die *Kristiana*. »Mit moderner Technologie ausgestattet, halten wir die strengsten Umweltstandards der International Maritime Organization ein.«

Adrian zog die Augenbrauen leicht in die Höhe. »Wir wissen beide, dass ich nur aus einem Grund angeheuert habe.«

Clemens klopfte ihm väterlich auf die Schulter. »Du wirst mir eines Tages dankbar sein«, prophezeite er jovial. »Und jetzt entschuldigt mich bitte, ich muss noch andere Gäste begrüßen. Ich bin sicher, ihr habt euch eine Menge zu erzählen.«

Eva wartete, bis ihr Vater außer Hörweite war. »Und? Hast du mir eine Menge zu erzählen?«, fragte sie herausfordernd, um den Wust an Gefühlen zu überspielen, der bei seinem Anblick in ihr tobte.

Er wich ihrem Blick nicht aus. »Nein.« Es klang grob und unerbittlich.

Hatte sie wirklich mit einer anderen Antwort gerechnet? Ihre Auseinandersetzung war hart und unerfreulich gewesen, bevor er sie schließlich verließ.

»Aber ich habe eine Mitteilung für dich.« Obwohl alles in ihr nach seiner Liebe schrie, brachte sie ein kühles Lächeln zustande. »Wir werden uns in nächster Zeit öfter sehen. Ich bin die Ärztin an Bord der *MS Kristiana*.«

Sie erkannte an seinem Blick, dass ihm die Nachricht nicht gefiel. Und es war so typisch für ihn, dass er sie nicht kommentierte. »Was ist mit Fenja?«, wollte er lediglich wissen.

»Sie bleibt bei meinem Vater. Sie hat dir doch sicher erzählt, dass wir bereits seit einem Jahr bei ihm wohnen.«

Zu ihrer Überraschung schüttelte er den Kopf. »Nein, ich hatte keine Ahnung! Und es gefällt mir nicht, dass sie allein bei Clemens bleibt.«

»Dich stört doch vor allem, dass du mir demnächst nicht mehr aus dem Weg gehen kannst«, stieß Eva wütend hervor.

Bevor Adrian reagieren konnte, ertönte ein freudiger Aufschrei, und Fenja stürmte auf ihn zu und umarmte ihn stürmisch. »Paps!«

Adrian hielt seine Tochter sichtlich berührt in den Armen. Dann schob er sie ein Stück von sich und betrachtete sie von Kopf bis Fuß. Sie sah wirklich sehr hübsch aus in ihrem kurzen Sommerkleid und den blonden Haaren, die sie zu einem französischen Zopf gebunden hatte. »Du bist erwachsen geworden«, stellte er fest.

»Wir haben uns ja auch zwei Jahre nicht gesehen. Ich war gerade mal vierzehn, als wir uns das letzte Mal in Bergen getroffen haben.« Das Mädchen warf sich wieder in seine Arme. »Endlich bist du da.«

Eva beobachtete die Szene mit einem bitteren Gefühl. Es tat weh, dass Adrian bei der Begegnung mit ihr selbst nicht die geringste Regung gezeigt hatte. Und womit hatte er diese überschwängliche Begrüßung durch Fenja verdient? Er war damals einfach verschwunden, hatte nicht nur sie, sondern auch seine Tochter im Stich gelassen. Trotzdem hing Fenja mit unerschütterlicher Liebe an ihrem Vater, und sie machte keinen Hehl daraus, dass sie ihrer Mutter die Schuld an der Trennung gab.

Es war ja meine Schuld, gestand Eva sich ein, auch wenn Fenja die Details, die dazu geführt hatten, nicht kannte. Nicht einmal Adrian kannte die ganze Wahrheit! *Er darf sie auch nie erfahren*, dachte Eva verzweifelt. Sie liebte Adrian immer noch, und sie wollte ihn zurück – ihre ganze Hoffnung konzentrierte sich auf die gemeinsame Zeit, die vor ihnen lag.

Auch wenn sie nie darüber gesprochen hatte, wusste Eva, dass sich ihre Wünsche mit denen ihres Vaters deckten: Eva wollte ihren Mann zurück, Clemens seinen Schwiegersohn und Kapitän. Er hatte Adrian immer geschätzt. Er hatte den Grund für ihre Trennung nie erfahren, aber Eva wusste, dass es ihren Vater sehr getroffen hatte, als Adrian in der Tychsen-Reederei abgeheuert hatte.

»Paps, zeigst du mir dein Schiff?«, bat Fenja.

Adrian versuchte ein Lächeln, doch es geriet ein wenig schief. »Das Schiff gehört deinem Opa. Aber ich zeige es dir natürlich gerne.«

Weder er noch Fenja fragten Eva, ob sie mitkommen wollte. Arm in Arm zogen die beiden ab.

Eva schloss für einen Moment die Augen. Sie hatte Angst gehabt vor diesem ersten Moment, und im Grunde war ihre erste Begegnung nicht so schlimm verlaufen, wie sie es sich in den vergangenen Tagen immer wieder ausgemalt hatte. Jetzt war es ausgestanden, alles andere würde die Zukunft zeigen.

Als sie die Augen wieder öffnete, stand Magnus Foss vor ihr. Ausgerechnet Magnus!

»Ich soll dich holen. Dein Vater will dich während der Taufzeremonie an seiner Seite haben.«

Eva nickte. Sie wollte nicht mit Magnus reden. Sie wollte nichts mehr von ihm wissen, trotzdem musste sie sich damit abfinden, dass er als Kreuzfahrtdirektor ebenfalls an Bord sein würde.

Sie schoben sich durch die Menschenmenge nach vorn zum Kai. »Was ist?«, fuhr sie ihn an, entnervt von seinen Blicken, die sie unentwegt auf sich spürte. Überhaupt machte ihr seine Anwesenheit weitaus mehr zu schaffen, als ihr lieb war.

»Ich weiß nicht, was du meinst.« In seinen Augen lag ein amüsiertes Funkeln. Nach allem, was geschehen war, hatte er sie in der Hand. Umgekehrt galt das genauso. Mit ein paar Sätzen konnte sie seine Karriere zerstören. Aber er war so ehrgeizig, dass er das bestimmt nicht riskierte. Jedenfalls hoffte sie das inständig.

»Eva!« Ihr Vater kam mit ausgestreckten Händen auf sie zu.

»Die Familie soll zusammen sein, wenn das Schiff getauft wird. Wo sind Adrian und Fenja?«

»Er zeigt ihr das Schiff.« Evas Stimme war belegt. Nie zuvor hatte sie deutlicher gespürt, dass sie nicht dazugehörte. Adrian und Fenja wollten sie bei der Besichtigung nicht dabeihaben. Und ihr Vater wollte sie während der Taufe nur neben sich haben, weil sich das auf den Pressefotos gut machte. Die eigentliche Schiffstaufe blieb Fiona Steidl vorbehalten.

Selbst der Schiffsname vertiefte ihr Gefühl der Einsamkeit. Ausgerechnet *Kristiana!* Nach ihrer Schwester. Dabei war die bereits seit Jahren verschollen und lebte wahrscheinlich nicht mehr. Hingegen gab es in der ganzen Flotte ihres Vaters keine *MS Eva*.

Clemens Tychsen griff nach ihrem Arm. Er lächelte, als die ersten Blitzlichter aufleuchteten, und auch Eva zwang sich zu einem Lächeln.

Ringsum wurde es still, als Fiona das Podest betrat. Magnus reichte ihr eine Schere.

»Hiermit taufe ich dich auf den Namen *Kristiana*«, rief Fiona ins Mikrofon, ihre Stimme hallte über den gesamten Kai. »Wir wünschen dir allzeit gute Fahrt.«

Sie zerschnitt ein seidenes Band, dann flog eine Champagnerflasche durch die Luft und zerbrach am Bug des Schiffes.

Die Gäste applaudierten, doch die Show war noch nicht vorbei. Ein gigantisches Feuerwerk schoss in den Abendhimmel und ließ bunte Sterne regnen. Die gleißenden Funken rahmten die *MS Kristiana* ein und tauchten sie in ein geheimnisvolles Licht. Danach strömten alle Gäste aufs Schiff, um die Taufe ausgiebig zu feiern.

Eva blieb nur während des offiziellen Teils an der Seite ihres Vaters. Die Stunden, bis sie sich endlich in ihre Kabine zurückziehen konnte, erschienen ihr endlos. Als Schiffsärztin stand ihr eine der Kabinen auf dem Wohndeck der leitenden Offiziere zu.

Es war sicher kein Zufall, dass Adrian gleich nebenan wohnte. Als Eva feststellte, dass es zwischen seinem und ihrem Balkon keine Abtrennung gab, war sie sicher, dass ihr Vater für die Verteilung der Kabinen verantwortlich war.

Müde und aufgedreht zugleich trat sie auf den Balkon und atmete die frische Nachtluft ein. Sie schaute auf die Lichter der Stadt, vernahm die gedämpften Geräusche der Feiernden und überlegte einmal mehr, ob es richtig war, dass sie sich auf dieses Abenteuer eingelassen hatte. Aber für einen Rückzieher war es zu spät. Morgen wurde das Schiff nach Bergen überführt, um von da aus gut zwei Wochen später seine Jungfernfahrt in die Hurtigruten zu starten.

Fenja hatte ein wenig geschmollt, weil sie keine Kabine auf dem Offiziersdeck bekommen hatte, aber immerhin hatte sie ebenso wie ihr Großvater eine der Luxuskabinen bezogen, wenn auch auf einem anderen Deck. Von Bergen aus würde Fenja mit ihr und Clemens wieder zurück nach Hamburg fliegen.

Eva hatte erst gar nicht versucht, ihre Tochter zur Mitfahrt auf der Hurtigruten zu überreden. Sie hatte keine Ahnung, wie sich ihre Begegnungen mit Adrian gestalten würden, aber falls es zu heftig wurde, wollte sie Fenja nicht dabeihaben.

Nebenan wurde ebenfalls die Balkontür geöffnet. Ihr Herz klopfte schneller, als Adrian heraustrat.

Er stutzte, als er sie sah, dann kam er näher. Ein Lächeln umspielte seine Lippen. »Ich hätte mir eigentlich denken müssen, dass uns diese Kabinen zugeteilt werden. Dein Vater scheint wirklich zu glauben, dass …« Er brach ab, runzelte nachdenklich die Stirn, doch dann lächelte er versöhnlich. »Ich habe nachgedacht, Eva. Wir müssen in nächster Zeit miteinander auskommen. Das mit uns ist vorbei, aber ich fände es schön, wenn wir so etwas wie Freundschaft aufbauen könnten. Glaubst du, wir schaffen das?«

Freundschaft war nicht das, was sie sich erhoffte, aber es war weitaus mehr, als sie erwartet hatte. Eva nickte und ergriff seine Hand, die er ihr entgegenstreckte.

»Versuchen wir es«, erwiderte sie leise.

Viel zu schnell ließ er ihre Hand wieder los. »Ich bin froh, dass wir das so schnell geklärt haben.« Er zeigte auf einen Fleck auf seinem Hemd. »Ich wollte nur schnell das Hemd wechseln. Ich muss mich wieder bei den Gästen blicken lassen. Kommst du mit?«

Eva schüttelte den Kopf. »Nein, ich bin müde, ich gehe zu Bett.«

»Gute Nacht, Eva.«

»Gute Nacht, Adrian!«

Die meisten Gäste schliefen noch, als am nächsten Morgen die Vorbereitungen für das Auslaufen des Schiffes aus dem Hafen getroffen wurden.

Eva saß allein an einem der Tische im Bordbistro. Sie nippte an einem heißen Kaffee, als ihr Vater und Adrian den Raum betraten. Ihr Vater war ebenso groß und breitschultrig wie Adrian, doch ihm war die durchfeierte Nacht im Gegensatz zu Adrian deutlich anzusehen. Die beiden diskutierten heftig miteinander, setzten aber ein Lächeln auf, als sie bei ihr am Tisch Platz nahmen.

»Gibt es Probleme?«, fragte Eva besorgt. »Ist etwas mit Fenja?«

Adrian schüttelte den Kopf. »Sie schläft bestimmt noch.«

»Wir haben ein Problem mit der Besatzung.« Clemens verzog ärgerlich den Mund. »Unser Hotelmanager hat uns kurzfristig mitgeteilt, dass er nun doch kein Interesse an dem Job auf der *Kristiana* hat.«

»Magnus ist weg?« Die Vorstellung weckte unbändige Freude in Eva.

»Natürlich nicht.« Ihr Vater schüttelte den Kopf. »Magnus ist der Kreuzfahrtdirektor. Im Gegensatz zu ihm ist die Hotelmanagerin für die Bereiche zuständig, die …« Er brach ab, als Eva abwehrend beide Hände hob. »So genau will ich es nicht wissen. Wie löst du das Problem?«

»Für die Fahrt nach Bergen brauchen wir ihn nicht. Unsere Personalreferentin hat zwei Wochen Zeit, um einen Ersatz zu finden. Das schafft sie.« Er wandte sich an Adrian. »Du fliegst übermorgen zusammen mit uns zurück nach Hamburg«, bestimmte er. »Wir haben noch einige Formalitäten zu klären. Außerdem wäre es schön, wenn du dann endlich deinen Arbeitsvertrag unterschreiben würdest.«

Adrian nickte knapp und griff nach einem Brötchen.

Evas Herz schlug schneller. Adrian kam sogar mit nach Hamburg. Vielleicht ergab sich dann schon die Möglichkeit, ihm wieder näherzukommen.

Nach dem Frühstück gingen die beiden Männer auf die Steuerbrücke. Eva blieb auf dem Unterdeck. Ihr Herz klopfte schneller, als das Geräusch der Motoren erklang und ein dumpfes Beben das Schiff erfasste. Mit beiden Händen umfasste sie die Reling. Die Fahrt aus dem Hamburger Hafen war immer ein besonderes Erlebnis für sie.

Langsam setzte sich die *MS Kristiana* in Bewegung, passierte Frachtschiffe, die am Ufer ankerten. Kleine Segelboote schaukelten dicht gedrängt auf dem Wasser, und die Sonne zauberte silberne Lichtpunkte auf die Wellen.

Als sie Othmarschen passierte, sah Eva am Ufer zwei Frauen winken. Sie lächelte, winkte aber nicht zurück. In diesen Minuten war sie ganz bei sich. Sie wollte dieses Gefühl genießen, solange es anhielt.

Kapitel 2

»Jasmin, die *MS Kristiana* hat gerade den Hafen verlassen«, raunte Dorothee ihrer Kollegin zu.

Jasmin spürte sofort ein aufgeregtes Kribbeln im Bauch.

Seit Tagen freute sie sich auf diesen Moment. Sie liebte es, den großen Kreuzfahrtschiffen nachzusehen, wenn sie an Othmarschen vorbeizogen, und sie spürte heute die gleiche Freude wie vor zwei Jahren, als sie das zum ersten Mal getan hatte. Aufgeregt strich sie ihre dunklen Locken zurück, die sich bereits wieder aus ihrem Dutt gelöst hatten. Am liebsten wäre sie sofort losgestürmt, aber ihr gegenüber an der Rezeption befand sich ein Hotelgast, den sie nicht einfach stehen lassen konnte. Umständlich breitete der Mann eine Wanderkarte auf dem Tresen aus.

»Ich mach das schon«, versicherte Dorothee und wandte sich dem Gast zu. »Wie kann ich Ihnen helfen, Herr Wilhelm?«

Jasmin lächelte ihrer Kollegin dankbar zu und lief hinaus. Sie wusste, welches Opfer Dorothee damit brachte, schließlich hatte sie sich von Jasmin mit der Begeisterung für Kreuzfahrtschiffe anstecken lassen und stand bei deren Auslaufen selbst gerne am Ufer. Jasmin konnte nur hoffen, dass ihre Kollegin es noch rechtzeitig schaffte.

Vor dem Eingang des Hotels begegnete ihr ausgerechnet Cosima Heiden, die Inhaberin und ihre zukünftige Schwiegermutter.

»Wo willst du hin?«, fragte sie barsch.

Jasmin wusste, dass Cosima kein Verständnis für ihre Leidenschaft hatte. Das aber wollte sie jetzt keinesfalls mit ihr diskutieren, dann würde sie die *MS Kristiana* mit Sicherheit verpassen. »Ich muss nur kurz weg«, murmelte sie und lief einfach weiter. Sie hörte zwar, dass Cosima ihr etwas nachrief, hielt aber nicht an.

Sie bog in den Övelgönner Hohlweg ein und rannte die wenigen Meter bis zur Ringelnatztreppe. Als sie unten am Hans-Leip-Ufer ankam, war von dem Kreuzfahrtschiff noch nichts zu sehen. Nur die Katamaranfähre, die Hamburg mit Helgoland verband, zog vorbei.

Jasmin liebte den schmalen Weg entlang der Elbe. Hohe, alte Bäume säumten das Ufer. Einige standen so dicht am Wasser, dass die Zweige das Wasser berührten. Trotz der Nähe zur Innenstadt hatte sich dieser Ort einen geheimnisvollen, fast verwunschenen Zauber bewahrt.

Früher hatte sie mit Ralph hier lange Spaziergänge unternommen. Hand in Hand, meist schweigend, glücklich über die Gegenwart des anderen.

Wann hatte das aufgehört?

Jasmin versuchte, sich zu erinnern. Im letzten Herbst waren sie frühmorgens zu einem Spaziergang aufgebrochen. Der Boden war vom Laub bedeckt gewesen, die neblige Luft wurde von den ersten Sonnenstrahlen durchbrochen. Jasmin sah diesen Moment jetzt wieder genau vor sich. An jenem Tag hatte Ralph schon nicht mehr ihre Hand gehalten. Da war auch keine schweigende Übereinstimmung mehr zwischen ihnen gewesen, sondern eine ihrer endlosen Diskussionen, die zu keinem Ergebnis führte. Wie so oft seitdem.

Dorothees atemlose Stimme riss sie aus ihren Gedanken. »Habe ich die *MS Kristiana* verpasst?«

Jasmin schüttelte den Kopf. »Schön, dass du es rechtzeitig geschafft hast!«

»Alice hält die Stellung.« Dorothee grinste. »Cosima und Ralph sind zusammen weggefahren.«

Jasmin verzog das Gesicht. »Er bekommt einen neuen Sportwagen.«

»Verstehe.«

Jasmin zuckte gleichgültig mit den Schultern.

Dorothee starrte sie an. »Du hast dich damit abgefunden, dass Cosima in Ralphs Leben immer an erster Stelle steht? Also, ich könnte das nicht.«

Jasmin stieß einen Seufzer aus. »Die erste Zeit unserer Beziehung war so schön«, sagte sie. »Wir waren uns nahe, trotz der dreihundert Kilometer Entfernung zwischen uns. Aber ich habe das Gefühl, dass die räumliche Nähe eine zunehmende Distanz zwischen uns schafft.«

»Das liegt nicht an der Nähe, sondern ausschließlich an Cosima«, erwiderte Dorothee trocken.

In diesem Moment ertönte ein Schiffshorn, laut und durchdringend, und mit dem Anblick des Kreuzfahrtschiffes schwanden Jasmins Probleme für einen Moment. »Da ist sie!«, jubelte sie.

Dorothee nahm begeistert ihre Hand. »Sie ist wunderschön.«

»Ich wäre so gerne an Bord.« Wieder seufzte Jasmin. »Ich kann mir nichts Schöneres vorstellen, als auf einem Schiff über die Meere zu fahren.«

»Warum machst du das dann nicht?«, fragte Dorothee schlicht.

»Eine Kreuzfahrt?« Jasmin schüttelte lachend den Kopf. »Das kann ich mir nicht leisten.«

»Nein, das kannst du nicht. Aber Ralph könnte es sich leisten. Doch so meinte ich das nicht. Ich finde, ihr solltet zusammen verreisen. Nichts wäre heilsamer für eure Beziehung als zwei Wochen ohne Cosima.« Dorothee war sichtlich begeistert von ihrer Idee. »Aber jetzt lass uns erstmal den Anblick genießen.«

Langsam zog die *MS Kristiana* vorbei. Jasmin erblickte eine Frau an der Reling auf dem unteren Deck und begann zu winken, ebenso wie Dorothee, aber die Frau an der Reling reagierte nicht.

»Die glaubt wahrscheinlich, dass sie sich ihre Arroganz ebenso leisten kann wie die Kreuzfahrt«, stieß Dorothee verärgert hervor.

»Vielleicht hat sie uns einfach nicht gesehen.« Jasmin lächelte beschwichtigend. »Oder sie ist mit ihren Gedanken ganz woanders.«

»Ja«, erwiderte Dorothee sarkastisch. »Vielleicht gibt es in ihrem Leben auch einen Ralph und eine Cosima.«

Dorothees Worte brachten Jasmin in die Wirklichkeit zurück. Wehmütig blickte sie der *MS Kristiana* nach, von der nun nur noch das Heck zu sehen war. Ihre Träume bekamen Flügel. »Ich finde deine Idee hervorragend«, entschied sie schließlich. »Ich werde Ralph heute bitten, mit mir zu verreisen.«

Während sie gemeinsam die Ringelnatztreppe hinaufstiegen, fragte Jasmin verträumt: »Weißt du, was ich noch schöner fände als Urlaub auf einem Kreuzfahrtschiff?«

»Nein …«

»Ich wäre gerne auf Dauer auf einem Schiff, zum Leben und zum Arbeiten.«

Dorothee lächelte. »Für mich wäre das nichts. Aber zu dir würde es passen.«

»Urlaub?« Ralph starrte sie so entsetzt an, dass es fast schon komisch wirkte. »Ma verreist nicht gerne, und ich kann mir auch nicht vorstellen, dass sie das Hotel zwei Wochen schließt.«

»Ich habe doch nicht vor, deine Mutter mitzunehmen!«, erwiderte Jasmin ungläubig.

»Wir können Ma und das Hotel nicht zwei Wochen allein lassen!«

»Warum nicht?« Jasmin war ehrlich verwundert, obwohl sie geahnt hatte, dass er nicht begeistert von ihrem Vorschlag sein würde. »Es wäre so wichtig für uns.« Sie schaute ihn bittend an. »Spürst du denn nicht, dass wir uns immer mehr verlieren? Dabei waren wir mal so glücklich.«

»Ich wusste nicht, dass du unglücklich bist«, erwiderte er steif. »Und ich finde, du hast dazu auch keinen Grund. Wir haben hier doch alles, was wir brauchen.« Er machte eine ausladende Bewegung mit der Hand.

»Findest du es wirklich so schlimm, dass ich zwei Wochen mit dir verreisen will? Nur du und ich?«

Ralph schüttelte den Kopf, was allerdings weniger eine Antwort auf ihre Frage, sondern eine weitere Ablehnung ihrer Bitte bedeutete.

»Eine Woche«, begann sie zu handeln. »Oder wenigstens ein Wochenende.«

»Nimm dir doch einfach ein paar Tage frei, und genieß die Annehmlichkeiten unseres Hotels«, schlug Ralph vor. »Ma ist damit bestimmt einverstanden.«

»Womit bin ich einverstanden?« Cosima Heiden kam zusammen mit Dorothee zur Rezeption. Offensichtlich hatte sie die letzten Worte ihres Sohnes gehört.

»Jasmin will mit uns verreisen«, begann Ralph und schloss seine Mutter damit vorsorglich in Jasmins Pläne ein, obwohl sie genau das ausgeschlossen hatte.

»Auf keinen Fall!«, lehnte Cosima ab.

»Ich habe es dir doch gleich gesagt«, wandte Ralph sich an Jasmin.

Jasmin ignorierte ihn und bohrte ihren Blick in Cosimas. »Ich arbeite seit zwei Jahren für dich und habe bisher keinen einzigen Tag Urlaub genommen.«

Cosima zuckte herablassend mit den Schultern.

»Ich habe ihr vorgeschlagen, dass sie hier im Hotel ein paar Tage Ferien macht«, sagte Ralph rasch.

Cosima nickte. »Ja, gut. Damit wäre das Problem gelöst.«

Jasmin traute ihren Ohren nicht. »Ralph, kann ich allein mit dir reden?«, stieß sie hervor.

Er zog unwillig die Brauen zusammen. »Ich habe keine Geheimnisse vor Ma.«

Cosima verschränkte die Arme vor der Brust und lächelte triumphierend.

Jasmin fühlte Wut in sich hochkochen. Das konnte doch nicht wahr sein! Aber genau in dem Moment, als sie zu einer Antwort ansetzte, trat ein älteres Ehepaar an die Rezeption. Die beiden Gäste verwickelten Jasmin in eine Unterhaltung, und Ralph nutzte die Gelegenheit, um zu verschwinden.

Jasmin sah Ralph an diesem Abend nicht mehr, und auch in der Nacht kam er nicht in ihr gemeinsames Zimmer. Cosima teilte ihr am nächsten Morgen mit, dass er für ein paar Tage zu einem Freund nach Bremen gefahren sei.

Er war nicht bereit, mit ihr zu verreisen, fuhr aber allein weg?

Jasmins Gedanken rasten. Wieso tat er das? Und wollte sie so ihr weiteres Leben verbringen? Mit einem Mann, der seine Mutter und die Belange des Hotels stets über sie stellte und dessen Mutter ihre ungnädige Chefin war? Sie lenkte sich mit Arbeit ab, bis Dorothee zu ihr kam. »Ich habe etwas für dich, aber ich weiß nicht, ob ich es dir wirklich geben will.«

Jasmin schaute sie überrascht an.

»Das habe ich gestern Abend im Internet gefunden.« Dorothee reichte ihr den Ausdruck einer Stellenanzeige der Tychsen-Reederei, in der kurzfristig eine Hotelmanagerin für die *MS Kristiana* gesucht wurde.

Jasmin las den Text aufmerksam durch, dann schüttelte sie den Kopf und reichte Dorothee das Papier zurück. »Das kommt für mich nicht infrage.«

Dorothee nahm den Ausdruck nicht an. »Du hast doch gestern gesagt, dass du gerne auf einem Schiff arbeiten würdest!«

»Ja, das wäre ein Traum!«, sagte Jasmin lächelnd, dann wedelte sie mit dem Ausdruck. »Aber die setzen ein Studium voraus.«

Dorothee winkte ab. »Ein Studium wird völlig überbewertet. Du hast doch gezeigt, dass du ein Hotel führen kannst. Ich finde, du bist perfekt für den Job, und das werden die auch feststellen, wenn die dich erst einmal kennenlernen.«

Jasmin las die Stellenanzeige noch einmal durch. Tief in sich spürte sie ein sehnsüchtiges Verlangen. Es wäre zu schön, aber es war nicht mehr als ein Traum. Sie war überzeugt, dass jeder Versuch, diese Stelle zu bekommen, nur in einer Enttäuschung enden konnte.

»Ich würde dich schrecklich vermissen.« Dorothees Augen füllten sich mit Tränen. »Aber ich wünsche dir so sehr, dass du endlich wieder richtig glücklich bist.«

Jasmin war ihr zutiefst dankbar. »Ich auch. Und ich würde dich auch vermissen, aber du kannst ganz beruhigt sein, denn ich werde da nicht anrufen.«

»Das musst du auch nicht«, sagte Dorothee schnell. »Ich habe schon unter deinem Namen angerufen.« Dorothee lächelte triumphierend. »Du hast am Mittwoch ein Vorstellungsgespräch.«

Jasmin kannte das Gebäude der Reederei in der Nähe des Hafens. Ein modernes Haus mit einer Glasfront. Das Emblem der Reederei, drei übereinanderliegende Wellen mit der Aufschrift *Tychsen – All Seas Cruises*, befand sich direkt über dem Eingang und glänzte im Licht der späten Nachmittagssonne.

Die ganzen letzten Tage hatte sie überlegt, ob sie den Termin wahrnehmen wollte, und jetzt stand sie wirklich hier. Sie atmete tief durch und betrat das Foyer. Ihre Schritte auf dem hellen Marmorboden hallten durch den Raum. Rechts und links neben der halbrunden Rezeption führten Treppen in die oberen Etagen, gleich daneben befanden sich zwei Aufzüge.

Zwei Frauen saßen hinter dem Empfangstresen. Eine telefonierte, die andere tippte eifrig etwas in einen Computer. Sie hob den Kopf, als Jasmin näher kam. Ihr Lächeln war unverbindlich. »Guten Tag, wie kann ich Ihnen helfen?«

Jasmins Nervosität steigerte sich. Sie widerstand der Versuchung, an ihrer Kostümjacke zu zupfen und den Sitz ihres Haares zu kontrollieren.

Was mache ich eigentlich hier?, fragte sie sich. *Warum tue ich mir das an? Ich habe ja doch keine Chance.*

Das Lächeln der jungen Frau hinter dem Rezeptionstresen verblasste, als Jasmin nicht sofort antwortete.

»Mein Name ist Jasmin Andres, ich habe ein Vorstellungsgespräch.«

Die Frau nickte kurz und wies auf die Aufzüge. »Zweite Etage, den Gang rechts bis zum Ende. Nehmen Sie dort Platz, Sie werden aufgerufen.«

Jasmin bedankte sich und ging zu den Aufzügen. Als sie den Knopf auf dem Bedienfeld drückte, öffnete sich lautlos eine der Türen.

Nie zuvor hatte sie einen derart luxuriösen Aufzug gesehen. Er war rundum verspiegelt. Ein Teppich bedeckte den Boden, und in der rechten Ecke war ein halbrunder Ledersitz befestigt.

Jasmin betrat die Kabine, drückte den Knopf für die zweite Etage und legte die Mappe mit ihren Unterlagen auf den Sitz, um vor dem Spiegel ihr Aussehen zu kontrollieren.

Eine Strähne ihres hochgesteckten Haares hatte sich gelöst. Bevor Jasmin sie feststecken konnte, schob sich eine Hand durch die sich gerade schließende Tür.

Die Lichtschranke unterbrach den Schließvorgang, die Tür öffnete sich, und ein Mann betrat den Aufzug. Groß, dunkelhaarig, mit einem Bart, in dem sich erste graue Haare zeigten. Mitte vierzig, schätzte Jasmin. Auch seine Schläfen waren bereits ergraut.

Als er plötzlich grinste, wurde ihr bewusst, dass sie ihn regelrecht anstarrte. Hastig wandte sie den Blick ab.

»Moin«, grüßte er freundlich.

»Moin«, murmelte Jasmin, die sich inzwischen daran gewöhnt hatte, dass die Hamburger sich zu jeder Tageszeit so grüßten.

Aus den Augenwinkeln bemerkte sie, dass er den Knopf der vierten Etage drückte. Die Tür schloss sich, der Aufzug setzte sich in Bewegung und erreichte bereits nach wenigen Sekunden die zweite Etage. Jasmin murmelte einen kurzen Abschiedsgruß und stieg aus.

Was für ein Mann!

Sie konnte nicht anders, als sich noch einmal umzudrehen. Er sah sie an und lächelte. Ihre Blicke verfingen sich sekundenlang ineinander, bevor sich der Aufzug wieder schloss.

Jasmin ertappte sich dabei, das zu bedauern. Wahrscheinlich würde sie diesen Mann nie wiedersehen.

Du spinnst, schalt sie sich in Gedanken. *Du bist kein Teenager, Jasmin Andres, sondern eine erwachsene Frau. Und du lebst mit einem Mann zusammen …*

… den du sofort verlassen wirst, wenn du die Stelle heute bekommst.

Jasmin erstarrte, als ihr bewusst wurde, in welche Richtung sich ihre Gedanken bewegten. Gleich darauf fragte sie sich, ob sie diese Stelle nur wollte, um eine Entscheidung herbeizuführen. Sie war doch schon lange nicht mehr glücklich mit Ralph …

Nein, es hatte nicht nur mit Ralph zu tun. *Ich will auf diesem Kreuzfahrtschiff arbeiten. Ich will diesen Job!* Sie lächelte über die Entschiedenheit, mit der ihr dieser Gedanke durch den Kopf schoss. *Und ich werde ihn bekommen.*

Ihre Zuversicht schwand schlagartig, als sie den Raum am Ende des Ganges betrat. Er war voller Menschen, und alle waren jünger als sie. Offensichtlich war der Job auf der *MS Kristiana* begehrt. Niemand beachtete sie.

»Wo hast du denn studiert?«, fragte ein blondes Mädchen gerade den jungen Mann neben sich.

»In Berlin«, erwiderte ihr Sitznachbar. »Und du?«

»Hier in Hamburg.« Sie sah aus wie zwanzig, musste wegen ihres abgeschlossenen Studiums aber älter sein. »Hast du schon einmal auf einem Kreuzfahrtschiff gearbeitet?«

Er nickte mit stolzer Miene. »Mittelmeer und Karibik.«

Jasmin war endgültig klar, dass sie verloren hatte. Sie hatte nicht studiert, sondern lediglich eine Hotelfachschule besucht. Außerdem war sie mindestens zehn Jahre älter als die meisten anderen Bewerber hier im Raum. Ihr Kostüm war preiswerte Kaufhausware, ihre Haare schlecht frisiert. Sie konnte förmlich spüren, wie sich in diesem Moment weitere Strähnen aus ihrem Dutt lösten.

Gegen diese perfekt gestylten Jungakademiker hatte sie keine Chance, und sie überlegte, ob sie ihre Zeit wirklich mit dem Warten auf ein Vorstellungsgespräch vergeuden sollte, das ihr letztendlich doch nur eine Absage einbrachte.

Dann doch besser gleich aufgeben, es sei denn … Sie dachte an einen Film, den sie einmal gesehen hatte, und plötzlich war da diese Idee. Aber die war so verwegen, dass sie sie sofort verwarf. Stattdessen wandte sie sich um und verließ den Raum. Doch auf dem Weg zum Aufzug wurde ihr bewusst, dass dieser Rückzug für sie auch bedeutete: zurück nach Othmarschen. Zurück zu Ralph und Cosima!

Oh nein! Das wollte sie keinesfalls. Entschlossen drehte sie sich um, löste ihren Dutt, sodass ihre dunklen Haare locker über ihre Schulter fielen, und ging zurück zum Warteraum.

Auch dieses Mal achtete niemand auf sie, als sie eintrat, bis sie laut in die Hände klatschte.

Jasmin atmete tief durch. Cosima oder Kreuzfahrt. Jetzt oder nie. »Meine Damen und Herren«, begann sie mit einem freundlichen Lächeln in die Runde. »Ich muss Ihnen leider mitteilen, dass wir die Stelle vergeben haben. Vielen Dank, dass Sie der Einladung gefolgt sind. Auf Wiedersehen!«

Unwilliges Gemurmel und einzelne Unmutsbekundungen waren zu hören, doch keiner der Anwesenden zweifelte an ihrer Aussage. Innerhalb kurzer Zeit leerte sich der Raum komplett.

»Sehr kreativ!«, sagte plötzlich jemand hinter ihr. Jasmin fuhr erschrocken herum. Vor ihr stand der Mann aus dem Aufzug, in seinen Händen hielt er ihre Bewerbungsmappe, die sie im Fahrstuhl abgelegt hatte. Offensichtlich hatte er mitbekommen, wie sie ihre Konkurrenz ausgeschaltet hatte.

Jasmin stöhnte innerlich auf.

»Sie haben das hier im Aufzug vergessen.« Er reichte ihr die Mappe.

In diesem Moment betrat eine Frau den Raum. Jung, blond, gestylt. Sie sah genauso aus wie die Menschen, die bis eben noch den Raum bevölkert hatten.

An ihrer blauen Bluse trug die Frau einen Anstecker, der verkündete: *Yvonne Reimann, Personalreferentin, Tychsen – All Seas Cruises.*

Yvonne Reimann sagte nichts, sondern starrte den Mann mit großen Augen an.

Jasmin konnte sie nur zu gut verstehen und fragte sich, ob sie bei ihrer Begegnung im Aufzug ebenso dämlich ausgesehen hatte.

Der Mann nickte Jasmin zu. »Viel Glück!«, wünschte er mit einem Lächeln auf den Lippen und verabschiedete sich.

Erst jetzt schien Yvonne Reimann zu registrieren, dass sich auch Jasmin im Raum befand. Nur Jasmin. »Wo sind die anderen Bewerber?«, fragte sie mit gerunzelter Stirn.

Jasmin zuckte mit den Schultern. »Ich weiß es nicht«, log sie. »Außer mir ist niemand da.«

»Ja, das sehe ich.« Yvonne Reimann war sichtlich verärgert. »Folgen Sie mir bitte.«

In diesem Moment wurde Jasmin übel vor Aufregung. Ihre Knie zitterten, ihr Herz raste. Sie war froh, als sie sich vor Yvonne Reimanns Schreibtisch setzen konnte. Die Personalreferentin nahm dahinter Platz, und Jasmin reichte ihr mit zitternden Händen die Bewerbungsmappe.

Offensichtlich genügte Yvonne Reimann bereits der Lebenslauf. »Sie haben nicht studiert?«

»Nein, aber ich habe eine abgeschlossene Ausbildung als Hotelkauffrau, und ich habe bereits mehrere Hotels sehr erfolgreich geführt, wie Sie den Unterlagen entnehmen können.« Jasmin war stolz, als es ihr trotz ihrer Nervosität gelang, selbstbewusst und überzeugend aufzutreten.

»Das ersetzt doch kein Studium«, erwiderte Yvonne Reimann herablassend und schlug die Mappe zu. Bevor sie weiterreden konnte, klingelte das Telefon. Sie nahm das Gespräch an.

»Herr Tychsen!« Ihre Stimme veränderte sich schlagartig, klang jetzt unterwürfig und dienstbeflissen. Sie lauschte aufmerksam, während sie immer wieder Jasmin anschaute.

»Ja«, sagte sie schließlich. »Ja, ich habe verstanden.« Sie beendete das Gespräch und erhob sich. Jasmin stand ebenfalls auf.

Yvonne Reimann reichte ihr über den Schreibtisch hinweg die Hand. »Herzlichen Glückwunsch«, sagte sie, sichtlich um Freundlichkeit bemüht. »Sie haben den Job.«

Kapitel 3

Hochzeitsrausch stand in verschnörkelten Buchstaben über dem Eingang. Goldene Lettern auf weißem Grund. Die Farben setzten sich im Inneren des Ladens fort. Nur die Sitzgelegenheiten, zierliche Bänke und Cocktailsessel, waren in einem zarten Roséton gehalten.

Leonie befand sich in einem wahren Hochzeitsalbtraum. Das lag weniger an dem Laden als an ihrer Situation. Alles hatte perfekt geklappt. Der Termin für die standesamtliche und die kirchliche Hochzeit standen fest. Das Restaurant war gebucht, das Menü perfekt geplant. Alle Einladungen waren verschickt, die Blumen für die Kirche und den Tischschmuck bestellt. Die Band war engagiert, und Maltes Anzug hing bereits im Haus seiner Eltern. Sogar die Hochzeitsreise war gebucht.

Nur Leonie hatte immer noch nicht das richtige Kleid gefunden, und allmählich entwickelte sich die Suche zu einer regelrechten Katastrophe. Und so war es ihr wie ein Wink des Schicksals erschienen, als sie gestern in Düsseldorf dieses kleine Brautmodengeschäft in einer Seitengasse entdeckt hatte. Sie hatte sofort einen Termin gemacht. Ihre ganze Hoffnung ruhte auf Daniela Hanser, der Ladeninhaberin.

Leonies Schwester Iris und ihre beste Freundin Kerstin waren bereits da. Jede von ihnen hielt ein gefülltes Sektglas in der Hand, während sie sich mit Daniela Hanser unterhielten. Alle drei wandten sich um, als das Glöckchen über der Eingangstür anschlug. Die Inhaberin kam mit ausgestreckten Händen auf sie zu. »Da ist ja die glückliche Braut.«

»Danke, dass Sie sich so kurzfristig Zeit nehmen. Hoffentlich finde ich das passende Kleid. Ich bin so aufgeregt!« Leonie schaute sich um. Ringsum an den Kleiderständern hingen Brautkleider, fast alle in Weiß, mit Ausnahme einzelner roséfarbener Tupfer.

»Auswahl habe ich genug«, sagte Daniela Hanser mit einer ausholenden Handbewegung. »Wann ist denn die Hochzeit?«

»Nächste Woche«, erwiderte Leonie kleinlaut. Wie erwartet, starrte Daniela Hanser sie entsetzt an. »Dann können wir nur hoffen, dass wir ein Kleid finden, das auf Anhieb passt. Wenn etwas geändert werden muss, wird es schwierig.«

»Sie sind meine letzte Hoffnung«, gab Leonie zu.

Daniela Hanser lächelte unverbindlich. »Vielleicht haben wir Glück und finden gleich das richtige Kleid. Haben Sie bestimmte Vorstellungen?«

»Lang und weiß«, antwortete Kerstin an ihrer Stelle. Sie umarmte Leonie zur Begrüßung, während Iris sich mit einem Lächeln und einem knappen Nicken begnügte.

»Ja.« Leonie schmunzelte. »Obwohl ich zu gerne Maltes Gesicht sehen würde, wenn ich in einem knallroten Hochzeitskleid erscheine.«

»Der Spießer dreht sich prompt um und sagt die Hochzeit ab«, prophezeite Iris. Wie immer machte sie keinen Hehl daraus, dass sie Malte nicht mochte.

»Das macht er bestimmt nicht.« Leonie bemühte sich um ein Lächeln. Dabei hätte sie zu gerne gewusst, was ihre Schwester eigentlich gegen Malte hatte. Eine nachvollziehbare Erklärung hatte Iris bisher jedenfalls nicht liefern können.

»Es ist nur ein Bauchgefühl«, hatte sie auf Nachfrage einmal zu Leonie gesagt, und nach einer kurzen Weile des Schweigens hinzugefügt: »Pass gut auf dich auf.«

Leonie hatte gespürt, dass ihre Schwester sich wirklich Sorgen um sie machte. Völlig unnötig, wie sie fand, und das hatte sie ihr auch mit deutlichen Worten gesagt. Seither hatte Iris dieses Thema vermieden, konnte sich aber die eine oder andere Spitze gegen Malte nicht immer verkneifen. Leonie reagierte nur selten darauf. Auch jetzt sagte sie nichts dazu, sondern machte sich an die Durchsicht der Hochzeitskleider.

Und dann passierte das Unglaubliche! Da hing ihr Traumkleid! Ein Traum aus Tüll, weißer Spitze, einer auslaufenden Schleppe und einem mit Perlen bestickten Oberteil.

Leonie hätte weinen können vor Glück. »Das ist mein Kleid.« Sie sah sich bereits darin durch die Kirche zum Altar schreiten.

»Dann probieren Sie es an.«

Leonie schien, als klänge Daniela Hanser nicht sehr überzeugt, aber sie führte sie in eine der Umkleidekabinen.

»Hier gibt es ja keinen Spiegel«, merkte Leonie sofort verwundert an.

»Weil die Kleider in diesem kleinen Raum nicht richtig wirken.« Daniela Hanser lächelte. »Warten Sie ab. Sie werden gleich verstehen, was ich meine.«

Die Ladeninhaberin half ihr, das Kleid anzuziehen, und schloss die Perlenknöpfe in ihrem Rücken. Das Kleid passte, als wäre es speziell für sie genäht. Nirgendwo zwickte es, selbst die Länge war perfekt. Leonie fand sich unglaublich schön, obwohl sie sich noch nicht im Spiegel gesehen hatte, und sie war überzeugt, dass sie das Kleid so mit nach Hause nehmen würde. Voller Vorfreude auf die begeisterten Ausrufe ihrer Begleiterinnen schritt sie zurück in den Schauraum, doch da kam nichts. Kerstin und Iris hatten auf den roséfarbenen Sesseln Platz genommen und starrten sie an. Iris nahm ihr Sektglas von dem kleinen Beistelltisch zwischen ihnen und nippte daran. »Ganz nett«, sagte sie schließlich, als ihr aufging, dass Leonie auf eine Reaktion wartete.

Ganz nett, war nicht das, was Leonie hören wollte. Sie blickte zu Kerstin, die sich daraufhin auch zu einer Antwort genötigt sah. »Langweilig! Das ist nicht dein Kleid.« Sie schüttelte den Kopf.

Leonies Enttäuschung wuchs, als Daniela Hanser einen Spiegel heranrollte, in dem sie sich von Kopf bis Fuß betrachten konnte. Kerstin hatte recht: Das Kleid war langweilig. Es passte perfekt, aber es war nicht das, wonach sie gesucht hatte.

»Es passt aber perfekt zu dem Mann, den du heiraten willst.« Iris war in ihrem Element. »Langweiliger Mann, langweiliges Kleid. Ich würde es nehmen.«

Leonies Enttäuschung schlug in Wut um. »Kannst du das einfach mal lassen?«

Diesmal zuckte Iris nur mit den Schultern und trank einen weiteren Schluck. Plötzlich lag eine unangenehme Spannung in der Luft.

»Darf ich Ihnen ein Kleid vorschlagen?«, fragte Daniela Hanser mit einem gezwungenen Lächeln. Es war ihr anzusehen, dass auch sie sich nicht wohlfühlte.

Leonie stimmte zu, fest entschlossen, das langweilige Kleid zu kaufen, wenn sie nichts anderes fand. Für eine weitere Suche blieb einfach keine Zeit.

Daniela Hanser zog ein cremefarbenes Kleid aus einem der Ständer.

Leonie schüttelte den Kopf. »Das ist weit weg von allem, was ich mir vorgestellt habe.«

»Ziehen Sie es trotzdem an«, bat Daniela Hanser.

Leonie gab nach. »Na gut. Aber ich sage Ihnen bereits jetzt, dass ich es nicht nehmen werde.« Das Kleid stand außerhalb jeglicher Diskussion, trotzdem erfüllte sie der Frau den Wunsch, aus Dankbarkeit, weil sie sich so kurzfristig Zeit für sie genommen hatte.

Daniela Hanser lächelte nur. Auch diesmal half sie ihr beim Ankleiden. Auch dieses Kleid passte auf Anhieb. Das Oberteil mit dem V-Ausschnitt schmiegte sich eng an. Leonies schmale Taille wurde durch die rosé-silbern schimmernde Passe betont und lief in einen weit schwingenden Rock aus. Der cremefarbene Stoff fühlte sich angenehm an, Leonie fühlte sich wohl darin, aber es war eben nicht das Kleid, das sie sich vorgestellt hatte.

Als sie den Schauraum betrat, riss Iris den Mund auf und starrte sie an. Kerstin, die gerade nach dem Sektglas gegriffen hatte, stellte es zurück. »Wow!«

Daniela Hauser bat Leonie, kurz die Augen zu schließen. Als Leonie sie wieder öffnete, starrte sie fassungslos auf ihr eigenes Spiegelbild. Genau so wollte sie auf ihrer Hochzeit aussehen! Die cremefarbene Seide bildete einen wundervollen Kontrast zu ihren roten Locken. Sie hatte sich nie so schön gefühlt wie in diesem Moment. Ihre Augen füllten sich mit Tränen.

»In dem Moment, als Sie in meinen Laden kamen, wusste ich, dass dieses Kleid für Sie perfekt ist.« Daniela Hanser strahlte sie an. »Selbst die Länge passt. Und es muss auch sonst nichts geändert werden. Das heißt, wenn Sie es haben wollen.«

»Natürlich will ich!« Was für eine Frage.

Leonie schluckte, als sie den Preis erfuhr. Das Kleid war fast ein Drittel teurer, als sie veranschlagt hatte, trotzdem zögerte sie keine Sekunde.

»Ohne Schleier können Sie das Kleid nach der Hochzeit bei besonders festlichen Veranstaltungen auch als Abendkleid tragen«, sagte Daniela Hanser.

»Beim Kapitänsdinner.« Kerstin trat zu Leonie und umarmte sie. »Du siehst toll aus. Malte wird sich glattweg neu in dich verlieben, wenn er dich darin sieht.«

Iris gab einen undefinierbaren Laut von sich, doch als Leonie sie daraufhin anschaute, brachte sie ein bemühtes Lächeln zustande. »Du siehst wirklich super aus, Schwesterchen.«

»Danke.« Leonie wandte sich wieder ihrem Spiegelbild zu. »Ich bin so glücklich«, flüsterte sie. »Jetzt ist alles perfekt.«

»Ich habe mein absolutes Traumkleid gefunden.« Leonie kam ordentlich verspätet auf ihrer Arbeit im Reisebüro an, leicht beschwipst von dem Sekt, den sie zur Feier des Tages über den Kauf zusammen mit Kerstin, Iris und Daniela Hanser getrunken hatte, überwiegend aber vor Glück. Deshalb bemerkte sie auch nicht sofort, dass ihre Kollegin Ute nur einsilbig antwortete und ihrem Blick auswich. Sie setzte sich an ihren Platz und schaltete den PC ein. Kurz darauf zeigte das Hintergrundbild das neue Schiff der Reederei Tychsen. Die *MS Kristiana*, da abgebildet, wo sich Himmel und Meer trafen und die schmale Linie des Horizonts kaum auszumachen war.

Leonie wusste, dass es sich um eine Fotomontage handelte. Die *MS Kristiana* war neu und zu dem Zeitpunkt, als sie das Bild installiert hatte, noch nie auf dem offenen Meer fotografiert worden.

Am Samstag heiratete sie Malte, und schon zwei Tage später ging es auf ihre Traumreise. Schon seit Jahren träumte Leonie von einer Kreuzfahrt entlang der norwegischen Fjordküste, und es war nicht einmal schwer gewesen, Malte davon zu überzeugen, die Hurtigruten-Tour als Hochzeitsreise zu buchen. Dabei zog Malte normalerweise elegante Hotels im Süden Europas vor. Er liebte die Wärme südlicher Länder und den Komfort eines Hotels mit mindestens vier Sternen. Leonie wusste, dass er diese Reise ihretwegen machte. Zumindest wegen des Komforts konnte er sich nicht beklagen. Sie hatten eine Suite gebucht, die so gar nichts mehr mit gewöhnlichen Schiffskabinen gemein hatte. Besser gesagt: Malte hatte sie gebucht und auch bezahlt.

Als Steuerberater mit eigener Kanzlei konnte er sich das leisten. Für Leonie wäre diese Suite unerschwinglich gewesen.

Sie dachte an die Fotos, die sie von dieser Kabine gesehen hatte. Allein das Schlafzimmer war der pure Luxus. Ein riesiges Bett gleich gegenüber den Panoramafenstern, die die ganze Längsseite des Raumes einnahmen. Sie konnten im Bett liegen und über ihre Füße hinweg das Meer sehen.

Sie wandte sich Ute zu. Ihre Kollegin starrte sie mit einem seltsamen Ausdruck in den Augen an und senkte schnell den Kopf, als sich ihre Blicke begegneten.

»Ist etwas?«

Ute nickte, mied aber Leonies Blick. Sie wirkte verlegen, öffnete den Mund, doch bevor sie etwas sagen konnte, kündigte Leonies Handy eine SMS an. Sie war von Malte.

»Moment.« Leonie lächelte Ute entschuldigend zu und öffnete die Nachricht.

Es tut mir leid, aber ich kann dich nicht heiraten. Ich habe mich in eine andere verliebt.

Leonie starrte auf die Zeilen, las sie immer wieder. Ihr Verstand weigerte sich, zu begreifen, was Malte ihr so lapidar mitteilte. Das konnte doch nur ein Scherz sein!

Sie hob die Hand, in der sie ihr Handy hielt, und lachte gekünstelt. »Eine SMS von Malte. Er hat sich einen ziemlich schlechten Scherz mit mir erlaubt.«

Ute räusperte sich und schaute wieder zu Boden.

Und plötzlich hatte Leonie das Gefühl, dass Ute den Inhalt der SMS kannte. »Was hast du?«, flüsterte sie und war sich nicht sicher, ob sie es wirklich hören wollte.

»Malte war hier.« Ute verstummte, schien nach Worten zu suchen.

»Weißt du, was er mir geschrieben hat?« Erneut hob Leonie das Handy.

»Nein.« Ute wirkte unglücklich. »Aber ich kann es mir denken.«

»Er sagt die Hochzeit ab, weil er sich in eine andere verliebt hat.« Mehr und mehr wurde das, was sie eben noch für einen schlechten Scherz gehalten hatte, zur Gewissheit.

»Er war hier.« Ute holte tief Luft. »Er hat eure Hochzeitsreise umgebucht.«

»Umgebucht?« Leonie war überrascht. Aber umgebucht hieß schließlich nicht storniert. Wenn er lieber in den Süden wollte, dann war das eben so. »Also hat er ein anderes Ziel ausgesucht?«

Ute schüttelte den Kopf. »Eine andere Begleitung.«

Leonie war sprachlos. Sie drehte sich zu ihrem Bildschirm und tippte die Buchungsdaten in den PC. Und dann sah sie es selbst: *Reiseteilnehmer Herr Malte Heynig und Frau Tabea Kern.*

»Ausgerechnet seine Ex«, stieß Leonie erbost hervor. Sie schlug mit der Faust auf den Schreibtisch. »Aber das lasse ich mir nicht gefallen.«

»Was willst du denn machen?«

Gute Frage. Leonie dachte angestrengt nach, hatte aber keine Idee. »Ich muss mit ihm reden«, sagte sie schließlich und sprang auf. Doch dann fiel ihr ein, dass sie bereits den ganzen Morgen nicht da gewesen war und Ute in einer Stunde einen Zahnarzttermin hatte.

»Ich würde den Termin ja verschieben.« Die Kollegin schaute sie voller Mitgefühl an. »Aber ich hab seit zwei Tagen Schmerzen, und wenn ich jetzt den Termin verschiebe …«

»Nein, nein, geh nur.« Leonie lächelte tapfer. »In der Zwischenzeit kann ich mir in Ruhe überlegen, was ich ihm alles an den Kopf werfe.«

»Nur Worte, hoffe ich.«

Leonie starrte ins Leere. »Das weiß ich noch nicht.«

Zwei Stunden musste Leonie warten, bis Ute von ihrem Zahnarztbesuch zurückkam. »War es schlimm?«, erkundigte sie sich und atmete erleichtert auf, als ihre Kollegin verneinte.

»Ist es okay für dich, wenn ich jetzt gehe?«

»Ja, natürlich, geh nur.«

Leonie hatte keine Ahnung, was sie zu Hause erwartete. Wahrscheinlich war der Feigling längst verschwunden und bei Tabea untergekrochen. Wer per SMS Schluss machte, scheute eine persönliche Konfrontation.

Mit jeder Haltestelle, an der die Straßenbahn hielt, wuchs ihre Nervosität. Sie fühlte sich rastlos, mochte sich nicht setzen, obwohl um diese Zeit viele Plätze frei waren. Ihre Gedanken eilten ihrem Ziel voraus. Endlich, der Luegplatz. Sie hastete aus der Bahn zu dem Mehrfamilienhaus, in dem sie und Malte im ersten Stock wohnten. Sie liebte die alte Jugendstilvilla mit der roten Fassade und den halbrunden, weiß abgesetzten Fenstern. Ihren Balkon, der auf Säulen ruhte und den Blick über die Promenade bis zum Rhein gewährte. Oft stand sie da, beobachtete die vorbeiziehenden Frachtschiffe und Passagierdampfer, die ihre Träume zu bisher unbekannten Zielen mitnahmen.

Leonie drückte die Haustür auf, die tagsüber nicht abgeschlossen war, stieg die Treppe hinauf in die erste Etage – und erstarrte. Entgegen ihrer Vermutung hatte Malte die Wohnung nicht verlassen, sondern erwartete offensichtlich, dass sie auszog. Vor der Tür standen zwei Umzugskartons, daneben ihr prallvoll gefüllter Koffer und zwei Reisetaschen. Die alten, hässlichen Reisetaschen, mit denen Malte eingezogen war, nicht die hübschen und ziemlich teuren Designertaschen, die ihr gehörten.

Leonie öffnete einen der Kartons. Darin befand sich das preiswerte Geschirr, das sie und Malte bei ihrem Einzug für alltags gekauft hatten, eingewickelt in ausrangierte Frotteehandtücher.

In dem anderen Karton lag die Bettwäsche seiner Mutter, die Malte so schrecklich fand, dass er sie zuunterst in den Wäscheschrank eingeräumt hatte. Die alte, teilweise geflickte Leinenwäsche hatte einst Maltes Großmutter gehört. Rosa Heynig war sie nicht mehr gut genug, aber zum Wegwerfen zu schade gewesen. Malte hatte sich sehr über das Geschenk seiner Mutter geärgert, aber nicht gewagt, ihr das zu sagen. Er hatte sich nicht einmal getraut, die alten Bettlaken und Bezüge in die Mülltonne zu werfen, weil seine Mutter danach fragen könnte. Das schien er offensichtlich nicht mehr zu befürchten, sonst hätte er die Sachen nicht für sie eingepackt.

Was war mit der hübschen Bettwäsche, die sie beide eingekauft hatten? Mit den teuren Handtüchern? Was war mit den Möbeln, die sie zur Hälfte bezahlt hatte? Mit dem antiken Porzellan ihrer Großmutter? Meißner Porzellan, äußerst wertvoll, und im Gegensatz zu der alten Bettwäsche sehr hübsch anzusehen. Deshalb stand es auch in der weißen Vitrine, die Leonie mitgebracht hatte, als sie mit Malte zusammenzog. Wollte er sie wirklich mit diesen alten und wertlosen Sachen abspeisen und alles andere behalten? Und bildete er sich tatsächlich ein, er könne sie aus der gemeinsamen Wohnung werfen? Sie steckte ihren Schlüssel ins Schloss – doch der ließ sich nicht drehen. Obwohl ihr in diesem Moment bereits klar war, dass er das Schloss ausgetauscht hatte, versuchte sie es noch ein paar Mal. Wütend klingelte sie, aber niemand öffnete. War Malte wirklich nicht da, oder stellte er sich tot?

Leonie hielt den Klingelknopf gedrückt, das Schrillen war im ganzen Haus zu hören, doch in der Wohnung blieb es still.

»Malte!« Wütend schlug sie die Faust gegen die Tür. »Mach sofort die Tür auf!«

Nichts!

Leonie blieb nichts anderes übrig, als sich für den Moment

damit abzufinden, dass sie nicht in ihre Wohnung kam. Aber wo sollte sie hin?

Vielleicht zu Iris?

»Ich habe es dir doch gleich gesagt!« Genau das würde Iris ihr als Erstes sagen. Sie hatte die Stimme ihrer Schwester bereits im Kopf, und es war genau das, was sie jetzt nicht hören wollte, also rief Leonie ihre beste Freundin an.

Kerstin sagte nichts und fragte auch nicht. »Ich bin in zehn Minuten bei dir.«

Kerstin brauchte fünf Minuten mehr, aber auch das war beachtlich schnell. Sie wohnte Luftlinie nur wenige Kilometer entfernt, allerdings auf der anderen Rheinseite. Fünfzehn Minuten, in denen Leonies Wut sich mehr und mehr in Verzweiflung wandelte, je mehr sie in vollem Ausmaß begriff, was in den letzten Stunden passiert war. Was ihr ausgerechnet der Mann antat, den sie liebte und mit dem sie ihr ganzes Leben teilen wollte. Als Kerstin die Treppe heraufstürmte, immer zwei Stufen auf einmal, lösten sich die ersten Tränen aus Leonies Augenwinkeln.

Jetzt war es Kerstin, die vor Wut tobte. Sie klingelte, schlug mit beiden Fäusten gegen die Tür. Jeder im Haus musste das hören. Leonie war davon überzeugt, dass die anwesenden Nachbarn lauschend hinter ihren den Türen standen.

Kerstin ging ein paar Schritte zurück, und bevor Leonie begriff, was sie vorhatte, stürmte sie vor und warf sich mit voller Wucht gegen die Tür. Es rumste gewaltig, aber die Tür hielt diesem Angriff stand, während sich Kerstin mit schmerzverzerrtem Gesicht die Schulter rieb.

»Wertarbeit aus dem 19. Jahrhundert.« Leonie wusste nicht, ob sie weinen oder lachen sollte. »Die hat Kriege überlebt.«

Doch so leicht würde Kerstin nicht aufgeben. »Gib mir mal dein Handy.«

Leonie reichte es ihr, sah zu, wie Kerstin ihre Anrufliste

durchforstete und dann eine Nummer drückte. In der Wohnung klingelte Maltes Handy. Kurz nur, dann brach es ab, als hätte er es hastig ausgestellt.

»Lass uns fahren«, bat Leonie. Die Wut war erträglich gewesen, aber die zunehmende Enttäuschung saugte alle Kraft aus ihr.

Kerstin nickte grimmig. Sie deutete auf die Gepäckstücke. »Nehmen wir das alles mit?«

»Nur den Koffer und die Reisetaschen.« Leonie informierte Kerstin knapp über den Inhalt der Umzugkartons.

Plötzlich breitete sich ein böses Grinsen auf Kerstins Gesicht aus. Sie öffnete beide Kartons, zog die alte Bettwäsche heraus und begann, eines der Laken in breite Streifen zu zerreißen, die sie anschließend miteinander verknotete.

Leonie beobachtete sie erstaunt. »Warum machst du das?«

»Du kannst nicht rein ...« Kerstin verstummte und verknotete ein Ende des nun ziemlich langen Stoffstreifens am Türknauf und zog das andere Ende bis zum Treppengelände, um es dort zu verknoten. »Und er kann nicht raus.« Sie griff nach dem zweiten Karton mit dem Alltagsporzellan. »Willst du das mitnehmen?«

Leonie schüttelte den Kopf. Natürlich nicht!

Kerstin musste sich anstrengen, den schweren Karton hochzuheben. Dann kippte sie ihn um, einfach so, und die ganze Ladung ergoss sich auf den Boden. Laut scheppernd, in viele kleine Scherben zerspringend. So wie Leonies ganzes Leben.

Nach einer schlaflosen Nacht saß Leonie am nächsten Morgen bei Kerstin am Frühstückstisch. Als deren Mann Kai eintrat, wanderte sein Blick unschlüssig zwischen ihnen hin und her. »Ich will nicht stören«, sagte er. »Ich nehme mir nur einen Kaffee und verschwinde sofort wieder.«

»Quatsch, setz dich zu uns.« Leonie mochte Kai. Er war das

genaue Gegenteil ihrer temperamentvollen Freundin. Ruhig, besonnen, verständnisvoll. So wie jetzt. Er beugte sich zu Leonie herunter, schloss sie kurz in die Arme, bevor er zur Kaffeemaschine ging. »Soll ich Brötchen holen?«

»Ich habe keinen Hunger.« Leonie nahm die Kaffeetasse, die sie bereits zur Hälfte geleert hatte, und starrte in die braune Brühe, als könne sie darin Erleuchtung finden.

»Wir haben Toastbrot«, sagte Kerstin.

Kai ging an den Küchenschrank, kurz darauf erfüllte der Duft von frisch geröstetem Toast den Raum.

Leonie schaute auf. »Ich glaube, ich könnte jetzt doch etwas essen.«

Als sie alle an dem runden Tisch saßen und Kai Butter auf seine Toastscheibe schmierte, sagte er: »Es gibt jetzt sicher eine Menge zu erledigen, wegen der Stornierung der Hochzeit und so.«

»Kai!« Kerstin sah ihren Mann vorwurfsvoll an. »Wie taktlos!«

»Das muss doch mal angesprochen werden«, rechtfertigte er sich und wandte sich an Leonie. »Es muss so viel geregelt werden: Die Gäste müssen ausgeladen, das Restaurant und das bestellte Menü storniert werden. Der Fotograf, die Band …«

»Kai!«, wies Kerstin ihn erneut zurecht.

»Das ist Maltes Problem, soll er sich doch darum kümmern. Schließlich ist er derjenige, der es sich anders überlegt hat.« Voller Unbehagen dachte sie daran, dass sie nun ihre Familie und all ihre Freunde informieren musste.

»Iris weiß auch noch nicht, was passiert ist«, sagte Kerstin in diesem Moment, als hätte sie ihre Gedanken erraten.

Leonie verschluckte sich fast an dem Stück Toast, das sie gerade abgebissen hatte. Sie vernahm wieder Iris' Stimme in ihrem Kopf: »Ich habe dich vor ihm gewarnt! Du wolltest ja nicht hören!« Sie verspürte keinerlei Lust auf diese Kommentare und noch weniger auf die Diskussion, die sich daraus ergeben würde.

»Ja«, sagte sie, obwohl alles in ihr »*Nein*« schrie.

»Ruf sie doch einfach an, dann hast du es hinter dir«, schlug Kerstin vor.

Auf keinen Fall! Leonie schüttelte den Kopf.

»Soll ich sie für dich anrufen?« Kerstin war wirklich die beste aller Freundinnen. Leonie dachte über ihren Vorschlag nach. Ach, es war verlockend, das Angebot anzunehmen.

»Ich finde, Leonie muss es ihr selbst sagen«, warf Kai in diesem Moment ein, schrie aber unmittelbar danach auf. Offensichtlich hatte Kerstin unter dem Tisch nach ihm getreten.

»Ich regle das schon«, sagte Leonie betont leicht, obwohl ihr keineswegs so zumute war. »Aber nicht jetzt. Ich muss zur Arbeit.«

Kerstin starrte sie überrascht an. »Du willst heute zur Arbeit gehen? Fühlst du dich dazu überhaupt in der Lage?«

Bevor Leonie antworten konnte, sagte Kai: »Eigentlich müsstest du gerade jetzt einfach für ein paar Tage verreisen, um Abstand von allem zu gewinnen.«

»Ja, am besten auf Kreuzfahrt mit der *MS Kristiana.*« In dem Punkt waren Kerstin und Kai sich einig. »Das hätte dir wirklich gutgetan, und Hurtigruten war ja eigentlich dein Traumziel. Zu blöd, dass Malte die Reise jetzt antritt.«

Plötzlich war da eine Idee. Zu verrückt, zu verwegen, um sie weiterzuverfolgen. Leonie verwarf sie wieder, aber so ganz ließ sie sie nicht los und drängelte weiter in ihrem Hinterkopf.

»Du? Hier?« Ute starrte sie entgeistert an, als sie das Reisebüro betrat. Natürlich kam sie zu ihr und umarmte sie mitfühlend, dabei wäre es Leonie lieber gewesen, die Kollegin hätte darauf verzichtet. Jedes Quäntchen Mitgefühl half ihr nicht, sondern machte es schlimmer.

»Ach, komm schon, es ist alles gut.« Sie befreite sich aus Utes Umarmung und setzte sich an ihren Platz. In den nächsten fünf Minuten war sie vollends damit beschäftigt, die Fassung nicht zu verlieren. Sie sortierte die Stifte in der Schale, schob die Schreibtischunterlage mit der Weltkarte zurecht und schaltete ihren PC ein. Im Hintergrund leuchtete die *MS Kristiana* auf, und gleichzeitig meldete ihr Handy den Eingang einer SMS. Sie kam von Malte: *Es fallen einige Stornogebühren an, weil wir die Hochzeit so kurzfristig absagen müssen. Ich schlage vor, wir teilen uns die Kosten.*

»Das könnte dir so passen!«, flüsterte sie. Sie zitterte vor Wut, biss sich auf die Unterlippe, um nicht laut aufzuschreien. Sie hatte Geld gespart für die Hochzeit, seit fast zwei Jahren. Aber sie würde ganz bestimmt keinen Cent davon für Stornokosten ausgeben. Wenn Malte sie nicht mehr heiraten wollte, sollte er gefälligst auch für die Kosten dafür aufkommen. Sie wusste mit ihrem Geld etwas Besseres anzufangen.

Leonie starrte auf den Monitor. Tiefblaues Meer, das weiße Schiff …

»Etwas viel Besseres«, flüsterte sie vor sich hin, während die Idee von vorhin sich erneut in den Vordergrund drängte und Gestalt annahm. Leonie lächelte böse und begann, so wild auf ihrer Tastatur herumzuhacken, dass Ute aufmerksam wurde.

»Was machst du da?« Ute trat zu ihr und schaute ihr über die Schulter. »Du buchst einen Urlaub auf der *MS Kristiana?*«, rief sie überrascht.

Leonie sagte nichts. Ihr Blick glitt suchend über die Kabinenkategorien. Leider gab es nur noch die preiswerteste auf dem Unterdeck, mit einem kleinen Fenster fast auf der Wasserlinie. Die Bilder zeigten, dass das Doppelbett beinahe den gesamten

Raum füllte, der eingebaute Wandschrank nicht größer war als ein Spind und in der Nasszelle mit Dusche, Toilette und Waschbecken höchstens eine Person Platz hatte.

Ihre Gedanken rasten weiter. Sie wollte diese Reise. Sie wollte sie unbedingt. Aber nicht in dieser Billigkabine. Zumal sie sich von ihrem Ersparten eine Luxussuite leisten konnte. So eine, wie Malte und Tabea sie bewohnen würden …

Wozu arbeite ich in einem Reisebüro?, schoss es ihr durch den Kopf. *Malte hatte die teure Kabine nicht verdient.*

Sie atmete tief durch und hieb erneut in die Tasten.

»Leonie!«, stieß Ute entsetzt hervor. »Das kannst du nicht machen!«

Leonie schenkte ihr nur ein breites Grinsen, bevor sie den Buchungsvorgang abschloss.

Als die Bestätigung Sekunden später in ihrem Posteingang auftauchte, war Leonie froh, dass sie die Buchung der Reise wegen des Mitarbeiterrabatts über ihren Mail-Account hatte laufen lassen. Auch wenn die Bezahlung über Maltes Kreditkarte erfolgt war, würde er erst an Bord des Schiffes von der Umbuchung erfahren.

»Das gibt richtig Ärger!«, prophezeite Ute.

»Ja.« Leonie lehnte sich zurück und wartete auf ihre eigene Buchungsbestätigung. Als die in ihrem Postfach auftauchte, als alles erledigt war, verrauchte ihre Wut. Sie fühlte sich nur noch leer und ausgebrannt.

Dennoch formulierte sie noch eine SMS und schickte den gleichlautenden Text an ihre Freunde, Familie und ihre Schwester: *Hochzeit findet nicht statt. Alles Weitere in ein paar Wochen. Ich mache jetzt erst einmal Urlaub!* Danach stellte sie das Handy aus – fest entschlossen, es erst nach ihrer Rückkehr wieder einzuschalten.

Kapitel 4

… legte sanft seine Hände auf ihre Schultern. Er zögerte kurz, dann zog er sie an sich. Sie erschauderte, erwartete und fürchtete zugleich seinen ersten Kuss …

Eine Gitarre jaulte auf, untermalt vom stakkatomäßigen Trommeln eines Schlagzeugs. Der Bass ließ die Wand erbeben, während eine sirenenartige Kopfstimme Heavy-Metal-mäßig ihr Elend in die Welt hinausschrie. Es war, als würde die Band, sofern man die Verursacher dieser Disharmonien so nennen konnte, unmittelbar neben ihr proben. Dabei war es nur die Stereoanlage ihres Nachbarn, die Maren aus ihrer romantischen Buchszene in die Realität zurückholte. Überfallartig, wie immer.

Maren war sauer! Eigentlich war das ihr Dauerzustand, seit ihr neuer Nachbar Tillmann Lindner nebenan eingezogen war. Wenn einer schon Tillmann hieß! Sie verabscheute diesen Mann, obwohl sie ihn noch nie gesehen hatte. Aber sie hörte ihn, immer und immer wieder. Insbesondere, seit die Sommerferien begonnen hatten und sie den größten Teil des Tages zu Hause war. Dass er sie ausgerechnet bei der Lektüre von *Nur du und ich* mit seinem Lärm quälte, war der Tropfen, der das Fass zum Überlaufen brachte. Zu lange hatte sie sich auf den neuen Bestseller ihrer Lieblingsautorin Ricarda Jacobsen gefreut.

»Es reicht!« Maren sprang auf. Diesmal begnügte sie sich nicht damit, an die Wand zu klopfen, das hörte er bei dem Lärm ohnehin nicht. Allerdings vernahm er auch nicht das Klingeln, als sie vor seiner Tür auf den Knopf drückte. Fest und unablässig presste sie den Zeigefinder der linken Hand darauf, während sie gleichzeitig mit der zur Faust geballten rechten Hand gegen die Tür pochte. Dass sie im Takt der Bässe gegen die Tür schlug, wurde ihr erst nach ein paar Sekunden bewusst.

Plötzlich wurde die Tür von innen aufgerissen, und dann stand sie ihrem neuen Nachbarn zum ersten Mal gegenüber.

»Haben Sie noch alle Tassen im Schrank«, fuhr er sie wütend an, während hinter ihm die Heavy-Metal-Band zum furiosen Finale ansetzte.

Maren hatte mit allem gerechnet – außer mit einem splitterfasernackten Mann, der optisch in jeder Hinsicht dem Klischee eines Machos entsprach. Aber er war nicht nur splitternackt, sondern auch nass, und zu seinen Füßen bildete sich eine Pfütze. Offensichtlich hatte er gerade unter der Dusche gestanden. Er überragte Maren um einen ganzen Kopf, obwohl sie mit ihren eins fünfundsiebzig auch nicht gerade klein war. Er war vollbärtig, seine Haut dunkelgebräunt. Ein Tribal umschloss seinen muskulösen rechten Oberarm.

Die Musik im Hindergrund verstummte, während er sie gleichzeitig anblaffte: »Was soll das? Warum veranstalten Sie so einen Lärm?«

»Ich?« Sie zeigte mit dem Finger auf sich, während sie gleichzeitig versuchte, ihm ausschließlich ins Gesicht und nicht nach unten zu sehen. Es irritierte sie, dass der Feind von nebenan so unglaublich attraktiv war.

»Sie machen doch ständig diesen Lärm.« Maren stemmte die Hände in die Hüften. »Ich lasse mir das nicht mehr bieten.«

Arrogant zog er eine Augenbraue hoch. »Das ist kein Lärm, sondern Heavy Metal. Offensichtlich haben Sie keine Ahnung von guter Musik, also halten Sie einfach die Klappe.« Damit schlug er ihr die Tür vor der Nase zu, dabei hatte Maren ihm längst noch nicht alles gesagt. Sie schellte erneut, aber er reagierte nicht. Also drückte sie den Finger wieder dauerhaft auf die Klingel und pochte gleichzeitig mit der Faust gegen die Tür.

Die Antwort hinter der Tür ließ nicht auf sich warten. Eine Gitarre jaulte auf, unterstützt vom stakkatomäßigen Trommeln eines Schlagzeugs ... Er hatte die Anlage bis zum Anschlag aufgedreht. Maren spürte die Bässe diesmal sogar unter ihren Füßen.

Sie machte auf dem Absatz kehrt und stürmte zurück in ihre Wohnung, um ihren Vermieter anzurufen. Horst Lampe nahm beim zweiten Klingeln ab, hörte ihr zu und sagte kein Wort, bis sie sich ihre ganze Wut über den Nachbarn von der Seele geredet hatte. »Sie hören ja selbst, wie laut das ist«, schloss sie und richtete das Telefon kurz gegen die Wand zur Nachbarwohnung.

»Ja, da kann ich leider gar nicht helfen«, sagte er, als sie fertig war. »Wissen Sie, Frau Thorwald, der Herr Lindner hat die Wohnung nicht gemietet, sondern gekauft.«

»Sie haben die Wohnung verkauft?«, echote Maren entsetzt.

»Mir blieb nichts anderes übrig. Meine Gudrun muss seit ihrem Schlaganfall Tag und Nacht betreut werden, und allein schaffe ich das alles nicht mehr. Ich brauche eine Pflegekraft für meine Frau.«

»Das tut mir sehr leid, Herr Lampe.«

»Mir tut es auch leid, aber was soll ich machen?«

Ich könnte die Miete mindern, dachte Maren. *Und zwar so lange, bis Sie für Ruhe gesorgt haben.*

Sie brachte es nicht übers Herz. Sie hatte sich immer sehr gut mit ihrem Vermieter verstanden und wusste nur zu gut, dass ihm das Schicksal in letzter Zeit ziemlich zugesetzt hatte.

»Reden Sie doch einfach mit Herrn Lindner«, schlug er jetzt gemütlich vor. »Der ist ganz umgänglich.«

Maren gab einen undefinierbaren Laut von sich, den Horst

Lampe ignorierte. »Außerdem verreisen Sie in ein paar Tagen doch sowieso, wenn ich mich recht erinnere.«

Als wäre das die Lösung! »Ja, das stimmt. Aber ich komme irgendwann wieder zurück.«

»Das hoffen wir doch sehr«, rief Horst Lampe überschwänglich aus und nutzte gleich die Gelegenheit, sie von dem unerfreulichen Nachbarschaftsthema wegzubringen. »Und dann auch noch Hurtigruten!«, rief er begeistert. »Da beneide ich Sie aber schon ein bisschen, da bekommt man sicher den Kopf frei. Viel Spaß in Schweden.« Er legte auf, bevor sie noch etwas sagen konnte.

»Norwegen«, murmelte Maren. »Nicht Schweden.« Sie ging in ihr Arbeitszimmer und betrachtete das Plakat an der Wand, das ihr die Mitarbeiterin im Reisebüro geschenkt hatte, weil Maren sich so sehr auf die Reise freute. Die *MS Kristiana* in einer blauen Symphonie aus Wolken und Meer.

Maren ahnte, dass es sich um eine Fotomontage handelte, aber das tat ihrer Freude keinen Abbruch. In vier Tagen war sie in Bergen. Fast eintausendfünfhundert Kilometer von Düsseldorf und damit auch eintausendfünfhundert Kilometer von Tillmann entfernt.

Als besondere Zugabe, und das war eigentlich der Hauptgrund, weshalb sie sich zu dieser Reise entschieden hatte, gab es während der Reise eine Lesung mit Ricarda Jacobsen. Sie, Maren Thorwald, würde zusammen mit Ricarda Jacobsen auf einem Schiff sein!

Sie ging zurück ins Wohnzimmer und schlug den Klappentext ihres aktuellen Buches auf. Darüber war das Foto der Autorin, wie sie strahlend in die Kamera schaute.

Tillmann nebenan gab sich noch immer seiner musikalischen Leidenschaft hin. Seinen Nachnamen ersparte Maren sich in ihren Gedanken. Sie fand, dass der Name Tillmann so richtig übel gut zu ihm passte.

Es war kein Wunder, dass Maren nach der ganzen Aufregung und der ersten Begegnung mit ihrem neuen Nachbarn schlecht schlief. Immer wieder schreckte sie auf. Gegen drei Uhr ging sie in die Küche, um Tee zu kochen. Dabei war sie wie so oft nicht sicher, ob es der Vorgang des Teekochens an sich oder doch der Tee war, der sie jedes Mal nach einer Weile einschlafen ließ.

Als sie mit der dampfenden Tasse in der Hand das Wohnzimmer betrat, vernahm sie nebenan Schritte. Tillmann konnte offensichtlich auch nicht schlafen.

Hoffentlich wegen mir, dachte Maren schadenfroh. Sie nahm Ricarda Jacobsens Buch in die Hand und schlug die romantische Szene auf, aus der Tillmann sie gestern so rüde herausgerissen hatte.

Doch es war ihr nicht vergönnt, die Kussszene mit der sich anschließenden Liebesszene in Ruhe zu genießen. Nebenan wurde wieder Musik eingeschaltet. Leise zwar, aber die Wände waren zu hellhörig, um die Töne zu verschlucken.

Maren legte das Buch beiseite und schlich zur Wand. Fest presste sie ihr Ohr dagegen, um besser hören zu können. In strahlendem E-Dur präsentierte sich der Frühling, Marens Lieblingsstück aus Vivaldis *Vier Jahreszeiten.* Sie wusste, dass ihr erneut aufflammender Ärger unbegründet und unvernünftig war, aber es störte sie, dass es eine Gemeinsamkeit zwischen ihnen gab.

Am Vormittag des nächsten Tages traf sie sich mit einigen Schülern. Der Hausmeister zeigte sich mürrisch, weil er die Schule zu diesem Zweck öffnen musste. »Wir haben Sommerferien!«

»Das weiß ich, Herr Klaasen.« Sie maß ihn mit einem strengen Blick, ganz so, als hätte sie einen unwilligen Schüler vor sich. »Wir haben selbstverständlich die Zustimmung des Direktors.«

»Der muss ja auch nicht alles wieder saubermachen, wenn Sie

und diese Halbstarken verschwunden sind. Passen Sie bloß auf, dass die nicht zu viel Dreck machen.«

»Wir haben nicht vor, Schlammbäder zu veranstalten«, gab Maren kalt zurück. Sie gab sich keinen Illusionen hin. Das Interesse der meisten sechzehnjährigen Teilnehmer galt keineswegs in erster Linie dem Schauspiel.

»Warum machen Sie das eigentlich ausgerechnet in den Ferien?«, hakte Patrick ein, als sie Marens Klassenraum erreicht hatten. Sein einziges Interesse galt dem Fußball, er wollte nur wegen Tina an der AG teilnehmen. Die wiederum war wegen Elias dabei. Durch solche Kleinigkeiten ließ Maren sich aber nicht demotivieren. Sie hatte die Erfahrung gemacht, dass die Schüler sich oft erst fürs Theaterspielen begeisterten, wenn sie mit den Proben begannen.

»Weil ich dann sicher sein kann, dass nur Schüler teilnehmen, die dazu auch wirklich Lust haben«, behauptete Maren.

»Welches Stück führen wir denn auf?«, erkundigte sich Elias und zeigte damit einmal mehr seine Passion für die Schauspielerei.

Maren wusste, dass er davon träumte, später die Schauspielschule zu besuchen. Sie wusste aber noch mehr von ihm, etwas, das Tina wahrscheinlich das Herz gebrochen hätte: Elias war nicht an Mädchen interessiert. Das hatte er Maren einmal unter vier Augen anvertraut, doch er war weit von einem Outing entfernt. Maren hatte ihm zugesichert, dass sie sein Geheimnis für sich behalten würde. Sie hatte diesen sanften, freundlichen Jungen besonders ins Herz geschlossen. Schüler wie er waren der Grund, weshalb sie ihren Beruf als Lehrerin liebte.

»Wann können wir denn mit den Proben anfangen?«, fragte Simone. Sie war eines von vier Mädchen, die sich ebenfalls für die Theater-AG als solche interessierten. »Sie fahren doch nächste Woche in Urlaub.«

»Echt?« Tina schaute sie fragend an. »Wohin?«

»Ich mache eine Hurtigruten-Kreuzfahrt«, sagte Maren stolz.

»Hurtigruten?« Tina blickte fragend in die Runde. »Was ist das denn?«

Patrick grinste. »Wen interessiert das? Kreuzfahrt ist doch nur was für alte Leute ab vierzig.«

»Mal abgesehen davon, dass ich noch keine vierzig bin, solltet ihr schon wissen, dass Hurtigruten zu Norwegen gehört. Übersetzt heißt das *die schnelle Route*, weil ...«

»Wie langweilig«, fiel Tina ihr ins Wort. »Warum machen Sie nicht was Spannendes? Spanien ist doch viel cooler.«

»Ja, Malle!« Diesmal stimmte Patrick nicht nur wegen Tina, sondern aus eigener Überzeugung zu.

»Frau Thorwald am Ballermann?« Delia, die dieses Schuljahr wiederholen musste und deshalb die älteste der anwesenden Schüler war, grinste. »Da wäre ich gerne dabei.«

Die anderen stimmten ihr johlend und lachend zu. Bis auf Elias, der Maren bloß verhalten zulächelte und kurz die Schultern hob.

Maren klopfte energisch auf ihr Pult, damit Ruhe einkehrte. »Ich versichere euch, dass ihr mich niemals auch nur in der Nähe des Ballermanns antreffen werdet«, sagte sie. *Das wäre eher etwas für Tillmann Lindner.*

»Kommen wir auf die Theater-AG zurück. Ich habe euch um dieses Treffen gebeten, weil ich gerne in der Weihnachtszeit ein Stück mit euch aufführen möchte. Da die Zeit nach den Sommerferien aber erfahrungsgemäß ziemlich knapp ist, erteile ich euch jetzt die Aufgabe, ein passendes Stück auszusuchen. Ihr entscheidet, was wir aufführen.«

Dabei war für Maren nicht wirklich der Zeitfaktor entscheidend. Die Kollegen hatten sie vor diesem pädagogischen Experiment gewarnt, aber Maren glaubte an ihre Schüler: »Ich will sehen, dass ihr so etwas eigenverantwortlich auf die Beine stellt. Ihr sucht das Stück aus, überlegt euch, wer welche Rolle spielt, und das Ganze bitte ohne große Streitigkeiten. Ich verlasse mich auf euch.« Sie verließ sich besonders auf Elias, wusste aber gleichzeitig, dass der sensible Junge es kaum schaffen würde, sich gegen die anderen durchzusetzen. Und so bestimmte sie ihn bis zu ihrer Rückkehr kurzerhand zum AG-Leiter.

Elias schien nicht so richtig zu wissen, ob er sich darüber freuen sollte oder nicht.

»Müssen wir dann tun, was der sagt?« Patrick wies auf Elias.

»Ihr sollt gemeinsam entscheiden. Und ja, letztendlich trifft Elias Entscheidungen, wenn ihr das gemeinsam nicht schafft. Vereinbart bitte regelmäßige Treffen. Erscheinen ist Pflicht. Nur wer verreist, ist entschuldigt.«

»Echt jetzt?« Patricia, die bisher noch kein Wort gesagt hatte, wirkte genervt. »Wie haben Ferien.«

»Die Teilnahme an der AG ist freiwillig«, erwiderte Maren freundlich. »Aber es geht nicht, dass jeder kommt und geht, wie er gerade Lust hat. Wer schwänzt, ist raus. Und jetzt wünsche ich euch schöne Ferien. Wie sehen uns in ein paar Wochen wieder.«

»Viel Spaß in Ihrem Dingsdaruten.« Patrick grinste. »Ich beneide Sie nicht um die Reise.«

»Weil du keine Ahnung hast, wie traumhaft schön das ist.« Maren lächelte. »Ihr seid doch alle gerne online unterwegs. Schaut euch mal die Bilder und Filme auf Youtube an. Und dann reden wir nach den Sommerferien noch einmal darüber.«

Keiner der Schüler zeigte sich begeistert, aber das hatte Maren auch nicht erwartet. Zusammen verließen sie das Gebäude, wo der Hausmeister bereits darauf wartete, die Schule wieder abschließen zu können.

»Schöne Ferien, Herr Klaasen«, rief Maren ihm zu, erntete dafür aber nicht einmal ein Lächeln.

Dennoch spürte sie auf dem Heimweg, wie sie endlich in den Ferienmodus schaltete, und war so froh darüber, dass ihr nichts mehr die gute Laune verderben konnte.

Dachte sie jedenfalls, bis ihr im Hausflur ausgerechnet Tillmann begegnete. Das zweite Mal innerhalb von zwei Tagen, nachdem sie ihn in den Wochen seit seinem Einzug nie getroffen hatte.

Er grüßte knapp, sie begnügte sich mit einer frostigen Miene und einem Nicken.

Tillmann trug eine schmale Aktenmappe unter den Arm geklemmt und balancierte einen Stapel Bücher auf den Händen. Das oberste Buch fiel in dem Moment hinunter, als er an ihr vorbeiging.

»Bemühen Sie sich nicht«, knurrte er.

»Fällt mir im Traum nicht ein!« Ihr Blick fiel auf das Buch am Boden. *Nur du und ich*, von Ricarda Jacobsen.

Er las die Bücher von Ricarda Jacobsen?

Es war eine Frechheit, dass er die Werke ihrer Lieblingsschriftstellerin überhaupt anfasste. Missmutig stapfte Maren weiter. An der Tür zu ihrer Wohnung schaute sie sich noch einmal um und beobachtete, wie er versuchte, das Buch auf dem Boden aufzuheben. Dabei rutschten weitere Bücher aus dem Stapel und fielen zu Boden. Alles Ausgaben von *Nur du und ich*. Sie grinste schadenfroh, als sich ihre Blicke begegneten.

Die Quittung erhielt sie zwei Stunden später. Heavy Metal bis zum Anschlag.

In drei Tagen fliege ich nach Bergen. Mit diesem Gedanken ließ sich selbst diese Geräuschkulisse ertragen. Allerdings quälte sie sich mit der Frage herum, was er mit so vielen Exemplaren eines Buches anstellte …

An den nächsten beiden Tagen hörte sie so gut wie nichts mehr von Tillmann, bis auf die leisen Klänge von Vivaldis Jahreszeiten. Jede Nacht eine andere Jahreszeit. In der Nacht von Freitag auf Samstag war es der *Sommer*, in der darauffolgenden Nacht der *Herbst*. Maren lächelte, als sie daran dachte, dass sie längst auf der *MS Kristiana* war, wenn er den *Winter* hörte.

Kapitel 5

Nele Bierwald saß eingeschüchtert vor Yvonne Reimann. Die Personalreferentin der Tychsen-Reederei legte es offenbar darauf an, Neles Nervosität zu steigern, indem sie sich Zeit ließ und in aller Ruhe etwas auf einem Block notierte. Danach tippte sie auf der Tatstatur ihres PC herum, schaute eine Weile auf den Monitor und richtete dann endlich ihren Blick auf Nele. »Kapitän Uthoff war nicht sehr zufrieden mit Ihnen.«

Ich mit ihm auch nicht, konterte Nele in Gedanken, hütete sich aber davor, das laut auszusprechen.

»Er meint, Sie hätten ein Problem mit Autoritäten.«

»Das stimmt nicht«, widersprach Nele. *Wenn Befehle nachvollziehbar sind, führe sich sie auch aus.*

»Kapitän Uthoff will Sie jedenfalls nicht mehr auf seinem Schiff sehen.« Yvonne Reimann notierte wieder etwas, während sie sprach.

»Ich will auch nicht mehr auf sein Schiff zurück«, entfuhr es Nele.

Der Kopf der Personalreferentin flog hoch. »Solche Bemerkungen stehen Ihnen nicht zu.«

Meinungsfreiheit ist offenbar in der kompletten Reederei unerwünscht. Ein Lächeln huschte über Neles Gesicht. *Nur gut, dass die Reimann meine ketzerischen Gedanken nicht lesen kann.*

Aber Yvonne Reimann bemerkte ihren Gesichtsausdruck. »Was gibt es denn da zu lachen?«, fuhr sie Nele an.

»Nichts«, erwiderte Nele hastig. »Was passiert denn jetzt mit mir, wenn ich nicht auf die *MS Silver Lining* zurückgehe?«

Yvonne Reimann musterte sie mit hochgezogenen Augenbrauen. Ganz klein und winzig kam Nele sich in diesem Moment vor.

»Sie haben Glück. Uns fehlt auf der *MS Kristiana* noch eine Betreuerin für unseren Kids Club. Und da Sie Kindergärtnerin sind …«

»Erzieherin«, fiel Nele ihr ins Wort.

»Das ist doch das Gleiche«, erwiderte Yvonne Reimann gereizt.

»Das sehe ich anders.«

Yvonne Reimann senkte wieder den Kopf und notierte etwas. »Allmählich verstehe ich, was Kapitän Uthoff meint«, murmelte sie.

Halt die Klappe, Nele, du brauchst den Job! Als Yvonne Reimann wieder den Kopf hob, strahlte Nele sie an. *Du Heuchlerin*, schalt sie sich selbst. *Warum sagst du ihr nicht einfach die Wahrheit?* Nele lächelte angestrengt weiter, sagte aber nichts.

Dafür hatte Yvonne Reimann umso mehr zu sagen: »Außerdem werden Sie für diverse Animations- und Unterhaltungsprogramme zur Verfügung stehen. Genaue Anweisungen erhalten Sie an Bord. Sind Sie damit einverstanden?«

»Also alles so wie auf dem letzten Schiff.« Nele fragte sich nicht zum ersten Mal, wieso die Erzieherinnen auf den Schiffen der Tychsen-Reederei gerne für die abendlichen Unterhaltungsprogramme verpflichtet wurden. Vielleicht glaubten die Verantwortlichen, dass Kinderbetreuung nicht wirklich etwas mit Arbeit zu tun hatte und die Erzieherinnen nicht voll ausgelastet waren.

»Nicht alles so wie auf dem letzten Schiff!« Yvonne Reimann hob mahnend den Finger. »Ich erwarte, dass Sie sich auf der *MS Kristiana* angemessen verhalten.«

»Ich habe mich noch nie unangemessen verhalten«, gab Nele

scharf zurück. Was zu viel war, war einfach zu viel! Wenn sie doch nur den Mut hätte …

Nein!

Nele dachte an Diana Hinzen, eine ehemalige Stewardess auf der *MS Silver Lining.* Nele hatte sie nicht persönlich kennengelernt; als sie an Bord kam, war Diana bereits nicht mehr da. Die Gerüchte um ihren Abgang waren aber geblieben. Sie hatte angeblich den Mut aufgebracht, sich gegen Veit Uthoff zu wehren, hatte das aber mit ihrer Stelle und dem Verlust ihrer Glaubwürdigkeit bezahlt. Keine der Kolleginnen hatte sich hinter sie gestellt und ihre Aussage bestätigt.

Nele bemerkte plötzlich, dass Yvonne Reimann sie aufmerksam beobachtete. »Haben Sie noch etwas zu sagen?«, fragte die Personalreferentin, als sich ihre Blicke begegneten.

»Ja …«

Wenn du nur ein Wort sagst, fliegst du auch. Du kannst es dir nicht leisten, die Stelle zu verlieren.

»Nein.« Nele schüttelte den Kopf.

»Dann ist ja alles klar.« Yvonne Reimann reichte ihr über den Schreibtisch hinweg Unterlagen zu ihrem neuen Einsatzort und der Route. »Viel Erfolg auf der *MS Kristiana.*«

»Danke.« Nele griff nach den Unterlagen. *Ein neues Schiff, ein neuer Kapitän. Streich die* MS Silver Lining *einfach aus deinen Gedanken, und richte den Blick nach vorn.*

Nele stand auf und verabschiedete sich von Yvonne Reimann. An der Wand des Ganges, der zu den Aufzügen führte, hingen Fotos der Schiffsflotte. Ihr Blick fiel auf das Bild der *MS Silver Lining.* Sie dachte an die Kolleginnen, die dort waren, und das Herz wurde ihr schwer.

Miriam wirkte erschöpft, als Nele nach Hause kam. Ihre Schwester stand in der großen Wohnküche und schnippelte Gemüse für das Abendessen. Die Zwillinge spielten im Garten. Nele konnte sie durch das geöffnete Küchenfenster sehen und vor allem hören.

»Wir reiten jetzt nach Milano«, rief die fünfjährige Emilia gerade.

»Milano?« Nele schaute ihre Schwester fragend an.

»Milano, führend in Sachen Mode, Medien und Design«, zitierte Miriam den Werbespot eines italienischen Touristikkonzerns, der gerade ständig im Fernsehen zu sehen war. »Immerhin ist ihr Ziel jetzt eine Stadt, die es wirklich gibt. Als ich die beiden eben nebenan bei Jenny abholte, erzählte sie mir, dass Emilia in diesen Ferien nach Foxanien fährt, um ihren Vater zu besuchen. Der wäre nämlich der König von Foxanien.«

»Wo ist denn Foxanien?«, fragte Nele amüsiert.

»Das wollte Jenny auch wissen. Emilia hat ihr gesagt, sie solle dich fragen, weil du mit dem Schiff durch die ganze Welt fährst.«

Nele lachte. »Ich achte auf der nächsten Kreuzfahrt darauf, ob wir an Foxanien vorbeikommen.«

Miriam blickte sie überrascht an. »Du gehst also doch wieder an Bord? Hattest du nicht Sorge, dass dir gekündigt wird?«

»Ich wechsle das Schiff. Ich arbeite ab Montag auf der *MS Kristiana*, dem neuen Flaggschiff der Reederei.«

Miriam verzog den Mund. »Ist es so groß?«

»Nein, sie bezeichnen es nur als Flaggschiff wegen der neuartigen Hybridtechnologie.« Nele zückte den Flyer, der sich zwischen den Unterlagen befand, die sie von Yvonne Reimann erhalten hatte, und las vor: »Im Sommer stellen wir unser neues Schiff vor. Die *MS Kristiana* verfügt über einen umweltfreundlichen und nachhaltigen Hybridantrieb, der in der Schifffahrt neue Maßstäbe setzt.« Sie schaute auf. »So, jetzt weißt du Bescheid.«

»Du hast mir immer noch nicht gesagt, was zwischen dir und Kapitän Uthoff vorgefallen ist.«

Ich wusste, dass du wieder danach fragst!

»Da gibt es auch nicht viel zu erzählen.« Nele lächelte in der Hoffnung, dass es nicht gezwungen wirkte. »Sagen wir einfach mal so: Kapitän Uthoff und ich konnten uns über grundlegende Dinge nicht einigen. So gesehen bin ich froh, dass ich nicht mehr auf seinem Schiff arbeite.«

»Wie ist denn der Kapitän der *MS Kristiana?* Kennst du ihn?«

»Adrian Fredriksen ist ein paar Jahre lang in der Arktis rumgekurvt. Außerdem ist er der Schwiegersohn des Reeders«, leierte Nele salopp herunter.

»Hoffentlich ist er nett«, merkte Miriam an.

Schlimmer als Veit Uthoff kann er nicht sein. »Bestimmt«, sagte Nele laut. »Und wenn nicht, ist das auch okay. Ich bin ein so kleines und unbedeutendes Licht auf dem Schiff, dass ich mit dem Kapitän nicht viel zu tun haben werde.«

Falsche Aussage! Gleich würde Miriam sie darauf hinweisen, dass es zwischen Veit Uthoff und ihr immerhin so viele Berührungspunkte gegeben hatte, dass es sie beinahe den Job gekostet hätte. Aber sie sagte nichts, sondern stöhnte stattdessen leise auf und presste beide Hände auf ihren Bauch.

»Miriam, was ist mit dir?«, stieß Nele erschrocken hervor. Seit Neles Rückkehr vom Schiff wirkte ihre Schwester müde und abgespannt. Darauf angesprochen, hatte Miriam es auf die Doppelbelastung als Alleinerziehende und Berufstätige geschoben, aber jetzt kam Nele erstmals der Verdacht, dass mehr dahintersteckte.

»Es ist alles okay.« Miriam winkte ab. »Ich habe nur Bauchschmerzen.« Wieder stöhnte sie auf und beugte sich nach vorn.

»Ich rufe Dr. Heck an.« Nele suchte in ihrer Tasche nach ihrem Handy.

»Nein!«, wehrte Miriam ab. »Ich lege mich ein paar Minuten hin, dann geht es bestimmt besser.«

»Okay. Soll ich das Abendessen kochen?« Nele war bestrebt, ihrer Schwester Arbeit abzunehmen.

»Bloß nicht.«

Nele schmunzelte. Niemand konnte sich für ihre nicht vorhandenen Kochkünste begeistern. »Dann bestelle ich für die Zwillinge und mich Pizza. Du bekommst Zwieback und Tee.«

»Ich will nichts essen, ich will nur aufs Sofa«, jammerte Miriam und schleppte sich ins Wohnzimmer. »Kannst du die Zwillinge eine Weile beschäftigen?«

In den nächsten beiden Stunden war das kein Problem. Die Kinder waren begeistert, weil es Pizza gab, und versprachen Nele im Gegenzug, Miriam nicht zu stören.

Aber Emilia vergaß dieses Versprechen, als sie satt und müde war. Sie wollte zu ihrer Mutter und von ihrem Versprechen nichts mehr wissen.

»Ich will zu meiner Mami!« Die Fünfjährige hatte die Händchen in die Hüften gestemmt und schaute erbittert zu ihrer Tante auf, die in der Tür zum Wohnzimmer stand und den Kindern den Weg versperrte. Emilias Zwillingsbruder Noah stand hinter seiner Schwester, wagte es wie üblich aber nicht, so forsch wie sie aufzutreten.

»Deine Mama ist krank, sie braucht ein bisschen Ruhe«, sagte Nele ruhig.

Emilia starrte sie finster an. »Wenn du da nicht weggehst, tut dir mein Bruder weh.«

Ausgerechnet der kleine, schüchterne Noah! Nele hatte Mühe, nicht laut aufzulachen. Dafür vernahm sie ein verhaltenes Kichern hinter der Wohnzimmertür. Miriam hatte offenbar alles mitgehört.

»Mama, Tante Nele lässt uns nicht zu dir!«, schrie Emilia.

»Lass sie rein, Nele.«

Nele war nicht sicher, ob ihre Schwester einfach nur resignierte oder ob sie sich wirklich besser fühlte, trat aber beiseite.

Emilia verschränkte die Arme vor der Brust und stolzierte mit triumphierendem Gesichtsausdruck an Nele vorbei. Noah lächelte ihr wenigstens zu, bevor er zu seiner Mutter lief.

Miriam hatte sich aufgesetzt. Auf ihrer Oberlippe und der Stirn perlten kleine Schweißtropfen.

»Du bist immer noch ziemlich blass«, stellte Nele fest.

»Es ist alles wieder in Ordnung«, behauptete Miriam.

Nele glaubte ihr kein Wort, sagte im Beisein der Kinder aber nichts dazu. Erst als die beiden im Bett lagen, sprach sie ihre Schwester darauf an. »Geht es dir wirklich besser?«

»Ja«, erwiderte Miriam nach einem kurzen Zögern, schüttelte aber gleichzeitig den Kopf. Unmittelbar darauf brach sie in Tränen aus.

Nele war erschüttert. Miriam war stark, sie weinte nie. Wie ein Fels in der Brandung trotzte sie allen Erschütterungen. Selbst als Lukas, der Vater der Zwillinge, sie verließ, vergoss sie keine Träne, sondern stellte sich dem Leben. Sie versorgte das Haus, die Kinder und arbeitete halbtags in einer Druckerei. Manchmal half sie spätabends auch noch in einer Kneipe aus, damit das Geld für sie und die Kinder reichte. Und für das alte Haus, das sie und Lukas zusammen gekauft hatten, für das er aber keinen Cent mehr zahlte.

»Nicht weinen«, bat Nele, selbst den Tränen nahe. Sie setzte sich neben Miriam und legte einen Arm um ihre Schulter. »Geht es dir so schlecht? Soll ich Dr. Heck anrufen?«

Miriam lehnte ihren Kopf an Neles Schulter. »Ich habe so große Angst, Nele. Was soll ich mit den Kindern machen, wenn ich ernsthaft krank werde? Mama und Papa sind irgendwo in Kanada mit dem Wohnmobil unterwegs und du ab Montag wieder auf See.«

»Es ist doch nicht gesagt, dass du ernsthaft krank bist«, versuchte Nele ihrer Schwester Mut zu machen, obwohl Miriams Worte ihr selbst großen Schrecken einjagten. »Bis Montag bist du bestimmt wieder fit. Und im Notfall kannst du dich immer auf Jenny und David verlassen.«

Jenny und David wohnten mit ihrer kleinen Tochter Elsa gleich nebenan. Aber nicht mehr lange, wie Miriam jetzt berichtete. »Jenny und David bauen gerade. Außerdem wollen sie in den Ferien zusammen mit Elsa und Jennys Eltern verreisen.«

»Was immer auch passiert, wir finden eine Lösung«, versprach Nele, unsicher, ob sie damit Miriam oder eher sich selbst Mut zusprach. »Alles wird gut!«

Nichts wurde gut!

In der Nacht ging es Miriam so schlecht, dass Nele den Notarzt rufen musste. Miriam wurde mit Blaulicht ins Krankenhaus gebracht, doch als sie dort ankam, war es zu spät: Ihr entzündeter Blinddarm hatte zu einem Durchbruch mit lebensgefährlicher Bauchfellentzündung geführt. Sie musste sofort notoperiert werden, und es stand außer Frage, dass sie das Krankenhaus auf keinen Fall bis Montag verlassen konnte. Nele stand vor der schwierigen Frage, was sie mit den Zwillingen machen sollte. Doch wie sie es auch drehte und wendete, gab es eigentlich nur eine realistische Möglichkeit.

Gleich am nächsten Morgen rief sie Yvonne Reimann an. Die hörte ihr schweigend zu, während Nele das Problem schilderte. Auch danach sagte sie lange kein Wort.

»Ich gehe an Bord, sobald meine Schwester aus dem Krankenhaus entlassen wird«, versprach Nele noch einmal.

Endlich sagte Yvonne Reimann etwas. »Wenn Sie Montag nicht pünktlich an Bord sind, haben Sie spätestens Dienstag die Kündigung im Briefkasten.«

»Aber ich ...« Nele brach ab. Verzweifelt starrte sie auf das Telefon in ihrer Hand, aus dem nur noch ein schnelles Tuten zu hören war. Yvonne Reimann hatte einfach aufgelegt.

Zwei Tage quälte Nele sich mit der Entscheidung, die Kinder entweder in eine Einrichtung des Jugendamtes zu geben oder ihre Kündigung zu riskieren. Sie wollte weder das eine noch das andere. Zwischendurch versicherte sie ihrer verzweifelten Schwester immer wieder, dass sie eine Lösung finden würde, mit der sie alle leben konnten.

»Ich nehme die Kinder mit«, erklärte sie Miriam schließlich am Sonntag.

Miriam starrte sie entgeistert an. »Geht das denn?«

»Klar«, log Nele. »Ich habe alles mit der Reederei geklärt.«

Auf Miriams blassem Gesicht breitete sich ein strahlendes Lächeln aus. »Das ist ja wunderbar! Was sagen die Zwillinge dazu? Freuen sie sich?«

»Ich erzähle es ihnen später.« Nele legte den Zeigefinger über die Lippen, als David und Jenny zusammen mit Elsa, Noah und Emilia eintraten. Miriams Nachbarn waren eingeweiht und mit den Kindern zuerst in die Krankenhauscafeteria gegangen, damit Nele in Ruhe mit Miriam reden konnte.

»Ich wünsche euch allen eine schöne Zeit«, flüsterte Miriam mit Tränen in den Augen, als Nele sich von ihr verabschiedete. »Pass gut auf die beiden auf.«

»Das verspreche ich dir.« Nele wandte sich schnell ab. Wegen der Tränen in ihren eigenen Augen und damit Miriam die Zweifel nicht sah, die ihr zunehmend zusetzten.

Die Kinder umarmten Miriam flüchtig und strebten zum Ausgang. Sie wussten ja nicht, dass sie ihre Mutter für eine ganze Weile nicht sehen würden.

Nele behielt ihr Geheimnis für sich, bis sie sich abends daranmachte, die Sachen der Kinder einzupacken. Noah und Emilia schauten ihr zu.

Emilia verschränkte die Arme vor der Brust. »Warum klaust du unsere Sachen?«

Nele hielt inne. »Das packe ich alles ein, weil wir drei morgen zu einer Reise antreten. Ihr wünscht euch doch schon lange, einmal mit mir auf einem Schiff zu fahren.«

»Au ja!« Emilia war sofort begeistert, Noah nickte lediglich zögernd. »Weiß Mama das?«

»Natürlich weiß sie das.« Nele nahm die Kleinen in den Arm. »Ihr dürft jetzt gleich eure Mama anrufen und euch von ihr verabschieden. Und wenn wir unterwegs sind, könnt ihr sie auch immer anrufen, wenn ihr wollt.«

Während die Zwillinge mit Miriam telefonierten und sich gegenseitig immer wieder das Telefon aus der Hand rissen, sprach Nele sich zum wiederholten Male Mut zu.

»Alles wird gut«, flüsterte sie. »Niemand wird merken, dass ich zwei Kinder an Bord geschmuggelt habe!«

»... und zuerst geh ich zum Kapitän und sag dem guten Tag«, hörte sie Emilia in den Hörer rufen. Nele stöhnte leise auf. Das konnte ja heiter werden!

Kapitel 6

»Ralph, du nervst«, murmelte Jasmin nach einem Blick auf das Display ihres Smartphones. Seit sie ihn verlassen hatte, rief er ständig an. Und weil sie seine Anrufe nicht annahm, füllte er ihre Mailbox mit Vorwürfen: Er fand es unglaublich und egoistisch, dass sie ihn und seine Mutter im Stich ließ. Einfach so, ohne jeden Grund.

»Ruf mich an!« So endete jede seiner Nachrichten. Genervt löschte Jasmin auf ihrer Mailbox alle Mitteilungen der letzten Stunden. Dreimal Ralph, einmal Cosima, die ihr Undankbarkeit vorwarf und sie im Befehlston aufforderte, sofort im Hotel zu erscheinen.

Nur die Nachricht von Dorothee behielt Jasmin. Sie schaute auf ihre Armbanduhr. Kurz nach Mittag. Die Gefahr war also gering, dass Ralph oder Cosima sich in der Nähe der Rezeption aufhielten. Sie wählte Dorothees Nummer.

Dorothee meldete sich sofort. »Jasmin, wie schön, dass du zurückrufst. Wie geht es dir? Wo bist du gerade? Wie gefällt dir das Schiff? Wie wohnst du da? Sind die Kollegen nett?« Dorothee holte tief Luft. »Wieso sagst du nichts?«

Jasmin lachte. »Ach, Dorothee, du bist der einzige Mensch, den ich wirklich vermisse. Schade, dass du nicht hier bist. Mir geht es richtig gut, allerdings bin ich gerade in einem Hotel in Bergen. Deshalb kann ich all deine anderen Fragen heute noch nicht beantworten.«

»Wieso bist du in einem Hotel und nicht auf dem Schiff?«

»Es ist noch nicht alles fertig.« Jasmin lachte erneut. »Zuerst wurden natürlich die Kabinen für die Gäste eingerichtet, erst danach die der Crew. Und ich bin eines der Crew-Mitglieder, dessen Kabine noch nicht komplett fertig ist. Deshalb darf ich die Nacht auf Kosten der Reederei im Hotel verbringen.«

Sie hörte Dorothee leise seufzen. »Du ahnst nicht, wie sehr ich dich beneide. Und ich vermisse dich. Ohne dich macht mir die Arbeit hier keinen Spaß mehr, zum Glück hab ich jetzt drei Wochen Urlaub. Hier bricht allmählich das absolute Chaos aus. Cosima und Ralph kriegen nichts auf die Reihe.«

»Das habe ich mir schon gedacht. Ralph ruft mehrmals täglich an und beschwert sich über meine Rücksichtslosigkeit. Sogar Cosima hat mehrfach angerufen und verlangt, dass ich sofort zurückkomme.«

»Ja, sie regt sich schrecklich über dich auf.« Dorothee lachte, doch im nächsten Moment schrie sie ärgerlich auf. »Ralph, gib mir mein Handy zurück.«

»Jasmin«, vernahm sie Ralphs Stimme vorwurfsvoll dicht an ihrem Ohr. »Endlich! Warum rufst du nicht zurück?«

»Weil es nichts mehr zu sagen gibt.«

»Du fehlst mir«, sagte er sehr leise und sehr leidend. »Warum hast du mir das angetan?«

»Ich habe dir gesagt, warum ich dich verlassen habe. An meinen Gründen hat sich nichts geändert.«

»Wir finden eine Lösung«, beschwor er sie. »Wenn du dich nur ein bisschen bemühst und auf Ma und mich zukommst, wird alles wieder gut.«

Jasmin traute ihren Ohren nicht. »Ich liebe dich nicht mehr«, sagte sie unmissverständlich.

Er sagte nichts, aber sie vernahm seinen schweren Atem am anderen Ende der Leitung.

»Ruf mich bitte nicht mehr an, Ralph«, fügte sie hinzu. »Und jetzt gib Dorothee das Handy zurück.«

Bereits nach wenigen Sekunden ertönte Dorothees Stimme. »Was hast du ihm denn gesagt? Er ist davongeschlichen wie ein geprügelter Hund.«

Jasmin berichtete ihr kurz. »Glaubst du, dass ich ihn sehr verletzt habe?«

»Ma bringt das schon in Ordnung«, erwiderte Dorothee trocken. »Ein neues Auto hat er ja schon, vielleicht bekommt er jetzt noch eine goldene Uhr.« Dorothee lachte plötzlich laut auf. »Oder sie schenkt ihm eine Hurtigruten-Kreuzfahrt, und damit der arme Junge dir nicht schutzlos ausgeliefert ist, kommt sie gleich mit.«

»Bitte, Dorothee, beschrei es nicht. Ich würde glatt über die Reling springen, wenn die beiden auf der *MS Kristiana* auftauchen.«

»Da besteht keine Gefahr« erwiderte Dorothee beruhigend. »Die beiden haben in den nächsten drei Wochen genug mit dem Hotel zu tun, schließlich bin ich weg.«

»Erhol dich gut«, sagte Jasmin herzlich.

»Vergiss mich nicht ganz auf deinem Kreuzfahrtschiff«, bat Dorothee.

»Niemals«, versicherte Jasmin. »Ich melde mich bald wieder bei dir.« Nachdem das Gespräch beendet war, wurde es still in ihrem Hotelzimmer, und Jasmin fühlte sich plötzlich einsam.

Sie beschloss, auf Erkundungstour zu gehen.

Im Hanseviertel Bryggen hatte sie das Gefühl, tief ins Mittelalter einzutauchen. Enge Gassen führten vorbei an windschiefen Holzhäusern, deren Giebel teilweise so weit über die Gasse gebaut waren, dass sich die Bewohner durch die Fenster hinweg die Hand reichen konnten. Andere Häuser wiederum waren in den oberen Stockwerken durch schmale Holzbrücken miteinander verbunden.

Ein Schwung Touristen zog an ihr vorbei. Fröhliche, gutgelaunte Menschen, die in dieser Umgebung so fremd wirkten wie sie selbst. Ihren Gesprächen entnahm Jasmin, dass sie von einem Kreuzfahrtschiff kamen, das in Bergen einen Stopp eingelegt hatte.

Langsam ging sie weiter und rief sich in Erinnerung, was sie über Bryggen gelesen hatte. Einst war dieses Viertel als Hansekontor unter dem Namen *Tyskebryggen* bekannt gewesen – ein Hinweis darauf, dass es sich bei den Besitzern um deutsche Kaufleute gehandelt hatte.

Fast alle Häuser wurden 1702 bei einem Großbrand zerstört und später im alten Stil neu errichtet. Nach dem Zweiten Weltkrieg strich man *Tyske*, und damit den Bezug zu »Deutsche«, aus dem Namen.

Nachdem Jasmin eine Weile durch die Gassen geschlendert war, überlegte sie, was sie sich als Nächstes ansehen wollte. Die verbleibende Zeit war zu kurz, um alle Sehenswürdigkeiten der Stadt zu erkunden. Sie trat an die Seite und suchte in ihrem Smartphone nach Empfehlungen. Plötzlich spürte sie, dass sie beobachtet wurde. Irritiert schaute sie auf – mitten in das Gesicht des Mannes, an den sie seit ihrem Vorstellungsgespräch in der Tychsen-Reederei so oft hatte denken müssen. Der gutaussehende Fremde aus dem Aufzug, der mitbekommen hatte, wie sie alle anderen Bewerber in der Tychsen-Reederei abgehängt hatte. Er lächelte.

Unwillkürlich lächelte sie zurück und hielt den Atem an, während er auf sie zukam. Er sah noch attraktiver aus, als sie ihn in Erinnerung hatte.

»So ein Zufall, dass wir uns ausgerechnet in Bergen wiedersehen.« Er lächelte. »Dabei glaube ich gar nicht an Zufälle.«

Eine weitere Touristengruppe kam durch die enge Gasse. Um Platz zu machen, trat er näher an sie heran. Er berührte sie nicht, aber Jasmin spürte ein Prickeln auf ihrer Haut, am ganzen Körper. Unfassbar, wie sehr er sie faszinierte.

»Wo wollen Sie hin?«, fragte er.

Jasmin zuckte die Schultern. »Keine Ahnung, ich lasse mich treiben. So viel Zeit bleibt mir nicht, um mir die Stadt anzusehen.«

»Für Bergen bleibt eigentlich nie genug Zeit«, sagte er. »Es ist meist nur der kurze Stopp vor Beginn und nach dem Ende einer Kreuzfahrt.« Fragend schaute er sie an. »Haben Sie Lust, gemeinsam auf Erkundungstour durch die Stadt zu gehen?«

Natürlich nicht! Dazu war sie viel zu vernünftig und vorsichtig. Er war ein Fremder, dem sie zuvor erst ein einziges Mal begegnet war.

»Ja«, hörte sie sich zu ihrer eigenen Überraschung sagen. »Sehr gerne.«

»Ich heiße Adrian.«

»Jasmin«, stellte sie sich ebenfalls nur mit ihrem Vornamen vor.

»Okay, Jasmin, dann spulen wir erst einmal das normale Touristenprogramm ab, und danach zeige ich Ihnen meinen Lieblingsplatz in Bergen.« Er zögerte einen Moment. »Das heißt, wenn Sie damit einverstanden sind. Sagen Sie bitte, wenn Sie andere Pläne haben.«

Jasmin war überrascht. Ralph hätte vorausgesetzt, dass ihre Wünsche seinen entsprachen. *Das ist vorbei. Er hat nichts mehr in deinem Leben und auch nichts mehr in deinen Gedanken zu suchen.* Sie lächelte. »Ich sagte ja schon, dass ich mich einfach nur treiben lasse.«

»Okay, dann machen wir es so: Ich verschaffe Ihnen einen Überblick über die Stadt, und danach zeige ich Ihnen meinen Lieblingsplatz.«

Jasmin war gespannt, was sein Lieblingsplatz wohl über ihn verriet, doch zuerst ging es mit einer Standseilbahn hinauf auf den Fløyen.

»Eigentlich ziehe ich den Fußweg vor«, erklärte Adrian. »Vielleicht beim nächsten Mal, wenn wir mehr Zeit haben.«

Beim nächsten Mal? Wir? Jasmins Herz schlug schneller.

Die Bahn startete in der Altstadt und brachte sie in wenigen Minuten auf Bergens Hausberg. Hier oben zeigte sich die ganze Schönheit der Umgebung. Die Sonne tauchte die Landschaft in ein goldenes Licht. Die zerklüftete Küstenlinie, die tiefgrünen Wälder und das schimmernde Wasser des Byfjords ließen Jasmin erahnen, was sie auf ihrer Reise erwartete. Sie spürte, wie unbedeutend alles wurde angesichts der Großartigkeit der Natur.

»Ich könnte für immer hier stehen und schauen«, sagte sie und wandte sich zu ihm. »Danke, dass Sie mir das gezeigt haben.«

»Bergen mag Sie«, sagte er. »Es zeigt sich heute von seiner besten Seite. Dabei regnet es hier durchschnittlich an zweihundertachtundvierzig Tagen im Jahr. Also eigentlich immer.«

»Dann ist es eine Sympathie, die auf Gegenseitigkeit beruht«, bemerkte Jasmin lächelnd. »Ich werde bestimmt noch mal herkommen und dann auch mehr Zeit mitbringen.« Sie musterte ihn neugierig. »Und jetzt zeigen Sie mir Ihren Lieblingsplatz.«

Er nickte. »Dazu müssen wir aber wieder runter in die Stadt.« Er blickte sie fragend an. »Der Fußweg dauert etwas mehr als zwanzig Minuten. Ich kann aber auch ein Taxi rufen.«

»Nein, lassen Sie uns den Fußweg nehmen, dann sehe ich ein bisschen mehr von der Stadt.«

Sie machten sich an den Abstieg und wandelten anschließend noch eine Weile durch den belebten und modernen Teil der Innenstadt. Dann erlebte Jasmin eine weitere Überraschung. Kopfsteingepflasterte Straßen zwischen weißen Holzhäusern, Treppen und verwinkelte Gassen. Allein hätte sie sich hier hoffnungslos verlaufen, aber Adrian schien sich bestens auszukennen. Er führte sie durch eine der Gassen in einen begrünten

Innenhof. Stühle standen gruppiert um runde Bistrotische. Fast alle waren besetzt, bis auf einen in der Nähe des Eingangs. Ein junges Mädchen mit langen Haaren und einer Schürze, die sie über Jeans und T-Shirt trug, lief geschäftig herum.

Sie lächelte erfreut, als sie Adrian sah. *»Du var borte lenge«*, sagte sie, während ihr Blick neugierig zwischen ihm und Jasmin hin- und herflog.

»Ja, ich war sehr lange weg«, erwiderte Adrian auf Deutsch. »Das ist Jasmin.« Er wies auf Jasmin. »Und das ist Frid, die Tochter eines guten Freundes. Frid studiert Deutsch.«

Frid begrüßte Jasmin mit einem Händedruck. »Herzlich willkommen im *mat og sånt*. Ein Tisch ist noch frei«, sagte sie. »Setzt euch, ich bringe gleich die Karte.«

»Glück gehabt«, sagte Adrian mit einem zufriedenen Lächeln. Er rückte Jasmin den Stuhl zurecht und setzte sich ihr gegenüber. »Das hier ist ein Geheimtipp, der leider nicht mehr ganz so geheim ist.«

»Sie sind oft in Bergen?«

Adrian nickte. »Ja, natürlich. Die norwegische Filiale der Tychsen-Reederei befindet sich hier in Bergen.«

Bevor Jasmin ihn fragen konnte, in welcher Verbindung er eigentlich zur Reederei stand, sagte er: »Außerdem habe ich eine Weile hier gelebt. Genau in diesem Stadtteil.« Er wies auf das Restaurantgebäude. »Die beiden Fenster da oben, gleich unter dem Dach, waren mein Zuhause. Ich habe in Deutschland Nautik studiert, das Praxissemester aber hier in Bergen verbracht.«

»Adrian ist ein halber Norweger und ein halber Deutscher.« Frid war zu ihnen an den Tisch gekommen und brachte die Karte. Doch Adrian wusste bereits, was er essen wollte, und Jasmin schloss sich einfach seiner Bestellung an.

»Jasmin, ich muss Ihnen etwas sagen«, begann Adrian umständlich. »Ich bin in der Tychsen-Reederei angestellt.«

»Das dachte ich mir bereits.« Jasmin lachte. »Arbeiten Sie denn hier in der Filiale in Bergen?«

»Nein, nein«, wehrte er ab. »Eigentlich wollte ich es Ihnen gleich bei unserem Zusammentreffen eben sagen, aber dann hatte ich Lust, ein wenig Zeit mit Ihnen zu verbringen und Sie besser kennenzulernen, also habe ich es gelassen.«

Jasmin konnte sich keinen Reim aus seinen Worten machen, bis er herausplatzte:

»Ich bin Kapitän der *MS Kristiana!*«

»Oh.« Mehr brachte sie nicht hervor.

»Hätten Sie die letzten Stunden mit mir verbracht, wenn ich es Ihnen sofort gesagt hätte?«

»Nein.«

»Bereuen Sie, dass Sie mit mir die Stadt erkundet haben?«

»Nein«, sagte sie auch diesmal.

»Ich auch nicht.« Er lächelte.

Sie dachte an den Moment in der Reederei, als sie die anderen Bewerber weggeschickt hatte, und sprach ihn darauf an. »Sie hätten verhindern können, dass ich die Stelle bekomme.«

»Ich wollte, dass Sie die Stelle bekommen. Mit dieser Aktion haben Sie gezeigt, dass Sie zu kreativen Problemlösungen fähig sind.«

»Ich habe die Stelle durch ein Täuschungsmanöver bekommen.«

Adrian schüttelte den Kopf. »Sie haben die Stelle bekommen, weil Sie die richtige Person dafür sind.«

Frid brachte das Essen, einen köstlichen Salat mit Brot, dazu eine Flasche Wasser und zwei Gläser. »Denken Sie nicht länger darüber nach«, sagte Adrian. »Ich weiß, dass es die richtige Entscheidung war, und ich freue mich auf unsere Zusammenarbeit.« Sein Lächeln war so herzlich und aufrichtig, dass Jasmin es automatisch erwiderte.

Er erzählte ihr während des Essens von seiner Arbeit auf einem Forschungsschiff. Jasmin hörte interessiert zu. Plötzlich bemerkte sie am Eingang des Innenhofs eine blonde Frau, die gebannt zu ihr und Adrian herüberschaute. Ihre Blicke trafen sich. Die Frau verzog keine Miene, doch Jasmin fühlte sich mit einem Mal unbehaglich. Fröstelnd verschränkte sie die Arme vor der Brust.

»Ist Ihnen kalt?« Adrian klang besorgt.

»Nein.« Jasmin schaute noch einmal an ihm vorbei, doch die blonde Frau war verschwunden.

»Ich glaube, es ist besser, wenn ich jetzt zurück zum Hotel gehe, Kapitän …« Fragend schaute sie ihn an.

»Immer noch Adrian«, verbesserte er sofort. »Ich brauche diese Förmlichkeiten nicht, und Sie werden sehr schnell feststellen, dass das hier in Norwegen nicht üblich ist.«

»Ja, das stimmt«, bestätigte Frid, die gekommen war, um das Geschirr abzuräumen. »Du wirst sehen, wir sind alle ganz locker hier«, sagte sie zu Jasmin. »Ich wünsche dir eine schöne Zeit in Norwegen.«

Adrian ließ zu, dass sie ihr Essen selbst bezahlte. Er bestand allerdings darauf, sie anschließend zu ihrem Hotel zu bringen. Vor der Tür verabschiedete er sich von ihr. »Schlafen Sie gut, Jasmin.«

Mehr als ein Nicken brachte Jasmin nicht zustande.

»Wir sehen uns morgen auf der *MS Kristiana*«, sagte er lächelnd und verabschiedete sich.

»Ich freue mich auch.« Und das war keine Floskel, es fühlte sich wirklich so an.

Es war noch dämmrig, als Jasmin am nächsten Morgen auf dem Kai stand und die Szenerie betrachtete. Der Himmel war wolkenverhangen, ringsum leuchteten die Lichter von Bergen. Dahinter ragten wie dunkelgraue Riesen die Schatten der Berge empor.

Stolz und schneeweiß erhob sich vor ihr die *MS Kristiana*. Ihre Beleuchtung spiegelte sich im Wasser des Hafens. Noch war alles still. Die Gäste wurden erst ab dem frühen Mittag erwartet.

Jasmin schulterte ihre Reisetasche und betrat über die Gangway das Schiff. Der Eingangsbereich erstreckte sich offen über mehrere Decks in die Höhe. Vier gläserne Aufzüge, zwei rechts, zwei links, bewegten sich lautlos nach oben und schwebten ebenso lautlos wieder zurück. Hinter einer Glaswand führten Treppen zu den verschiedenen Etagen, für die Sportlichen und die Klaustrophobiker.

Die Rezeption, an der sie sich melden sollte, lag als zentrale Stelle auf Deck 6. Mit dem Aufzug fuhr sie nach oben und folgte den Hinweisschildern.

Und dann stand sie das erste Mal vor ihrem neuen Arbeitsplatz. In die Decke eingelassene Lampen beleuchteten den halbrunden Tresen. Durch das Fenster dahinter konnte Jasmin die Lichter der Stadt erkennen. Kein Mensch war zu sehen.

»Hallo!«

Nichts passierte. Gleich neben dem Tresen befand sich eine Tür. Die Uhr darüber zeigte Jasmin, dass sie nicht zu spät war. Sie stellte ihre Reisetasche ab und wartete geduldig.

Es dauerte fast eine Viertelstunde, bis eine Frau in der Uniform der Reederei um die Ecke bog. Im Laufen knöpfte sie mit einer Hand ihre weiße Bluse zu, während sie versuchte, mit der anderen Hand ihre Haare zu richten. »Bist du Jasmin?«, fragte sie ein wenig atemlos.

Jasmin nickte.

»Ich bin Marisol.« Marisol reichte ihr die Hand. »Tut mir leid, ich bin zu spät.«

Jasmin schmunzelte. »Ich verrate es niemandem.«

Marisol begann zu lachen. »Du weißt schon, dass du meine Vorgesetzte bist? Du kannst es also eigentlich nur dir selbst verraten.«

»Nein, das wusste ich nicht.« Jasmin fühlte sich ein wenig beklommen. Ein Kreuzfahrtschiff unterschied sich offenbar doch sehr von einem Hotel. »Ich fürchte, ich weiß eine ganze Menge noch nicht«, gab sie ehrlich zu.

»Dafür hast du ja mich.« Marisol schaute sie plötzlich erschrocken an. »Ist es dir überhaupt recht, wenn ich dich duze? Ihr Deutschen seid da ja manchmal komisch.«

»Das ist absolut okay.« Jasmin nickte. »Du bist aber auch keine Norwegerin, oder?«

»Ich komme aus Spanien.« Marisol seufzte. »Ich brauche eigentlich die Wärme, das Sonnenlicht – und dann verliebe ich mich ausgerechnet in einen Mann aus dem hohen Norden. Weißt du, dass es in Bergen fast immer regnet?«

»Ich hörte davon«, erwiderte Jasmin amüsiert. *Gestern erst!* Sie fragte sich, ob sie Adrian heute sehen würde. »Arbeitest du schon lange für die Tychsen-Reederei?«, wollte sie dann wissen.

»Seit vier Jahren. Bisher war ich auf einem anderen Schiff der Flotte. Ich freue mich sehr, jetzt auf der *MS Kristiana* zu sein.« Marisol wechselte das Thema. »Soll ich dir jetzt alles zeigen? Zuerst deine Kabine?«

Jasmin nickte. Gemeinsam fuhren sie mit dem Aufzug wieder nach unten.

»Also, wir haben unsere Kabinen auf Deck 3. Das ist da, wo du reingekommen bist. Links sind unsere Kabinen, rechts sind unsere Aufenthaltsräume und die medizinische Abteilung.«

»Es wird also nicht gerne gesehen, wenn wir uns unter die Gäste mischen?«, schloss Jasmin.

Marisol lachte. »Wenn du den ganzen Tag mit den Gästen zu tun hast, bist du froh, wenn du sie nach Feierabend nicht mehr sehen musst. In den Decks unter uns sind die Betriebsräume mit Maschinenraum, Küche, Kühl- und Lagerräume.« Marisol führte sie zu einer Tür mit der Aufschrift *Crew only* auf Deck 3. »Trotz dieses Hinweises wirst du hier hin und wieder neugierige Gäste antreffen, die behaupten, sie hätten sich verlaufen. Dein Zimmer ist links am Ende des Ganges. Der weite Weg dorthin ist zwar ein Nachteil, aber dafür ist es ein unbestreitbarer Vorteil, dass die Eckkabinen ein bisschen größer sind. Komm, ich zeige sie dir.«

Jasmin folgte ihr neugierig. »Wohnt die gesamte Crew hier unten?«, fragte sie.

»Die Offiziere und die Ärztin haben ihre Kabinen auf Deck 9«, fuhr Marisol fort. Sie öffnete die Tür zu Jasmins Kabine mit einer Karte und überreichte sie ihr anschließend. Dann ließ sie Jasmin eintreten.

Der Raum war zwar nicht besonders groß, aber Jasmin hatte sich eine Crew-Kabine weitaus schlimmer vorgestellt. Links an der Wand stand ein schmales Bett, direkt gegenüber befand sich eine Schreibtischplatte, eingebaut zwischen einem Regal und einem Wandschrank. Am meisten aber begeisterte sie das Fenster gegenüber der Tür. Das war kein kleines Bullauge, sondern ein richtig großes Fenster, das den Blick in den Hafen freigab.

Marisol stand an der Tür und ließ ihr Zeit, sich alles genau anzusehen.

Das Bad gleich neben dem Eingang war winzig und fensterlos. Es bestand aus einer Dusche, Toilette und einem Waschbecken. Jasmin ging zurück ins Zimmer und drehte sich einmal um sich selbst. »Das ist toll«, freute sie sich. »Ich dachte immer, die Schiffsbesatzung schläft in Mehrbettzimmern ohne Fenster.«

»Auf der *MS Kristiana* haben alle Zimmer der Crew ein Fenster«, sagte Marisol. »Aber nur die leitenden Angestellten, so wie du, bekommen eine Einzelkabine.«

Jasmin fühlte sich sofort schuldig, doch Marisol winkte ab.

»Das ist schon okay so. Ich teile mir die Kabine mit Nele, der Kinderbetreuerin. Wir kennen uns von früher und verstehen uns gut.«

Marisol und Jasmin setzten ihre Besichtigungstour fort. Auf Deck 4 und 5 befanden sich ausschließlich Kabinen für Passagiere. Deck 6 beherbergte neben der Rezeption auch das Restaurant und bot den Passagieren zudem einen Rundumlauf, der laut Marisol gerne von Joggern benutzt wurde. Backbord und steuerbord hingen die Rettungsboote, die im Notfall hydraulisch zu Wasser gelassen werden konnten.

Auf allen Seiten, Backbord wie Steuerbord, und vor allem im Bug- und Heckbereich befanden sich ausklappbare Sitzgelegenheiten für die Passagiere.

Ab Deck 7 aufwärts gab es Balkonkabinen und im Bug des Schiffes einen großen Raum, der zur Seeseite vollständig verglast war. Die Aussicht von dort aus musste bei Tageslicht atemberaubend sein.

»Hier gibt es zwei absolute Luxuskabinen«, sagte Marisol, als sie Deck 8 erreichten. »Sollte ich jemals als Passagier auf der *MS Kristiana* mitfahren, will ich in einer dieser beiden Kabinen wohnen.«

Jasmin traute ihren Augen kaum, als Marisol ihr eine der Kabinen zeigte. »Wer kann sich so etwas leisten?«, fragte sie.

Marisol lächelte. »Beide Kabinen sind gebucht. Eine sogar für die ganze Reise, obwohl sie nur für vier Tage belegt wird.«

Auf Deck 9 sagte Marisol: »Hier haben wir nichts zu suchen. Wir dürfen dieses Deck nur auf dem Weg nach oben oder nach unten betreten.« Und damit stiegen sie die letzte Treppe nach oben auf Deck 10. Links befand sich der Poolbereich, rechts eine Bar. Durch einen weiteren Ausgang gelangten sie auf ein schmales Außendeck.

»Hier sind nur selten Passagiere«, erklärte Marisol. »Allerdings kann es hier auch sehr ungemütlich sein, wenn wir hart am Wind fahren.«

Jasmin war beeindruckt. »Woher weißt du das alles? Die *MS Kristiana* läuft doch jetzt zu ihrer ersten Fahrt aus.«

»Die Tychsen-Schiffe sind in der Ausstattung alle ähnlich, nur der Antrieb unterscheidet sich. Die *MS Kristiana* gilt als sehr umweltfreundlich, aber das weißt du sicher.«

Jasmin nickte.

»Jetzt zeige ich dir, wie und wo wir uns meistens nach oben und unten bewegen.« Marisol lächelte verschmitzt und führte Jasmin zu einer Tür, die auf den ersten Blick nicht als solche erkennbar war. »Du kannst diese Türen mit der Chipkarte deines Zimmers öffnen«, sagte Marisol und führte es gleich mit ihrer eigenen Karte vor.

Die Tür sprang auf. Dahinter lag ein schmales Treppenhaus, das von künstlichem Licht beleuchtet wurde. Hintereinander stiegen sie nach unten. Diesmal bis zu Deck 2, wo Jasmin ihre Uniform erhielt. Einen blauen Rock, einen Blazer mit dem Emblem der Reederei, und weiße Blusen.

Zuständig für die Wäscherei war Bianca Hermanns, eine korpulente, sympathische Frau, die Jasmin ebenfalls sofort duzte. »Du bekommst noch Uniformen zum Wechseln, aber das erfährst du alles später. Erst einmal herzlich willkommen.«

Jasmin bedankte sich. Sie wusste nicht genau, was sie in ihrem neuen Job erwartete, aber ihre neuen Kollegen mochte sie bereits jetzt. In ihrer Kabine zog sie sich um, bevor sie zurück zur Rezeption ging. Im Laufe des Vormittags lernte sie weitere Menschen kennen, mit denen sie als Hotelmanagerin zu tun haben würde. Sie war verantwortlich für die Küche, den Service in den Restaurants und der Bar sowie für die Rezeption. Dabei überschnitten sich manche Teilbereiche mit denen des Kreuzfahrtdirektors.

»Magnus Foss ist aber noch nicht an Bord«, sagte Marisol, und für den Bruchteil einer Sekunde, als sie den Namen aussprach, verhärteten sich ihre Gesichtszüge. Sie sagte allerdings nichts mehr, sondern schaute stattdessen auf die Uhr. »Nicht mehr lang, dann kommen die Passagiere.«

Jasmin wusste, dass der Check-in an den Terminals der Reederei stattfand und die Gäste anschließend mit Bussen zum Kai gebracht wurden.

»Dann stehen wir bereit für all die kleinen und großen Probleme. Für all die Fragen, die eigentlich schon im Vorfeld geklärt wurden, die aber trotzdem wieder auftauchen.« Marisol hatte es kaum ausgesprochen, da klingelte bereits das Telefon. Sie nahm das Gespräch an.

»Ja, aber dann können wir doch auch nichts machen«, hörte Jasmin sie sagen. »Wenn er doch selbst umgebucht ...« Sie brach ab. »Ja, ich verstehe«, sagte sie kurz darauf. »Aber wir sind komplett ausgebucht.« Leichte Ironie schwang in ihrer Stimme mit, als sie hinzufügte: »Oder soll ich den Kapitän fragen, ob er seine Kabine mit den Gästen tauscht?« Sie lauschte kurz in den Hörer, dann lachte sie und verabschiedete sich. »Also«, wandte sie sich erklärend an Jasmin, »da haben wir bereits das erste Problem, für das du zuständig bist. Da kommen gleich zwei Gäste, Malte Heynig und Tabea Kern, die mit der gebuchten Kabinenkategorie nicht einverstanden sind. Da hat es wohl einige Hin- und Herbuchungen gegeben, vor allem was den Namen der weiblichen Begleitung betrifft. Es ist im Einzelnen offenbar nicht mehr nachvollziehbar.«

Jasmin wollte sich auf die Situation vorbereiten und trat an den PC hinter dem Tresen, wo sie die Namen der Gäste eingab. »Ja, hier steht es.« Sie zeigte mit dem Finger auf die Buchung, als Marisol neben sie trat. »Zuerst hat er die Luxussuite gebucht, dann wurde der Name der Begleitung geändert. Und kurz darauf die Kabinenkategorie. Das wurde ihm online bestätigt. Der Differenzbetrag wird ihm kulanterweise von der Reederei erstattet.« Jasmin zuckte mit den Schultern. »Von unserer Seite liegt kein Fehler vor.«

In diesem Moment ertönte eine Kinderstimme: »Wo ist der Kapitän?«, und Jasmin sah auf.

Vor dem Tresen standen ein Mädchen und ein Junge, beide etwa fünf Jahre alt. Die blonden Haare des Mädchens waren zu kurzen Zöpfen gebunden. Sie schaute keck zu Jasmin auf, während der dunkelhaarige Junge eingeschüchtert wirkte.

Jasmin ging um den Tresen herum und vor den Kindern in die Hocke. »Wie heißt ihr denn?«

»Ich bin Emilia«, sagte das Mädchen und zeigte dann auf den Jungen. »Und das ist der Noah.«

»Hallo, Emilia und Noah. Schön, dass ihr an Bord seid. Was wollt ihr denn vom Kapitän?«

»Ich will ihm nur mal guten Tag sagen«, erklärte Emilia. »Und mal gucken, wo der arbeitet. Wenn der Noah groß ist, will der auch mal Kapitän werden.«

»Will ich nicht«, sagte Noah.

Emilia stieß ihren Bruder an. »Willst du doch. Und dann fährst du mich überallhin.« Sie wandte sich wieder an Jasmin. »Wo ist der Kapitän?«

»Heute kann ich euch nicht zum Kapitän bringen«, sagte Jasmin. »Er hat ziemlich viel zu tun. Aber vielleicht ist das in den nächsten Tagen möglich, wenn wir auf See sind. Ich schaue mal, was ich für euch tun kann. Wo sind denn eure Eltern?«

»Emilia! Noah!« Die Frau, die in heller Aufregung auf sie zugelaufen kam, war klein, dunkelhaarig und bildhübsch. »Ich habe euch doch gesagt, dass ihr auf mich warten sollt!«

Das Mädchen verschränkte die Arme vor der Brust. »Uns war langweilig. Und wir wollen den Kapitän sehen.«

Die Frau war sichtlich angespannt. »Sorry«, sagte sie zu Jasmin. »Die beiden sind mir entwischt. Ich bin übrigens Nele Bierwald und für den Kindergarten hier an Bord zuständig.« Sie schaute zu Marisol. »Hallo, Marisol! Ich bin so froh, dass wir beide wieder auf einem Schiff sind und uns eine Kabine teilen.«

»Ich freue mich auch.« Marisol schaute Nele fragend an. »Wieso sind diese Kinder schon hier? Bisher sind doch noch keine Passagiere an Bord.«

»Das … war … eine Ausnahme«, erklärte Nele stockend. »Ich erkläre euch alles später.« Sie fasste nach den Händen der Kinder und zog sie mit sich fort. Jasmin und Marisol hörten sie schimpfen, doch sie sprach so leise, dass sie ihre Worte nicht verstehen konnten.

»Komisch!«, murmelte Marisol, kam aber nicht mehr zu einer Erklärung, weil einer der Stewards geschäftig herbeieilte. »Die Passagiere kommen.«

»Ich habe eine Suite gebucht«, wiederholte Malte Heynig. »Und ich bestehe darauf, genau diese Kabinenkategorie zu bekommen.«

Seine Begleiterin nickte zustimmend. Sie war sehr schlank, trug ein eng anliegendes Kleid, High Heels und, ebenso wie ihr Freund, eine verspiegelte Sonnenbrille, die sie auch hier im geschlossenen Raum nicht abnahmen. Es störte Jasmin, dass sie die Augen der beiden nicht sehen konnte.

»Es wurde Ihnen bereits am Terminal gesagt, dass von unserer Seite aus kein Fehler vorliegt.«

»Noch einmal langsam, damit Sie es auch verstehen«, sagte Malte Heynig arrogant. »Ich habe eine Luxussuite bezahlt, und die will ich jetzt auch haben«, sagte er betont langsam.

Jasmin hatte über viele Jahre Erfahrung im Umgang mit unzufriedenen Hotelgästen gesammelt und blieb freundlich. Wäre es ein Buchungsfehler, hätte sie sogar Verständnis für diesen Passagier, aber sie hatte sich inzwischen ja selbst davon überzeugt, dass alles korrekt gelaufen war.

»Es ist Ihr Fehler«, betonte Malte Heynig.

Aus den Augenwinkeln bemerkte Jasmin eine rothaarige Frau, die schnell hinter eine der Säulen im Rezeptionsbereich huschte, als wolle sie nicht gesehen werden. Seltsam.

»Schauen Sie mich gefälligst an, wenn ich mit Ihnen rede!«, fuhr Malte Heynig sie an.

Jasmin kam seiner Aufforderung nach und stellte fest, dass sie in den Gläsern seiner Brille vor allem sich selbst erblickte. »Ich werde den kompletten Buchungsvorgang von der Zentrale in Deutschland noch einmal überprüfen lassen«, versprach sie. »Sollte sich dabei herausstellen, dass der Fehler tatsächlich bei uns liegt, erhalten Sie natürlich eine Entschädigung.«

»Ich will keine Entschädigung, ich will die Kabine, die ich gebucht und auch bezahlt habe«, brüllte er los.

»Ich habe den Vorgang ausgedruckt. Die Suite ist im Übrigen mehr als doppelt so teuer. Die Differenz wurde Ihnen erstattet.« Jasmin präsentierte ihm den Beleg.

Malte Heynig riss ihr den Zettel aus der Hand und zog sogar seine Sonnenbrille aus, um ihn sich anzusehen. Jasmin erblickte in diesem Moment wieder die rothaarige Frau, die kurz hinter der Säule hervorschaute.

»Malte, lass uns gehen«, quengelte die schlanke Blondine. »Wenn wir die Luxussuite nicht bekommen, will ich hier nicht bleiben.«

»Warte mal.« Malte Heynig hob die Hand. »Auf dem Beleg steht tatsächlich, dass ich eine Rückzahlung erhalten habe.« Er zückte sein Handy und tippte darauf herum.

Jasmin hatte den Eindruck, dass er sich allmählich mit der Situation anfreundete.

»Die haben mir tatsächlich Geld zurücküberwiesen«, murmelte er. »Der Betrag wurde gutgeschrieben.«

Seine Freundin zog nun ebenfalls ihre Sonnenbrille aus und starrte ihn entsetzt an. »Jetzt sag bloß nicht, dass wir unseren Urlaub in einer Billigkabine verbringen werden!«

Malte Heynig erwärmte sich offensichtlich mehr und mehr für den Gedanken. »Überleg doch mal, wie viel Geld wir sparen.«

»Genau genommen sind Sie ja auch nur zum Schlafen in der Kabine«, stimmte Jasmin ihm zu. »Und damit Sie den ausgestandenen Ärger zu Beginn der Reise vergessen, spendiert Ihnen die Reederei einen Landausflug Ihrer Wahl.«

Die Augen der Blondine verengten sich zu schmalen Schlitzen. »Obwohl Sie doch angeblich keinen Fehler gemacht haben?«

Jasmin schaute ihr fest in die Augen. »Das haben wir auch nicht. Aber es ist uns wichtig, dass unsere Gäste das Schiff am Ende mit einem positiven Gefühl verlassen.«

Malte Heynig fraß ihr jetzt aus der Hand. »Das ist sehr großzügig. Wir nehmen das Angebot gerne an.«

Die Blondine presste die Lippen fest aufeinander, sagte aber nichts mehr.

»Marisol, würdest du Herrn Heynig und Frau Kern zu ihrer Kabine bringen? Und lass doch bitte einen Obstkorb auf ihr Zimmer stellen.«

Malte Heynig strahlte sie begeistert an, seine Freundin jedoch wirkte nach wie vor unzufrieden. Beide folgten Marisol. Jasmin bemerkte, dass die rothaarige Frau hinter der Säule hervorkam. Sie lächelte Jasmin zu und ging.

»Kompliment, die Lage hast du sehr gekonnt entspannt.« Ein hochgewachsener blonder Mann streckte Jasmin die Hand entgegen. »Ich bin Magnus Foss, der Kreuzfahrtdirektor.«

»Jasmin Andres.«

Er lächelte. »Das habe ich mir gedacht.«

»Entschuldigen Sie bitte.« Vor der Rezeption stand eine dunkelhaarige Frau und lächelte verlegen. »Können Sie mir sagen, ob Ricarda Jacobsen bereits an Bord ist?«

»Frau Jacobsen kommt erst in Kirkenes an Bord«, erwiderte Magnus.

»Schade.« Sie lächelte bedrückt. »Dann muss ich mich wohl gedulden.«

Magnus lächelte verbindlich. »Ich wünsche Ihnen eine schöne Reise.«

Jasmin wartete, bis die Frau außer Hörweite war. »Ricarda Jacobsen kommt an Bord? Die Schriftstellerin?«

»Ja! Es war gar nicht so einfach, das zu arrangieren«, sagte Magnus. »Die Schriftstellerin lebt sehr zurückgezogen. Wir haben nicht wenige Passagiere, die diese Reise vor allem ihretwegen gebucht haben. Dafür wurde sogar eigens die Route geändert. Der Geirangerfjord wird erst auf der Rückreise angefahren.«

Jasmin freute sich. »Wie spannend! Ich mag ihre Bücher.«

Marisol kam zurück. »Malte Heynig ist jetzt ganz zufrieden, seine Freundin nicht«, berichtete sie, bevor sie sich mit einem knappen Nicken Magnus zuwandte. »Magnus.« Ihre Zurückhaltung bestätigte Jasmin in ihrem Gefühl, dass Marisol ihn nicht sonderlich mochte.

Magnus hingegen ließ sich nichts anmerken. »Hallo, Marisol. Schön, mal wieder mit dir zu reisen.«

»Wenn du meinst.« Sie wandte sich ab und trat an den Monitor hinter dem Tresen.

Jasmin hielt sich zurück, Marisol auf ihr Verhalten gegenüber Magnus anzusprechen. Das war aber auch nicht nötig, denn Marisol kam von sich aus auf sie zu, kaum dass Magnus verschwunden war. »Sei vorsichtig mit Magnus, Jasmin«, warnte sie eindringlich. »Er ist nicht so freundlich, wie er sich nach außen hin gibt.«

Jasmin öffnete den Mund, um eine Frage zu stellen, doch Marisol schüttelte den Kopf. »Mehr sage ich nicht. Ich möchte nicht schlecht über Kollegen reden, aber ich mag dich und will nicht, dass dir das Gleiche passiert wie vielen von uns. Nur so viel: Magnus Foss ist intrigant, gefährlich und hat sehr gute Beziehungen zu Clemens Tychsen.«

Jasmin war ihr dankbar für diese Warnung, doch gerade als sie das Gesagte kommentieren wollte, bemerkte sie die blonde Frau, die sie am Vorabend am Eingang zum Innenhof des Restaurants gesehen hatte. Die Frau schaute sie hochmütig an, bevor sie den Kopf wandte und weiterging.

»Kennst du die Frau?«, raunte Jasmin Marisol zu.

»Ja. Das ist unsere Schiffsärztin, Dr. Eva Fredriksen. Sie ist die Tochter des Reeders und die Ehefrau unseres Kapitäns.«

Es war spät, als die *MS Kristiana* in Bergen den Anker lichtete. Der Schein der Mitternachtssonne zeichnete die Umgebung in einem weichen Licht. Gemächlich steuerte das Schiff aus dem Hafen und nahm Kurs Richtung Norden. Jasmin stand auf dem Außendeck im Crewbereich, direkt unter der Kommandobrücke, und schlug fröstelnd die Arme um sich. Doch das war nicht der Außentemperatur geschuldet, die Kälte kam aus ihrem Inneren.

Sie drehte sich um und hob den Blick in Richtung Kommandobrücke. Hinter der Scheibe konnte sie Adrian sehen. Er winkte.

Jasmin winkte zurück. Dann ging sie fröstelnd in ihre Kabine.

Kapitel 7

»Der schlechteste Zug in der menschlichen Natur bleibt aber die Schadenfreude, da sie der Grausamkeit enge verwandt ist.«

Leonie erinnerte sich, wie ihre Lehrerin Henriette Fink, eine ältere Dame kurz vor der Pensionierung, vor der Klasse gestanden und mit erhobenem Zeigefinger diesen Satz Arthur Schopenhauers rezitiert hatte. Aus gegebenem Anlass, aber den hatte Leonie vergessen.

»Schopenhauer kann mich mal«, sagte sie in die Stille ihrer riesigen Luxussuite hinein. »Ich habe mir meine Schadenfreude verdient und hart erarbeitet.« Schade, dass sie Maltes Gesicht nicht sehen konnte, wenn er die Billigkabine betrat. Jetzt lag sie allein auf dem breiten Bett und schaute durch das Panoramafenster nach draußen. Die gläserne Veranda vor der Suite zog sich vom Schlafzimmer bis zu dem anschließenden Salon hin und konnte von allen Räumen aus betreten werden. Ein Traum für ein Paar auf Hochzeitsreise.

Die Sehnsucht meldete sich in ihr, tat so weh, dass sie nach draußen auf die Veranda flüchtete, als könne sie damit ihren Gefühlen entkommen.

Die Stadt glitt an ihr vorbei, die Landungsbrücke mit den bunten Holzhäusern, deren Spiegelung im Wasser beim Vorbeifahren des Schiffes zerfaserte wie eine Illusion. Ihre erste Station am nächsten Morgen würde Ålesund sein. Leonie rief sich in Erinnerung, was sie über die Stadt wusste, um nicht die ganze Zeit an Malte und Tabea denken zu müssen, und daran, was die beiden gerade in dem Bett in ihrer billigen Kabine miteinander anstellten. Sie schloss die Augen und sammelte ihre Gedanken. »Ålesund …« Sie öffnete die Augen. »Wie wird das eigentlich ausgesprochen?«, murmelte sie.

Ob er ihr auch den Nacken küsst, bevor er anfängt, sie zu streicheln?

»Ålesund wurde 1904 durch einen Brand zum größten Teil zerstört …«, fuhr sie fort.

Ob er Tabea genau die Worte ins Ohr flüstert, die er zu mir gesagt hat?

»… und anschließend im Jugendstil wieder erbaut.«

Sagt er ihr, dass er sie liebt?

Leonie starrte verzweifelt auf die zerklüftete Küste. Graue Schatten, die aus dem Meer emporwuchsen. Tief eingeschnittene Fjorde, winzige vorgelagerte Inseln oder Felsen, die vom Wasser umspült wurden. Die Mitternachtssonne tauschte die Landschaft in ein magisches Licht. Es war noch schöner, als Leonie es sich vorgestellt hatte, doch allein konnte sie es nicht genießen. Was hatte sie jetzt von ihrer Luxussuite? Zweisamkeit benötigte nicht viel Raum, Einsamkeit war überall unerträglich.

Sie rollte sich auf dem breiten Loungesofa auf der Veranda zusammen, anstatt zurück in ihre Suite zu gehen. Hier draußen lenkte sie die großartige Natur wenigstens ein bisschen ab. Schlafen konnte sie ohnehin nicht …

Als die Schiffssirene sie aus dem Schlaf riss, lag sie immer noch auf dem Sofa und hatte das Gefühl, gerade erst eingeschlafen zu sein. Müde rieb sie sich die Augen. Wie spät war es? Sie erhob sich mühsam, trat an die gläserne Balkonbrüstung – und vergaß für diesen Moment ihren Kummer. Etwas Schöneres hatte sie lange nicht mehr gesehen. Das Meer schimmerte in verschiedenen Blautönen und ging eine perfekte Symbiose mit den weißen und pastellfarbenen Jugendstilhäusern ein, die wirkten, als wären sie direkt auf dem Wasser erbaut. Sie schoben sich, umgeben von den Sunnmøre-Alpen und vielen kleinen Inselchen in Form einer Landzunge, ins Meer. In diesem Moment freute Leonie sich zum ersten Mal über ihre Hurtigruten-Reise.

Sie hatte sich das Zusammentreffen mit Malte auf der *MS Kristiana* in allen Einzelheiten ausgemalt. Das Entsetzen auf seinem Gesicht, sobald ihm klar wurde, dass er ihr hier nicht aus dem Weg gehen konnte, nachdem er zu Hause nicht ein einziges Mal bereit gewesen war, mit ihr zu reden. Gestern, als sie ihn und Tabea zuerst an der Rezeption beobachtet und später auf dem Weg zu ihrer billigen Zweibettkabine gefolgt war, hatte sie Schadenfreude empfunden. All ihre Überlegungen hatten sich immer ausschließlich um Malte gedreht, und dabei hatte sie nicht bedacht, dass Tabea auf ihr Erscheinen wahrscheinlich mit hämischer Freude reagieren würde. Sie würde ihre Beziehung mit Malte öffentlich zelebrieren und sich an Leonies Schmerz weiden.

Ich kann einfach so tun, als wäre es mir egal.

Nein, kann ich nicht, sagte sie sich gleich darauf selbst. Leonie kannte sich gut genug, um zu wissen, dass ihr das nicht gelingen würde, und inzwischen bereute sie ihre spontane Entscheidung. Es war eine blöde Idee gewesen, die Reise zur gleichen Zeit und auf dem gleichen Schiff zu machen wie Malte und Tabea. Sie zog sich an und versteckte ihr auffällig rotes Haar unter einem Tuch, das sie kunstvoll verknotete. Trotzdem kringelte hier und da eine rote Strähne hervor.

Sie betrachtete sich sekundenlang im Spiegel. Ihre grünen Augen wirkten riesengroß in dem schmal gewordenen Gesicht. »Irgendwann ist es vorbei«, flüsterte sie. »Irgendwann tut es nicht mehr weh.«

Aber nicht, wenn du hier herumstehst und dich selbst bedauerst.

Leonie zog eine Grimasse. Es waren ihre Gedanken, aber die Stimme, die sie dazu in ihrem Kopf vernahm, war eindeutig die ihrer Schwester.

Der Anflug eines schlechten Gewissens überkam sie. Iris hatte bestimmt schon unzählige Male versucht, sie zu erreichen. Leonie war ihrem Vorsatz treu geblieben und hatte ihr Handy nicht mehr eingeschaltet. Sie fühlte sich noch nicht dazu in der Lage, sich ihrer Schwester zu stellen.

Ich habe dich gewarnt! Ich mochte diesen Kerl noch nie.

»Lass mich einfach in Ruhe«, antwortete Leonie der Iris-Stimme in ihrem Kopf. Die echte Iris würde sie nicht so leicht zum Schweigen bringen.

Dafür meldete sich jetzt ihr Magen lautstark knurrend zu Wort. Sie hatte Hunger, und zum ersten Mal, seit Malte sie aus der gemeinsamen Wohnung ausgesperrt hatte, auch wieder Appetit. Das Abendessen hatte sie ausfallen lassen. Auf dem Weg zum Restaurant musste sie eine Begegnung mit Malte und Tabea nicht befürchten. Die Kabine der beiden befand sich auf Deck 4, Leonies Suite auf Deck 8. Außerdem war Malte Langschläfer und morgens grundsätzlich schlechter Laune.

Bis jetzt. Sie sah ihn sofort, als sie das Restaurant auf Deck 6 betrat. Er saß an einem Zweiertisch am Fenster und lächelte Tabea liebevoll an.

Mich hat er so früh am Morgen noch nie angelächelt!

Leonie war klar, dass es nicht mehr nur darum ging, von den beiden nicht gesehen zu werden, nein, sie konnte auch dieses Geturtel nicht täglich ertragen.

Sie hatte gelesen, dass auf den Schiffen der Reederei Tychsen noch an der Tischordnung festgehalten wurde. Den Passagieren wurde zu Beginn der Platz zugeteilt, an dem sie dann während der ganzen Reise ihre Mahlzeiten einnahmen. Leonie fand dieses Konzept gut, solange sie nur nicht in der Nähe von Malte und

Tabea sitzen musste. Hilfesuchend wandte sie sich an einen Steward, der in diesem Moment lächelnd auf sie zukam.

»Ist es möglich, dass ich irgendwo dort hinten einen Tisch bekomme?« Sie wies in die entgegengesetzte Richtung, weit weg von Malte und Tabea.

Der Mann schaute sie verblüfft an und lachte dann. »Ich habe nichts dagegen, aber das besprechen sie besser mit dem Restaurantchef.« Er winkte einen Mann zu sich, der mit einer Liste in der Hand in der Nähe des umfangreich gedeckten Frühstücksbüfetts stand. »Gregor, das ist Frau …?« Fragend schaute er Leonie an.

»Leonie Harder!«

»Ben Mermann«, stellte er sich ebenfalls vor, bevor er sich wieder an Gregor wandte. »Frau Harder wünscht einen Tisch neben der Säule. Lässt sich da was machen?«

Gregor, der Leonie ein bisschen an den jungen Harrison Ford erinnerte, schaute auf seine Liste. »Wir haben einen wundervollen Fensterplatz für Sie reserviert.« Er wies in Maltes und Tabeas Richtung.

»Bitte nicht!« Leonie suchte eilig nach einer Erklärung für ihren Wunsch. »Da draußen ist so viel Wasser.« *Fällt dir echt nichts Besseres ein?*

Die beiden Männer wechselten einen Blick. *Passagiere spinnen!*, glaubte Leonie darin zu lesen.

Ben Mermann lächelte. »Das kommt auf einer Kreuzfahrt schon einmal vor«, sagte er nachsichtig. »Und darüber sind wir froh. Wäre da draußen kein Wasser, hätten wir ein echtes Problem.«

Er hatte schöne braune Augen, deshalb nahm Leonie es ihm nur ein bisschen übel, dass er sie wie eine Idiotin behandelte. Sie sah an seinem rechten Arm vorbei, dass Malte herüberschaute, und stellte sich rasch so, dass Ben Mermanns breite Schultern sie vor seinen Blicken verbargen. »Es wäre mir wirklich sehr wichtig«, wandte sie sich dann schon fast flehentlich an Gregor.

»Der Passagier, mit dem Sie den Platz tauschen, wird sich freuen.«

»Danke!«, stieß Leonie erleichtert hervor.

Ben Mermann verabschiedete sich und ging weiter. Leider, denn so gab er den Blick auf Leonie wieder frei. Aber Malte schaute nicht in ihre Richtung, sondern hielt Tabeas Hand in seiner und führte sie an seine Lippen. Abrupt drehte Leonie sich um. »Zeigen Sie mir bitte meinen Tisch.«

Es war der mit Abstand ungünstigste Tisch im Restaurant. Halb verdeckt hinter einer der eierschalfarbenen Säulen und weit weg vom Büfett. Jeder andere Passagier wäre über diesen Platz todunglücklich gewesen und hätte wahrscheinlich massiv Protest eingelegt. Aber nicht die Gerlachs. Es störte sie auch nicht, dass eine andere Person zu ihnen an den Tisch gesetzt wurde.

Als Gregor sie miteinander bekannt machte, strahlten Bernd und Helga Gerlach Leonie an. Bernd trug Jeans und ein kariertes Holzfällerhemd, das sich um seine breiten Schultern spannte, sie ein geblümtes Sommerkleid. Ihr blondgesträhntes Haar hatte sie hoch am Hinterkopf zu einem Pferdeschwanz gebunden, der, zu einer kurzen neckischen Locke gedreht, bei jeder ihrer Bewegungen wippte. Der Versuch, jünger zu erscheinen, machte sie nur älter.

Mit am Tisch saß ihr etwa siebzehnjähriger Sohn Florian. Ein hübscher Junge mit kinnlangen dunklen Haaren und wunderschönen Augen. Offensichtlich versuchte er, sich einen Bart wachsen zu lassen. Der fusselige Flaum auf seiner Oberlippe und dem Kinn störte den optischen Gesamteindruck ein bisschen. Er versuchte sich cool und weltmännisch zu geben, ließ seinen Blick an Leonie auf und ab gleiten und schnalzte anerkennend mit der Zunge.

»Flori!«, rügte ihn seine Mutter, bevor sie sich entschuldigend an Leonie wandte. »Der Junge ist noch nicht weit herumgekommen.«

»Mama!« Florian war peinlich berührt.

»Eigentlich sind wir alle noch nie richtig verreist.« Bernd Gerlach lächelte schüchtern. »Wir waren mal in der Eifel.«

»Da ist es aber auch sehr schön«, wandte Helga ein.

Florian, der auf dem Stuhl neben Leonie saß, stöhnte genervt auf. »Eifel, Kreuzfahrt … Das ist doch alles nur für alte Leute.«

Seine Eltern waren sichtlich verärgert, doch Leonie lächelte ihn an. »So alt fühle ich mich eigentlich noch nicht.«

Florian ging offenbar erst jetzt auf, dass auch sie sich angesprochen fühlte. »Dich meine ich doch nicht.« Er duzte sie einfach! Es störte Leonie nicht, im Gegensatz zu seinen Eltern.

»Du kannst Frau Harder doch nicht einfach duzen!« Bernd Gerlach schüttelte den Kopf und entschuldigte sich bei Leonie. Das wiederum war dem Junior sichtlich unangenehm.

»Ich habe nichts dagegen«, sagte Leonie. »Wir sind nun so lange zusammen auf dem Schiff, wir können uns von mir aus alle duzen.«

Bernd und Helga waren sofort einverstanden. »Ich bin so froh, dass wir jetzt wen Nettes an unserem Tisch haben«, sagte Helga hörbar erleichtert.

Leonie rührte diese Satzkonstruktion ebenso wie Helgas offensichtliche Freude. Ihr ging es ebenso. Es hätte sie weitaus schlimmer treffen können an dem für sie vorgesehenen Fensterplatz in Maltes Sichtweite.

Plötzlich spürte sie, dass Junior Gerlach sie unverwandt anstarrte. Als sie den Kopf zur Seite wandte und ihm ins Gesicht schaute, lächelte er. In seinem Blick lag Zuneigung.

Na toll, so weit hatte Malte sie also gebracht. Jetzt fühlte sie sich schon durch die Schwärmerei eines Siebzehnjährigen geschmeichelt!

Kapitel 8

Eva betrachtete sich im Spiegel ihrer Kabine. Die Uniform saß perfekt. Auf ihrer Schulter war anstelle der Streifen ein Äskulapstab zu sehen, der sie als Schiffsärztin auswies. Sie wusste, dass sie gut aussah. Einzig der unzufriedene Zug um ihren Mund störte das Gesamtbild. Sie versuchte dagegen anzulächeln, aber richtig gut gelang ihr das nicht.

Vor zwei Tagen hatte sich dieses Bild in ihrem Kopf eingebrannt und ließ sie nicht mehr los: Adrian mit einer anderen Frau in dem kleinen Restaurant in Bergen. Früher war es ihr gemeinsames Restaurant gewesen. Sie hatten dort schon zusammen gegessen, als sie noch nicht miteinander verheiratet waren. Nach ihrer ersten gemeinsamen Nacht, nach seinem Heiratsantrag. In diesem Restaurant hatte sie ihm gesagt, dass sie schwanger war, und später war es ihr Familienrestaurant in Bergen gewesen. Wie konnte er es wagen, mit einer anderen Frau dorthin zu gehen! Das war eine Entweihung ihres gemeinsamen Lebens, ihrer Erinnerungen …

Eva hielt inne. Sie zählte langsam bis zehn und versuchte, dabei tief durchzuatmen. Natürlich gab sie sich nicht der Illusion hin, dass Adrian in den letzten Jahren mit keiner anderen Frau geschlafen hatte. Aber diese unbestätigte Ahnung war erträglicher, als ihn zusammen mit einer anderen Frau zu sehen.

Immer wieder erschien dieser Moment vor ihrem inneren Auge. Sie hatte geahnt, nein, gewusst, dass er an dem Abend in Bergen in dieses Restaurant gehen würde. Sie hatte vor sich gesehen, wie er allein an einem Tisch saß. Wie er an seinem Wasser nippte, seinen Salat bestellte. Sie hatte gehofft, dass er sich über ihr Erscheinen freuen würde und sie aufforderte, sich zu ihm zu setzen. Sie hatte genaue Vorstellungen vom Fortgang dieses Abends gehabt – doch keinen Moment hatte sie damit gerechnet, dass er nicht allein sein würde.

Und dann traf sie ein weiteres Mal der Schlag, als sie gestern feststellte, dass diese Frau auf der *MS Kristiana* arbeitete. Sie hatte sofort ihren Vater angerufen und erfahren, dass Adrian sich persönlich dafür eingesetzt hatte, sie einzustellen. Jasmin Andres. Sie musste dringend herausfinden, was die beiden miteinander verband.

Ihr Piepser meldete sich. Sie musste dieses Gerät Tag und Nacht bei sich tragen, um bei einem Notfall jederzeit erreichbar zu sein. Sie wählte die Nummer auf dem Display. Ayda Yilmaz, die Krankenschwester auf der *MS Kristiana*, meldete sich.

»Wir haben hier zwei Patienten, Herrn und Frau Rossmann. Beide Anfang sechzig, mit den gleichen Symptomen.«

»Welche Symptome?«

Aydas Stimme wurde leiser. »Übelkeit, Brechreiz, Durchfall«, zählte sie auf. »Herr Rossmann behauptet, er und seine Frau hätten eine Lebensmittelvergiftung. Er droht damit, die Reederei zu verklagen.«

»Ich komme sofort.«

Auf dem Weg nach unten traf sie auf Adrian. Zum ersten Mal seit ihrer Abfahrt in Bergen, obwohl ihre Kabinen auf Deck 9 nebeneinanderlagen. Jetzt stand er wartend an einem der Aufzüge. Er sah müde aus und lächelte nur knapp, als Eva sich neben ihn stellte.

»Hast du die Nacht auf der Brücke verbracht?« Ihre Frage klang wie beabsichtigt beiläufig, und sie schaffte es, sich nicht anmerken zu lassen, dass sie gespannt auf seine Antwort wartete. »Hatte nicht eigentlich der Erste Offizier Nachtdienst?«

»Du kennst meinen Dienstplan?«, fragte er überrascht.

Das war nicht die Antwort, die sie hören wollte. War er bei *ihr* gewesen? Hatte er sich in die dunkelhaarige Jasmin verliebt? Kannte er sie schon lange?

»Ich habe es zufällig mitbekommen«, behauptete Eva. Sie wusste nicht, ob er ihr glaubte, aber er hakte nicht weiter nach.

»Wie gefällt es dir auf der *MS Kristiana?*«, wollte er wissen.

»Wir sind ja erst seit gestern unterwegs.« Sie wandte ihren Blick zur Aufzugstür. Sie musste diesen Schmerz ertragen, und dass Adrian ihr so nahe war, machte es nicht einfacher.

»Aber es ist doch ein großer Unterschied zu deiner Arbeit in der Uniklinik.«

Sie spürte, dass er sie jetzt prüfend von der Seite musterte, und wandte sich zu ihm, lächelte. »Lass uns heute Mittag zusammen essen gehen«, schlug sie vor. »Dann haben wir Zeit und können uns in Ruhe unterhalten.«

»Warum nicht? Um zwölf in der Offiziersmesse?«

Ein Essen mit ihrem Ehemann zwischen den anderen Offizieren war nicht das, was sie sich vorgestellt hatte.

»Ich würde ein Restaurant in Ålesund vorziehen. Soll ich einen Tisch für uns reservieren?«

Adrian antwortete nicht sofort, und sie befürchtete schon, dass er ihr einen Korb geben würde. »Zwölf Uhr?«, stimmte er zu. »Wir treffen uns an der Gangway.«

Eva zeigte nicht, wie sehr sie sich über seine Zusage freute. Es war ein Anfang. Immerhin.

Die Rossmanns wirkten kein bisschen krank, dafür aber ziemlich aggressiv. »Ich werde Sie verklagen«, grollte Klaus Rossmann und schob seine Brille zurecht. Ein spärlicher Haarkranz umgab seine Glatze. Er war einen halben Kopf kleiner als seine Frau und mindestens zwanzig Kilo leichter.

Margot Rossmann hatte ihr tiefschwarz gefärbtes Haar zu einem Dutt aufgetürmt. Sie trug eine weite, schwarze Hose, darüber ein voluminöses Oberteil, das sie noch breiter erscheinen ließ.

»Sie wollen *mich* verklagen?« Eva wies mit dem Finger auf sich selbst und brachte Klaus Rossmann kurz aus dem Konzept. Er fasste sich aber schnell wieder. »Ich verklage die Reederei«, stieß er hervor. »Seit dem Abendessen gestern geht es meiner Frau und mir sehr schlecht.«

Die beiden sahen weder so aus noch verhielten sie sich, als wären sie krank.

»Das Essen war bestimmt schlecht.« Klaus Rossmann presste beide Hände gegen seinen Bauch. »Jetzt fängt es schon wieder an.« Er schielte zu seiner Frau hinüber. »Bei dir doch auch, oder?«

»Ja.« Margot Rossmann ahmte die Bewegung ihres Mannes nach und hielt sich ebenfalls den Bauch. »Mir ist schlecht. Und ich habe Schmerzen.«

Eva bat ihre ersten Patienten ins Behandlungszimmer. Der Raum war groß und zweckmäßig eingerichtet. Weiße Schränke, hinter deren Türen sich medizinische Utensilien befanden. Der Medikamentenschrank war mit einem Schloss gesichert. Auf dem Schreibtisch in der Mitte des Raumes befanden sich der Monitor und die Tastatur eines Computers. Eine Schreibtischunterlage zeigte die *MS Kristiana* im tiefblauen Meer, so wie das Schiff auch auf allen Werbeplakaten abgebildet war.

Es gab ein kleines Fenster, durch das nur ein winziger Ausschnitt des Hafens von Ålesund zu sehen war und das so wenig Licht in den Raum ließ, dass Ayda nun das Licht einschaltete.

Hinter dem Schreibtisch stand ein Stuhl. Außerdem gab es zwei weitere für Patienten und eine Untersuchungsliege.

Eva bat die Rossmanns, Platz zu nehmen. Beide setzten sich nebeneinander auf die Untersuchungsliege.

»Was genau haben Sie gegessen?«, wollte Eva wissen.

»Das, was es gestern so gab«, erwiderte Klaus Rossmann ausweichend. »Und kurz darauf mussten wir uns beide übergeben.«

»Außerdem hatten wir die ganze Nacht Durchfall«, ergänzte Margot Rossmann. »Den Ausflug heute können wir vergessen.«

»Das tut mir sehr leid«, sagte Eva. Sie untersuchte die beiden gründlich, bat sie nacheinander, sich auf die Liege zu legen, und tastete sie ab. Bei beiden war die Bauchdecke weich und unauffällig. Sie beauftragte Ayda, den Rossmanns für eine Laboruntersuchung Blut abzunehmen, und gab ihnen anschließend Medikamente gegen die Übelkeit und den Durchfall. Mehr konnte sie im Moment nicht tun, also verabschiedete sie das Ehepaar.

An der Tür drehte sich Klaus Rossmann noch einmal um und hob mahnend den Zeigefinger. »Ich erwarte eine ausführliche Dokumentation über unsere Krankheitssymptome.«

»Natürlich!« Eva trauerte ein bisschen ihrer Arbeit in der Uniklinik nach, wo ihre Patienten den Anstand besaßen, echte Symptome zu zeigen, wenn sie krank waren.

»Mängeltouristen«, sagte Ayda Yilmaz abfällig, sobald die Rossmanns außer Hörweite waren. Die bildhübsche Krankenschwester arbeitete schon seit Jahren für die Reederei und kannte sich aus. »Die suchen nur nach Gründen für eine Reklamation, um am Ende Schadenersatz zu verlangen. Die werden uns noch viel Ärger bereiten«, prophezeite sie.

»Beim nächsten Mal verpasst ihr den beiden einen Einlauf und stellt sie anschließend für die gesamte Reise unter Quarantäne«, sagte in diesem Moment eine Stimme hinter ihnen.

Eva und die Krankenschwester fuhren herum. Sie hatten beide nicht bemerkt, dass Magnus das Behandlungszimmer betreten hatte.

»Du kannst hier nicht einfach so reinplatzen«, fuhr Eva ihn an. »Was ist, wenn ich gerade einen Patienten untersuche?«

»Die Tür stand offen«, entgegnete Magnus ungerührt. »Ich habe doch gesehen, dass kein Patient da ist.«

»Trotzdem …« Eva brach ab. »Was willst du?«, fragte sie grob.

Magnus lächelte, doch in seinen Augen lag ein warnendes Funkeln. »Von dir will ich überhaupt nichts. Ayda, kann ich dich kurz unter vier Augen sprechen?«

Erst jetzt bemerkte Eva, dass die Blicke der Krankenschwester an Magnus klebten. Ihr Gesicht war von einer feinen Röte überzogen. »Ja, natürlich«, hauchte sie, doch dann schaute sie unsicher zu Eva.

»Solange keine Patienten da sind, brauche ich Sie nicht.« Eva setzte sich an den Schreibtisch und tat so, als würde sie etwas notieren. Es waren aber nicht mehr als Kritzeleien, die sie auf den Block schrieb.

Magnus ließ Ayda vorausgehen und schloss die Tür hinter sich. Eva hob den Kopf und tippte ungeduldig mit dem Kugelschreiber auf die Schreibtischunterlage. Die schneeweiße *MS Kristiana* bekam ein paar hässliche blaue Flecken, während Eva überlegte, was Magnus von der Krankenschwester wollte.

Sie fragte nicht, als Ayda nach wenigen Minuten zurückkam. Natürlich nicht! Die Krankenschwester lächelte verträumt, bis ihr Blick auf Evas traf.

»Kennen Sie Magnus schon lange?« Verdammt, sie wollte doch nicht fragen! Eva ärgerte sich über sich selbst.

»Wir haben uns bei der Schiffstaufe in Hamburg kennengelernt.« Ayda lächelte. »Ich finde ihn toll.«

Das war nicht zu übersehen! Eva hätte dazu eine Menge sagen können. Musste sie Ayda nicht sogar warnen? Magnus war eiskalt, berechnend und nur auf seinen Vorteil bedacht.

»Schade, dass es bereits eine Frau in seinem Leben gibt«, sagte Ayda in diesem Moment.

Eva war überrascht. »Hat er das gesagt?«, entfuhr es ihr.

»Nicht direkt.« Ayda seufzte tief auf und legte eine Hand auf ihr Herz. »Aber ich spüre es, tief hier drin. Er ist nicht glücklich.«

Es amüsierte Eva, dass Ayda tatsächlich glaubte, Magnus wäre in der Lage, tiefe Gefühle zu entwickeln. Ayda war naiv und Magnus ein Charakterschwein.

Eva stand auf. »Sie halten hier die Stellung«, ordnete sie an. »Rufen Sie mich über den Piepser, wenn etwas ist.«

»Reservieren Sie bitte einen Tisch für zwei Personen.« Eva hatte den Namen und die Telefonnummer des Restaurants, das sie ausgesucht hatte, auf einen Zettel notiert.

»Ja, natürlich.« Jasmin Andres wollte danach greifen, doch eine Hand kam ihr zuvor. Magnus!

Er überflog die Notiz, dann hob er den Kopf und blickte Eva von oben herab an. »Jasmin ist nicht deine Sekretärin, sondern Hotelmanagerin auf diesem Schiff. Du kannst den Tisch doch sicher selbst reservieren.«

Eva spürte heftige Wut in sich aufsteigen. »Was fällt dir ein?«

Magnus verzog den Mund zu einem bösen Lächeln. »Das könnte ich dich genauso fragen.«

Jasmin Andres streckte mit unbehaglicher Miene die Hand aus. »Es macht mir nichts aus, da anzurufen. Gib mir bitte den Zettel.«

Doch Magnus beachtete sie gar nicht. Er schaute unverwandt Eva an, und sie wich nicht aus. Es war ein Duell mit Blicken. Und mit Worten.

»Du hast offensichtlich vor, deinen Status als Tochter des Reeders weidlich auszunutzen«, sagte er sarkastisch.

»Vergiss nicht, dass ich auch die Ehefrau des Kapitäns bin«, erwiderte sie kalt. Diese Mitteilung war vor allem an Jasmin Andres gerichtet. Ebenso wie der Befehl, einen Tisch für sie und Adrian zu reservieren. Eva wollte dieser Frau zeigen, wo ihr Platz war, doch nun funkte Magnus dazwischen und demütigte sie regelrecht vor der Hotelmanagerin.

Sein Grinsen wurde breit und hässlich. »Ich bin nicht der Einzige, der das vergisst.«

Eva wusste, wenn sie sich der Situation jetzt nicht entzog, würde sie etwas tun oder sagen, was sie später bitter bereuen würde. Sie drehte sich um und ging. Den Hass auf Magnus nahm sie mit.

Es arbeitete immer noch in ihr, als sie sich mittags mit Adrian an der Gangway traf. Sie verdrängte alle unguten Gedanken und brachte ein Lächeln zustande. »Du bist also auch in Zivil.« Statt seiner Uniform trug er eine dunkelblaue Hose und ein weißes Hemd.

Adrians Blick streifte sie flüchtig. »Du siehst gut aus.«

Eva war enttäuscht. Es war nicht mehr als eine Floskel, so wie er sich auch nur aus Höflichkeit auf das gemeinsame Mittagessen eingelassen hatte. Dabei trug sie auch jetzt wieder ein Kleid, das die Farbe ihrer Augen unterstrich und ihre makellose Figur modellierte. Früher hätte er sie in die Arme genommen, sie mit Komplimenten überschüttet – und oftmals waren sie im Bett statt im Restaurant gelandet. Nichts zeigte den Riss zwischen ihnen deutlicher als seine distanzierte Freundlichkeit.

»Wo gehen wir hin?«, fragte er. Ihm war nicht anzusehen, ob er ihre Frustration überhaupt bemerkte.

»Das Restaurant ist ganz in der Nähe.« Sie ging voraus, hielt sich in östliche Richtung zur Sorenskriver Bulls gate. Kaum fünf Minuten später erreichten sie das Restaurant. Der für zwei Personen reservierte Tisch stand auf dem hoteleigenen Pier mit der fantastischen Aussicht auf den Fjord bis zur Insel Valderøya. Es war der perfekte Ort für ein romantisches Treffen, wenn beide Personen dieses Essen als Date betrachteten.

Adrian vertiefte sich sofort in die Speisekarte. Er schien sich weder für die reizvolle Umgebung noch für Eva zu interessieren.

»Was hast du in den vergangenen vier Jahren gemacht?« Es war eine Frage, die Eva nur stellte, um das bedrückende Schweigen zu brechen.

Langsam ließ er die Karte sinken. »Das weißt du doch. Ich war auf der *FS Syreni*, und da wäre ich heute noch, wenn es nicht Probleme mit der Finanzierung der Forschungen gegeben hätte.«

Ja, das alles wusste Eva. Ihr Vater hatte Adrian unter Druck gesetzt. »Du bist also nur auf der *MS Kristiana*, weil Papa die Forschungen weiterfinanziert«, fasste sie die Situation zusammen.

»Und weil dieses Schiff über einen umweltfreundlichen Hybridantrieb verfügt. Auf einem der alten Schiffe hätte ich mich selbst für die Forschungsmittel der *FS Syreni* nicht anheuern lassen.«

Auch das war Eva bekannt, trotzdem nickte sie, als wäre diese Information neu für sie. Danach war es wieder still zwischen ihnen, und Adrian vertiefte sich erneut in die Speisekarte. Eva tat es ihm nach.

Haben wir uns wirklich nichts mehr zu sagen?, fragte sie sich. Dieses Schweigen zwischen ihnen war neu. Selbst in der letzten Phase ihres Zusammenlebens war ihnen nie der Gesprächsstoff ausgegangen, auch wenn es da nur noch in heftigen Auseinandersetzungen gemündet war.

Adrian schlug die Karte zu. »Ich habe nicht viel Hunger«, sagte er und entschied sich für ein veganes Wrap mit Hummus, Kohl, knusprigem Salat, Chilisauce und Sonnenblumenkernen.

»Vegan?« Überrascht schaute Eva ihn an. »Seit wann isst du kein Fleisch mehr?«

»Bei mir hat sich eine Menge geändert. Nachhaltigkeit, Umweltschutz und Tierwohl sind mir inzwischen sehr wichtig geworden.« Er lächelte. »Aber wir sind doch sicher nicht hier, weil du dich mit mir über meine geänderten Ernährungsgewohnheiten unterhalten willst.«

»Natürlich nicht. Ich wusste das nicht einmal.« Plötzlich kam ihr ein Gedanke. »Dann folgt Fenja also deinem Beispiel. Sie hält Papa und mir ständig Vorträge, weil wir, wie sie es nennt, tote Tiere essen.«

Adrian antwortete nicht darauf. »Warum wohnst du neuerdings mit Fenja bei Clemens?«, fragte er stattdessen.

»Es hat sich so ergeben«, erwiderte sie ausweichend. Wieder dieses Schweigen, bis sie sich zu einer ehrlichen Antwort durchrang. »Ich habe es allein zu Hause nicht mehr ausgehalten. Fenja wird langsam erwachsen und schließt mich immer mehr aus ihrem Leben aus.«

Sie hatte den Eindruck, dass Adrian froh über das Erscheinen des Kellners war, der an ihren Tisch trat. Sie bestellte das Gleiche wie er und wartete, bis der Kellner sich entfernt hatte. Dann gab sie sich einen Ruck. Hier und jetzt hatte sie ihn ganz für sich. Zu sehr brannten die Fragen in ihr, die sie ihm bisher nicht gestellt hatte. In Hamburg hatte es dazu keine Gelegenheit gegeben. Sie hatte ihn nur einmal gesehen, als er Fenja abgeholt hatte.

»Hast du auf deinem Forschungsschiff manchmal auch an mich gedacht?« Sie hörte den Hauch von Vorwurf selbst, der in ihrer Stimme mitschwang.

Adrian antwortete sofort. »Natürlich habe ich an dich gedacht, aber was hätte sich dadurch ändern sollen?«

»Für mich ändert sich dadurch etwas«, sagte sie leise. »Ich liebe dich, Adrian. Ich kann einfach nicht aufhören, dich zu lieben. Ich vermisse dich jeden Tag.«

Diesmal sagte er nichts, aber in seiner Miene las sie Mitleid, und das war schlimmer, als jede Antwort es sein konnte.

»Glaubst du, dass es noch eine Chance für uns beide gibt?«, wagte sie dennoch zu fragen.

Er ließ sich Zeit mit seiner Antwort. »Ich weiß es nicht.«

»Denkst du manchmal darüber nach?«

»Nein!«

Es traf sie mitten ins Herz. Sie hätte ihn gerne gefragt, ob er sie noch liebte, aber sie hatte Angst vor seiner Antwort. Schwankend zwischen Hoffnung und dem Wunsch nach Gewissheit, entschied sie sich für die Hoffnung.

Der Kellner kam mit dem Essen. Wahrscheinlich schmeckte es ganz gut, aber Eva war der Appetit vergangen. Sie zwang sich, ein paar Bissen zu essen. Dabei beobachtete sie Adrian verstohlen, doch seine Miene blieb unbewegt. Sie hatte keine Ahnung, was er fühlte oder dachte. Früher war das anders gewesen …

»Wie soll das denn jetzt mit uns weitergehen?«, fragte sie.

»Auch das weiß ich nicht.« Er legte das Besteck auf den Teller, obwohl er selbst kaum die Hälfte gegessen hatte. »Wieso hast du ausgerechnet die Stelle auf der *MS Kristiana* angenommen? Für eine ehrgeizige Ärztin wie dich ist es bestimmt nicht erfüllend, seekranke Patienten zu betreuen.«

»Es könnte auch einmal einen ernsthaften Notfall geben.« Eva wusste selbst, dass das eher selten vorkam. Herausforderungen wie in der Uniklinik würden ihr auf dieser Reise kaum gestellt werden. Kein Wunder, dass Adrian sie mit einem spöttischen Lächeln bedachte.

»Ich glaube dir kein Wort!«, stieß er jetzt hervor. »Eva, du hast mein Kind … unser Kind abgetrieben, weil es deiner Karriere im Weg stand!« Er hatte das ausgesprochen, was seit vier Jahren zwischen ihnen stand. Den Grund ihrer Trennung. Dabei war alles noch weitaus schlimmer, aber das durfte er nicht erfahren. Niemals!

»Und dann verlässt du die Uniklinik, um auf einem Kreuzfahrtschiff zu arbeiten? Ich verstehe es nicht.« Er schüttelte den Kopf.

»Du weißt, dass ich wegen dir hier bin.«

»Ich wünschte aber, du wärst nicht hier!«

Eva presste die Lippen aufeinander. Es tat weh.

»Wir gehen jetzt besser zurück«, sagte er steif.

Wie mechanisch bat Eva um die Rechnung und erhob sich schließlich. Die Kluft zwischen ihr und ihm war größer denn je. Sie hatte so große Hoffnungen in dieses Treffen gesetzt, aber jetzt war alles noch schlimmer als vorher.

Kapitel 9

Liebevoll strich Maren über das Cover des Buches. Darauf war der Geirangerfjord zu sehen, der auch in *Nur du und ich* eine Rolle spielte. Hoch über dem Fjord, auf dem historischen Bergbauernhof Skageflå, musste die Heldin des Romans eine Entscheidung treffen, die ihr ganzes Leben verändern sollte.

Ricarda Jacobsen bezeichnete diese Geschichte als ihr Herzensprojekt, als den persönlichsten ihrer Romane. Schade, dass sie erst in Kirkenes an Bord kam, dem Ziel der Strecke im Norden. Von dort aus ging es dann zurück nach Bergen. Maren bedauerte sehr, dass sie sich bis zur Rückfahrt gedulden musste, um ihrer Lieblingsschriftstellerin zu begegnen und ihr das Buch zum Signieren vorzulegen. Die Lesung sollte im Fjord stattfinden, draußen auf dem Deck, inmitten der spektakulären Natur. Sofern das Wetter mitspielte. Wegen der zahlreichen Presseanmeldungen hatte die Reederei sogar ihre Route darauf abgestimmt. Normalerweise wäre die *MS Kristiana* bereits heute in den Geirangerfjord gefahren – einer der Höhepunkte der Hurtigrutenfahrt. Nun aber eben erst am Ende der Reise nach dem Wendemanöver in Kirkenes.

Maren hatte für jeden Hafen, den die *MS Kristiana* ansteuerte, ein Ausflugsziel ausgesucht. Nur in Kirkenes stand nichts auf ihrem Programm. Da wollte sie sich auf Deck 3 in der Nähe der Gangway aufhalten, bis Ricarda Jacobsen das Schiff betrat. Wie ein Teenager, der auf einen bekannten Rockstar wartete, aber das war ihr egal.

Lächelnd schlug sie das Buch auf und suchte nach der Szene

im Geirangerfjord, als plötzlich eine Disharmonie von Tönen zu hören war, die sie nur zu gut kannte. Eine aufjaulende Gitarre, das stakkatomäßige Trommeln eines Schlagzeugs. Hämmernde Bässe und eine sirenenartige Kopfstimme, die beständig Heavy-Metal-mäßig das Elend der Welt bejammerte.

»Das kann nicht sein!« Das Buch entglitt ihren Händen und fiel zu Boden. Maren erhob sich und trat auf den kleinen Balkon vor ihrer Kabine, der sie durch weiße Trennwände vor den Blicken ihrer Nachbarn schützte. Sie ignorierte den Gedanken, dass der Sichtschutz auch ihre Nachbarn vor ihren Blicken schützte, und machte sich daran, um die Trennwand herumzuschauen, indem sie sich mit beiden Händen abstützte, sich auf die Zehenspitzen stellte und den Oberkörper gefährlich weit nach rechts über die Balkonbrüstung schob. Und da stand er: Splitternackt, die Arme im Nacken verschränkt, betrachtete er die Fjordlandschaft, bis sein Blick auf sie fiel. Doch während sie fassungslos realisierte, dass sich Tillmann Lindner auf demselben Schiff befand, breitete sich auf seinem Gesicht ein böses Grinsen aus.

»Wenn Sie ins Wasser fallen, löse ich keinen Alarm aus!«

»Laufen Sie immer nackt herum?«

»Belästigen Sie immer und überall Ihre Nachbarn?«, konterte er.

»Ruhe!«, blökte jemand aus der Kabine rechts neben Tillmann.

»Ja«, stimmte Maren lautstark ein. »Ruhe!«

Seelenruhig drehte Tillmann sich um und ging zurück in seine Kabine. »Starren Sie mir gefälligst nicht so auf den Hintern«, rief er über die Schulter.

Maren ertappte sich dabei, dass sie ihm tatsächlich auf den Po starrte. Erschrocken zog sie den Kopf zurück. »Bilden Sie sich bloß nichts ein«, antwortete sie, aber wahrscheinlich hatte er das bei dem Lärm von dem, was er Musik nannte, nicht gehört.

Sekunden später war es still. Maren ging zurück in ihre Kabine und hob das Buch auf. Das konnte doch nicht wahr sein: Während sie gehofft hatte, dass sie ihren Nachbarn vorerst nicht mehr sehen musste, befand der sich auch hier in der Kabine neben ihr!

Dann ertönten nebenan leise Klänge. Nun bekam sie doch noch Vivaldis Winter zu hören, aber so richtig freuen konnte sie sich darüber nicht.

Maren hätte gerne eine Tour zur Vogelinsel Runde gemacht, aber dazu blieb nicht genug Zeit. Wegen der Planänderungen fuhr die *MS Kristiana* bereits um siebzehn Uhr weiter nach Kristiansund.

Im Restaurant traf sie erneut auf Tillmann. Komisch, dass sie ihn am vergangenen Abend nicht gesehen hatte.

Sie war sich nicht sicher, ob Tillmann einfach so tat, als hätte er sie nicht bemerkt, oder ob er sie absichtlich ignorierte. Ihr war es egal. Zum Glück saß er nicht in der Nähe des Tisches, den sie mit drei Kegelschwestern aus Köln teilte. Uschi, Petra und Martina, die von den beiden anderen nur *Tinchen* genannt wurde. Uschi und Martina waren beide über fünfzig, Petra etwa zehn Jahre jünger. Ohne Umschweife hatten sie Maren bereits am vergangenen Abend das Du angeboten. Beim Mittagessen wurde sie von der Gruppe begrüßt, als würden sie sich bereits seit Jahren kennen.

»Wo wors de beim Frühstück?«, fragte Uschi. Die dralle Blondine war durch und durch Kölnerin, ebenso wie ihre Freundinnen.

Martina stieß Uschi an. »Dat jeht us nix aan.« Schmunzelnd wandte sie sich an Maren. »Wor e wenichstens staats?«

Maren ließ ihren Blick über die drei Frauen gleiten. »Ich verstehe kein Wort.«

Petra übernahm die Übersetzung. »Uschi will wissen, wieso

du nicht zum Frühstück gekommen bist. Und Martina scheint zu wissen, was dich ferngehalten hat. Sie will nämlich wissen, ob er gut ausgesehen hat.«

»Wer?«, fragte Maren begriffsstutzig.

Uschi und Martina grinsten sich an. »Na, d'r Käl, d'r dich der Naach esu beschäftigt hät, dat de hück morje net us däm Bett jekumme bes«, sagte Uschi.

»Du bist unmöglich«, sagte Petra.

Maren hatte zumindest sinngemäß verstanden, was Uschi gemeint hatte. »Ich reise allein«, sagte sie.

»Jetz hast de ja uns.« Martina bemühte sich um eine verständliche Aussprache, und Uschi tat es ihr nach. »M'r kümmern uns öm dich. M'r rädde allt extra för dich Hochdeutsch.«

»Ja, das höre ich. Vielen Dank«, sagte Maren ernsthaft.

Petra ließ ein glucksendes Geräusch von sich und bückte sich nach ihrer Serviette, die ihr offenbar nicht so ganz aus Versehen hinuntergefallen war. Als sie sich wieder erhob, lachte sie immer noch, doch weder Uschi noch Martina bemerkten das. Beide hatten nur Blicke für den Mann in weißer Uniform, der gerade das Restaurant betrat.

»Guck ens, Tinsche, d'r Kapitän. Den würd' isch och net vun d'r Bettkante schubsen«, sagte Uschi in einer Mischung aus Kölsch und Hochdeutsch.

»Meine Damen, das ist nicht der Kapitän, sondern der Erste Offizier.« Gregor hatte offensichtlich nicht nur jedes Wort gehört, sondern auch verstanden. Keine der Frauen am Tisch hatte den Restaurantleiter bemerkt.

Uschi winkte ab. »Ejal, isch nehme se alle. Dich och, Jung.«

Diesmal ließen Maren und Petra beide ihre Servietten zu Boden fallen. Selbst Gregor schien froh zu sein, dass er sich danach bücken und seinen hochroten Kopf sekundenlang unter dem Tisch verstecken konnte.

Im Anschluss entschieden Uschi und Martina, die Zeit des Aufenthalts in Ålesund in einem Liegestuhl auf dem Pooldeck zu verbringen. Maren war froh, dass Petra sich ihrem Landausflug anschloss. Die Kölnerin erschien zum vereinbarten Treffpunkt in Begleitung einer Frau mit roten Locken an der Gangway. Maren kam sie bekannt vor, und ihr fiel sofort auf, dass sie sich immer wieder unsicher umschaute.

»Das ist Leonie«, stellte Petra sie vor. »Ich habe sie heute Morgen auf dem Außendeck kennengelernt. Du hast doch nichts dagegen, wenn sie uns begleitet?« Bevor sie auch Maren vorstellen konnte, legte Leonie einen Zeigefinger über die Lippen und huschte davon.

»Was war das denn?«, murmelte Petra erstaunt. Maren beschlich das Gefühl, dass Leonie vor dem Paar geflohen war, das in diesem Moment auf die Gangway zustrebte.

»Du hast mir einen Traumurlaub in einer Luxussuite versprochen«, sagte die Frau mit den langen blonden Haaren gerade unzufrieden.

»Jetzt sei doch nicht so«, entgegnete der Mann mit der verspiegelten Sonnenbrille. »Ich kann ja nichts dafür, dass die Reederei einen Fehler gemacht hat.«

»Du bist doch froh darüber«, warf sie ihm vor. »Für Leonie hättest du die Kohle für eine Luxussuite ausgegeben, aber ich bin dir das offensichtlich nicht wert. Ich habe keine Lust, die ganze Zeit in diesem dunklen Loch zu hängen!«

Maren und Petra tauschten alarmiert einen Blick. Kaum war das Paar außer Sichtweite, tauchte Leonie wieder auf.

»Du kennst die beiden?«, fragte Petra.

Leonie schnaubte. »Das ist der Mann, mit dem ich jetzt eigentlich auf Hochzeitsreise wäre«, sagte sie bitter. »Wenn er mir nicht ein paar Tage vor unserer Hochzeit per SMS mitgeteilt hätte, dass er jetzt wieder mit seiner Ex zusammen ist.«

»Das ist ja heftig!« Maren war entsetzt.

»Und wieso bist du auf dem gleichen Schiff wie dein Ex und dessen Neue?«, hakte Petra nach. »Also, ich könnte das nicht.«

»Ich habe es mir auch leichter vorgestellt.« Leonie seufzte. »Nein, das stimmt nicht. Wenn ich ehrlich bin, habe ich mir überhaupt nichts vorgestellt. Die Hurtigrutenfahrt war meine Traumreise. Als ich sah, dass er mich einfach gegen Tabea ausgetauscht hatte …« Sie brach ab, starrte sekundenlang nachdenklich vor sich hin. »Ich habe einfach alles ein bisschen umgebucht.«

»Was genau meinst du damit?«, hakte Maren nach.

»Na ja, ich arbeite im Reisebüro. Und da habe ich die gleiche Reise noch einmal gebucht, allerdings in der billigsten Doppelzimmerkategorie, und dann habe ich einfach die Teilnehmer getauscht. Malte und Tabea wohnen in der billigen Kabine, ich in der Luxussuite.«

Maren musste lachen. »Ich finde das genial.« Plötzlich kam ihr ein Gedanke: »Warte mal … Du arbeitest im Reisebüro? Am Ende sogar noch in Düsseldorf?« Sie grinste. »Ich fass es nicht! Du kamst mir gleich so bekannt vor.«

Leonie schüttelte zunächst den Kopf, doch dann breitete sich ein Lächeln in ihrem Gesicht aus. »Das gibt's doch nicht! Du hast bei uns die Reise gebucht. Bei meiner Kollegin Ute.«

»Aber du hast mir das Plakat von der *MS Kristiana* geschenkt! Darüber habe ich mich sehr gefreut. Wie schön, dass wir die gleiche Reise machen!«

»Wahnsinn«, schaltete Petra sich ein. »Aber jetzt sag mal, warum du dich vor deinem Ex und seiner Neuen versteckst?«, nahm sie den Faden wieder auf.

»Weil ich nicht will, dass die beiden mich entdecken«, erwiderte Leonie kleinlaut. »Es wäre so demütigend, den Triumph in Tabeas Augen zu sehen. Oder Maltes Mitleid auszuhalten.«

»Also, ich bewundere deinen Mut«, sagte Maren herzlich.

»Ich war nicht mutig, ich war einfach nur wütend. Und enttäuscht.« Leonies Lächeln geriet etwas schief. »Inzwischen glaube ich, dass es ein Fehler war, diese Reise anzutreten. Ich habe sogar ernsthaft mit dem Gedanken gespielt, mich hier von Ålesund aus auf den Heimweg zu machen.«

»Nein!«, riefen Maren und Petra gleichzeitig.

Dann hängte Petra sich bei Leonie ein. »Jetzt hast du doch uns.«

»Genau!«, stimmte Maren zu. »Ich finde es toll, dass du da bist. Zusammen werden wir viel Spaß haben.«

Leonie atmete tief durch und lächelte dann. »Ihr habt recht, wir werden viel Spaß haben. Also los, lasst uns Ålesund rocken!«

Langsam schlenderten sie vom Kai ins Zentrum der Stadt. Schmale Wasserstraßen zogen sich zwischen den Jugendstilhäusern mit den Stuckfassaden, vielen Erkern und Giebeln. Unterwegs erzählte Leonie, was sie über Ålesund gelesen hatte. »1904 hat jemand im Hafen eine Öllampe umgestoßen. Durch den starken Wind breitete sich das Feuer rasend schnell aus. Achthundert Holzhäuser brannten ab, fast der gesamte Stadtkern. Damit sich eine solche Katastrophe nicht wiederholt, durften danach nur noch Häuser aus Stein gebaut werden.«

Maren und Petra hörten aufmerksam zu.

»Das muss doch Jahre gedauert haben, die Häuser wieder aufzubauen«, sagte Maren.

»Nein, innerhalb von drei Jahren war alles fertig«, berichtete Leonie. »Übrigens mit aktiver deutscher Beteiligung. Unser damaliger Kaiser Wilhelm liebte Norwegen.«

»Das kann ich verstehen.« Petra blieb stehen und breitete die Arme aus. »Alles, was ich bisher gesehen habe, begeistert mich. Bergen, Ålesund, beide Städte sind wunderschön. Ich bin froh, dass ich hier bin. Dabei wollten Uschi und Martina ja lieber nach Mallorca.«

Maren lachte. »Trotzdem seid ihr auf der *MS Kristiana* gelandet? Wie ist das denn passiert?«

»Na ja, wir wollten mit dem Kegelclub verreisen, aber die vier anderen Frauen haben alle kurzfristig abgesagt.« Petra lachte. »Und dann hat Uschi diese Tour bei einem Preisausschreiben gewonnen. Eigentlich wollte sie die Reise verkaufen. Mein Glück, dass sie mit ihrem Mann in Streit geriet und ihn bestrafen wollte. Nur deshalb hat sie die Reise angetreten. Und weil sie nicht allein verreisen wollte, mussten Martina und ich mit.«

»Nicht nur dein, sondern auch unser Glück«, sagte Maren. »Es macht doch viel mehr Spaß, die Gegend gemeinsam zu erkunden. Was wollen wir uns ansehen?«

»Sehr viel Zeit bleibt uns nicht«, erwiderte Leonie. »Wie wäre es mit einem Aufstieg auf den Hausberg Aksla? Die Aussicht von da oben soll spektakulär sein.«

Petra zückte ihr Handy und suchte nach Informationen. Kurz darauf stöhnte sie entsetzt auf. »Vierhundertachtzehn Stufen! Habe ich schon erwähnt, dass ich eigentlich ziemlich faul bin?«

»Auf Treppensteigen habe ich auch keine Lust«, stimmte Maren zu. »Obwohl ich sonst nichts gegen Wanderungen haben.«

»Also zwei Faulpelze.« Leonie grinste. »Aber ich kann euch beruhigen, wir können auch mit einem Taxi hochfahren. Da genießen wir dann die Aussicht, trinken einen Kaffee, und anschließend fahren wir zurück zum Schiff. Zum Abendessen lade ich euch auf die Veranda meiner Suite ein.«

»Das ist aber großzügig von dir«, sagte Petra überrascht.

»Nicht wirklich«, erwiderte Leonie trocken. »Der Service ist im Preis der Luxussuite inbegriffen.«

Auf dem Weg zur Aussichtsplattform Fjellstua auf dem Berg Aksla redeten und lachten sie viel.

»Ich glaube, ich habe noch nie etwas Schöneres gesehen«, sagte Petra ehrfürchtig, als sie die Plattform erreichten, und dann genossen sie alle drei schweigend die Aussicht.

Unter ihnen erstreckte sich Ålesund, ausgebreitet auf den Inseln Nørvøy, Aspøya und Heissa, durchzogen von Wasseradern und umgeben vom tiefblauen Meer. Wie blaugraue Schatten erhoben sich dahinter die majestätischen Sunnmøre-Alpen, schemenhaft gezeichnet im weichblauen Licht.

»Hallo, Leonie!« Eine Stimme, nicht mehr kindlich, aber noch nicht richtig männlich, riss sie aus ihrer Betrachtung.

Maren bemerkte einen hübschen Jungen mit halblangen dunklen Haaren, der näher kam.

»Hallo, Florian.« Leonie lächelte. »Bist du allein?«

Der Junge zog eine Grimasse. »Ich bin ja wohl ein bisschen zu alt, um ständig mit meinen Eltern zusammen zu sein.«

Leonie fand, er könnte ein bisschen netter zu seinen Eltern sein. Aber er war nun einmal ein Teenager. Sie hatte in seinem Alter ähnlich reagiert. »Ich freue mich, dich zu sehen«, sagte sie freundlich. »Das sind übrigens Maren und Petra. Und das ist Florian«, stellte sie den Jungen vor. »Ich sitze im Restaurant zusammen mit ihm und seinen Eltern am Tisch.«

Maren nickte dem Jungen freundlich zu. Er erinnerte sie an ihre Schüler, die ungefähr in seinem Alter waren. Und auch er schien durchdrungen von dem Wunsch nach Selbstständigkeit und fühlte sich gleichzeitig ein wenig verloren in der Welt der Erwachsenen. Sie hatte auf dem Schiff keine Passagiere in seinem Alter gesehen, deshalb tat er ihr ein wenig leid.

»Magst du mit uns einen Kaffee trinken?«

Florian schaute sie überrascht an, ebenso wie die beiden anderen, dann nickte er begeistert.

Trotz des Touristenandrangs fanden sie einen freien Tisch. Die Frauen unterhielten sich angeregt. Florian war eher zurückhaltend, auch wenn Maren immer wieder versuchte, ihn ins Gespräch mit einzubeziehen, und dennoch wirkte er zufrieden. Maren mochte ihn. Ein stiller, zurückhaltender Junge. Sie musste an Elias denken und stellte sich zwangsläufig die Frage, ob die Theatergruppe Fortschritte machte. Ob sie anrufen oder eine SMS …

Nein, entschied sie. Die Jugendlichen sollten dieses Projekt eigenverantwortlich leiten – und sie selbst diese Ferien genießen.

Bei ihrer Ankunft am Schiff war ihnen der Rückweg versperrt. Ausgerechnet Malte und Tabea standen neben der Gangway, die auf das Schiff führte, und stritten miteinander.

»Ich finde diese Reise zum Kotzen!« Tabea spuckte Gift und Galle. »Und dich finde ich gerade auch ziemlich zum Kotzen.« Sie schrie so laut, dass sie jedes Wort hören konnten, obwohl sie einige Meter von den beiden entfernt standen.

»Warum gehen wir nicht weiter?«, fragte Florian erstaunt.

»Weil ich den beiden nicht begegnen will«, zischte Leonie. Sie stand leicht gebeugt, sodass Maren und Petra sie verdeckten.

»Warum nicht?«, hakte Florian nach.

Maren schmunzelte. Die ganze Zeit hatte sich der Junge still und zurückhaltend gezeigt, und ausgerechnet jetzt war er gesprächig. Und vor allem sehr neugierig.

»Ich kann gerade nicht darüber reden.« Leonie war hörbar gereizt.

Maren stieß ihn an und legte den Zeigefinger über die Lippen, worauf Florian mit den Schultern zuckte, aber schwieg.

Zur gleichen Zeit schrie Tabea: »Am liebsten würde ich sofort nach Hause fliegen.«

»Prima!«, sagte Florian. »Vielleicht nimmt sie mich ja mit.« Er grinste beifallheischend in die Runde.

»Wenn sie uns deinetwegen bemerken, werfe ich dich eigenhändig ins Hafenbecken!«, drohte Leonie.

Florian lächelte selbstgefällig. »Das schaffst du nie.«

»Sie allein vielleicht nicht, aber wir sind zu dritt«, flüsterte Petra.

Florian hob beschwichtigend die Hände. »Okay!«

Nun trafen immer mehr Rückkehrer ein. Einige gingen sofort über die Gangway aufs Schiff, andere verweilten plaudernd auf dem Kai und wurden ebenfalls auf Tabeas und Maltes Streitigkeiten aufmerksam.

»Ich mache euch den Weg frei«, sagte Florian plötzlich und stolzierte entschlossen los.

»Halt!«, raunte Leonie entsetzt, doch entweder hörte Florian sie wirklich nicht, oder er wollte sie nicht hören. »Was hat er vor?«

Maren zuckte lediglich die Schultern und beobachtete gespannt, wie Florian zu Tabea und Malte trat und sie ansprach. Was er sagte, war nicht zu verstehen, doch das Paar setzte sich in Bewegung und stieg die Gangway hoch zum Schiff.

Florian drehte sich um und hob grinsend einen Daumen. Dann ging er ebenfalls die Gangway hinauf, ohne auf sie zu warten.

»Verflixter Bengel«, schimpfte Leonie leise. »Ich will unbedingt wissen, was er gesagt hat.«

»Ist doch egal«, sagte Maren. »Die beiden sind weg, das ist die Hauptsache. Und du bleibst jetzt schön brav hinter uns, bis wir in Sicherheit sind.«

Als Maren um siebzehn Uhr Leonies Suite betrat, war sie so überwältigt, dass sie kein Wort herausbrachte. Staunend drehte sie sich um sich selbst.

Auch Petra war sprachlos. Sie ging bis zur Veranda und öffnete weit die Tür. »Du bist ein Glückskind«, sagte sie zu Leonie.

»Du müsstest mal die Kabine sehen, die ich mir mit Uschi und Martina teile.«

»Dafür seid ihr zu dritt.« Leonie klang traurig, und erst in diesem Moment wurde Maren richtig klar, wie sehr Leonie unter der geplatzten Hochzeit und der Einsamkeit litt. Es musste schrecklich sein, in dieser Kabine zu wohnen, die Leonie ständig daran erinnerte, wie es hätte sein können. Maren könnte das nicht. Sie nahm Leonie in die Arme. »Wir sind doch jetzt auch zu dritt«, sagte sie liebevoll.

»Und wenn dieser Malte dich gegen diese keifende, dürre Tabea eingetauscht hat, hat er dich auch nicht verdient.« Petra umschlang Leonie und Maren. Eine Weile verharrten sie so, bis Leonie sich befreite. »Genug Trübsal geblasen!«, rief sie. »Wir feiern jetzt unser Kennenlernen.«

Von den bequemen Loungemöbeln auf der Veranda aus beobachteten sie, wie sich die *MS Kristiana* vom Landungssteg löste und sich auf den Weg nach Kristiansund machte. Möwen folgten dem Schiff ein Stück, bevor sie im weiten Bogen zurück nach Ålesund flogen.

Leonie ließ vom Steward eine Auswahl an unterschiedlichen Snacks servieren, dazu teuren Champagner. Es war ein wundervoller Abend, der zwischen den Frauen eine Freundschaft entstehen ließ, die sich im Laufe der Reise noch festigen sollte.

So ganz sicher stand Maren nicht mehr auf ihren Beinen, als sie weit nach Mitternacht zurück zu ihrer Kabine ging. Als sie aus dem Fahrstuhl stieg und in den Flur einbog, kam ihr ein Mann entgegen. Sie rannte geradewegs in ihn hinein.

»Sie schon wieder!«, brummte er unfreundlich.

Tillmann!

Maren kicherte. »Mit Kleidung hätte ich Sie fast nicht erkannt.«

»Sie sind ja betrunken.« In seinem Blick lag Ablehnung.

»Na und?« Maren warf den Kopf in den Nacken. »Was geht Sie das an?«

»Nichts.« In Andeutung eines Lächelns zog er die Oberlippe hoch. »Fallen Sie nicht vom Schiff, wenn Sie nachher mal wieder das Bedürfnis verspüren, mich von Ihrem Balkon aus zu beobachten.«

Maren schnappte nach Luft. Ihr fiel eine Menge ein, was sie ihm jetzt gerne an den Kopf geworfen hätte, aber sie begnügte sich damit, den Kopf in den Nacken zu werfen und einfach weiterzugehen. Sie drehte sich nicht mehr um. Selbst dann nicht, als ihr sein hämisches Lachen bis zu ihrer Kabine folgte.

Maren lehnte sich von innen gegen die Tür und atmete erleichtert auf. So ein unangenehmer Mensch! Doch davon würde sie sich diese Reise nicht kaputtmachen lassen. Sie dachte an den wunderschönen Tag, den sie zusammen mit Leonie und Petra erlebt hatte. Und sie dachte an die vielen schönen Tage, die noch vor ihr lagen und am Ende mit Ricarda Jacobsens Lesung am vorletzten Tag gekrönt werden würden. Da spielte ein Tillmann Lindner nun wirklich keine Rolle mehr!

Kapitel 10

»War es sehr schlimm?«, flüsterte Nele mit Blick auf die Zwillinge, die nebeneinander in ihrem Bett lagen und schliefen.

Marisol lächelte. »Sie sind kleine Engel. Allerdings ist Emilia ein ziemlich anstrengender Engel. Du weißt, dass sie unbedingt den Kapitän kennenlernen will?«

»Ja.« Nele seufzte. »Seit unserer Ankunft habe ich ständig Angst, dass sie ausbüxt und sich auf die Suche nach Kapitän Fredriksen macht. Wenn rauskommt, dass ich die beiden einfach mit an Bord gebracht habe, verliere ich meinen Job.«

»Ach, ich weiß nicht … Der Kapitän soll ganz nett sein.«

»Aber die Personalreferentin in Hamburg nicht. Sie hat mir unmissverständlich klargemacht, dass ich fliege, wenn ich noch einmal unangenehm auffalle, wie sie es ausdrückte«, stieß Nele bitter hervor.

Marisol musterte sie aufmerksam, dann strich sie liebevoll über ihre Wange. »Kapitän Uthoff?«, fragte sie leise.

Nele nickte.

»Warum hast du das Schwein nicht angezeigt?«

»Ich habe doch keine Beweise! Und keine der anderen Kolleginnen ist bereit, gegen ihn auszusagen. Alle haben Angst, dass sie ihren Job verlieren.«

Marisol nickte. »Trotzdem …« Sie brach ab, als Nele abwehrend die Hände hob.

»Allein kann ich gegen ihn nichts ausrichten. Ich bin froh, dass ich nicht mehr auf seinem Schiff bin.« Sie wollte nicht mehr über Kapitän Uthoff sprechen. »Und ich freue mich, dass wir wieder einmal zusammen unterwegs sind«, wechselte sie das Thema. »Ich muss gleich noch in den Crew-Aufenthaltsraum. Der Kreuzfahrtdirektor will mit uns den Ablauf der Polartaufe besprechen.«

Marisol grinste. »Das habe ich zum Glück schon hinter mir.«

»Es geht wohl eher um das Spektakel für die Passagiere.« Nele warf einen Blick auf die schlafenden Zwillinge. »Aber ich will dich nicht noch länger mit den beiden …«

»Geh schon«, fiel Marisol ihr ins Wort. »Ich bleibe hier und passe auf sie auf.«

»Ich schulde dir was.« Nele hatte ein sehr schlechtes Gewissen. Nicht nur, weil sie Marisol zu ihrer Mitwisserin gemacht hatte, sondern weil sie die Kollegin ständig mit den Zwillingen allein lassen musste. Sie hatte geglaubt, dass sie auf der *MS Kristiana* ebenso wie auf der *MS Silver Lining* eine Einzelkabine bekommen würde. Der Schreck, als es nicht so war, wirkte jetzt noch in ihr nach. Ihr war nichts anderes übrig geblieben, als Marisol über ihre schwierige Situation aufzuklären.

Marisol hatte sofort Verständnis für ihre Notlage gezeigt. Nele war schon nach wenigen Stunden an Bord klar geworden, dass sie es allein nicht schaffen würde. Tagsüber konnte sie die Zwillinge mit in die Kinderbetreuung nehmen, aber wenn darüber hinaus ihr Einsatz gefordert wurde, so wie schon an diesem zweiten Abend an Bord, hätte sie die Kleinen allein in der Kabine zurücklassen müssen.

»Sobald Miriam aus dem Krankenhaus entlassen wird, kommt sie zum nächsten Hafen, in den wir einlaufen, und holt die Zwillinge ab.« Nele wusste nicht, wie oft sie das schon gesagt hatte.

Marisol schloss sie in die Arme. »Familie ist das Wichtigste! Ich hätte wahrscheinlich genauso gehandelt. Und ich weiß, dass du mir dann auch geholfen hättest.«

Sie sprachen leise, um die Kinder nicht zu wecken. Umso lauter erklang in diesem Moment das Klopfen an der Tür. Nele zuckte zusammen und schaute Marisol erschrocken an. Beide hatten keine Ahnung, was sie machen sollten. »Stellen wir uns einfach tot?«, flüsterte Marisol.

Wieder klopfte es. Emilia wurde unruhig und murmelte etwas. Nele handelte schnell. Sie huschte zur Tür, öffnete sie gerade so weit, dass sie den Kopf herausstrecken konnte. Davor stand die Hotelmanagerin. Jasmin Andres trug noch ihre Uniform. Sie sah müde aus, lächelte aber freundlich. »Ist Marisol da?«

»J...a...«, erwiderte Nele gedehnt.

»Kann ich sie kurz sprechen?«

»Äh ... Ja ...«

Nele war froh, dass Marisol in diesem Moment hinter ihr auftauchte. Um die Tür nicht allzu weit öffnen zu müssen, trat sie hinaus auf den Gang, damit Marisol ebenfalls ihren Kopf aus der Tür stecken konnte.

»Jasmin!« Marisols Stimme klang gezwungen. »Was kann ich für dich tun?«

Jasmins Blick flog zwischen Nele und Marisol hin und her.

Sie spürt, dass etwas nicht stimmt.

Nele hatte sich selten so hilflos gefühlt wie in diesem Moment. Marisol hatte ihr erzählt, dass Jasmin sehr nett sei. Gleichzeitig war sie eine leitende Angestellte, auf dem Schiff nur dem Kapitän unterstellt ...

»Kann ich dem Kapitän jetzt guten Tag sagen?«

Starr vor Entsetzen beobachtete Nele, wie Emilia an Marisol vorbeidrängte und sich vor Jasmin aufbaute. »Du hast doch gesagt, dass du den fragen willst.«

Jasmin starrte auf das Kind, dann hob sie den Kopf und sah nacheinander Marisol und Nele an, während Noah nun ebenfalls aus der Kabine kam und sich verschlafen die Augen rieb.

»Noah, die Frau da bringt uns jetzt zum Kapitän«, behauptete Emilia und zeigte auf Jasmin.

»Nein, eigentlich nicht.« Jasmin Andres schüttelte den Kopf. Emilia stemmte die Ärmchen in die Taille. »Aber du hast es versprochen!«

»Ich wollte sehen, was ich für dich und deinen Bruder tun kann«, berichtigte Jasmin mit ruhiger Stimme. Sie strich dem Mädchen über die dunklen Locken, ließ ihren Blick jedoch zwischen Nele und Marisol wandern. »Könnt ihr mir erklären, was das zu bedeuten hat?«

Marisol öffnete die Tür. »Komm rein«, sagte sie, »ich werde dir alles erklären. Und du«, wandte sie sich an Nele, »gehst zu der Besprechung.«

»Aber ich …«

»Keine Widerrede«, sagte Marisol streng. »Geh bitte, bevor jemand kommt, um dich abzuholen, und wir weiter auffliegen. Ich kläre das mit Jasmin.« Und damit drängte Marisol die Kinder und Jasmin in die Kabine. »Geh«, sagte sie noch einmal und schlug Nele die Tür vor der Nase zu.

Alle Augen richteten sich auf Nele, als sie den Aufenthaltsraum der Crew betrat. So etwas hatte sie schon in der Schule gehasst. »Ich bin zu spät. Tut mir leid.«

»Kein Problem«, erwiderte Magnus Foss. »Es sind ohnehin noch nicht alle da.«

Nele eilte zur hinteren der im Halbkreis aufgebauten drei Stuhlreihen. Die Stühle vor ihr waren fast vollständig besetzt, während in der letzten Reihe nur in der Mitte zwei Personen saßen.

Nele setzte sich auf den Stuhl rechts außen. In Gedanken war sie in der Kabine, die sie mit Marisol teilte.

Was passiert da gerade? Hat Jasmin Andres schon den Kapitän informiert?

Oder war dafür der Kreuzfahrtdirektor zuständig? Magnus Foss konnte sie immerhin noch nicht informiert haben, der war hier im Aufenthaltsraum und wirkte ziemlich entspannt. Er begrüßte die drei Kollegen, die gerade den Raum betraten. »Dahinten sind noch Plätze frei.«

Gregor war einer von ihnen. Der Restaurantleiter winkte Nele freundlich zu. Die anderen beiden Männer kannte sie nur vom Sehen. Sie wusste, dass sie in der Küche arbeiteten.

Und dann kam ER, und für einen kurzen Zeitraum vergaß Nele alle Sorgen.

Sie kannte auch ihn nur vom Sehen. Er war groß, athletisch gebaut und stand meist dekorativ auf einem Schiff herum. Jedenfalls in allen Reiseprospekten, die *Tychsen – All Seas Cruises* an die Reisebüros verteilte. Nele hatte gedacht, er sei Model, und nicht gewusst, dass er wirklich bei der Reederei angestellt war.

»Hallo, Mirko«, begrüßte ihn Magnus Foss. »Schön, dass du auch dabei bist.«

»Du kennst mich doch.« Der schöne Mirko verzog das braungebrannte Gesicht zu einem Lächeln und zeigte dabei seine schneeweißen Zähne.

»Such dir einen freien Platz. Wir warten noch fünf Minuten und fangen dann an.«

Mirko wandte sich den Sitzreihen zu, suchte sie mit dem Blick ab und lächelte einige Male, als er Kollegen sah, die er offensichtlich kannte. Dann fiel sein Blick auf Nele …

… und ihr wurde bewusst, dass sie ihn immer noch anstarrte und unfähig war, den Blick abzuwenden.

Sein Lächeln veränderte sich. Oder bildete sie sich nur ein, dass es anders wurde? Nicht mehr so unverbindlich, sondern irgendwie … interessiert.

Er ließ sie nicht aus den Augen, als er zu ihr schritt und sich direkt neben sie setzte. Dieser Mann sah nicht nur unverschämt gut aus, er roch auch fantastisch.

»Hallo«, sagte er leise und sehr dicht an ihrem Ohr.

»Hallo«, erwiderte Nele, schaute ihn dabei aber nur kurz an, weil sie Angst hatte, sich in seinem Blick zu verlieren. So etwas war ihr noch nie passiert! Kein Mann hatte je eine solche Faszination auf sie ausgeübt.

»Ich bin Mirko.«

Das hatte sie ja eben schon gehört. Sie hatte den Namen *Mirko* nie gemocht. Bis heute …

»Nele«, gab sie leise zurück.

»Gehst du mit mir was trinken, wenn das hier vorbei ist, Nele?«

Auf keinen Fall! Sie musste sofort zurück in die Kabine und in Erfahrung bringen, wie Jasmin Andres reagiert hatte.

»Ja«, sagte sie.

»Super, ich freue mich.«

Verflixt, Nele, wie kannst du nur? Marisol wartet auf dich. Vielleicht ist sie inzwischen total verzweifelt, weil Kapitän Fredriksen von Emilia und Noah erfahren hat.

»Ich freue mich auch.«

Nele bekam kaum mit, was bezüglich der Polartaufe besprochen wurde. Immer wieder blickte sie aus den Augenwinkeln verstohlen zu Mirko. Ihr entging jedoch nicht, dass sich einige der Kolleginnen in den Reihen vor ihr nach ihm umdrehten. Aber er schien das nicht zu bemerkten, sondern lauschte aufmerksam Magnus Foss' Ausführungen.

»Mirko, du spielst den Neptun«, legte Magnus fest.

Mirko nahm die Rolle lachend an. »Und Nele wird meine Meerjungfrau.« Er legte den Arm um Neles Schulter und drückte sie an sich.

»Wir stellen dir mehrere Meerjungfrauen und Wassermänner an die Seiten«, erwiderte Magnus lachend. »Schließlich wollen wir die Polartaufe ja in einer Stunde hinter uns bringen. Bist du dabei, Nele?«

Nele mochte nicht zugeben, dass sie die letzte halbe Stunde nicht zugehört hatte und nicht wirklich wusste, was sie während des Spektakels machen sollte. Trotzdem nickte sie zustimmend. Sie neigte nicht dazu, sich sofort zu verlieben, und sie glaubte nicht an Liebe auf den ersten Blick. Und doch war es dieses Mal passiert, das musste sie sich eingestehen: Sie hatte sich spontan und auf den ersten Blick in Mirko verliebt!

»Dürfen wir hier oben überhaupt sein?« Nele schaute sich unsicher um. Sie war zum ersten Mal in einer der Luxuskabinen.

»Nein.« Mirko schmunzelte und reichte ihr eines der beiden Kristallgläser, die er mit samtrotem Wein gefüllt hatte.

»Und wenn wir erwischt werden?« Sie dachte an Yvonne Reimann.

»Du musst keine Angst haben, ich habe einen guten Draht zum Kreuzfahrtdirektor.« Mirko hob sein Glas und stieß es leicht gegen ihres. »Der Wein ist hervorragend.«

Nele nippte an ihrem Glas. Der Wein war schwer und süß. Sie wusste, dass er ihr zu Kopf steigen würde, wenn sie davon trank. Deshalb stellte sie das Glas auf den Tisch des Salons und tat so, als würde sie sich umschauen.

»So wohnen also die reichen Passagiere. Komisch, ich dachte, die *MS Kristiana* wäre komplett ausgebucht.«

»Das ist sie auch.« Mirko stellte sein Glas ebenfalls ab. »Diese Suite hier ist für eine Schriftstellerin reserviert, die erst auf der Rückfahrt an Bord kommt.«

Nele nickte. »Ricarda Jacobsen.«

»Ich habe keines ihrer Bücher gelesen.« Mirko grinste. »Ehrlich gesagt, lese ich überhaupt nicht viel. Höchstens Bücher über Fitness und Kraftsport.«

»Ja, das sieht man«, entfuhr es Nele.

Mirko lächelte geschmeichelt. Er trat einen Schritt auf sie zu, groß und stark. Seine Arme umschlossen sie, ihr Kopf ruhte an seiner Brust. Sie vernahm den ruhigen Schlag seines Herzens, das sich keineswegs im Gleichklang mit ihrem eigenen rasenden Herzen befand. Als seine Hand unter ihr T-Shirt glitt, kam sie zur Besinnung. Sie löste sich aus seinen Armen und stieß ihn zurück. »Ich will das nicht!«

Verwirrt starrte er sie an. »Aber warum …« Er brach ab, seine Lippen verzogen sich zu einem entschuldigenden Lächeln. »Da habe ich wohl etwas missverstanden. Es tut mir leid.«

Sie drehte sich einfach um und ging. Tief in ihr loderte die Hoffnung, dass er ihr folgen, sie bei der Hand nehmen und ihr versichern würde, dass alles nicht so gemeint war. Dass es ihm nicht um eine schnelle Nummer ging, sondern dass er sie wirklich kennenlernen wollte.

Doch er ließ sie gehen, und die Tür fiel hinter ihr zu. Das war es dann. Ein kurzer und sehr dummer Traum, der sich nicht erfüllte.

Als sie zurück in die Kabine kam, schliefen die Zwillinge tief und fest. Vor den Schränken stand ein aufgeklapptes Zustellbett.

»Von Jasmin«, flüsterte Marisol, die in ihrem Bett lag und auf ihrem Handy tippte. »Ich habe doch gesagt, dass sie sehr nett ist.«

»Sie wird uns also nicht verraten?« Nele setzte sich zutiefst erleichtert zu Marisol auf die Bettkante.

»Nein.« Marisol lächelte. »Sie wird nichts sagen. Sie will mit der ganzen Sache aber auch nichts zu tun haben. Also, offiziell weiß sie von nichts. Trotzdem hat sie das Zustellbett für dich organisiert, damit du nicht mehr auf dem Fußboden schlafen musst.«

Nele brachte ein Lächeln zustande. »Wenigstens etwas Positives. Wieso war Jasmin eigentlich hier?«

Marisol hob kurz die Hand, in der sie ihr Handy hielt. »Das habe ich an der Rezeption liegen lassen.«

»Ach so«, flüsterte Nele. »Ich gehe ins Bett. Und ich bin wirklich dankbar, dass ich nicht mehr auf dem Fußboden schlafen muss.«

Sie huschte kurz ins Bad. Als sie zurückkam, hatte Marisol die kleine Lampe über ihrem Bett ausgeschaltet. Sie lächelte Nele zu und schloss die Augen.

Nele winkte kurz und legte sich auf das Zustellbett. Es war erstaunlich weich und bequem. Trotzdem konnte sie an diesem Abend lange nicht einschlafen und ließ sich in ihren Träumen auf ein Märchen mit Mirko ein. Nur diese wenigen Stunden, sagte sie sich selbst. Morgen würde die Realität sie ganz von selbst wieder einholen.

Kapitel 11

Irgendwann in der Nacht erreichte die *MS Kristiana* den Hafen von Kristiansund. Leonie wusste nicht, wann genau das Schiff angelegt hatte. Eigentlich konnte sie sich kaum noch an den vergangenen Abend erinnern. Und sie hatte keine Ahnung, wieso sie in einem fremden Bett lag. Zum Glück vollständig angezogen, wie sie erleichtert feststellte.

Es war eine Balkonkabine. Nicht so luxuriös wie ihre Suite, aber sie konnte vom Bett aus hinaus in den trubeligen Hafen schauen. Vollbesetzte Sundboote fuhren vorbei. Frachter, die den Hafen verließen. Das Signalhorn eines weiteren Kreuzfahrtschiffes war zu hören, das kurz darauf die *MS Kristiana* passierte.

Mühsam richtete Leonie sich auf. Was war gestern passiert? Nach ihrem Ausflug mit Petra und Maren in Ålesund hatte Florian sie am Kai vor Malte und Tabea gerettet, auch wenn sie immer noch nicht wusste, was er zu den beiden gesagt hatte.

Ihre Erinnerung endete irgendwann auf der Veranda ihrer Suite. Sie hatten etwas gegessen und ziemlich viel Champagner getrunken. Zu viel, wie sich jetzt herausstellte.

War das hier Marens Kabine? Hatte sie Maren vielleicht begleitet, weil ihre neue Freundin auch nicht mehr ganz nüchtern gewesen war? Und was war mit Petra? War sie irgendwann gegangen?

»Das Frühstück ist da!«

Leonie kannte den Mann, der mit einem Tablett in den Händen die Kabine betrat. Seinen Namen hatte sie vergessen, aber sie wusste noch, dass er der Erste Offizier auf dem Schiff war.

»Kaffee, Toast mit Erdbeermarmelade und frischer Orangensaft«, zählte er auf. »Genau so, wie Sie es heute Nacht bestellt hatten.« Vorsichtig balancierend stellte er das Tablett neben sie aufs Bett.

»Was machen Sie hier?«, fragte Leonie verunsichert.

»Nun, das ist meine Kabine.« Er grinste.

»Und was mache ich dann hier?« Leonie war nicht sicher, ob sie ihm oder doch sich selbst diese Frage stellte.

Lächelnd setzte er sich ihr gegenüber auf einen von zwei Cocktailsesseln neben einem kleinen Tisch. »Das weiß ich nicht«, sagte er. »Sie standen gestern plötzlich vor meiner Tür, bestellten Kaffee, Toast mit Erdbeermarmelade und Orangensaft zum Frühstück, bevor Sie an mir vorbeirauschten, sich auf mein Bett legten und sofort einschliefen.«

Leonie traute ihren Ohren nicht. »Wie unangenehm«, sagte sie. »Das ist mir schrecklich peinlich.«

Er winkte ab. »Das kann vorkommen.«

»Ja?« Vollkommen unangemessen begann sie schallend zu lachen. »Wie oft kommt es denn vor, dass betrunkene Frauen vor Ihrer Tür stehen und sich einfach in Ihr Bett legen?«

Er lachte jetzt ebenfalls. »Ich muss ehrlich zugeben, dass mir das letzte Nacht zum ersten Mal passiert ist.«

»Ich fürchte, ich habe vorher mit meinen Freundinnen zu viel Champagner getrunken.« Leonie runzelte nachdenklich die Stirn. »Ich frage mich nur, warum ich meine Kabine verlassen habe.«

»Das fragen Sie am besten Ihre Freundinnen.« Er lachte wieder. »Vielleicht können die sich noch erinnern.«

Leonie stand auf. »Es tut mir sehr leid«, entschuldigte sie sich noch einmal. »Ich gehe dann mal.«

»Sie müssen erst noch frühstücken, Frau Harder.« Seine Augen funkelten amüsiert. »Sie haben das Essen schließlich bestellt.«

Leonie lächelte. »Ein Kaffee wäre nett.« Sie setzte sich wieder, nahm die Tasse und trank einen Schluck. »Ich habe Ihren Namen leider vergessen«, fügte sie dann verlegen hinzu.

»Ben Mermann.«

»Ich werde es mir merken.« Sie trank noch einen Schluck. »Wo haben Sie eigentlich geschlafen?«

»Überhaupt nicht«, sagte er. »Eine Viertelstunde nachdem Sie eingeschlafen sind, begann mein Nachtdienst.«

»Zum Glück! Ich hätte nicht so viel trinken dürfen.« Leonie stellte die Tasse ab. »Vielen Dank für das Frühstück, aber ich fürchte, ich kann noch nichts essen.«

»Das macht nichts«, erwiderte er freundlich. Er musterte sie prüfend, dann fragte er: »Wer ist eigentlich Malte?«

Die Frage kam so überraschend, dass Leonie Tränen in die Augen schossen.

Erschrocken sprang er auf und reichte ihr sein Taschentuch. »Entschuldigung, ich wollte Ihnen nicht zu nahe treten.«

Leonie schluckte. »Woher wissen Sie von Malte?«

»Ich weiß eigentlich nichts von ihm.« Er setzte sich wieder. »Aber Sie haben im Schlaf seinen Namen gemurmelt – und ich war einfach neugierig«, gab er zu. »Eine so schöne Frau wie Sie allein in der Suite …« Er brach ab, wirkte ein wenig verlegen. »Es tut mir leid, wenn ich damit an etwas gerührt habe, was Sie schmerzt.« Er schwieg ein paar Sekunden, bevor er vorsichtig ergänzte: »Ich hoffe, Malte ist nichts passiert.«

»Tabea ist ihm passiert!«, spie Leonie hervor. »Aber er hat sie verdient.«

Ben Meermann betrachtete sie nachdenklich. »Wenn Malte Sie wegen einer anderen Frau verlassen hat, ist er ein Idiot«, sagte er schließlich.

»Danke.« Sie fühlte sich tatsächlich ein bisschen getröstet. »Eigentlich wären das hier unsere Flitterwochen gewesen. Er hat sich eine Woche vor der Hochzeit per SMS von mir getrennt.« Sie lächelte unter Tränen. »Immer wenn ich auf der Veranda meiner Kabine stehe, habe ich den Bug vor Augen. Dort wollte ich stehen …« Sie brach ab, als er zu lachen begann.

»Die Titanic-Pose.« Er lachte immer noch. »Das wird auf jeder Kreuzfahrt gemacht. Wir haben auf der Brücke stets viel Spaß, wenn Liebespaare …« Er brach ab, bemerkte offensichtlich ihren verletzten Blick. »Entschuldigung, ich wollte mich nicht über Sie lustig machen«, sagte er hastig. »Ich wollte damit nur ausdrücken, dass Sie nichts verpasst haben, weil es nichts wirklich Besonderes mehr ist.«

»Für mich wäre es besonders gewesen«, sagte sie steif. »Vielen Dank für die Gastfreundschaft!«, fügte sie noch hinzu, dann rannte sie aus der Kabine, als wäre sie auf der Flucht, und den Gang entlang. Als sie anhielt, um sich zu orientieren, bemerkte sie, dass Ben Mermann genau über ihr wohnte. Offenbar hatte sie sich in der Nacht lediglich in der Etage geirrt. Es erklärte aber immer noch nicht, warum sie ihre Kabine überhaupt verlassen hatte.

Sie brauchte Kaffee! Viel, viel Kaffee. Vielleicht fiel es ihr dann wieder ein.

Die Gerlachs wollten gerade aufbrechen, als Leonie an den Frühstückstisch trat. Sie war in ihrer Kabine gewesen, hatte geduscht und sich umgezogen, doch die Nachwirkungen des vergangenen Abends setzten ihr immer noch zu. Unter ihrer Schädeldecke pochte es, und sie war froh, dass die Gerlachs mit dem Frühstück fertig waren. Sie verspürte keine Lust, sich zu unterhalten.

»Geht ihr schon mal«, sagte Florian. »Ich komme gleich nach.«

Helga schien das nicht zu gefallen, doch Bernd griff nach der Hand seiner Frau. »Der Junge muss doch nicht ständig bei uns sein«, sagte er.

»Er war gestern schon den ganzen Nachmittag weg.« Helga blickte Florian unzufrieden an, doch der hatte sich bereits wieder hingesetzt. Er wartete, bis seine Eltern außer Hörweite waren, dann sagte er: »Coole Aktion gestern.«

Leonie war irritiert. »Was genau meinst du?«

»Das Geburtstagsgeschenk für deinen Ex?«

Malte hatte heute Geburtstag! Sie hatte es vergessen, aber woher wusste Florian das?

»Ich hätte nicht gedacht, dass ihr das wirklich macht.« Stolz warf er sich in die Brust. »Aber ich fand meine Idee auch ziemlich cool.«

»Florian, du sprichst in Rätseln!«

Diesmal war er es, der irritiert schaute, doch bevor er etwas sagen konnte, kam Petra an den Tisch. »Sag mir, dass wir das gestern Abend nicht gemacht haben.«

Leonie stöhnte auf und barg ihr Gesicht in den Händen. »Was denn, um Himmels willen? Ich kann mich an nichts erinnern.«

»Du warst ziemlich betrunken«, sagte Florian grinsend.

»Ich kann mich auch nicht erinnern, dass ich dich gestern Abend noch gesehen habe.«

»Jetzt bin ich ein bisschen beleidigt.« Er zog einen Schmollmund, der sein junges Gesicht noch kindlicher erscheinen ließ. Gleich darauf lachte er wieder. »Trotzdem war es cool.«

Leonie verzog schmerzlich das Gesicht. *Wenn ich noch einmal das Wort »cool« höre, schreie ich!*

»Was haben wir gemacht?«, wandte sie sich an Petra.

»Das hier!« Petra zückte ihr Handy und präsentierte ihr das Foto einer Kabinentür. Zweifellos war es die Tür zu Maltes Kabine, denn sein Name stand groß auf einem Blatt Papier, das mit Klebestreifen an der Tür befestigt war. Darunter standen die Worte: *Ich habe mich getrennt. Per SMS, eine Woche vor der Hochzeit. Ruf mich an und sag mir, wie du das findest.*

Die Tür und der gesamte Rahmen waren mit gelben Post-it-Zetteln beklebt, auf denen Maltes Handynummer stand.

»Als ich heute Morgen nachgeschaut habe, waren schon ziemlich viele von den Zetteln verschwunden«, sagte Florian fröhlich.

»Ach du Scheiße«, stieß Leonie hervor. Eine dumpfe Erinnerung tauchte plötzlich auf: sie zusammen mit den beiden anderen Frauen, wie sie betrunken durch das Schiff torkelten. Und Florian war irgendwann auch dabei gewesen …

Plötzlich war alles wieder da: Nachdem sie die letzte Flasche Champagner geleert hatten, waren sie zu dritt in die Bar auf Deck 10 gegangen, um sich dort bei entspannender Pianomusik weiter gepflegt zu betrinken. Dort trafen sie Florian, der sich ihnen sofort anschloss und schließlich die Idee zu einem besonderen Geschenk hatte, als Leonie nach Mitternacht ihr Glas erhoben und ihrem Ex mit pathetischen Worten zum Geburtstag gratuliert hatte.

»Wir müssen das sofort entfernen«, stieß Leonie jetzt hervor.

»Zu spät!« Petra, die ihr gegenüber Platz genommen hatte und den Eingangsbereich überblicken konnte, sah angespannt an ihr vorbei. »Da kommt er gerade. Er ist allein, und er sieht ziemlich wütend aus.«

Die Melodie von *My heart will go on* ertönte, Maltes Klingelton. Leonie hatte ihn nach der Buchung ihrer Flitterwochen auf sein Handy geladen. Das Musikstück sorgte für Heiterkeit im Speisesaal, vereinzelt waren Lacher zu hören.

Leonie konnte der Versuchung nicht widerstehen und schaute vorsichtig an der Säule vorbei. Malte lachte nicht. Mit verbissener Miene tippte er auf sein Smartphone, und der Klingelton verstummte.

Als Leonie den Kopf zur Seite wandte, bemerkte sie, dass Florian sein Handy grinsend in die Tasche steckte.

»Warst du das gerade?«

»Ja.«

»Musste das sein?«

»Ja!«, wiederholte Florian. Als unmittelbar darauf erneut der Klingelton zu hören war, zeigte er ihr seine Hände. »Das war ich nicht.«

»Warum schaltet er sein Handy nicht einfach aus?«, fragte Petra.

»Weil sein Opa schwerkrank ist. Malte will ständig erreichbar sein, falls sich der Zustand seines Großvaters ändert«, erwiderte Leonie mit belegter Stimme. Malte war bei seinem Großvater aufgewachsen und hing sehr an ihm. Daran hatte sie nicht gedacht, was wahrscheinlich vor allem daran lag, dass sie im Moment nur die negativen Seiten von Malte sehen wollte.

Ich halte das nicht mehr aus, schoss es ihr durch den Kopf, als der Klingelton erneut zu hören war. Gedämpfte Melodiefetzen, die vom anderen Ende des Speisesaals bis zu ihr drangen, untermalt von den Stimmen der anderen Passagiere und dem Geklapper des Geschirrs.

»Ich muss mich noch einmal hinlegen.« Sie stand abrupt auf.

Florian und Petra sprachen gleichzeitig. »Aber du hast doch noch nichts gegessen«, sagte Florian.

»Und was ist mit unserem Ausflug nach Kristiansund?«, fragte Petra.

»Vergiss Kristiansund, ich habe keinen Hunger«, sagte Leonie, ohne sich um Zusammenhänge zu kümmern. »Bis später.« Doch bevor sie den Ausgang erreichte, sah sie, dass Malte sich von seinem Platz erhob und auf das Büfett zusteuerte.

Zurück zum Tisch?

Nein, sie wollte raus. Sie ließ sich vornüberfallen, tat so, als würde sie etwas suchen, und krabbelte auf allen vieren in Richtung Ausgang. Da sie dabei vor allem hinter sich schaute, bemerkte sie die beiden Männer nicht, die den Speisesaal betraten, bis ihr ohnehin schmerzender Kopf mit einem Knie kollidierte.

»Aua!« Sie hob den Blick und wäre am liebsten im Erdboden versunken. Ausgerechnet Ben Mermann.

»Adrian«, sagte der Erste Offizier grinsend. »Darf ich dir Frau Harder vorstellen? Und das, Frau Harder, ist Adrian Fredriksen, der Kapitän der *MS Kristiana*.«

Leonie blieb nichts anderes übrig, als sich zu erheben.

»Haben Sie etwas verloren?«, fragte Kapitän Fredriksen interessiert, während sie gleichzeitig direkt hinter sich den Sound von *My heart will go on* vernahm. Langsam drehte sie sich um.

»Leonie?« Fassungslosigkeit zeichnete sich auf Maltes Miene ab.

Leonie fiel nur ein Wort ein, das der Situation gerecht wurde: »Scheiße!« Damit drehte sie sich um und floh aus dem Speisesaal.

Kapitel 12

»Wir haben gleich doppelten Ärger«, berichtete Marisol. »Die Rossmanns beschweren sich über die Sauberkeit ihrer Kabine, und im Speisesaal tobt der Typ, der ursprünglich eine Luxuskabine gebucht hatte.«

»Malte Heynig.« Jasmin konnte sich sogar an den Namen erinnern.

»Genau.« Marisol verzog das Gesicht zu einem schiefen Lächeln. »Du hast die Wahl zwischen Pest und Cholera. Wen willst du übernehmen? Die Stänkerer aus Kabine vier-drei-vier? Oder den Choleriker im Speisesaal? Der wartet aber nicht allein, Kapitän Fredriksen und der Erste Offizier sind bei ihm.«

Jasmin spürte, wie sich ihr Herzschlag beschleunigte. Seit Bergen hatte sich keine Gelegenheit mehr ergeben, Adrian Fredriksen zu sehen oder sogar mit ihm zu sprechen. Also sagte sie betont gleichmütig: »Na gut, dann übernehme ich Herrn Heynig samt Erstem Offizier und Kapitän.«

Sie machte sich sofort auf den Weg, weit war es ja nicht von der Rezeption bis zum Speisesaal. Ihr Herz schlug schneller, obwohl sie durch die gläserne Tür nur Adrians Rücken sehen konnte. Er wandte sich um, als sie eintrat. Sein Lächeln traf ihren Blick und hinterließ ein Kribbeln auf ihrem gesamten Körper. Sie lächelte zurück und hoffte, dass es nicht zu viel von dem verriet, was in ihr vorging.

»Herr Heynig hat ein Problem«, sagte Adrian. »Und wie ich gerade erfuhr, gab es zudem bereits zu Beginn ein Missverständnis.«

»Wegen der Kabinenbuchung.« Jasmin nickte. Sie konzentrierte sich auf das Anliegen des Passagiers und kehrte zu professioneller Sachlichkeit zurück. »Bei welchem Problem kann ich Ihnen helfen, Herr Heynig?«

My heart will go on, ertönte es in diesem Moment.

Jasmin bemerkte, dass Adrian und Ben Mermann sich einen amüsierten Blick zuwarfen. Sie selbst fand auch erstaunlich, dass ein Mann diesen Klingelton wählte. Doch offenbar war genau das ein Teil des Ärgernisses.

»*Das* ist das Problem.« Malte Heynig zog sein Handy aus der Hosentasche und drückte das Gespräch weg. »Seit heute Nacht muss ich mir diese verdammte Melodie anhören.«

Jasmin war verblüfft. »Warum ändern Sie nicht einfach den Klingelton?«

Mit ihrer Frage hatte sie offensichtlich einen wunden Punkt getroffen, denn seine Stirn und seine Wangen röteten sich, seine Nasenflügel weiteten sich, und er stieß ein schnaubendes Geräusch aus. Doch am meisten erschreckte Jasmin die Wut in seinem Blick. Vorsichtshalber trat sie einen Schritt zurück.

»Es geht nicht um den Klingelton«, stieß Adrian hervor und berichtete von den Post-it-Zetteln und den seither andauernden Anrufen.

»Das tut mir sehr leid«, entschuldigte Jasmin sich, obwohl weder sie persönlich noch die Reederei für seinen Ärger verantwortlich waren.

»Das war Leonie«, regte er sich auf. »Eigentlich hätte ich mir denken können, dass sie dahintersteckt, aber wie hätte ich ahnen sollen, dass sie auf dem Schiff ist?«

Tabea Kern, die in diesem Moment dazutrat, hatte seine Worte gehört. Ihr Gesicht bekam hektische rote Flecken. »Leonie ist hier? Seit wann? Und warum? Was hat sie hier zu suchen?«

»Woher soll ich das wissen?«, fuhr Malte sie an. »Aber ich

wette, ihr verdanken wir auch die Umbuchung in die kleine Kabine.«

Jasmin räusperte sich und beendete damit den Schlagabtausch zwischen den beiden. Es war inzwischen mucksmäuschenstill im Speisesaal. Es waren nur noch wenige Gäste da, aber die beobachteten aufmerksam das Schauspiel, das ihnen an diesem Morgen geboten wurde.

»Nach dem ganzen Ärger, den Sie bisher hatten, würde ich jetzt gerne etwas tun, damit Sie den Aufenthalt auf der *MS Kristiana* am Ende doch in guter Erinnerung behalten«, begann Jasmin.

»Ich glaube kaum, dass das noch möglich ist«, knurrte Malte Heynig.

»Wenn Leonie auf dem Schiff ist, bleibe ich auf keinen Fall hier«, sagte Tabea bestimmt.

Jasmin spürte Adrians Blicke unentwegt auf sich, auch ohne dass sie ihn ansah. Sie hatte das Gefühl, als müsse sie eine Prüfung bestehen, doch das erfüllte sie nicht mit Nervosität. Sie wusste, sie würde bestehen, und sie hatte auch schon eine Idee, wie sie das aufgebrachte Paar besänftigen konnte.

Doch in diesem Moment legte Adrian seine Hand auf ihren Arm, und prompt geriet ihre Selbstsicherheit ins Wanken. »Sie regeln das schon«, sagte er. »Niemand weiß besser als ich, dass Sie Probleme aus der Welt schaffen können.« Er spielte auf ihren Auftritt beim Bewerbungsgespräch an, aber es fiel ihr schwer, sein Lächeln zu erwidern und einen klaren Gedanken zu fassen, solange er so dicht bei ihr stand und seine Hand ihren Arm berührte.

Sie atmete tief durch, als er sie wieder losließ. »Ich habe schon eine Idee«, sagte sie.

»Was immer es ist, Sie haben mein Okay.« Adrian nickte ihr zu, dann ging er mit dem Ersten Offizier weiter.

Die Zustimmung des Kapitäns erleichterte ihr Vorhaben. Jasmin wandte sich entschlossen an Malte und Tabea: »Ich würde Ihnen gerne den Wunsch nach einer Luxuskabine erfüllen.«

Die Augen des Mannes verengten sich zu schmalen Schlitzen. »Aber Sie haben doch gesagt, es wäre keine mehr frei?«

»Wir haben noch eine Luxuskabine, die nur in den letzten vier Nächten der Reise besetzt ist. Wenn es Ihnen nichts ausmacht, für diese kurze Zeit in Ihre derzeitige Kabine zurückzukehren, können Sie die Luxussuite für den restlichen Zeitraum bewohnen.«

»Ich bleibe nicht auf dem gleichen Schiff wie Leonie«, beharrte Tabea, doch Malte beschäftigte etwas ganz anderes. »Wie teuer wäre die Kabine, falls wir damit einverstanden sind?«

»Es entstehen Ihnen keine zusätzlichen Kosten«, versicherte Jasmin. Der Reederei auch nicht, denn die Kabine war ja bereits bezahlt. Jasmin konnte nur hoffen, dass es der Schriftstellerin Ricarda Jacobsen nicht einfiel, doch früher auf das Schiff zu kommen. Sie beschloss, dass es dann noch früh genug sein würde, sich diesem Problem zu stellen – wenn es denn überhaupt auftrat.

Sie bemerkte, dass Malte und Tabea Blicke tauschten.

»Also dann …«, begann Malte.

Jasmin war sicher, dass sie ihn überzeugt hatte.

»Und was ist mit Leonie?« Tabea schob schmollend die Unterlippe vor.

Malte schien das zu gefallen, während Jasmin es nur albern fand. Sie gestand sich ein, dass sie Tabea nicht sonderlich mochte. Auch Malte war ihr nicht sympathisch, aber sie hatte in den Jahren der Hotelarbeit gelernt, sich ihre Gefühle nicht anmerken zu lassen.

»So etwas wird nicht mehr vorkommen«, versicherte sie. »Ich werde mit Frau Harder reden.«

»Komm, lass uns das Angebot annehmen«, drängte Malte. »Eine Luxuskabine, die uns nichts zusätzlich kostet.«

»Jetzt umziehen, und dann kurz vor der Heimfahrt schon wieder umziehen …« Tabea schien immer noch nicht überzeugt.

»Das erledigt selbstverständlich der Steward.« *Das ist allerdings das letzte Zugeständnis*, fügte Jasmin in Gedanken hinzu.

»Wir frühstücken jetzt erst einmal in Ruhe und unterhalten uns darüber«, sagte Malte und sog unmittelbar darauf tief die Luft ein, als sein Handy wieder *My heart will go on* spielte.

»Es ist schon bedeutend seltener geworden«, behauptete Jasmin schnell. »Sie werden sehen, morgen ist es vorbei.«

Während das Paar zu seinem Tisch ging, machte sie sich zurück auf den Weg zur Rezeption. »Hast du etwas ausrichten können?«, fragte sie Marisol, die bereits von ihrem Einsatz zurück war.

»Ja, aber das kostet die Reederei einen Landausflug, den die Rossmanns selbst wählen können. Und bei dir?«

»Bei mir war es nicht ganz so preiswert.« Jasmin holte tief Luft. »Malte Heynig zieht mit seiner Freundin in die freie Luxuskabine.«

»Aber die ist doch für Ricarda Jacobsen reserviert«, rief Marisol sichtlich erschrocken.

»Sie kommt aber erst auf der Rückfahrt an Bord. Es ist also alles in Ordnung.« *Hoffentlich*, fügte Jasmin in Gedanken hinzu.

»Nicht ganz!« Marisol schüttelte den Kopf. »Genau gegenüber wohnt Leonie Harder. Glaubst du, das geht gut?«

Verflixt, dieses Detail hatte Jasmin übersehen. »Es sind erwachsene Menschen«, sagte sie nach kurzem Nachdenken. »Sie werden sich irgendwie arrangieren.« So wirklich sicher war sie sich da allerdings nicht …

Der Anruf kam eine Stunde später. »Sind Sie sehr beschäftigt?«, fragte Adrian.

Jasmin ignorierte ihr dummes Herz, das schon beim Klang seiner Stimme schnell und heftig außer Takt schlug. »Im Moment ist es ruhig.« Einige der Passagiere machten einen Ausflug nach Kristiansund, andere hatten es sich an Bord gemütlich gemacht.

»Würden Sie mir mitteilen, wie Sie das Problem mit Herrn Heynig gelöst haben?«

Jasmin begann zu reden, doch Adrian unterbrach sie. »Nicht am Telefon.« Sie hörte ihn lachen. »Ich würde mich freuen, wenn Sie mich auf der Brücke besuchen.«

Jasmin lächelte unwillkürlich. »Ja, gerne. Ich komme sofort.«

Marisol starrte sie mit großen Augen an, als Jasmin ihr mitteilte, dass sie auf die Kommandobrücke beordert worden war. »Du darfst ins Heiligtum des Schiffes?« Dann wurde ihr Blick ängstlich. »Du sagst doch nichts von Nele und den Zwillingen?«

Marisol hatte Verständnis dafür geäußert, dass Jasmin nicht in diese Angelegenheit hineingezogen werden wollte, und so hatten sie nicht mehr darüber gesprochen.

»Natürlich nicht«, versicherte Jasmin. »Da ich von nichts weiß, kann ich auch nichts erzählen. Nein, Kapitän Fredriksen will lediglich wissen, wie ich das Problem mit Malte Heynig gelöst habe.«

»Und dafür ruft er dich auf die Brücke?« Marisol schüttelte ungläubig den Kopf. »Ich arbeite seit vier Jahren für die Reederei, aber ich war noch nicht auf der Brücke eines Schiffes. Adrian Fredriksen ist so ganz anders als die Kapitäne, die ich bisher kennengelernt habe.«

Auf dem Weg nach oben begegnete ihr Nele. Die junge Frau schaute sie ängstlich an. »Hallo!«, sagte sie zögerlich.

»Hallo!«, grüßte Jasmin freundlich zurück. Fast hätte sie gefragt, wo die Zwillinge waren und wer gerade auf sie aufpasste, aber sie hielt sich zurück.

Es war Nele anzusehen, dass sie mit sich rang. »Vielen Dank für deine Hilfe«, sagte sie schließlich. »Du weißt von nichts, das ist klar. Aber ich muss mich doch wenigstens bedanken.« Nele machte einen Schritt an Jasmin vorbei, doch die hielt sie auf.

»Wenn du Hilfe brauchst, bin ich für dich da.«

Nele starrte sie mit offenem Mund an, und ihre Augen füllten sich mit Tränen.

»Bitte nicht weinen«, sagte Jasmin. »Ich finde es toll, was du für deine Schwester machst, und deshalb hast du auch jede Form von Unterstützung verdient.«

»Da ist Yvonne Reimann anderer Meinung«, stieß Nele bitter hervor und schien ihre Worte gleich darauf zu bereuen. »Vergiss bitte, was ich gesagt habe.«

»Ich habe nichts gehört.« Jasmin lächelte ihr aufmunternd zu und ging weiter. Nach ihren eigenen Erfahrungen mit Yvonne Reimann konnte sie sich vorstellen, wie das Gespräch zwischen Nele und der Personalreferentin gelaufen war.

»Wo wollen Sie denn hin?«

Jasmin war so in Gedanken versunken, dass sie Eva Fredriksen nicht bemerkt hatte. Jetzt blockierte ihr die Ärztin den Weg die letzte Treppe zur Brücke hinauf.

»Kapitän Fredriksen hat mich aufgefordert, auf die Brücke zu kommen«, sagte Jasmin freundlich. »Es gab ein Problem mit einem Passagier. Der Kapitän möchte wissen, wie ich das gelöst habe.«

»Mein Mann interessiert sich doch sonst nicht für so etwas.« Obwohl sie die Worte *»mein Mann«* betonte, und damit gleich klarstellte, zu wem Adrian gehörte, wirkte sie verunsichert.

»Diesmal interessiert es ihn«, erklärte Jasmin unvermindert freundlich. »Wenn Sie mich dann bitte entschuldigen. Ich möchte Ihren Mann nicht länger warten lassen.«

Schweigend trat Eva zur Seite.

»Herzlich willkommen in meinem Reich«, begrüßte Adrian sie mit einer ausholenden Handbewegung.

Jasmin war beeindruckt. Der riesige Raum war rundum verglast. Der Leitstand war mehrere Meter breit und in einem Halbkreis vor dem Bugfenster aufgebaut. Zwei Offiziere saßen in hochlehnigen Drehstühlen, ein Matrose stand mit einem Fernglas in der Hand am Bugfenster.

Adrian stellte sie den Männern vor. Der Erste Offizier, Ben Mermann, und der Zweite Offizier, Christoph Lug, überprüften gerade die Anzeigen auf den Monitoren. John Wagner, der Matrose, lächelte ihr kurz zu, bevor er seine Aufmerksamkeit wieder nach draußen richtete.

Adrian trat mit ihr an die verglaste Wand. »Bitte sehr. Damit Sie wenigstens etwas von Kristiansund sehen.«

Die Anlegestelle lag inmitten der Inseln, auf denen Kristiansund erbaut war. Häuser in strahlendem Rot, Gelb und Grün bildeten das malerische Zentrum der Hafenstadt.

»Schade, dass wir keinen Ausflug machen können«, bedauerte Adrian.

Wir? Er und sie?

»Ja, das ist sehr schade«, brachte Jasmin hervor.

»Ich habe unsere Dienstpläne verglichen«, sagte er. »Auf den Lofoten haben wir beide vierundzwanzig Stunden frei. Ich werde die Zeit an Land verbringen. Haben Sie vielleicht Lust mitzukommen?«

Nur er und ich? Und was ist mit seiner Frau?

»Ja«, hörte Jasmin sich sagen. Und: »Sehr gerne.« Sie konnte nicht anders.

Erst als sie später wieder an der Rezeption stand, fiel ihr ein, dass sie nicht über Malte Heynig und ihre Lösung des Problems gesprochen hatten.

Kapitel 13

Ich hätte in Hamburg bleiben sollen!

Ein erschreckender Gedanke, den Eva zuerst nicht zulassen wollte. Doch nachdem er einmal aufgetaucht war, ließ er sie nicht mehr los.

Außer der vorgegebenen Lebensmittelvergiftung der Rossmanns und einem verstauchten Fuß hatte sie bisher keine Patienten versorgen müssen. Sie war die Arbeit in einem klassischen Krankenhaus gewohnt. Schwerkranke Patienten, komplexe Diagnosen, schnelle Entscheidungen. Ihre Arbeit hatte sie ausgefüllt und sie wenigstens während der Dienstzeiten ihr kompliziertes Privatleben vergessen lassen. Selbst die Sehnsucht nach Adrian war einfacher zu ertragen gewesen, weil sie immer mit Hoffnung verbunden gewesen war.

Auch wenn sie sich immer wieder vornahm, um ihren Mann zu kämpfen, wurde sie doch mit jedem Tag mutloser. Das lag vor allem an dieser Frau, die sie zusammen mit Adrian in Bryggen gesehen hatte. Und nun ließ er Jasmin Andres sogar zu sich auf die Brücke kommen, während er ihr, seiner Frau, aus dem Weg ging.

Eva ballte die Hände zu Fäusten und trat an das kleine Fenster des Behandlungszimmers. Sie war allein in der medizinischen Abteilung. Ayda hatte sich zwei Stunden freigenommen, um einen Ausflug nach Kristiansund zu machen. Warum auch nicht, hier passierte ja sowieso nichts, was ihre Anwesenheit erforderte.

Selbst wenn es einmal einen schlimmen Notfall auf der *MS Kristiana* geben sollte, wären Evas Fähigkeiten als Ärztin kaum gefordert. Diese Reise führte so nah an der Küste vorbei, dass ein Patient auf dem schnellsten Weg in ein Krankenhaus gebracht werden konnte. Sollte eine der nächsten Reisen tagelang über das offene Meer führen, konnte das schon ganz anders aussehen.

Sie sah auf, als Magnus Foss in der offenen Tür auftauchte. Instinktiv ging sie innerlich in Abwehrstellung. »Was willst du?«

»Ein Aspirin«, gab er ebenso unfreundlich zurück.

Eva erhob sich wortlos und trat an den Medikamentenschrank. Sie schloss ihn auf, nahm ein Blister heraus. Als sie sich umdrehte, stand er bereits hinter ihr. Sie streckte den Arm aus, um ihm die Tabletten zu reichen, noch viel mehr aber, um ihn auf Abstand zu halten. Nie wieder würde sie ihn zu nahe an sich herankommen lassen.

Nur seine Lippen verzogen sich zu einem Lächeln. Seine Augen signalisierten, dass er den Grund ihres Handelns begriff – und dass er ihn nicht akzeptieren würde.

»Du solltest endlich damit aufhören!«

»Ich weiß nicht, was du meinst.«

Ihre Hand, die immer noch das Blister hielt, drückte gegen seine Brust, als er sich ihr weiter näherte. Er ignorierte es, drückte ihren Arm beiseite. Sein Gesicht war dicht bei ihrem, seine Stimme leise, aber klar und hart. »Du hast es ebenso gewollt wie ich!«

Sie wollte das nicht hören, weil sie es nicht abstreiten konnte. »Lass mich einfach in Ruhe!«, zischte sie. Sie hielt seine Nähe aus und seinem Blick stand, versuchte dabei Stärke zu zeigen, die sie nicht empfand.

»Ich könnte Adrian erzählen, was wirklich passiert ist.« Seine Stimme klang heiter, als würde ihn die Vorstellung amüsieren.

»Und ich könnte meinem Vater erzählen, was wirklich passiert ist!« Ihre Kampfansage wirkte: Magnus trat einen Schritt zurück. Sie maßen sich mit Blicken, wissend, dass ihr Schweigen von seinem Schweigen abhing. Wenn sie alles verlor, würde sie ihn zerstören.

»Es könnte sein, dass mich diese Drohung irgendwann nicht mehr abschreckt«, sagte er gefährlich leise. Damit wandte er sich um und verließ das Behandlungszimmer.

Eva war unfähig, sich zu bewegen. Das Gefühl, dass die *MS Kristiana* kein guter Ort für sie war, wurde beinahe übermächtig. Schon der Name des Schiffes …

Nein! Sie verbot sich selbst, jetzt auch noch an ihre verschollene Schwester zu denken. Sie hatte genug Probleme, die sie beschäftigten. Der Kern, um den sich alles drehte, war Adrian, und ihre Angst, ihn endgültig zu verlieren.

Erst das Klingeln ihres Handys riss sie aus ihrer trüben Versunkenheit. Sie ging zum Schreibtisch und sah auf dem Display den Namen ihrer Tochter.

»Fenja! Wie schön, dass du anrufst.«

»Von dir und Papa höre ich ja nichts«, kam es vorwurfsvoll zurück.

Eva ging nicht darauf ein. »Wie geht es dir bei Opa?«

»Es ist ganz okay, nur die doofe Fiona nervt.«

»Ist sie denn so oft da?«, fragte Eva erstaunt. Ihren Vater hielt es selten bei einer Frau, aber Fiona Steidl war seit fast einem Jahr bei offiziellen Anlässen an seiner Seite.

»Sie wohnt hier«, kam es dumpf zurück. »Die Frau ist so hohl! Ich frage mich, wie Opa es mit der aushält.«

Vielleicht genau deshalb.

»Und weil die blöde Kuh hier ist, lungert auch ständig die Presse vor der Villa rum.«

Eva kam eine Idee. »Warum kommst du nicht zu uns?«, schlug sie vor. Nicht ganz uneigennützig. Wenn Fenja hier war, konnte sie Adrian verpflichten, Zeit mit seiner Tochter und damit auch mit ihr selbst zu verbringen. Außerdem gefiel ihr die Idee, sich vor Jasmin Andres zusammen mit Ehemann und Kind als Familie zu präsentieren. »Papa und ich könnten dich schon morgen in Trondheim am Flughafen abholen.«

Am anderen Ende blieb es eine ganze Weile still. »Nee«, kam es endlich gedehnt zurück. »Ich hab keine Lust, meine Ferien auf Opas neuestem Spielzeug zu verbringen. Das ist genauso öde wie das Spielzeug, das er sich hier zugelegt hat.«

»Fenja, ich mag es nicht, wenn du so redest.«

Fenja lachte frech. »Opa auch nicht. Wahrscheinlich hat er mir deshalb erlaubt, dass ich zusammen mit Sophie auf die *MS Silver Lining* gehe.« Sophie war Fenjas beste Freundin.

Eva ärgerte sich darüber. »Opa hätte erst Papa und mich fragen müssen, ob wir damit einverstanden sind.«

»Bist du das denn nicht?« Fenja klang ehrlich erstaunt. »Sophies Tante Helena ist auch auf dem Schiff. Als Stewardess. Sie passt bestimmt auf uns auf.«

»Dazu wird sie kaum Zeit haben.« Eva gefiel die Idee immer weniger.

»Die *MS Silver Lining* fährt die Route Dänemark, Norwegen, England. Wir fahren auch die Lofoten an und treffen da mit euch zusammen, wenn ihr auf der Rückfahrt seid.«

Eva musste lächeln. Fenja wusste genau, wie sie ihre Mutter umstimmen konnte. Sie gab aber nicht sofort nach. »Dein Vater muss auch einverstanden sein.«

»Ich rufe ihn sofort an«, rief Fenja eifrig.

»Nein, ich rede mit ihm«, sagte Eva bestimmt. Die unverfängliche Gelegenheit, mit Adrian Kontakt aufzunehmen, wollte sie sich nicht entgehen lassen.

Fenja war offenbar alarmiert. »Aber du redest ihm das nicht wieder aus.«

»Nein. Wenn du mir versprichst, dass du dich an alle Anweisungen hältst, die du noch von uns bekommst. Und wenn du die Zeit auf den Lofoten wirklich mit uns verbringst.«

»Versprochen!« Fenja zögerte kurz, bevor sie weitersprach. »Zumindest das Treffen auf den Lofoten. Eure Anweisungen muss ich mir erst ansehen. Vielleicht gibt es da noch Verhandlungsbedarf.«

Eva fand, dass ihre Tochter schon sehr wie ihr Vater klang. Sie wollte nicht, dass Fenja so wurde wie er. Wenn alles wieder gut wurde zwischen ihr und Adrian, konnte sie zurück nach Hamburg und in ihr eigenes Haus. Sie würde sich um eine Stelle in einem Krankenhaus bemühen und jedes Mal, wenn Adrian Heimaturlaub hatte …

»Mama, bist du noch da?«

»Natürlich.« Eva verabschiedete sich von ihren Zukunftsträumen. Jedenfalls für den Moment. »Ich rede mit deinem Vater, dann rufe ich dich wieder an.«

»Wie ist es eigentlich zwischen dir und Papa?«, wollte Fenja plötzlich wissen.

»Ganz gut.« Die Lüge fiel ihr nicht schwer, denn nach dem Gespräch mit ihrer Tochter war die Hoffnung wieder da.

Kapitel 14

Nebenan war es so ungewohnt mucksmäuschenstill, dass Maren sich eine Weile der erfreulichen Vorstellung hingab, Tillmann wäre in Kristiansund an Land gegangen und hätte die Abfahrt des Schiffes verpasst. Sie lächelte, nein, sie strahlte geradezu, als sie ihn in Gedanken am Kai entlanglaufen sah, verzweifelt und wild winkend, während die *MS Kristiana* sich immer weiter entfernte.

Sie trat an ihre Balkonbrüstung, schaute nach rechts – und ihre schönen Träume lösten sich in nichts auf. Zwei übereinandergeschlagene Füße lagen auf der Brüstung des Balkons nebenan und wippten leise vor sich hin. Die Füße waren nackt, ebenso das Stück der Waden, das noch zu sehen war. Und wahrscheinlich auch der ganze Rest des Mannes.

Unwillkürlich hatte sie das Bild des nackten Tillmann vor Augen. Er war attraktiv, zweifellos. Sehr gut gebaut, und bestückt …

Hastig wandte sie den Blick ab und rieb sich ihre heißen Wangen. Sie war nicht prüde, aber solche Gedanken in Verbindung mit Tillmann waren einfach unangemessen.

Um sich abzulenken, konzentrierte sie sich auf die vorbeiziehende Landschaft. Eine Schärenwelt, vom Meer umspült. Rote Holzhäuser auf grünen Wiesen wechselten mit unbewohnten Eilanden ab. Das Wasser schattierte in verschiedenen Blautönen. Nur das schwache Brummen des Schiffmotors war zu hören.

Maren zuckte zusammen, als sie neben sich einen Schatten wahrnahm. Die Füße waren verschwunden, stattdessen stand

Tillmann an der Brüstung seines Balkons, einen Kopfhörer auf den Ohren. Er stand mit beiden Armen auf die Reling gestützt und beugte sich vor.

Heavy Metal oder Klassik?

Kein Ton war zu hören, was Maren wiederum als angenehm empfand. Es wäre ihrer Nachbarschaft durchaus zuträglich, wenn er die Kopfhörer immer tragen würde. Plötzlich wandte er den Kopf und schaute sie an. Sekundenlang maßen sie sich mit Blicken. Nicht unbedingt wohlwollend, aber auch nicht mehr so unfreundlich wie zuvor. Er nahm den Kopfhörer ab und grinste, während daraus eine unverkennbare Stimme sang: »*Sie liebt den DJ …*«

Tillmann hörte Schlager! Das war eine Erkenntnis, die Maren erst einmal verdauen musste.

Sie dachte immer noch darüber nach, als sie sich kurz darauf auf den Weg in die Pianobar machte. Da, wo abends alkoholische Getränke und Cocktails gereicht wurden, gab es nachmittags Kaffee und ein reichhaltiges Kuchenbüfett. Sie und Tillmann hatten kein Wort miteinander gewechselt, doch nach ihren Auseinandersetzungen in den Tagen zuvor war selbst das ein kleiner Fortschritt. Vielleicht gelang es ihnen ja, in Zukunft zu einem normalen Umgang miteinander zu finden. Sofern er auch zukünftig seine Kopfhörer benutzte …

Am Aufzug traf sie auf ihren Nachbarn. Diesmal ohne Kopfhörer, aber immer noch in Shorts. Er nickte ihr knapp zu, sagte aber auch jetzt nichts, als er sich neben sie stellte. Schweigend warteten sie auf den Aufzug, schweigend stiegen sie ein – und hatten offensichtlich das gleiche Ziel.

Maren war froh, dass Leonie und Petra bereits an einem der runden Cocktailtische saßen, als sie die Bar betrat. Beide hatten gefüllte Kaffeetassen vor sich stehen. Leonie rührte unablässig darin und schaute sich immer wieder nervös um. Sie lächelte knapp, als Maren sich zu ihnen an den Tisch setzte.

»Ist etwas passiert?«, fragte Maren.

»Das kann man so sagen.« Leonie schaute sich erneut um. »Malte weiß jetzt, dass ich auf dem Schiff bin.« Sie erzählte, wie sie im Speisesaal aufgeflogen war.

Maren hatte Mühe, nicht laut aufzulachen. Ein Blick zu Petra zeigte ihr, dass es auch um deren Mundwinkel zuckte. »Und?«, fragte sie mühsam beherrscht. »Bist du deinem Ex seither noch einmal begegnet?«

»Nein!«, erwiderte Leonie bitter. »Und das ist ein echtes Wunder. Als Entschädigung für den ganzen Ärger, den er hatte, darf er jetzt mit Tabea in die Luxus-Suite von Ricarda Jacobsen ziehen. Jedenfalls so lange, bis die Schriftstellerin an Bord kommt. So hat es mir der Steward erzählt.«

Maren stieß ein empörtes Schnauben aus. »Ausgerechnet die beiden!«

»Ich bin auch nicht begeistert«, sagte Leonie. »Ganz im Gegenteil.«

Maren verschwieg, dass es ihr in erster Linie um ihre Lieblingsschriftstellerin ging. Für sie war es eine regelrechte Entweihung, dass ausgerechnet diese beiden Menschen in deren Kabine wohnten. »Aber mal ehrlich«, wandte sie sich an Leonie, »es war doch nur eine Frage der Zeit, bis er herausfindet, dass du ebenfalls an Bord bist. Jetzt hast du das wenigstens hinter dir.«

»Aber es ist nur noch schlimmer«, klagte Leonie. »Ricarda Jacobsens Suite liegt genau gegenüber von meiner.«

»Oh … nein …« Maren hörte Petra leise kichern, und dann konnte auch sie nicht mehr an sich halten.

Leonie schaute beleidigt zwischen ihnen hin und her. »Schön, dass euch mein Elend so viel Freude bereitet.«

»Wow!«, rief Petra in diesem Moment, als Tillmann mit einer Kaffeetasse in der Hand an ihnen vorbei zum Außendeck ging. »Wieso ist mir der noch nicht aufgefallen?« Sie schaute ihm nach.

»Weil du nicht neben ihm wohnst«, erwiderte Maren bissig.

Die beiden Frauen wandten sich ihr zu. »Er wohnt in der Kabine neben dir?« Petra starrte sie ungläubig an. »Hast du ein Glück. Ich muss mir die Kabine mit Uschi und Tinchen teilen und bin außerdem noch eingerahmt von einem jungen Paar, das ziemlich hemmungslos die Nachbarn daran teilhaben lässt, wie lieb es sich hat. Jedenfalls akustisch. Und links neben uns wohnen die Rossmanns. Die beiden sind ständig auf der Suche nach irgendwelchen Missständen und Zeugen, die das bestätigen.« Sie blickte zu Leonie. »Du hast eine Luxussuite«, sagte sie. Ihr Blick wanderte weiter zu Maren. »Und du so einen Nachbarn.«

»Schade, dass wir die Nachbarn nicht tauschen können«, erwiderte Maren sanft. »Mit Uschi und Tinchen möchte ich auch nicht die Kabine teilen, aber deine Nachbarn würde ich gerne gegen Tillmann eintauschen.« Ihr Blick flog zur offenen Tür des Außendecks, wo Tillmann jetzt an der Reling stand. Sie hatte ihn bisher ausschließlich als den Ruhestörer von nebenan gesehen. Auf keinen Fall wollte sie damit anfangen, ihn jetzt als Mann zu sehen, deshalb wandte sie den Blick schnell wieder ab. »Der wohnt nicht nur hier neben mir, sondern auch zu Hause«, verkündete sie. »Und wie gesagt, du kannst ihn gerne als Nachbarn haben. Er liebt Heavy Metal. Am liebsten laut. Sehr laut!« Die klassische Musik verschwieg sie, weil es Tillmann irgendwie sympathischer machte. Den Schlager ebenfalls, auch wenn sie selbst nicht so genau wusste, warum. Vielleicht weil diese Entdeckung neu war und es ihm womöglich nicht recht war, wenn andere von dieser Vorliebe erfuhren. Indiskretion konnte ihr jedenfalls niemand vorwerfen. Nicht einmal Tillmann!

»Wenn der mein Nachbar wäre …« Petra ließ den Satz offen.

»Und für meine Probleme wegen Malte interessiert sich keiner mehr«, klagte Leonie.

»Reden wir über Malte.« Maren wollte das Thema Tillmann abschließen, aber das ließ Petra nicht zu.

»Du hättest also nichts dagegen, wenn ich mir deinen Nachbarn einmal von Nahem ansehe?« Petra schmunzelte. »Und vielleicht sogar ein bisschen mehr?«

»Natürlich habe ich nichts dagegen.« Maren sagte es leichthin und ignorierte den leisen Stachel tief in ihrem Inneren, der das Gegenteil behauptete.

Kapitel 15

Nele wählte die Nummer. Dann wartete sie angespannt, bis Miriam sich endlich meldete. »Wie geht es dir?«

»Viel besser.« Miriams Lachen bewies, dass sie die Wahrheit sagte. »Der Arzt sagt, dass ich das Krankenhaus in ein paar Tagen verlassen kann.«

In ein paar Tagen erst? Nele schluckte ihre Enttäuschung hinunter, aber Miriam schien dennoch zu spüren, dass etwas nicht stimmte.

»Machen die Kleinen dir Schwierigkeiten?«, fragte sie besorgt. »Ich kann mich auch vorzeitig entlassen …«

»Das machst du nicht!«, widersprach Nele und verabschiedete sich zum wiederholten Male wehmütig von dem Gedanken, mit Mirko auszugehen. Er hatte sie auch für diesen Abend eingeladen. Die Absage war ihr nicht leichtgefallen, aber sie konnte Marisol nicht schon wieder am Abend mit den Zwillingen allein lassen, und so hatte sie sich eine Ausrede einfallen lassen.

»Ich könnte morgen in Trondheim sein, bevor das Schiff wieder ausläuft«, schlug Miriam vor.

»Mach das bitte nicht«, erwiderte Nele und hatte ein schlechtes Gewissen, weil sie sich insgeheim wünschte, dass Miriam nicht auf sie hörte.

»Na gut«, gab Miriam schließlich nach. »Ich gebe zu, ich bin auch noch ziemlich matt. Geht denn alles gut mit den Kleinen? Benehmen sie sich?«

»Ja«, behauptete Nele, obwohl sie beobachtete, dass Emilia

gerade einem gleichaltrigen Mädchen, Leni, die Puppe wegnehmen wollte.

»Kann ich die beiden sprechen?« Sehnsucht lag in Miriams Stimme, während es Emilia gelang, die Puppe an sich zu reißen und Leni damit auf den Kopf zu schlagen, weil die versuchte, sich ihr Spielzeug zurückzunehmen.

Eigentlich hätte Nele eingreifen müssen, aber sie hoffte, dass Emilia sich ablenken ließ. »Emilia, deine Mama möchte dich sprechen.«

»Keine Zeit!« Emilia schlug weiter auf Leni ein. »Die will meine Puppe haben.«

Leni schützte ihren Kopf mit beiden Händen. »Das ist meine Puppe!«, schrie sie.

»Was ist denn da los?«, hörte Nele ihre Schwester fragen.

»Ich muss mal kurz eingreifen«, sagte Nele und legte das Handy beiseite.

»Würde es dir gefallen, wenn Leni dir deine Spielsachen wegnimmt?«

Emilia schüttelte den Kopf.

»Dann gib ihr die Puppe zurück, und entschuldige dich.«

Emilia war zu einem Kompromiss bereit. »Na gut, die Puppe gebe ich zurück. Aber nur, bis ich mit Mama telefoniert habe.«

»Ich will auch mit Mama reden.« Noah kam näher.

»Ich zuerst.« Emilia nahm das Handy. »Hallo, Mama, darf ich wieder nach Hause?«

Nele seufzte. Sie kannte ihre Schwester und wusste, dass sie sich jetzt erst recht Sorgen machte. Sie konnte nicht hören, was Miriam sagte, aber sie konnte es sich aus Emilias Antworten zusammenreimen.

»Das Schiff ist doof. Und nie dürfen wir hier was machen. Immer müssen wir in einem doofen Zimmer mit anderen doofen Kindern sein. Und Essen gibt es nur im Zimmer. Und das ist ganz klein. Und da schlafen ganz viele Leute drin.« Sie lauschte kurz in den Hörer, bevor sie Nele das Handy reichte. »Mama will dir was sagen.«

»Was ist bei euch los, Nele?« Miriam klang aufgeregt.

»Beruhig dich«, bat Nele. »Die *MS Kristiana* ist ein tolles Schiff. Ich nehme die Zwillinge jeden Tag mit in die Kinderbetreuung. Und ja, wir essen in unserem Zimmer, weil es dem Personal untersagt ist, im Speisesaal der Passagiere zu essen. Ich kann die Kinder schlecht allein dorthin schicken. Und außer den Zwillingen und mir schläft noch meine Kollegin Marisol in unserem Zimmer. Sie ist sehr nett und passt auch gerne auf die Zwillinge auf, wenn ich verhindert bin. Du siehst, alles ist in Ordnung. Und jetzt gebe ich dir Noah.«

»Mama, die Marisol ist nett«, versicherte Noah prompt. »Die hat immer Schokolade und Gummibärchen für uns.«

Nele schloss kurz die Augen. Genau das wollte ihre Schwester bestimmt nicht hören.

»Aber ich will auch wieder nach Hause«, sagte Noah. »Immer müssen wir aufpassen, damit uns keiner sie …«

Nele riss Noah das Handy aus der Hand. »Glaub jetzt bitte nicht, dass die Kinder nur mit Süßigkeiten ernährt werden.« Sie lachte nervös.

»Und wieso müssen die Kinder aufpassen, dass sie niemand sieht?«, hakte Miriam wie befürchtet nach.

»Da hat er sich ein bisschen unglücklich ausgedrückt«, behauptete Nele. »Es gibt Bereiche, wo wir alle nicht hindürfen. Und wenn uns da jemand sieht, gibt es Ärger. Ich habe versucht, den Kindern das zu erklären.« Danach blieb es eine ganze Weile still am anderen Ende, und Nele befürchtete schon, dass sie ihre Schwester nicht überzeugt hatte.

»Die Kinder hören sich jedenfalls gut an.« Miriams Stimme klang traurig. »Ich bin dir unendlich dankbar, Nele. Ich habe keine Ahnung, was ich ohne dich gemacht hätte. Aber ich vermisse die beiden so sehr. In ein paar Tagen hole ich sie ab.«

»Ja.« Was sollte Nele auch sonst noch dazu sagen? »Ich rufe dich morgen wieder an.«

»Ich sag meiner Mama, dass die mich gehaut hat.« Leni wies mit dem Finger auf Emilia.

»Dann haut dir mein Papa den Kopf ab. Der ist nämlich der König von Foxanien.« Emilia stellte sich triumphierend in Positur.

Nele hielt den Atem an. Sie hatte geglaubt, dass Emilia den König von Foxanien inzwischen vergessen hatte.

»Dann bist du ja eine richtige Prinzessin.« Leni starrte Emilia mit weit aufgerissenen Augen an. Die fünfjährige Kim und der sechsjährige Leander kamen interessiert näher. Die beiden Geschwister hielten sich meistens für sich, aber eine leibhaftige Prinzessin in ihrer Mitte war auch für die beiden etwas Besonderes.

»Wohnst du in einem Schloss?«, fragte Leander.

»Klar.«

Nele war überrascht, wie überzeugend ihre Nichte lügen konnte. *Wenn ich es nicht besser wüsste, hätte ich es auch geglaubt.* Schmunzelnd dachte sie an das Haus ihrer Schwester. Es war nicht besonders groß, und irgendetwas war immer kaputt.

»Da.« Leni hielt Emilia die Puppe hin. »Du darfst auch damit spielen.«

»Nö.« Die Prinzessin drehte sich zur Seite. Ein Spielzeug, das ihr freiwillig angeboten wurde, interessierte sie nicht. Außerdem schien es für sie viel spannender zu sein, dass sie im Mittelpunkt stand. Also spann sie weiter ihre Geschichten um Foxanien und ihren königlichen Vater.

Nele überlegte, ob sie diesem Fantasieschub Einhalt gebieten musste, aber ausgerechnet in diesem Moment betrat Mirko den

Raum. Er blieb an der Tür stehen und winkte ihr lächelnd zu. Die Kinder waren abgelenkt.

»Willst du es dir nicht noch einmal überlegen?« Sein bittendes Lächeln bohrte sich tief in ihr Herz. »Es tut mir leid, dass ich mich beim letzten Mal so verhalten habe. Ich finde dich toll, Nele. Ich möchte dich kennenlernen.«

Genau das wollte sie auch, aber es ging nicht.

»Jetzt sag bitte nicht wieder, dass du abends früh ins Bett musst.«

Genau das war ihre Ausrede gewesen. Was hätte sie auch sonst sagen sollen? »Kinder sind anstrengend«, murmelte sie.

»Die sind doch ganz lieb.« Mirko schaute an ihr vorbei zu den Kindern. Emilia hatte es geschafft, die ganze Gruppe in ihre Untertanen zu verwandeln, und den Kindergartenraum kurzerhand zu ihrem Thronsaal erklärt.

Plötzlich stand Noah neben Nele und zupfte an ihrem Arm. »Tante Nele, ich hab keine Lust mehr, Foxanien zu spielen.«

Mirko sah von ihr zu dem Kleinen und wieder zurück. »Tante Nele?«

»Ja.« Nele versuchte zu lächeln. »Die Kinder sagen Tante zu mir.«

Ausgerechnet Noah, der sonst so schweigsame und schüchterne Noah, gab nun sein Wissen preis. »Die Tante Nele ist meine Tante, weil sie die Schwester von meiner Mama ist.« Er drehte sich um und zeigte auf Emilia. »So wie die Emilia meine Schwester ist. Und ich bin ihr Bruder.«

Mirko sah Nele unverwandt an.

Sie senkte den Blick. »Ich kann dir das jetzt nicht erklären«, sagte sie leise.

»Dann später.«

Sie wollte ablehnen, hatte jedoch Angst, dass er es jemandem von den Kindern erzählte, und nickte schließlich zustimmend.

Blaues Licht senkte sich über die Landschaft. Bewaldete Berge umrahmten den Trondheimfjord. Die *MS Kristiana* passierte die kleine Insel Munkholmen. Eine helle Festungsmauer, überragt von den Kronen belaubter Bäume, umgab die Gebäude eines ehemaligen Klosters.

»Das war einmal ein Hinrichtungsplatz«, erklärte Mirko.

Warum sagte er das? Nele, die neben ihm an der Reling des Außendecks stand, rückte ein Stück von ihm ab.

Er lachte leise, als er es bemerkte. »Das sollte keine Anspielung sein. Ich musste nur gerade daran denken, dass hier in der Wikingerzeit die Köpfe Hingerichteter auf Stangen gesteckt wurden.«

Es wurde nicht besser. Finster starrte sie ihn an.

»Vergiss es.« Mirko winkte ab. »Ich habe nur versucht, eine Einleitung für unser Gespräch zu finden.«

»Glaubst du wirklich, dazu wären Hinrichtungen und vor sich hin gammelnde Köpfe geeignete Themen?« Nele schüttelte den Kopf.

»Sag mir einfach, was los ist«, bat er. »Vielleicht kann ich dir helfen.«

»Es würde mir schon sehr helfen, wenn du das, was ich dir jetzt erzähle, für dich behältst.«

Er sagte nichts, schaute sie nur an. Und das, was sie in seinen Augen las, machte ihr Mut. Und so erzählte sie von der Krankheit ihrer Schwester. Von ihrer Angst, ihren Job zu verlieren, und davon, dass sie Miriam gleichzeitig nicht im Stich lassen wollte. Sie verschwieg ihm allerdings, dass Yvonne Reimann ihr mit der Kündigung gedroht hatte. Das hätte nur weitere Fragen nach sich gezogen, doch über das, was auf der *MS Silver Lining* passiert war, wollte sie auch mit Mirko nicht reden.

»Du hast die Kinder einfach mit an Bord gebracht? Und keinem Menschen ist aufgefallen, dass zwei Kinder zu viel im Kindergarten sind?« Mirko starrte sie fassungslos an und begann dann zu lachen.

»Du verrätst mich doch nicht?«

Sein Lachen brach ab. Er trat einen Schritt auf sie zu, zog sie an sich. »Natürlich nicht«, versicherte er. »Und wenn du meine Hilfe brauchst, bin ich für dich da.«

Kapitel 16

Malte stand mit verschränkten Armen vor ihrer Kabinentür und versperrte Leonie den Zugang. »Ich habe eben erfahren, dass du in der Kabine wohnst, die ich eigentlich gebucht hatte.«

»Na und?« Leonie schaute ihn wütend an. »Lass mich vorbei.«

»Erst reden wir!«

»Du wolltest zu Hause nicht mit mir reden, jetzt habe ich keine Lust.«

Malte bewegte sich keinen Schritt zur Seite. Und nun ging auch noch hinter ihr die Tür auf, und Tabea stellte sich neben Malte. Eine geballte Front, die aber schon einmal zerbröckelt war und Leonie auch jetzt nicht beeindruckte.

Tabea legte ihre rechte Hand besitzergreifend auf Maltes Schulter und stemmte die linke in ihre dünne Hüfte. »Du solltest akzeptieren, dass Malte sich für mich entschieden hat.«

»Das habe ich längst«, erwiderte Leonie und ignorierte den Schmerz in ihrem Herzen, während sie es aussprach.

Tabea musterte sie hochnäsig. »Warum läufst du ihm dann nach?«

»Ich laufe ihm nicht nach«, behauptete Leonie. »Diese Kreuzfahrt war mein Traum. Malte hat sie meinetwegen gebucht.«

»Und du hast dafür gesorgt, dass wir die billige Kabine bekommen«, meldete Malte sich wieder zu Wort.

»Ihr habt keinen Grund, euch zu beschweren«, erwiderte Leonie ironisch und wies auf die offene Kabinentür der beiden. *Ich umso mehr, weil ich euer Liebesglück hautnah miterleben muss.*

Jedes Mal, wenn ihr Blick auf die gegenüberliegende Tür fiel, lief in ihren Gedanken ein Film ab.

»Es wäre nett, wenn ihr jetzt endlich Platz machen würdet. Ich möchte in meine Kabine.«

Tatsächlich traten beide zur Seite, wobei Tabea weiterhin darauf achtete, Körperkontakt zu Malte zu halten.

Leonie registrierte es und musste lächeln. Tabea schien keineswegs so selbstsicher zu sein, wie sie sich nach außen hin zeigte. Sie hatte Angst, Malte noch einmal zu verlieren …

… und war das wirklich so ausgeschlossen? Es wäre ja nicht das erste Mal, dass Malte sich wegen ihr von Tabea trennte. Die Vorstellung erfüllte Leonie mit Genugtuung.

»Einen schönen Abend noch.« Sie lächelte Malte an und drückte sich ganz eng an ihm vorbei, als sie ihre eigene Kabine betrat.

Er lächelte zurück, wirkte aber verwirrt. »Dir auch einen schönen Abend«, sagte er leise. Er schaute ihr in die Augen, und sie hielt seinem Blick stand, bis sie die Tür ihrer Kabine hinter sich schloss.

Sekundenlang lehnte sie von innen mit geschlossenen Augen dagegen. Sie grinste, als sie Tabeas aufgebrachte Stimme vernahm: »Was soll das? Meinst du, ich hätte nicht bemerkt, wie du sie angeschaut hast?«

»Das ist Unsinn«, behauptete er, doch seine Stimme klang unsicher.

»Du siehst toll aus!« Florian sprang auf und rückte Leonie den Stuhl zurecht, als sie an den Tisch kam.

»Danke.« Leonie hatte sich in der Tat sehr viel Mühe mit ihrem Aussehen gegeben. Das weiße Kleid mit dem tiefen Ausschnitt umschmeichelte ihren Körper und brachte ihre langen roten Locken zum Leuchten. Es war ein befreiendes Gefühl, dass sie sich nicht mehr verstecken musste, und das strahlte sie auch aus. Nach dem Abendessen hatte sie sich mit Maren und Petra in der Pianobar verabredet, und morgen wollten sie zusammen Trondheim erkunden.

»In Trondheim soll es einen tollen Club geben«, sprudelte es aus Florian heraus, der sie unentwegt anstarrte. »Kommst du nachher mit?«

»Florian, du gehst in keinen Club«, wies Helga Gerlach ihren Sohn zurecht. Sie schaute Leonie verärgert an. »Du solltest ihm keine Flausen in den Kopf setzen.« Offenbar gab sie Leonie die Schuld dafür, dass ihr Sohn auf solche Ideen kam.

»Damit habe ich nichts zu tun«, sagte Leonie entgeistert. Sie wandte sich an Florian. »Und nein, ich gehe nicht mit dir in einen Club. Ich bin schon mit Petra und Maren verabredet.«

»Kann ich mitkommen?«, fragte Florian prompt.

Leonie hätte es nicht gestört, aber sie fing Helgas unwilligen Blick auf. »Tut mir leid, aber das ist ein reines Frauentreffen. Abgesehen davon finde ich, dass du dir lieber junge Leute suchen solltest, mit denen du deine Zeit verbringst.«

Helga schien besänftigt, aber Florian war ernsthaft beleidigt. Er beugte sich tief über seinen Teller und schaufelte das Essen in sich hinein.

Bernds hilfloser Blick wanderte zwischen seinem Sohn und seiner Frau hin und her. »Wir können heute Abend doch zusammen etwas unternehmen. Als Familie.«

Florian hob den Kopf. »*Mensch ärgere Dich nicht* spielen, oder was? Oh Mann, das sind echte Scheißferien. Zum Glück bin ich nächstes Jahr volljährig, dann kann ich machen, was ich will.« Es klirrte, als er sein Besteck auf den Teller warf. Damit sprang er auf und ging.

»Es tut mir leid«, sagte Leonie, obwohl sie sich keiner Schuld bewusst war.

»Du kannst doch nichts dafür.« Bernd lächelte ihr freundlich zu, doch Helgas Blick verriet etwas anderes.

»Er ist so komisch, seit er mit dir und deinen Freundinnen in Ålesund unterwegs war«, sagte sie spitz.

»Das stimmt doch nicht«, wandte Bernd ein. »Er ist komisch, seit er in der Pubertät ist. Vielleicht hätten wir ihn dieses Jahr wirklich mit seinen Freunden verreisen lassen sollen.«

Ja, das finde ich auch, stimmte Leonie ihm in Gedanken zu. Offensichtlich war Helga eine dieser Gluckenmütter, die ihre Kinder einfach nicht loslassen konnten. Sie wusste, wie Florian sich fühlte. Sie war in einer ähnlichen Situation gewesen, nur dass sie eine Gluckenschwester hatte, die sich immer noch für sie verantwortlich fühlte.

Iris!

Siedend heiß fiel ihr ein, dass sie sich immer noch nicht bei ihrer Schwester gemeldet hatte. Sie nahm sich vor, sie in den nächsten Tagen anzurufen. Morgen vielleicht, oder übermorgen. Heute wollte sie sich darüber nicht den Kopf zerbrechen.

Die Pianistin saß hinter dem Klavier und spielte mit selbstvergessener Miene ein Stück, das Leonie nicht kannte. Sie war der einzige Gast, die meisten Passagiere saßen noch beim Abendessen im Speisesaal.

Der Barkeeper lehnte über dem Tresen, das Kinn mit einer Hand abgestützt, und lauschte der Musik. Er richtete sich auf, als Leonie zu ihm kam, doch sie winkte ab und tauchte zunächst ebenfalls in den Zauber der Klänge ein.

»Anna spielt es jeden Abend, bevor die Gäste kommen«, flüsterte der Barkeeper. »Sie nennt es *Grits Lied*.«

Leonie nickte. Sie fand dieses Stück eindringlich schön und traurig zugleich. Und genau so wirkte auch die Pianistin in ihrem dunkelblauen, schulterfreien Kleid. Ihre dunklen Locken fielen lang über ihre Schultern. Ihre bernsteinfarbenen Augen waren erfüllt von Melancholie.

Kapitän Fredriksen und Ben Mermann betraten die Bar. Der Kapitän legte den Zeigefinger über die Lippen, als Leonie zu ihnen schaute, dann nahmen die beiden Männer an einem der leeren Tische in der Nähe des Eingangs Platz und lauschten ebenfalls der Musik.

Nichts war zu hören außer den lyrischen Klängen, während eine frische Brise durch die offene Tür des Außendecks hereinwehte und das Licht der tief stehenden Abendsonne den Hafen in goldenes Licht tauchte. Eine Symphonie aus Licht und Tönen, ein Zauber, der Leonie einfing. Der letzte Akkord verklang, der Zauber blieb …

»Do es dat Leonie!« Uschi betrat die Bar, gefolgt von Martina und Petra. Ihr Blick fiel auf den Kapitän und den Ersten Offizier, und sie hielt Martina zurück. »Kuck ens, wat för schön Mannslück!« Unaufgefordert setzte sie sich an den Tisch der beiden Männer, und Martina tat es ihr gleich. Petra hingegen eilte zu Leonie, die Hände gegen ihre Wangen gepresst. »Ständig muss ich mich für Uschi fremdschämen. Es war noch nie so schlimm wie hier. Was macht sie gerade?«

»Sie setzt sich auf den Schoß des Kapitäns«, erwiderte Leonie.

»Nein«, stöhnte Petra entsetzt und wandte nun doch den Kopf, nur um festzustellen, dass Leonie sie aufgezogen hatte. »Spinnst du?« Sie stieß Leonie leicht an. »Ihr wäre so etwas durchaus zuzutrauen.«

»Die beiden Männer lachen«, raunte Leonie. »Uschis Art scheint ihnen zu gefallen.«

»Die lachen aus Höflichkeit.«

»Sie wirken amüsiert«, widersprach Leonie. »Achtung, jetzt stehen sie auf.«

Auch Uschi und Martina standen auf und gesellten sich zu Petra und Leonie. »Isch han bei d'r Kapitän am Desch jesesse.« Uschi freute sich, als wäre das eine ganz besondere Auszeichnung. Dass Kapitän Fredriksen jedes ihrer Worte hören konnte, schien sie nicht zu stören. Sie wandte sich ihm sogar zu und rief: »He, Kapitän, jit et he och a Kapitänsdinner wie op däm Traumschiff?«

»Ich denke mal darüber nach«, erwiderte Kapitän Fredriksen lachend.

»Er versteht sie auch noch«, flüsterte Petra. »Ist das nicht schrecklich?«

Leonie bekam ihre Worte kaum mit, weil in diesem Moment Ben Mermann auf sie zutrat. »Sie sehen toll aus«, sagte er leise zu ihr. Leider nicht leise genug, Uschi hatte es gehört. »Wann isch do wör, würd isch mich de Jung nemme«, sagte sie zu Leonie.

Petra schmunzelte. »Soll ich übersetzen?«

»Nicht nötig!« Leonie wusste nicht, wo sie hinschauen sollte, und konnte nur hoffen, dass Ben Mermann den Kölner Dialekt nicht verstand.

Der Erste Offizier beugte sich ein wenig vor und flüsterte dicht an ihrem Ohr: »Ich hätte nichts dagegen.«

Sie spürte, dass sie rot wurde.

Dann betrat eine weitere Gruppe die Bar, unter ihnen auch Malte und Tabea. Malte blieb wie angewurzelt stehen, als er Leonie sah.

Tabea musterte ihn erstaunt, bis ihr klar wurde, wen er anstarrte. Ärgerlich zerrte sie an seinem Arm, aber das schien Malte nicht zu bemerken.

»Leider habe ich jetzt Dienst.« Ben Mermann zog ihre Aufmerksamkeit wieder auf sich. »Aber morgen habe ich frei. Haben Sie Lust, zusammen mit mir Trondheim zu erkunden?«

»Natörlich kütt se met.« Uschi stieß Leonie an. »Mädche, jetz saach allt jo.«

Jetzt wusste Leonie, wie Petra sich in Uschis Gegenwart fühlte. Das war so peinlich, dass sie nicht wusste, was sie sagen sollte. Hilflos schaute sie sich um. Da war immer noch Malte, der sie anstarrte. Er lächelte, als er ihrem Blick begegnete. Da war Uschi, die offensichtlich nicht verstand, warum sie nicht sofort zustimmte. Da waren Kapitän Fredriksen, Martina und Petra, die auf ihre Antwort warteten. Selbst die Pianistin Anna schaute in ihre Richtung. Sie lächelte, senkte ihre Hände über das Klavier und spielte erneut *Grits Lied*. Der Zauber von eben lebte wieder auf.

»Ja«, sagte Leonie leise. »Ich freue mich.« Und während sie die Worte aussprach, spürte sie, dass sie es so empfand. Dabei war sie doch eigentlich mit Maren und Petra verabredet, aber beide nickten ihr zu, als Leonie in ihre Richtung schaute.

»Ich freue mich auch.« Ganz kurz nur berührten Ben Mermanns Finger ihre Hand. »Bis morgen.«

»Bis morgen.« Sie schaute ihm nach, als er zusammen mit Kapitän Fredriksen die Pianobar verließ.

Um zwanzig Uhr löste eine Band die Pianistin Anna ab und spielte zum Tanz auf.

Tabea zog Malte auf die Tanzfläche und drängte sich dicht an ihn, doch Malte sah über ihren Kopf hinweg immer wieder zu Leonie. Er lächelte, wenn sich ihre Blicke begegneten, und Leonie lächelte zurück.

Maren, die inzwischen auch dazugekommen war, beugte sich zu ihr. »Habe ich etwas verpasst? Geht da doch noch was zwischen euch?«

Leonie horchte in sich hinein, schaute wieder zu dem tanzenden Paar. Eigentlich wäre sie jetzt an Tabeas Stelle. Eigentlich wäre sie es, die in Maltes Armen liegen und mit ihm über die

Tanzfläche schweben würde. Frisch verheiratet und glücklich verliebt … Sie stieß einen tiefen Seufzer aus.

»Mensch, Leonie, willst du wirklich einen Mann zurückhaben, der dir so etwas angetan hat?« Maren schaute sie befremdet an, dann lächelte sie plötzlich. »Liebe verzeiht wohl alles.«

Leonie musste nicht lange nachdenken. »Nein, nicht alles!« Sie beobachtete, wie Tabea sich auf der Tanzfläche an Malte presste, als wolle sie so demonstrieren, dass er zu ihr gehörte. Seltsamerweise tat Leonie der Anblick nicht weh. Eigentlich war es sogar erschreckend, wie wenig es sie berührte. War ihre Liebe zu ihm doch nicht so groß gewesen, wie sie geglaubt hatte? Hatte sie sich selbst etwas vorgemacht? Nachdenklich leerte Leonie ihr Sektglas. Sie brauchte Zeit für sich, um diese Erkenntnis zu verdauen. Deshalb täuschte sie Müdigkeit vor und verließ die Pianobar. Auf dem Weg zu ihrer Kabine begegnete ihr Florian. Er sah traurig aus. Freundlich legte sie eine Hand auf seinen Arm. »Was ist mit dir?«

»Besuchst du morgen mit mir Trondheim?«, fragte er.

Leonie zögerte. Es tat ihr leid, dass sie ihn schon wieder enttäuschen musste. »Ich bin morgen bereits verabredet.«

»Mit Maren und Petra? Die stören mich nicht. Ich finde sie sehr nett.«

»Nein, nicht mit Maren und Petra«, erwiderte Leonie. »Der Erste Offizier hat mich eingeladen.«

Florian schaute sie mit einem unergründlichen Blick an. »Ich verstehe.«

Wahrscheinlich verstand er das, was er verstehen wollte.

»Es ist nur ein Ausflug«, erwiderte sie freundlich. »Und wir beide werden ganz bestimmt auch noch einmal zusammen etwas unternehmen.« *Mit Maren und Petra*, fügte sie in Gedanken hinzu. Immerhin lächelte Florian jetzt wieder.

»Gute Nacht«, sagte sie. »Wir sehen uns beim Frühstück.«

Ben Mermann trug an diesem Morgen keine Uniform, sondern Jeans und ein weißes T-Shirt. Er wartete an der Gangway auf Leonie. Sein Gesicht war gebräunt, das gefiel ihr. Seine dunkelbraunen Augen bekamen einen warmen Glanz, als sie Leonie erblickten.

»Leonie!«, ertönte plötzlich Maltes Stimme.

Sie blieb stehen und drehte sich um.

Malte kam eilig näher. »Ich wollte dir noch sagen, wie leid mir alles tut.«

Ausgerechnet jetzt. Wie oft hatte sie diese Situation in Gedanken durchgespielt, überlegt, was sie sagen wollte. Leonie atmete tief durch. »Es wäre schön gewesen, wenn du vorher mit mir gesprochen hättest«, sagte sie schließlich so ruhig wie möglich. »Dass du dich wieder in Tabea verliebt hast …« Sie brach ab, bemühte sich um Sachlichkeit. »Kein Mensch kann etwas für seine Gefühle, und wenn sich deine Gefühle für mich geändert haben, muss ich das akzeptieren. Aber ich habe es nicht verdient, dass du per SMS mit mir Schluss machst.« Leonie war stolz auf sich. Gleichzeitig fühlte sie sich, als wäre eine zentnerschwere Last von ihren Schultern gefallen.

Offenbar ganz im Gegensatz zu Malte, der wie ein Häufchen Elend vor ihr stand. »Können wir darüber reden?«, bat er.

»Ja, irgendwann …« Aber nicht jetzt. Sie hatte für den Moment gesagt, was sie zu sagen hatte, und das zu einem Zeitpunkt, an dem sie eigentlich etwas anderes vorgehabt hatte. Und genau das würde sie jetzt tun. »Ich bin verabredet.«

Malte schaute an ihr vorbei zum Ersten Offizier. Seine Augen verengten sich. »Ich verstehe«, sagte er steif.

Leonie spürte plötzlich Ärger in sich aufsteigen. Er hatte kaum das Recht, ihr zu verübeln, dass sie sich mit einem anderen Mann traf. Zumal es dafür auch keinen Grund gab. »Ich glaube nicht, dass du etwas verstehst«, erwiderte sie hart, und obwohl sie ihm gerne in aller Klarheit gesagt hätte, was sie davon hielt, nickte sie ihm nur knapp zu und wandte sich um. Sie wollte sich auf den Ausflug nach Trondheim freuen und den Tag mit Ben Mermann genießen. Im Moment aber war sie vor allem erfüllt von der wenig erfreulichen Stimmung, die das kurze Gespräch mit Malte in ihr ausgelöst hatte. Das Wetter passte dazu. Hoch türmten sich die Wolken über Trondheim, die Stadt hüllte sich in Grautöne.

Ben stand noch an der Reling, ohne jedes erkennbare Zeichen von Ungeduld, und begrüßte sie mit einem freundlichen Lächeln.

Leonie drehte sich nicht einmal mehr nach Malte um. Sie ließ ihn buchstäblich hinter sich und folgte Ben über die Gangway und anschließend den Kai entlang.

Als sie ihn schließlich fragte, wohin er sie führte, lächelte er geheimnisvoll. »Zur Gamle Bybro.«

Gamle bedeutete »alt«, das wusste Leonie. Mehr jedoch verriet Ben ihr nicht. »Lassen Sie sich überraschen«, sagte er nur, als sie nachfragte.

Ein Stück weit führte der Weg an einem Fluss entlang. »Das ist der Nidelva«, erklärte Ben. »Er entspringt im See Selbusjøen, etwa dreißig Kilometer von hier, und mündet in den Trondheimfjord.«

Eine Brücke führte über einen schmalen Seitenarm des Flusses, der zusammen mit dem Fjord mäandernd den Kern der Innenstadt wie eine Halbinsel umschloss.

Leonie folgte Ben über kopfsteingepflasterte Straßen, vorbei an modernen Gebäuden. Nach einem Fußmarsch von zwanzig Minuten änderte er die Richtung und orientierte sich nach links. »Gamle Bybro!«, rief er mit einer ausladenden Bewegung in Richtung des vor ihnen liegenden Bauwerks.

»Eine Brücke?« Leonie war ein wenig enttäuscht. Die Brücke

war alt, das erkannte sie auf den ersten Blick, und auffällig waren die darüber errichteten roten Tore.

»Nicht *eine Brücke*«, berichtigte Ben Mermann. »Das ist eine ganz besondere Brücke, sie ist auch als Lykkens-Portal bekannt. *Lykke* bedeutet Glück, und ich habe den Eindruck, dass Sie ein bisschen Glück gebrauchen können.«

Leonie wusste nicht, was sie antworten sollte.

»Den gamle bybro er lykkens portal«, sagte Ben.

Leonie schaute ihn verständnislos an.

»Die alte Stadtbrücke ist das Tor zum Glück«, übersetzte er. »Sie soll dem Überquerenden Glück bringen.«

Leonie war überrascht. »Sie sprechen Norwegisch?«

Ben lachte. »Nur diesen einen Satz, und den habe ich extra für Sie auswendig gelernt. Ach nein, eigentlich kenne ich sogar zwei Sätze«, berichtigte er sich selbst. »Der Satz stammt nämlich aus dem Lied *Nidelven stille og vakker du er.* Übersetzt heißt das *Nidelven, ruhig und schön bist du.* Der Komponist Oskar Hoddø soll es 1904 geschrieben haben, als er hier auf der Brücke stand.«

»Wie nett.« Leonie kannte weder das Lied noch den Komponisten, und war nur mäßig beeindruckt.

»Ich zeige Ihnen, was er gesehen hat.« Ben schaute sie an. »Sollten wir uns nicht einfach duzen?«

Leonie war einverstanden. Sie ließ zu, dass er nach ihrer Hand griff. Es war ein beruhigend tröstendes Gefühl, wie ein großer Bruder, der sie führte und an ihrer Seite war, ohne sich in ihr Leben einzumischen.

An diesem Punkt musste Leonie unwillkürlich an ihre Schwester denken. *Ich sollte sie endlich einmal anrufen. Oder ihr wenigstens ein Lebenszeichen in Form einer SMS schicken.* Noch während sie es dachte, wurde ihr klar, dass sie sich auch heute nicht bei Iris melden würde.

Mitten auf der Brücke hielt sie den Atem an, ganz dicht trat sie an das Geländer und umfasste es mit beiden Händen. Und wusste sofort, weshalb Ben Mermann sie hierhergeführt hatte. Von der Brücke aus konnte sie an beiden Seiten des Flusses die Speicherhäuser der Brygge aus dem 18. und 19. Jahrhundert bewundern, auf Pfählen direkt über dem Wasser erbaut. Die bunten Farben der Holzhäuser spiegelten sich im Wasser.

»Das ist wunderschön«, sagte sie mehr zu sich selbst als zu Ben.

Plötzlich brach die Sonne durch die Wolken und ließ das Wasser des Nidelven silbern aufleuchten.

»Ja«, sagte Ben. Er betrachtete sie aufmerksam aus seinen dunklen Augen, so als versuche er zu ergründen, was in ihr vorging. »Wollen wir einen Kaffee trinken gehen?«

»Ja, gerne!« Leonie war bestens gelaunt, als sie zusammen mit Ben durch den Stadtteil Bakklandet schlenderte. Noch vor einer Woche hätte sie es nicht für möglich gehalten, dass sie sich so schnell wieder so gut fühlen würde. In den kleinen Holzhäusern befanden sich Geschäfte, Boutiquen und Cafés. Ein Objekt in einem der Läden hatte es ihr besonders angetan: ein Foto des Geirangerfjords, eingefasst in Glas und nur so groß wie ihr Handteller.

Ben war belustigt, weil sie das Bild unbedingt haben wollte, obwohl die Fahrt durch den Geirangerfjord noch bevorstand. Und weil es sich um ein überteuertes Souvenir handelte.

»Ich muss das haben«, sagte sie leise und starrte wehmütig auf das Foto in ihrer Hand. »Es erinnert mich an meinen Traum.« Sie hob den Blick und schaute ihn an. »Und daran, dass ich ihn nicht aufgeben soll. Ich hab dir doch erzählt, dass ich mit ausgebreiteten Armen am Bug des Schiffes stehen wollte.« Sie ignorierte den amüsierten Ausdruck in seinem Gesicht, als er nickte.

»Das sollte im Geirangerfjord sein, ganz zu Beginn der Reise.

Ich glaube, es war Schicksal, dass die Fahrt durch den Fjord auf die Rückreise verlegt wurde.«

»Es war eher eine organisatorische als eine schicksalhafte Entscheidung«, widersprach Ben sanft.

»Ich bin mir nicht sicher.« Leonie lächelte versonnen. »Manchmal ändern sich Träume ja auch, aber ich möchte trotzdem eine Erinnerung an diese Reise haben, und es gibt nichts, was mir gerade passender erscheint.«

»Ich wünsche dir, dass sich deine Träume erfüllen und du wieder glücklich wirst«, erwiderte er warm.

Ob er wohl aus Mitleid so nett zu ihr war? Die Frage lag ihr auf der Zunge, aber Leonie stellte sie nicht. Und eigentlich spürte sie die Antwort tief in ihrem Inneren.

Nachdem sie das Bild gekauft hatte, gingen sie in ein Café. Leonie hatte wieder Appetit und bestellte ebenso wie Ben ein Stück Blaubeertorte zum Kaffee. Er erzählte ihr von seiner Arbeit und von absonderlichen Passagieren. Vieles kam Leonie aus ihrer Arbeit im Reisebüro bekannt vor, und so steuerte sie Geschichten ihrer Kunden bei.

Ben schaute auf seine Armbanduhr. »Wir hätten noch ein bisschen Zeit, unsere Sightseeing-Tour fortzusetzen. Oder möchtest du zurück zum Schiff?«

Leonie fühlte sich sehr wohl in seiner Gegenwart und stimmte zu. Sie passierten erneut die Gamle Bybro, doch diesmal führte Ben sie in den Nidarosdom, mit seiner gotischen Fassade einer der schönsten Sakralbauten Norwegens.

Orgelklänge erfüllten die Kirche. Ganz dicht standen sie nebeneinander und lauschten in dem von Säulen getragenen Langschiff der Musik. Es war ein Moment, der Leonie mit Frieden und zum ersten Mal seit Tagen auch wieder mit Glück erfüllte.

Sie hatte das Gefühl, dass Ben ebenfalls bewegt war, sprach ihn aber nicht darauf an. Auch auf dem Rückweg redeten sie wenig, aber das war sowieso nicht nötig. Selbst dieses Schweigen zwischen ihnen war selbstverständlich und schön.

Nachdem sie schließlich gemeinsam über die Gangway die *MS Kristiana* betreten hatten, bedankte Leonie sich. »Es war ein wundervoller Tag, vielen Dank.«

»Ja, das finde ich auch. Sollen wir das demnächst wiederholen, sobald ich noch mal frei habe?«

»Ja, gerne.« Leonie lächelte und fühlte sich so entspannt wie schon lange nicht mehr. Heute konnte sie nichts mehr erschüttern. Dachte sie …

»Hallo, Leonie!«

Langsam wandte Leonie sich um. »Iris! Was machst du hier?«, stieß sie hervor.

Ihre Schwester musterte sie mit hochgezogenen Augenbrauen. »Die gleiche Frage wollte ich dir stellen. Was hast du auf diesem Schiff zu suchen? Und wieso antwortest du nicht auf meine Nachrichten?«

Leonie gewann Zeit, indem sie ihre Schwester mit Ben bekannt machte. Es war jedoch nur eine kleine Verschnaufpause.

»Ich muss mich umziehen und auf die Brücke«, verabschiedete Ben sich.

Iris schaute ihm nach. »Ein netter Mann«, stellte sie fest und wandte sich Leonie zu. »Aber wegen ihm bist du ja nicht auf der *MS Kristiana.*«

»Nein. Woher weißt du überhaupt, dass ich hier bin?«

Iris antwortete nicht.

Leonie überlegte. Es gab nur zwei Menschen, von denen ihre Schwester das erfahren haben konnte, und Kerstin hatte ganz bestimmt den Mund gehalten. »Ute kann etwas erleben, wenn ich nach Hause komme!«

»Wieso bist du auf diesem Schiff«, wiederholte Iris ihre Frage, »obwohl Malte hier ist?« Sie blickte Leonie streng an. »Wieso läufst du hinter einem Mann her, der dich wenige Tage vor der Hochzeit wegen einer anderen sitzen lässt? Und warum, verdammt noch mal, antwortest du nicht auf meine Anrufe und Nachrichten?«

»Weil ich von deinen Anrufen nichts weiß. Ich habe mein Handy ausgeschaltet. Und ich bin nicht hier auf dem Schiff, weil ich Malte nachlaufe, sondern weil ich …«

Ja, warum eigentlich?

»Es dauert viel zu lange, um dir das alles in der kurzen Zeit zu erklären, bis das Schiff ablegt.« Als wolle die *MS Kristiana* ihre Worte bestätigen, war der langgezogene Ton des Schiffshorns zu hören. Der erste von dreien, der den Passagieren an Land das Zeichen zum baldigen Auslaufen gab.

»Du musst das Schiff jetzt verlassen. Ich erkläre dir alles, sobald ich wieder zu Hause bin.«

»Glaubst du wirklich, ich wäre nach Trondheim gekommen, um mich in fünf Minuten von dir abspeisen zu lassen?« Iris schüttelte mit erbitterter Miene den Kopf. »Wir haben Zeit. Ich fliege erst ab Tromsø zurück.«

»Aber die *MS Kristiana* ist komplett ausgebucht!« Doch noch während Leonie die Worte aussprach, schwante ihr Böses.

Iris stemmte eine Hand in die Hüfte. »Deine Kollegin Ute meinte, das wäre kein Problem. Deine Luxuskabine ist groß genug für uns beide, hat sie gesagt. Oder ist das ein Problem für dich?«

Leonie hatte plötzlich Mühe zu atmen. Wie lange dauerte wohl die Fahrt bis Tromsø? Aber im Grunde spielte das keine Rolle, denn sie wollte ihre Kabine nicht mit Iris teilen, wollte sich deren Vorhaltungen nicht anhören müssen.

Ich will nicht, dass du bleibst!, schrie alles in ihr. »Nein, kein Problem«, murmelte sie. »Die Kabine ist wirklich groß genug.«

Iris grinste. Natürlich hatte sie gewusst, dass Leonie sie nicht bei sich haben wollte. Aber sie hatte sich mal wieder einfach über alles hinweggesetzt und Leonies Einverständnis vorausgesetzt, ohne zu fragen. »Dann ist es ja gut«, sagte sie. »Ich habe meine Sachen nämlich bereits in deine Kabine bringen lassen.«

Warum sagst du ihr nicht, dass sie verschwinden soll?, fragte sich Leonie. *Warum machst du ihr nicht unmissverständlich klar, dass sie sich einfach aus deinem Leben heraushalten soll? Noch hast du die Gelegenheit dazu.*

Das Schiffshorn ertönte ein zweites Mal …

Leonie schwieg.

»Wir machen uns ein paar schöne Tage«, versprach Iris.

Schöne Tage zusammen mit dir? Während in der Kabine gegenüber Malte und Tabea wohnen?

Das waren nicht gerade rosige Aussichten! Zweifellos würde Iris sich in alles einmischen und ungefragt ihre Meinung zu allem beisteuern. Schlimmer konnte es fast nicht kommen.

»Sagst du auch mal was?«

»Was soll ich denn sagen?« Unzufrieden zuckte Leonie mit den Schultern. »Du hast doch bereits alles geregelt. Wie immer!«

Das Schiffshorn ertönte zum letzten Mal, während eine Gruppe Passagiere die Gangway heraufeilte, darunter auch die Gerlachs mit einem sichtlich unzufriedenen Florian. Leonie hatte noch nie so viel Verständnis für ihn wie in diesem Moment.

Sie lächelten einander zu, was Iris natürlich nicht entging. »Ist der nicht ein bisschen jung für dich?«

»Er ist einfach nur ein Passagier, der zufällig im Speisesaal an meinem Tisch sitzt.«

»Dann lerne ich ihn ja auch noch kennen.«

Jetzt wäre der passende Zeitpunkt, und eigentlich auch der letzte Moment, ihrer Schwester zu sagen, dass sie die Reise aus gutem Grund allein angetreten hatte und sie deshalb auch allein fortsetzen wollte. Doch Leonie schwieg, wie so oft. Eigentlich hatte sie sich nur das eine Mal mit ihrer Schwester auseinandergesetzt – als es um Malte ging, und war prompt gescheitert.

»Das kann ja heiter werden«, murmelte Leonie, während die Gangway eingezogen wurde.

Kapitel 17

»Oje, die wird aber nicht deine beste Freundin«, raunte Marisol.

Jasmin, die gerade die Ausflugslisten checkte, hob den Blick und sah gerade noch, dass Eva Fredriksen in den Gang zum Treppenhaus und dem Speisesaal einbog.

»Was hast du der denn getan?«, fragte Marisol. »Die hat dich angesehen …« Sie brach ab und schüttelte sich. »Brrr, ein Eisberg ist nichts dagegen.«

»Ich habe ihr nichts getan«, erwiderte Jasmin leichthin. »Wir haben uns erst hier auf dem Schiff kennengelernt und kaum miteinander gesprochen.« Den kurzen Dialog, als Eva Fredriksen ihr den Zugang zur Kommandobrücke verwehren wollte, behielt Jasmin für sich.

»Ich kenne sie eigentlich auch nicht. Vielleicht ist dieser eiskalte Blick ja ganz normal bei ihr.« Marisol schüttelte sich erneut. »Dann wundert es mich allerdings nicht, dass ihr Mann sie verlassen hat.«

»Woher willst du wissen, dass ihr Mann sie verlassen hat?«

Jasmin fuhr ebenso erschrocken herum wie Marisol. Hinter ihnen stand Magnus und musterte Marisol mit finsterem Blick.

»Musst du dich so anschleichen?«, fuhr Marisol ihn an.

Magnus zog eine Augenbraue in die Höhe, was ihn unglaublich arrogant wirken ließ. »Angriff ist nicht immer die beste Verteidigung.«

»Lass mich einfach in Ruhe und verschwinde«, fauchte Marisol.

»Du vergisst offensichtlich, mit wem du sprichst«, wies er sie zurecht. »Ich bin der Kreuzfahrtdirektor, und du unterstehst mir.«

»Das stimmt nicht ganz«, mischte sich Jasmin ruhig ein. »Marisol untersteht der Hotelmanagerin, und das bin nun einmal ich.«

»Dann solltest du ihr klarmachen, dass hier nicht über Crew-Mitglieder getratscht wird«, wies Magnus dieses Mal sie zurecht. »Und dass dieser Ton gegenüber leitenden Mitarbeitern unangebracht ist.«

Jasmin spürte Ärger in sich aufsteigen. »Du bist nicht in der Position, mir Anweisungen zu erteilen«, erwiderte sie kühl. »Außerdem haben wir nicht getratscht. Es ist eine unbedachte Äußerung gefallen, mehr nicht.«

Magnus' Ärger richtete sich nun auf sie. »Ob Kapitän Fredriksen das auch so sieht?«

»Ich werde ihn fragen«, erwiderte Jasmin von oben herab. »Gibt es sonst noch etwas?«

Magnus presste kurz die Lippen aufeinander, dann ging er wortlos weiter.

»Danke«, sagte Marisol leise.

»Er wird sicher auch nicht mein bester Freund.« Jasmin schmunzelte. »Was ist eigentlich zwischen ihm und dir vorgefallen?«

»Sei bitte vorsichtig!«, warnte Marisol, ohne auf ihre Frage einzugehen. »Er schwärzt dich bei der erstbesten Gelegenheit an.«

Jasmin lächelte verhalten. Sie war sicher, dass Magnus bei Adrian Fredriksen nichts gegen sie ausrichten konnte.

»Nicht beim Kapitän, sondern bei der Geschäftsleitung in Hamburg«, ergänzte Marisol, als hätte sie Jasmins Gedanken erraten. »Wir haben großes Glück, dass Adrian Fredriksen unser

Kapitän ist. Aber Magnus hasst Kapitän Fredriksen«, fügte sie hinzu, schwieg dann allerdings.

Jasmin schaute sie gespannt an, doch Marisol beugte sich über die Listen auf dem Tresen und vertiefte sich in die Anmeldungen zu den nächsten Landausflügen.

»Marisol!«

Marisol sah auf. In ihren Augen funkelte es verschmitzt. »Ich dachte mir schon, dass es dich interessiert.«

Jasmin nickte, wartete gespannt auf die Fortsetzung.

»Also: Der norwegische Teil der heutigen Tychsen-Reederei gehörte mal Magnus' Onkel. Der hatte keine Kinder und Magnus als Erben vorgesehen, doch dann geriet die norwegische Reederei in finanzielle Schieflage und wurde von Clemens Tychsen erworben.«

Jasmin verstand den Zusammenhang nicht. »Was hat Kapitän Fredriksen damit zu tun?«

»Adrian Fredriksen arbeitete damals für die Foss-Reederei. Er hat den Kontakt zu Clemens Tychsen hergestellt. Es heißt, Magnus hat ihm das nie verziehen.«

»So ganz verstehe ich die Logik noch nicht.« Jasmin sah Marisol fragend an. »Oder war Adrian Fredriksen für die finanziellen Schwierigkeiten der Foss-Reederei verantwortlich?«

»Das nicht, aber Magnus hat wohl alles versucht, um den Verkauf zu verhindern. Er war sicher, dass sein Onkel zusammen mit ihm die Reederei retten konnte. Mit der Summe, die Clemens Tychsen für die Foss-Reederei zahlte, wurden Schulden beglichen. Magnus' Onkel blieb nicht mehr als eine Segelyacht, die aber zwangsversteigert werden sollte. Doch bevor es dazu kam, verschwand der alte Foss mitsamt der Yacht und tauchte nie wieder auf. Niemand weiß, ob er überhaupt noch lebt. Magnus macht Adrian Fredriksen für all das verantwortlich und soll damals Rache geschworen haben.«

»Was für eine tragische Geschichte.« Jasmin war erschüttert. »Und trotzdem arbeitet Magnus heute für die Tychsen-Reederei?«

»Das versteht niemand, der nicht die ganze Geschichte kennt.« Marisol zuckte mit den Schultern und zögerte einen Moment, bevor sie leise fortfuhr: »Vor zwei Jahren habe ich zufällig eine Unterhaltung zwischen Magnus und einem Kapitän unserer Flotte mitbekommen, der früher ebenfalls für Foss fuhr. Dabei sagte Magnus ihm, er würde sich alles zurückholen, was ihm gehört. Dann bemerkte er mich und tat so, als hätte er über etwas ganz anderes gesprochen. Später drohte er mir unter vier Augen an, dass ich es bereuen würde, wenn ich auch nur ein Wort von dem Gehörten weitergeben würde.«

»Und deshalb hast du nichts gesagt? Hast du Angst vor ihm?«

»Nicht wirklich, aber ich bin vorsichtig. Natürlich kann er mir eine Menge Ärger machen, wenn er es darauf anlegt. Und ich kann nicht beweisen, was ich gehört habe. Der Kapitän, mit dem er sprach, war ganz offensichtlich mit ihm befreundet. Er würde meine Aussage wohl kaum bestätigen.« Marisol beugte sich wieder über die Listen, doch Sekunden später hob sie erneut den Kopf. »Manchmal denke ich, dass Clemens Tychsen das ahnt. Er ist ein gewiefter Geschäftsmann. Vielleicht hat er Magnus eingestellt, weil er ihn so besser im Auge behalten kann.«

Jasmin setzte zu einer Antwort an, doch in diesem Moment trat Klaus Rossmann an den Tresen, mit hochrotem Kopf und aufeinandergepressten Lippen. Leider öffnete er den Mund auch beim Sprechen nicht. »Mne Sähne snd wg.«

»Wie bitte?« Jasmin beugte sich ein wenig vor. Dabei sprach Klaus Rossmann nicht leise, sondern einfach nur undeutlich.

»Mne Sähne snd wg«, wiederholte er, aber Jasmin verstand ihn immer noch nicht. »Mn Gbss!« Er wies auf seinen immer noch geschlossenen Mund.

»Ich glaube, seine Zähne sind verschwunden«, sagte Marisol.

Klaus Rossmann zeigte mit dem Finger auf Marisol und nickte heftig.

Jasmin starrte ihn an. »Wie können Zähne denn einfach so verschwinden?«

»Sein Gebiss!«, dolmetschte Marisol noch einmal. Das brachte ihr allerdings keinen Dank ein. Klaus Rossmann wies zwar erneut heftig nickend auf sie, presste dabei aber hervor: »'hc vrklg Se.«

»Mich?« Diesmal wies Marisol selbst mit dem Zeigefinger auf sich, während Jasmin interessiert fragte: »Was hat er gesagt?«

»Er will mich verklagen!«

Klaus Rossmann schlug so heftig mit der Faust auf den Tresen, dass Jasmin und Marisol erschrocken zusammenzuckten.

»Ncht Se, d Rdre.«

Marisol atmete erleichtert auf. »Er will nicht mich verklagen, sondern die Reederei«, erklärte sie Jasmin. »Aber Herr Rossmann«, wandte sie sich an den Passagier, »Ihre Zähne können doch nicht einfach so verschwinden.«

»Snd se abr.«

»Lassen Sie uns zu Ihrer Kabine gehen«, schlug Marisol vor. »Das wird sich bestimmt aufklären.«

Es klärte sich nicht auf. Obwohl Marisol gemeinsam mit den Rossmanns die ganze Kabine durchsuchte und Herr Rossmann immer wieder betonte, dass er die Zähne über Nacht in einem Gebissreinigungsbad deponiert hatte, blieben sie verschwunden.

»Das Glas mit dem Reinigungsmittel stand wirklich noch da«, berichtete Marisol, als sie zurückkam. »Aber die Zähne sind weg.«

»Und jetzt?« Hilflos schaute Jasmin sie an.

»Jetzt bekommt er eben nur noch pürierte Mahlzeiten.« Marisol begann zu kichern.

»Wieso hast du ihn eigentlich so gut verstanden?«, wollte Jasmin wissen.

»Mein Schwiegervater verlegt ständig sein Gebiss und redet dann genauso.« Marisol zog eine Grimasse. »Auf Norwegisch! Selbst das verstehe ich inzwischen.«

Klaus Rossmanns Zähne tauchten nicht wieder auf. Jasmin teilte die Vermutung ihrer Kollegen nicht, der Passagier selbst hätte die Zähne versteckt, schließlich suche er seit Beginn der Reise nach Mängeln, um eine Entschädigung verlangen zu können. Sie hegte vielmehr den Verdacht, dass Margot Rossmann die Zähne ihres Mannes versteckt hatte.

Denn Margot Rossmann war wie ausgewechselt. Sonst bewegte sie sich immer einen Schritt hinter ihrem Mann und redete nur, wenn er sie direkt ansprach. Sie schien es zu genießen, dass ihr Mann sich ohne seine Zähne nicht aus der Kabine traute. Allein ging sie zum Abendessen, wo sie, wie Jasmin später hörte, äußerst freundlich zu den Mitarbeitern im Speisesaal war. Sie beschwerte sich über nichts und schien rundum zufrieden zu sein.

Jasmin behielt ihren Verdacht für sich. Sie gönnte es Margot Rossmann von Herzen, dass sie endlich die Reise genießen konnte. Hoffentlich hatte sie das Gebiss ihres Mannes so gut versteckt, dass er es vor dem Ende der Reise nicht fand.

Fast zwei Stunden brauchte die *MS Kristiana* durch den Trondheimfjord zurück zum offenen Meer. Da sich die meisten Gäste zum Essen im Speisesaal befanden, verließ Jasmin ihren Posten an der Rezeption und ging aufs Außendeck. Sie wollte den Leuchtturm sehen, den sie bei der Einfahrt in den Fjord verpasst hatte.

Kjeungskjær Fyr, tiefrot, in achteckiger Form auf einem winzigen Felsen erbaut, trotzte er seit 1880 Sturm und Gezeiten. Drei Männer standen winkend auf der Plattform zum Eingang.

Jasmin winkte zurück. Auch von der Kommandobrücke kam ein Gruß über das Schiffshorn.

Die *MS Kristiana* steuerte auf das offene Meer zu, und Jasmin ging zurück zur Rezeption. Dort stand Adrian und schaute ihr lächelnd entgegen.

»Durch unsere Änderung zu Beginn der Reise durchfahren wir auch den Stokksund erst auf der Rückreise«, sagte er. »Magnus verfasst bereits ein Rundschreiben. Falls einer der Passagiere Sie darauf ansprechen sollte, wissen Sie jetzt auch Bescheid.«

»Danke.« Jasmin lächelte und fragte sich, ob das wirklich der Grund dafür war, dass er sie an der Rezeption aufsuchte.

»Bleibt es bei unserer Verabredung auf den Lofoten?«

Befürchtete er, dass sie einen Rückzieher machte? Und wäre das nicht naheliegend? Was war mit ihm und seiner Frau?

»Sie haben es sich also anders überlegt.« Er wirkte enttäuscht.

»Nein … Ja …« Sie schüttelte den Kopf, nickte gleich darauf und schaute ihn hilflos an. »Ich weiß es nicht.«

»Was hat sich geändert, seit ich Sie das letzte Mal gefragt habe?«

Jasmin war ehrlich. »Ich habe dabei nicht an Ihre Frau gedacht.«

Er schaute sie lange an, seine Miene war unergründlich. »Wenn das alles ist, müssen Sie sich keine Gedanken machen«, sagte er schließlich. »Meine Frau und ich leben seit vier Jahren getrennt. Uns verbindet nur noch unsere gemeinsame Tochter.«

»Und die Arbeit auf der *MS Kristiana*.«

»Es war nicht meine Idee, dass meine Frau die Stelle annimmt«, erwiderte er freundlich. »Und ich werde mein Privatleben davon nicht bestimmen lassen. Ich würde mich also sehr freuen, wenn Sie …« Er brach ab, lächelte zärtlich. »Du?«

Sie nickte. Ihr Atem ging flach. Sie würde so gerne glauben, was er sagte, aber sie war sicher, dass er sich selbst etwas vormachte. Eva Fredriksen hatte ihren Mann und ihre Ehe noch nicht aufgegeben.

»… wenn du mich begleitest«, fuhr er fort. »Es ist nicht mehr als ein Ausflug.«

»Ja, ich komme mit.« Sie sagte es, ohne weiter darüber nachzudenken, folgte einfach ihrem Gefühl. »Ich freue mich.«

Plötzlich war Eva Fredriksen da. Sie ignorierte Jasmin und sagte: »Adrian, hast du einen Augenblick Zeit für mich?«

»Natürlich.« Sein Blick ruhte immer noch in Jasmins.

»Unter vier Augen!« Ihre Stimme klang ungeduldig.

Adrian zog kurz eine Augenbraue in die Höhe, nickte Jasmin zu und folgte dann seiner Frau.

Jasmin atmete tief durch. Überlegte, ob es nicht besser gewesen wäre, abzusagen und allen Komplikationen von vornherein aus dem Weg zu gehen.

Doch sie schob den Gedanken beiseite. Denn die Freude auf die Zeit mit ihm übertönte alle Bedenken.

Wie immer, sobald sie frei hatte, zog Jasmin ihre Uniform aus und hängte sie sorgfältig über einen Kleiderbügel. Danach schlüpfte sie in ein helles Sommerkleid und löste ihre Haare, die sie während der Arbeit aufgesteckt trug. Die dunklen Locken fielen über ihre Schultern.

Während sie noch überlegte, ob sie sich mit einem Apfel zum Abendessen begnügen sollte oder doch lieber in den Speisesaal der Crew gehen wollte, klopfte es heftig an ihrer Tür. Davor stand zu ihrer Verwunderung Marisol, zusammen mit Emilia und Noah.

»Dieser schreckliche Magnus«, stieß Marisol hervor. »Kannst du auf die Zwillinge aufpassen?«

»Ich habe dir gesagt, dass ich damit …«

»Ich weiß!« Marisol rang die Hände. »Kannst du trotzdem auf die beiden aufpassen? Nur eine halbe Stunde. Der schreckliche Magnus ahnt etwas und ist auf dem Weg zu Neles und meiner Kabine. Sobald die Luft rein ist, hole ich die beiden wieder ab.«

»Ich will den schrecklichen Magnus aber sehen.« Emilia schob schmollend die Unterlippe vor.

»Ich nicht.« Noah schüttelte den Kopf. Im Gegensatz zu seiner Schwester schien der sensible Junge die unguten Schwingungen aufzufangen. »Ich hab Angst vor dem.«

»Ich auch!« Marisol schaute Jasmin flehend an. »Nele ist bei einer weiteren Besprechung wegen der Polartaufe, und ich weiß nicht, wo ich die beiden sonst unterbringen soll.«

Jetzt waren Stimmen zu hören, aber noch war niemand zu sehen. »Kommt rein, schnell!« Jasmin zog Emilia in ihre Kabine. Noah kam von selbst. Er eilte zu ihrem Bett und setzte sich fluchtbereit auf die Kante. Emilia blieb mitten im Zimmer stehen und verschränkte mit aufgeworfenen Lippen die Arme vor der Brust.

»Was macht der schreckliche Magnus, wenn er uns findet?«, flüsterte Noah.

Jasmin lächelte den Jungen an und setzte sich neben ihn. »Euch passiert überhaupt nichts«, versprach sie. »Du musst wirklich keine Angst haben.«

»Nein, muss der auch nicht.« Emilia offenbarte ihre mutige, kleine Persönlichkeit. »Ich beschütze den Noah.«

Noah schien seine Schwester für den besseren Bodyguard zu halten und lächelte ihr vertrauensvoll zu, dann griff er nach Jasmins Hand und schaute zu ihr auf. »Du musst auch keine Angst haben. Emilia passt auf uns beide auf.«

Tatsächlich war Emilia die Einzige, die nicht erschrocken zusammenzuckte, als es an der Tür klopfte. Jasmin legte den Finger über die Lippen, aber Emilia störte sich nicht daran. »Hier ist keiner«, rief sie laut.

Jasmin seufzte leise, stand auf und öffnete die Tür einen Spaltbreit. Davor stand Adrian.

»Ich wollte dir nur …« Er brach ab, als Emilia sich an Jasmin vorbei durch den Türspalt zwängte. Das Mädchen stemmte die Hände in die Taille und sah angriffslustig zu ihm auf. »Bist du der schreckliche Magnus?«

Jasmin stöhnte auf.

Adrian wirkte belustigt. »Nein, ich bin nicht der schreckliche Magnus. Es könnte aber sein, dass ich ihn kenne.« Fragend schaute er Jasmin an. »Meint sie den gleichen Magnus wie ich?«

»Adrian, ich …« Sie brach ab. Wie sollte sie ihm diese Situation erklären?

»Schon gut.« Er winkte ab. »Du musst nichts sagen, und ich werde auch nicht fragen. Ich wollte dir nur ein Buch über die Lofoten bringen.« Er hob die Hand, in der er das Buch hielt.

»Emilia, gehst du bitte zurück in die Kabine«, bat Jasmin. »Ich komme sofort.« Das Mädchen durfte auf keinen Fall erfahren, dass der Kapitän vor ihr stand. Emilia wartete ja schon die ganze Zeit darauf, ihn endlich kennenzulernen, das hier war aber der denkbar ungünstigste Zeitpunkt.

»Warum darf ich denn nicht bleiben?«, fragte Emilia.

»Weil ich mit Adrian etwas besprechen muss«, erwiderte Jasmin und öffnete die Tür ein Stück weiter.

Emilia schaute interessiert zwischen ihr und Adrian hin und her. »Wollt ihr euch knutschen?«

Jasmin spürte, dass sie puterrot anlief. »Emilia!« Streng wies sie auf die Tür, und zu ihrer Überraschung gehorchte das Mädchen sofort.

»Ich kann das mit den Kindern wirklich nicht erklären.« Sie

lächelte verlegen. »Oder ich müsste dich belügen, aber das will ich nicht.«

»Das freut mich«, murmelte er. Er kam näher, beugte den Kopf. Ganz dicht war sein Gesicht vor ihrem Gesicht … Jasmin nahm aus den Augenwinkeln eine Bewegung wahr und trat hastig einen Schritt zurück.

Magnus ging auf sie zu. Sein Blick flog zwischen ihr und Adrian hin und her, dann erschien ein wissendes Lächeln auf seinem Gesicht.

»Was hast du hier zu suchen?«, forderte er Magnus mit harter Stimme heraus. »Deine Kabine ist auf dem Deck der Offiziere, auch wenn ich immer noch nicht weiß, wie du das durchgesetzt hast.«

Magnus lächelte zynisch. »Du bist doch auch hier.« Wieder flog sein Blick zwischen Adrian und Jasmin hin und her.

»Vorsicht!«, warnte Adrian, dann ließ er Magnus stehen und wandte sich wieder Jasmin zu. Er reichte ihr das Buch. »Ich freue mich sehr auf den Ausflug«, wiederholte er. »Gute Nacht.«

Jasmin drückte das Buch an ihre Brust. »Gute Nacht«, erwiderte sie und huschte schnell in ihre Kabine, bevor die Kinder sich noch einmal bemerkbar machten.

Kapitel 18

Der Blick, mit dem Adrian diese Jasmin angesehen hatte, ließ Eva nicht mehr los. Ungeduldig tigerte sie durch das Behandlungszimmer. Nach einer Weile setzte sie sich an den Schreibtisch, um kurz darauf aufzuspringen und ihre Wanderung wieder aufzunehmen.

Nicht nur dieser Blick hatte sie alarmiert, sondern vor allem ihr anschließender kurzer Wortwechsel mit Adrian. Ihr Triumph, ihn von dieser Frau weggelotst zu haben, war bloß von kurzer Dauer gewesen.

»Was gibt es denn?« Seine Stimme hatte ungeduldig geklungen. Mit einem Hauch von Verärgerung. Sie hatte ganz deutlich gespürt, dass er das Gespräch mit dieser Jasmin nur ungern unterbrochen hatte.

»Ich dachte, dass wir gemeinsam etwas für den langen Aufenthalt auf den Lofoten planen könnten. Wir …«

»Ich habe bereits etwas geplant«, war er ihr unwirsch ins Wort gefallen. »Wenn du mich entschuldigst, ich muss zurück auf die Kommandobrücke.« Damit hatte er sie einfach stehen lassen und Eva nicht die Gelegenheit gegeben, ihm zu sagen, dass Fenja zur gleichen Zeit auf den Lofoten sein würde.

Ich habe bereits etwas geplant!

Für Eva bestand kein Zweifel daran, dass er die Zeit mit Jasmin Andres verbringen würde.

Ihre Miene verfinsterte sich, als Magnus den Raum betrat. Seine Anwesenheit vergiftete ihre Stimmung noch mehr. »Was willst du?«

Mit einem süffisanten Lächeln schaute er sich um. »Ich frage mich, was dir das hier gibt. Wie viele Patienten hast du bisher behandelt? Zwei, drei?«

Es waren genau fünf Patienten gewesen, die Rossmanns eingeschlossen, auch wenn Eva die nicht wirklich zum Kreis der behandlungswürdigen Patienten zählte. Magnus' Frage kratzte ebenso an ihrem Selbstverständnis wie Adrians Unnahbarkeit.

»Verschwinde!« Sie drehte ihm den Rücken zu.

»Hast du gewusst, dass dein Mann seine Freizeit auf den Lofoten zusammen mit der Hotelmanagerin verbringt?«

Geahnt, nicht gewusst.

Langsam wandte sie sich wieder um. »Bist du inzwischen so eng mit Adrian befreundet, dass er seine Freizeitplanung mit dir bespricht?«, fragte sie spöttisch.

Magnus verschränkte die Hände hinter seinem Kopf und betrachtete sie lächelnd, ohne darauf zu antworten. Er wusste genau, wie er sie packen konnte.

Sie hasste sich selbst dafür, dass sie die Spannung nicht aushielt. »Woher weißt du das?« Sie stellte die Frage vorsichtig, tastend, weil sie fürchtete, dass er ihr nicht antworten würde, wenn sie ihm ihren Ärger zeigte.

»Ich habe es zufällig mitbekommen. Er hat sie in ihrer Kabine aufgesucht.«

»Er war bei ihr? In ihrer Kabine? Und woher weißt du, dass er dort war? Spionierst du ihm nach?« Sie musste nicht weiterfragen. Sein zynisches Grinsen war Antwort genug.

»Natürlich nicht. Ich bin einem Gerücht nachgegangen. Angeblich befindet sich ein blinder Passagier an Bord.«

Es gab nichts, was Eva weniger interessierte.

»Dabei traf ich Adrian vor der Kabine der Hotelmanagerin.«

»Er war also nicht in ihrer Kabine.« Es erleichterte sie nicht wirklich.

»Nein.« Sein Blick ruhte ernst auf ihr. »Er hat ihr gesagt, dass er sich auf den Ausflug freut, und ihr ein Buch über die Lofoten gegeben.«

Ein erstickter Ton entrang sich Evas Kehle. Sie war eingesperrt in diesem Schmerz, der auf ihr Herz drückte, der alles andere verdrängte. Sogar die Wut.

»Ich spioniere Adrian also nicht nach.« Seine Stimme klang sanft. So als wüsste er, wie es in ihr aussah. Und als hätte er beschlossen, deshalb behutsam mit ihr umzugehen. »Adrian ist mir völlig egal«, sagte er leise. Langsam kam er näher. »Aber du bist mir nicht egal.«

Eva wusste, dass er log. Er log und betrog, er täuschte Gefühle vor, die er nicht empfand, aber er war der Einzige, der ihr jetzt helfen konnte, diesen Schmerz zu vernichten. Sie klammerte sich an ihn, als er sie in seine Arme zog. Sie sog seine Küsse auf, heiße Erregung erfüllte sie.

Mit fliegenden Fingern entkleidete er sie. Als er in sie eindrang, schloss sie die Augen und bildete sich ein, es wäre Adrian.

Es war Adrian! Es war immer nur Adrian!

Hart schlug die Brandung gegen den Schiffsrumpf. Der Wind trieb Wolken tief über die *MS Kristiana* hinweg.

Der Schmerz war weg! Eva fühlte sich innerlich wie betäubt. Da war nichts mehr, kein Gefühl, keine Regung. Sie trat dicht an die Reling, schaute hinunter in das dunkle, aufgepeitschte Wasser.

Warum habe ich das getan?

Was nützte ihr schon eine Antwort auf diese Frage? Sie konnte es nicht mehr rückgängig machen. Sie hatte mit Magnus geschlafen. Wieder einmal. Dabei hatte sie sich und auch ihm bereits vor vier Jahren geschworen, dass so etwas nie wieder passieren würde.

Sie vernahm ein Geräusch. Eva drehte sich um und sah Adrian, der gerade seine Kabine betreten hatte. Er zog seine Uniformjacke aus und setzte sich auf die Kante seines Bettes. Er wirkte gedankenverloren, ein Lächeln umspielte seine Lippen. Es galt nicht ihr, das wusste sie genau. Weder sein Lächeln noch seine Gedanken, und doch konnte sie den Blick nicht von ihm wenden.

In diesem dunklen Moment war Eva bereit, zu resignieren.

Plötzlich schien er zu spüren, dass er beobachtet wurde. Sein Kopf flog hoch. Eva war unfähig, sich zu rühren.

Adrian stand auf und öffnete die gläserne Tür. Seine Miene verschloss sich, als er sie erblickte. »Beobachtest du mich etwa?«

Eva stieß sich von der Reling ab und ging langsam auf ihn zu. »Ja … Nein … Ich liebe dich, Adrian«, brachte Eva verzweifelt hervor. »Warum kann nicht wieder alles so sein, wie es einmal war?« Sie blieb vor ihm stehen, ihre Lippen berührten sanft seine Lippen, doch er rührte sich nicht. Selbst der Ausdruck seiner Augen veränderte sich nicht.

Er antwortete nicht, sondern ging zurück in seine Kabine. Die Tür fiel hinter ihm zu. Durch die Scheibe sah er sie noch eine Weile an, dann zog er die Vorhänge zu und schloss sie aus seinem Leben aus.

Kapitel 19

Tillmann war wieder da! Akustisch. Seit heute Morgen hörte Maren, wie er sich zusammen mit Helene Fischer *atemlos durch die Nacht* bewegte. Diesmal nicht über den Kopfhörer, sondern so, dass es die unmittelbare Nachbarschaft mitbekommen musste.

Offensichtlich war es ihm nicht mehr unangenehm, dass sein Umfeld seine Schlagerliebe bemerkte. Er sang sogar mit.

Sein Nachbar zur Rechten schien ebenfalls Schlagerfan zu sein. Hatte er sich zuletzt noch wegen der lauten Heavy-Metal-Beats beschwert, so rief er jetzt: »He, Kumpel, mach die Musik mal ein bisschen lauter.«

Maren knirschte mit den Zähnen, als Tillmann seinem Wunsch unverzüglich nachkam. Lauter ging, leiser nie.

»Idiot!«, sagte sie leise, aber offenbar nicht leise genug. Sein Kopf tauchte hinter der Balkonabtrennung auf.

»Das ist aber nicht sehr freundlich!«

Maren hatte es sich auf ihrem Balkonstuhl bequem gemacht, den sie mit einem Handgriff hochklappen und in einen Liegestuhl verwandeln konnte. In den Händen hielt sie Ricarda Jacobsens Buch, um noch einmal die Passagen zu lesen, die ihr ganz besonders gut gefielen. Bevor sie Tillmann darauf hinweisen konnte, dass dieses Mal er es war, der ihre Privatsphäre verletzte, fragte er: »Sie lesen Ricarda Jacobsen?«

»Ja.« Sie hob das Buch kurz hoch. »Ich kenne alle ihre Bücher. Das hier gefällt mir besonders. Ich habe es schon zweimal gelesen.« Ihr wurde bewusst, dass sie ausgerechnet Tillmann anlächelte. »Es wird Zeit, dass ein neues Buch von ihr erscheint.«

»Frühstücken wir zusammen?«

Maren traute ihren Ohren nicht. Mit offenem Mund starrte sie ihn an. »Warum?«

Diesmal war er es, der lächelte. »Um unsere nachbarschaftlichen Beziehungen zu verbessern. Vielleicht kann ich Sie davon überzeugen, dass ich nicht so übel bin.«

»Ich finde Sie nicht übel, sondern laut!«, stellte sie richtig, obwohl das nicht so ganz stimmte, soweit es die erste Zeit ihres Kennenlernens betraf.

»Ich verspreche Ihnen, ich bin ganz leise.«

Maren lachte. »Kein Heavy Metal, keine Schlager!«, verlangte sie.

Er hob zwei Finger zum Schwur.

»Klassik ist in Ordnung.«

Überrascht schaute er sie an. »Das haben Sie auch gehört?«

»Die Wände in unserem Wohnhaus sind sehr dünn. Ich mag Vivaldi übrigens.«

»Ein Grund mehr, mit mir zu frühstücken. In einer halben Stunde im Speisesaal?«

»Wir sitzen an getrennten Tischen.«

»Lassen Sie das meine Sorge sein.« Er schmunzelte. »Oder wollen Sie nicht mit mir an einem Tisch sitzen?«

Zu Hause hätte sie es nicht für möglich gehalten, dass ein paar Tage Seereise die Stimmung zwischen Tillmann und ihr so entspannen konnten. »In einer halben Stunde im Speisesaal!«

Tillmann passte Maren vor dem Speisesaal ab. Sie mussten sich ein bisschen gedulden, bis ein Tisch frei wurde. Der Restaurantleiter war aber damit einverstanden, dass sie dann ausnahmsweise nicht an den ihnen zugewiesenen Tischen frühstückten.

Maren hatte den Eindruck, dass diese Bitte nicht zum ersten Mal an ihn herangetragen wurde. Ob er wohl glaubte, dass sie und Tillmann …? Der Gedanke war so absurd, dass sie beinahe laut aufgelacht hätte.

Sie beschlossen, die Wartezeit auf dem Außendeck zu verbringen. Immer noch befand sich die *MS Kristiana* in der Passage auf dem offenen Meer, hielt sich dabei beängstigend hart an der Küste. Jedenfalls empfand Maren es so. Angespannt schaute sie auf die klobigen Gipfel, die kaum noch Vegetation aufwiesen. Auf die meerumtosten Felsen, die so nah schienen. Die Brandungswellen bildeten weiße Schaumkronen, wenn sie gegen den Stein schlugen. »Fährt das Schiff nicht zu nah an den Bergen vorbei?«

Sie hörte Tillmann leise lachen. »Ich hoffe, der Kapitän weiß, was er tut.«

»Macht Ihnen das keine Angst?«, fragte sie und rechnete mit einer Antwort, die seinem machomäßigen Aussehen gerecht wurde. Ein Muskelberg wie er hatte vor nichts und niemandem Angst.

»Die Gewalt der Natur flößt mir immer Respekt ein«, sagte er leise. »Ich weiß, wie zerstörerisch sie sein kann.« Für einen Augenblick verlor sich sein Blick in weiter Ferne. Als er sie anschaute, lächelte er wieder. »Ich kann Sie festhalten, wenn Sie sich dann geschützter fühlen.«

»Ich fühle mich auf jeden Fall geschützt, wenn ich Hand in Hand mit Ihnen untergehe«, erwiderte sie spöttisch.

Er lachte laut auf und legte einen Arm um ihre Schulter. Freundlich lächelte er auf sie herab. »Besser?«

Viel besser! Aber das hätte sie nie im Leben zugegeben. Für einen kurzen Moment genoss sie das Gefühl, sich gegen seine Schulter zu lehnen, seinen Arm zu spüren, doch dann löste sie sich von ihm. Auch wenn er eine Verbesserung ihrer nachbarschaftlichen Beziehungen anstrebte, zu viel Nähe wollte Maren auf keinen Fall zulassen. Sie war schon zu lange allein, hatte sich in ihrem Leben ganz gut eingerichtet, und wenn es etwas gab, was sie nie wieder zulassen wollte, so waren das emotionale Verwicklungen. Die suchte sie lieber in Büchern, vorzugsweise von Ricarda Jacobsen.

Tillmann sagte nichts. Sein Blick war geradeaus auf das Wasser gerichtet.

Die *MS Kristiana* erreichte den Schärengarten von Vikna. Unzählige Inseln, winzige Holme, wie hingetupft auf dem Wasser, säumten die Fahrrinne, verbunden durch eine Brücke, die sich über den Nærøysund, das so genannte *Tor des Nordlands*, spannte.

Als die *MS Kristiana* den Hafen von Rørvik erreichte, wurde im Speisesaal ein Fensterplatz frei. Der Restaurantleiter persönlich nahm sich die Zeit, aufs Außendeck zu kommen, um sie darüber zu informieren.

Sie bedienten sich beide am üppigen Frühstücksbüfett, ein Kellner brachte frisch aufgebrühten Kaffee an ihren Tisch. Draußen vor dem Fenster glitzerte das Wasser des Hafenbeckens im Licht der Sonne.

»Wenn Engel reisen«, riss Tillmanns Stimme Maren aus ihren Betrachtungen.

»Wie bitte?« Fragend schaute sie ihn an.

»Wenn Engel reisen, dann lacht der Himmel.« Tillmann grinste. »Sie kennen das Sprichwort nicht?«

»Doch. Natürlich.« Schalkhaft schaute sie ihn an. »Fragt sich nur, wer von uns beiden der Engel sein soll.«

Er zog eine Grimasse. »Ich habe auf meinen Touren über die Hurtigruten selten so konstant gutes Wetter erlebt wie bei dieser Reise. Selbst in Bergen schien die Sonne. Das habe ich bisher noch nie erlebt.«

»Machen Sie diese Reise oft?«

Sein Gesicht verschloss sich. »Jedes Jahr«, erwiderte er knapp, und Maren hatte sofort das Gefühl, dass er nicht darüber reden wollte. Ein seltsamer Mann.

»Sind Sie auch ein Fan von Ricarda Jacobsen?«, wechselte sie das Thema.

»Wieso?« Er wirkte erstaunt.

»Weil Sie neulich einen ganzen Stapel ihres neuen Buches auf den Armen hatten.«

»Ach, deshalb.« Er lachte. »Die Bücher habe ich für eine Leserunde besorgt. Alles ältere Damen, die auf diese Art von Literatur stehen.«

Das musste Maren erst einmal verdauen. Die Bezeichnung »ältere Damen« ebenso wie den Ausdruck »diese Art von Literatur«. Doch so ganz konnte sie ihre Empörung nicht verhehlen. »Haben Sie das Buch überhaupt gelesen? Und wissen Sie, dass Ricarda Jacobsen an Bord kommt und eine Lesung hält?«

»Ja, aber das hält mich nicht davon ab, die Reise fortzusetzen.« Er lächelte süffisant und erinnerte sie ein klein wenig wieder an den alten Tillmann. Tillmann, das Ekel! Seine Bemerkung schrie geradezu nach einer Antwort.

»Vielleicht ist Ihr Literaturgeschmack ebenso fragwürdig wie Ihr Musikgeschmack.« Sie lächelte, als er sich an seinem Kaffee verschluckte. Und während er noch hustete, sah sie, dass Leonie und Petra den Speisesaal betraten. Maren winkte ihnen zu und bedeutete ihnen, dass sie sich zu ihr und Tillmann setzen sollten.

Beide schauten sich unschlüssig an, kamen dann jedoch näher. »Leonie! Petra! Darf ich euch Tillmann Lindner vorstellen? Er ist mein Nachbar. Zu Hause und dank einer komischen Laune des Schicksals auch hier auf dem Schiff.«

Petra strahlte Tillmann an, und Maren erinnerte sich plötzlich daran, dass sie bereits Interesse an ihm bekundet hatte. Na gut, dann lernten die beiden sich jetzt kennen. Vielleicht war

Amor ja ganz in der Nähe, schoss seine Pfeile ab und sorgte dafür, dass Tillmann bald schon zu Petra nach Köln zog.

Dann kaufe ich seine Wohnung und lebe für den Rest meines Lebens ruhig und ungestört in meinen eigenen vier Wänden, dachte sie.

Und allein!

Das war ein Gedanke, den sie nicht weiter verfolgen wollte. Sie bemerkte, dass Leonie immer wieder zum Eingang schaute, während Petra bereits neben Tillmann Platz genommen hatte.

»Wartest du auf jemanden?«, fragte Maren.

»Meine Schwester.« Leonie schaute sie unbehaglich an. »Seit gestern ist sie auch auf dem Schiff und hat sich in meiner Suite ausgebreitet. Als ich die Kabine verließ, war sie noch im Bad. Ich würde ihr gerne aus dem Weg gehen.«

Maren starrte sie sekundenlang mit offenem Mund an, dann begann sie zu lachen. »Also gibt es jetzt schon zwei Menschen, die du nicht treffen willst. Malte und deine Schwester.«

Leonie musste jetzt selbst lachen und setzte sich neben Maren. »Ach, es tut gut, mit euch zusammen zu sein. Wollen wir heute gemeinsam etwas unternehmen?«

»Mit mir könnt ihr nicht rechnen«, sagte Petra. »Ich mache mit Tillmann einen Landausflug.«

Das ging ja schnell! Maren lächelte, auch wenn ihr in diesem Moment nicht danach zumute war.

Maren blieb noch lange mit Leonie am Frühstückstisch sitzen. Durch das Fenster konnte sie Petra und Tillmann beobachten, wie sie langsam nebeneinander über den Kai gingen. Worüber die beiden wohl gerade lachten?

»Passt es dir irgendwie nicht, dass die beiden sich so gut verstehen?«, fragte Leonie. »Ich dachte, du kannst Tillmann nicht leiden.«

»Kann ich auch nicht.« Maren lachte gekünstelt. »Heute Morgen war er allerdings ganz nett. Trotzdem finde ich, dass Petra zu schade für ihn ist.« Maren wich Leonies prüfendem Blick aus und war froh, dass deren Schwester jetzt endlich dazukam. Es war Leonie anzusehen, dass sie sich nicht wirklich darüber freute. Sie stimmte nur widerwillig zu, mit Iris ebenfalls einen Landausflug zu machen. Viel Zeit blieb ihnen nicht, in zwei Stunden legte die *MS Kristiana* wieder ab.

Damit war Maren erneut allein. Wie immer!

Na und? Sie war es schließlich gewohnt, allein zu sein. Und sie hatte immer noch Ricarda Jacobsen. Dann las sie ihr Buch eben ein drittes Mal.

Kapitel 20

»Ich will aber nicht mehr auf dem Schiff sein.« Emilia hatte die Arme vor der Brust verschränkt und stampfte wütend mit dem Fuß auf.

»Ich auch nicht«, meldete sich der sonst so zurückhaltende Noah zu Wort. »Ich will nach Hause.«

»Pst!« Marisol legte einen Finger über die Lippen. »Wir müssen ganz leise sein, damit der ungehorsame Hestmannen uns nicht hört.«

Die Kinder schauten sie gespannt an. Emilia gab sogar ihre abweisende Haltung auf und ließ die Arme sinken. »Ist der ungehorsame Hestmannen so schlimm wie der schreckliche Magnus?«

»Nein!«, antworteten Nele und Marisol gleichzeitig. Nele sah, dass Marisols Mundwinkel verdächtig zuckten.

»Niemand ist so schlimm wie der schreckliche Magnus«, flüsterte Marisol.

Seit gestern hatten sie und auch Nele immer wieder bemerkt, dass Magnus sich auf dem Gang vor ihrem Zimmer aufhielt. Es war offensichtlich, dass er nach etwas suchte, was er Marisol anlasten konnte.

Dabei bin ich es, die Schwierigkeiten bekommt, wenn er die Wahrheit herausfindet. Nele war verzweifelt. Sie hatte nie Probleme mit Magnus gehabt, aber genug über ihn gehört. Um Marisol zu schaden, würde er sie, Nele, eiskalt opfern.

»Der ungehorsame Hestmannen ist einfach nur ungehorsam. So wie Kinder das manchmal auch sind.« Marisol zwinkerte den Kindern verschwörerisch zu. »Ihr wisst, was ich meine.«

Emilia und Noah nickten.

Nele war froh, dass Marisol sich mit ihnen beschäftigte. Ihre Gedanken schweiften wieder ab. Sie hoffte inständig, dass Miriam die Zwillinge spätestens in Tromsø abholen konnte. Und hoffentlich fand Magnus bis dahin nicht heraus, dass sie die Zwillinge an Bord geschmuggelt hatte.

»Was hat der ungehorsame Hestmannen denn gemacht?«, wollte Emilia wissen.

»Also«, begann Marisol. »Der ungehorsame Hestmannen lebte bei seinem Vater, dem Trollkönig Vågekallen, in Svolvær.«

»Mein Vater ist der König von Foxanien«, fiel Emilia ein.

»Meiner nicht«, sagte ihr Zwillingsbruder. Diesmal verschränkte er die Arme vor der Brust und machte damit deutlich, dass er mit dem König von Foxanien nichts zu tun haben wollte, während Nele sich insgeheim Sorgen um Emilia machte. Diese Königssache schien sich bei ihr in einem ungesunden Maß zu verfestigen.

Emilia streckte die Zunge raus. »Dann bin ich eben allein die Prinzessin von Foxanien.«

»Ich will auch keine Prinzessin sein«, stellte Noah klar. Auffordernd schaute er Marisol an. »Aber ich will die Geschichte weiterhören.«

»Ich auch«, gab Emilia zu.

»Auf der anderen Seite des Vestfjordes lebte der Trollkönig Sulitjelmakongen, zusammen mit seinen sieben wilden Töchtern«, fuhr Marisol fort. »Die waren so wild, dass Sulitjelmakongen allein mit ihnen nicht mehr fertigwurde. Deshalb schickte er sie zur ehrbaren Jungfrau Lekamøya.«

Noah runzelte nachdenklich die Stirn. »Was ist eine Jungfrau?«

»Äh …« Marisol suchte hektisch nach einer Erklärung.

»Eine junge Frau eben«, kam Emilia ihr zu Hilfe und stieß genervt einen Seufzer aus. »Lass Marisol zu Ende erzählen.«

Nele grinste und setzte sich zu Noah aufs Bett, inzwischen selbst neugierig auf den Fortgang der Geschichte. Emilia ließ sich einfach auf den Boden plumpsen.

»Eines Abends schaute Hestmannen über den Vestfjord und sah Lekamøya, die ein Bad im Fjord von Landego nahm«, erzählte Marisol weiter. »Ihr müsst wissen, dass die Trolle nur im Dunkeln unterwegs sind. Sobald ein Sonnenstrahl sie erwischt, erstarren sie zu Stein. Der Hestmannen verliebte sich auf den ersten Blick in die schöne Lekamøya, aber sie wollte nichts von ihm wissen. Zusammen mit den sieben Schwestern flüchtete sie. Aber die sieben Schwestern hätten gerne den Hestmannen zum Mann gehabt, deshalb blieben sie einfach stehen und hockten sich nebeneinander hin. Doch Hestmannen wollte nur Lekamøya und beachtete die wilden Schwestern nicht. Also flüchtete Lekamøya allein weiter durch die Landschaft Helgeland. Ihr Vorsprung wurde immer größer, und da nahm Hestmannen seinen Bogen und schoss einen Pfeil auf sie ab.«

Noah gab einen erschrockenen Laut von sich, und Emilia setzte sich vor Aufregung aufrecht hin.

»Das beobachtete der König der Sømnaberge. Er warf seinen Hut dazwischen, der von dem Pfeil durchbohrt wurde. Der Hut blieb auf der Insel Torgar durchschossen liegen. Dabei vergaßen alle, dass die kurze Sommernacht fast vorüber war. Dann ging die Sonne auf, und alle versteinerten, wo sie sich gerade befanden. Der Hut als Berg, mit einem großen Loch, wo ihn der Pfeil traf. Der ungehorsame Hestmannen bei Storseløy. Die sieben wilden Schwestern bei Sandnessjøen und Lekamøya auf der Insel Leka, wo sie Schutz suchen wollte.«

Marisol schaute lächelnd in die Runde.

»Und was ist dann passiert?« Emilia flüsterte vor Spannung.

Marisol zuckte mit den Schultern. »Nichts mehr. Die sind alle noch da, wo sie versteinert wurden.«

Und das alles wegen der Liebe! Nele wusste selbst nicht, warum ihr ausgerechnet dieser Gedanke durch den Kopf ging.

»Kann man die sehen?«, fragte Noah aufgeregt.

Marisol lächelte. »Zumindest den zerschossenen Hut könnt ihr gleich sehen. Es dauert nicht mehr lange, dann fährt das Schiff am Torghatten vorbei. Das ist der versteinerte Hut, und ihr könnt ganz deutlich das Loch sehen, wo der Pfeil durchgeschossen wurde.«

Die Zwillinge stürmten ans Fenster und schauten angespannt nach draußen.

»Es dauert noch ein bisschen«, sagte Marisol.

»Können wir rausgehen?«, bat Emilia. »Bitte, bitte, Tante Nele.«

»Bitte, bitte«, echote Noah.

Nele schaute Marisol hilflos an. Sie würde den Kindern den Wunsch so gerne erfüllen. »Der schreckliche Magnus!«, formten ihre Lippen, ohne es auszusprechen.

Marisol verstand sie. »Er hat mich im Visier. Gib mir fünf Minuten Vorsprung, ich lenke ihn ab. Es wird sich niemand darüber wundern, die Kinderbetreuerin zusammen mit zwei Kindern zu sehen.«

»Danke!« Nele lächelte erleichtert, fragte sich aber, wie viel die Zwillinge dem kurzen Wortwechsel entnommen hatten. Noah machte sich darüber wahrscheinlich nicht zu viele Gedanken, aber Emilia erfasste die Zusammenhänge sehr schnell.

»Wenn der schreckliche Magnus dir was tut, beiße ich den«, sagte sie zu Nele. »Ich hab ganz starke Zähne.«

»Ja, das stimmt«, pflichtete Noah seiner Schwester bei. »Emilia hat ganz viele Zähne und kann richtig feste beißen.«

»Emilia muss nicht beißen«, sagte Nele. »Ich gehe jetzt mit euch raus, aber ihr müsst mir beide versprechen, dass ihr mit niemandem redet. Ist das klar?«

Die Kinder nickten, doch Emilia war mit der Anordnung ihrer Tante nicht einverstanden. »Aber wenn der Kapitän kommt, muss ich dem guten Tag sagen.«

»Der Kapitän kommt nicht, der fährt gerade das Schiff«, behauptete Nele und hoffte, dass sie damit recht behielt.

Auf den Außendecks an Backbord hatten sich viele Passagiere versammelt, um den Berg mit dem Loch in der Mitte zu sehen.

Nele, die diese Route auch zum ersten Mal fuhr, war fasziniert von der Schönheit der Landschaft. Inseln, deren Grün sich im Wasser spiegelte und sich mit dem Blau vermischte. Holme, die sich über der Wasserfläche erhoben. Felsige Schären, vom Meer umspült. Der breite Küstenstreifen wurde von Fjorden durchschnitten, die bis weit ins Land reichten.

Dann tauchte der Torghatten auf. Es brauchte nicht viel Fantasie, um die Form eines Hutes zu erkennen. Grauer Granit, durchzogen von grünem Bewuchs, der in der Krone wie Adern wirkte und zur Krempe hin immer dichter wurde. Deutlich war das Loch zu sehen.

Laute »Ahs« waren zu hören, und dann kam Emilia auf die Idee, ihr Wissen weiterzugeben. »Das Loch ist nur da, weil der olle Hestmannen sich verliebt hat und die Frau nix von ihm wissen wollte.«

Die korpulente Frau neben ihr lächelte Emilia zu. »Woher weißt du das?«

»Das hat die Marisol erzählt.«

Nele, die hinter den Zwillingen stand, überlegte, ob sie einschreiten sollte.

»Wie heißt du?«, fragte die Frau.

»Emilia.« Emilia lächelte die Frau an. »Und wie heißt du?«

»Mein Name ist Margot Rossmann.«

Rossmann, der Name war Nele ein Begriff. Sie hatte von den

Passagieren gehört, die nach Mängeln suchten, und auch von Klaus Rossmanns verschwundenem Gebiss hatte sie erfahren. Die Rossmanns hatten sich so unbeliebt gemacht, dass die gesamte Crew sich über sie amüsierte.

Emilia betrachtete Margot von Kopf bis Fuß. »Kriegst du ein Baby oder bist du nur dick?«

Nein, bitte nicht! Nele schloss für einen kurzen Moment entsetzt die Augen. Als sie sie wieder öffnete, sah sie zu ihrer Überraschung, dass Margot Rossmann lachte.

»Entschuldigen Sie bitte«, wandte Nele sich an sie.

»Keine Ursache.« Margot Rossmann winkte ab. »Ich weiß, dass ich zu dick bin. Ich finde die Kleine erfrischend. Ist das Ihre Tochter?«

Margot Rossmann war ganz anders, als Nele sie sich vorgestellt hatte, im Gegenteil, sie fand die Frau sogar überaus sympathisch. »Ich gehöre zur Crew«, erklärte Nele, ohne auf ihr verwandtschaftliches Verhältnis zu den Zwillingen einzugehen. »Ich betreue die Kinder an Bord.«

»Und sie ist meine Tante«, verkündete Emilia prompt. »Sie ist nämlich die Schwester von meiner Mama. So wie ich die Schwester von dem da bin.« Sie wies auf Noah.

»Das ist ja interessant«, sagte Margot Rossmann.

»Das finde ich auch!«

Nele fuhr herum, und sofort erfasste sie ein eisiger Schrecken. »Magnus.«

Emilia schrie erschrocken auf und kniff dann kurz die Lippen zusammen. Leider beließ sie es nicht dabei. Sie öffnete den Mund und flüsterte so laut, dass alle Umstehenden es hören konnten: »Tante Nele, ist das der schreckliche Magnus?«

Nele hatte Mühe, ihre Tränen zurückzuhalten. Sie wusste: Das war das Ende. Sie war nur froh, dass Emilia und Noah nicht dabei waren. Margot Rossmann, die sich auch an diesem Punkt als unerwartet sympathisch erwiesen hatte, passte auf die beiden auf.

»Das sind also die Kinder deiner Schwester.« Magnus' Stimme verhieß nichts Gutes.

Niedergeschlagen stand Nele vor seinem Schreibtisch. »Ich wusste nicht, was ich machen sollte. Meine Schwester musste ins Krankenhaus, und es gab niemanden, der sich um die Zwillinge kümmern konnte«, warb sie um Verständnis.

»Vielleicht hättest du das mit der Geschäftsleitung der Reederei absprechen sollen.«

»Ich habe versucht, Yvonne Reimann meine Situation zu erklären, und sie um ein paar freie Tage gebeten. Ich wäre dann spätestens in Tromsø an Bord gekommen.«

Magnus schien das nicht zu interessieren. »Und Marisol wusste Bescheid?«

»Nein!«, log Nele. Sie wollte Marisol aus der Sache raushalten.

»Du hast zwei Kinder in der Kabine versteckt, die du mit Marisol teilst, und sie soll davon nichts bemerkt haben?« Magnus' Stimme troff vor Ironie.

Er hatte natürlich recht, aber Nele hätte sich eher die Zunge abgebissen, als das zuzugeben.

»Das wird Konsequenzen haben«, sagte er hart. »Für dich, für Marisol.« Seine Augen verengten sich. »Und für Jasmin. Sie wusste ja offensichtlich auch Bescheid. Ich werde Yvonne Reimann heute noch anrufen ...« Er brach ab, als die Tür aufgerissen wurde und Kapitän Fredriksen den Raum betrat.

»Ob die Personalreferentin informiert werden muss oder nicht, entscheide immer noch ich«, fuhr er Magnus an.

Magnus zeigte mit dem Finger auf Nele. »Aber du weißt ja nicht ...«

Adrian Fredriksen ließ ihn nicht ausreden. »Ich weiß durchaus, was auf meinem Schiff passiert. Ich würde gerne mit Frau Bierwald unter vier Augen reden.«

Magnus war deutlich anzusehen, dass ihm die Entwicklung überhaupt nicht gefiel. Mit wütender Miene verließ er den Raum. Hart fiel die Tür hinter ihm ins Schloss.

»Setzen Sie sich doch.« Der Kapitän wies auf einen der beiden Stühle vor dem Schreibtisch. Er wartete, bis Nele Platz genommen hatte, bevor er sich auf den Stuhl neben ihr setzte. Sein Blick war freundlich, aber nicht ohne Vorwurf. »Warum sind Sie nicht sofort zu mir gekommen?«

»Weil ich Sie nicht kannte.« Nele verknotete nervös ihre Finger ineinander. »Ich wusste doch nicht, wie Sie reagieren. Yvonne Reimann hatte mir bereits mit einer Kündigung gedroht, wenn es noch einmal Beschwerden über mich gibt.« Sie senkte den Kopf. »Ich habe mich mit Kapitän Uthoff nicht sehr gut verstanden«, fügte sie leise hinzu, brach dann aber ab. Sie schaute erst wieder auf, als Adrian Fredriksen seine Hand auf ihre Hände legte.

»Natürlich bleiben die Kinder an Bord, bis Ihre Schwester sie abholen kann.«

Eine Welle der Erleichterung durchströmte Nele. Sie atmete tief durch. »Und was ist mit meiner Stelle? Verliere ich die jetzt?«, wagte sie zu fragen.

Der Kapitän schüttelte den Kopf. »Nein. Aber wenn es zukünftig solche Probleme gibt, sprechen Sie mich doch bitte sofort an.«

»Ja«, stieß Nele hervor. »Danke. Vielen, vielen Dank.«

Kapitän Fredriksen winkte ab. »Dafür nicht. Mir ist übrigens zu Ohren gekommen, dass Ihre Nichte mich unbedingt kennenlernen will.«

Nele schmunzelte. »Ja. Ich hatte die ganze Zeit Angst, dass sie mir entwischt und irgendwie den Weg zu Ihnen auf die Kommandobrücke findet.«

»Ich erwarte Sie übermorgen mit den Kindern auf der Brücke, wenn wir in Bodø abgelegt haben«, sagte Adrian Fredriksen lächelnd und erhob sich. Dann bedachte er Nele mit einem langen Blick. »Ich werde alles mit der Reederei klären. Sie müssen sich um nichts mehr kümmern, außer um Ihre Arbeit und die Kinder.«

Nele traute ihren Ohren nicht. Sie stand ebenfalls auf und bedankte sich noch einmal. Der Kapitän lächelte ihr zu und ging.

Schwer ließ Nele sich wieder auf den Stuhl fallen. Ihre Gedanken rasten, und sie war zutiefst erleichtert. Mit dieser Entwicklung hatte sie nicht gerechnet.

Doch dann kehrte Magnus mit eisiger Miene zurück in den Raum. Nele sprang sofort auf.

»Ich behalte dich und deine Freundinnen im Auge«, sagte er mit gefährlich leiser Stimme. »Und irgendwann wird der Kapitän seine Hand nicht mehr schützend über euch halten können.«

»Ja«, erwiderte Nele lächelnd. »Irgendwann, aber nicht heute.«

Marisol stand hinter dem Tresen der Rezeption und schaute ihr gespannt entgegen.

Nele fiel ihr um den Hals und erzählte von dem Gespräch mit Magnus und Adrian Fredriksen. »Wie hast du das geschafft?«

Auch Marisol war sichtlich erleichtert. »Ich habe überhaupt nichts unternommen«, erwiderte sie. »Ich habe Jasmin erzählt, was passiert ist, und sie ist dann sofort losgestürmt. Wahrscheinlich hat sie mit Kapitän Fredriksen gesprochen.«

»Meinst du …« Nele brach ab. Sie wollte nicht über Kollegen reden. Schon gar nicht über eine Kollegin, der sie offensichtlich ihre Rettung verdankte.

Aber Marisol hatte offensichtlich auch so verstanden. »Das geht uns alles nichts an.« Sie schloss Nele noch einmal in die Arme. »Der schreckliche Magnus konnte nichts gegen uns ausrichten, nur das zählt. Und wir müssen die Kinder nicht mehr verstecken.«

Auf dem Weg zum Außendeck begegnete Nele Mirko. »Was war los?«, wollte er wissen. »Man munkelt so einiges.«

Nele musterte ihn nachdenklich. Sie war ganz sicher, dass weder Marisol noch Jasmin etwas von den Zwillingen gesagt hatten. Und doch war Magnus auf der Suche nach einem blinden Passagier gewesen, der in irgendeiner Weise mit Marisol zu tun hatte. Außer Marisol und Jasmin hatte nur Mirko von den Zwillingen gewusst. »Was hast du zu Magnus gesagt?«, fragte sie, plötzlich misstrauisch.

»Ich habe ihm nichts von den Kindern gesagt«, erwiderte Mirko prompt, doch seine Miene wirkte schuldbewusst. Nele war sofort klar, dass er nicht die ganze Wahrheit sagte. Sie ließ nicht zu, dass er ihrem Blick auswich. »Aber du hast ihm etwas gesagt.«

»Ich war nicht mehr ganz nüchtern«, versuchte er sich zu rechtfertigen.

»Was genau hast du ihm gesagt?«, fragte Nele erbost.

»Na ja … dieser Angeber hat behauptet, er wüsste besser als Kapitän Fredriksen, was auf diesem Schiff vor sich geht.« Mirko hielt kurz inne.

»Was hast du ihm gesagt?«, bohrte Nele noch einmal nach.

»Also … es könnte sein, dass ich ihn ausgelacht und behauptet habe, dass er es nicht einmal bemerken würde, wenn ein blinder Passagier an Bord wäre. Und weil ich wusste, dass er Marisol nicht leiden kann, habe ich dann noch hinzugefügt, dass selbst sie mehr Ahnung von dem hätte, was auf dem Schiff passiert.«

Nele starrte ihn an. »Ist dir eigentlich klar, was du da gemacht hast? Wenn es nach Magnus gegangen wäre, könnten Marisol und ich jetzt unsere Sachen packen.«

»Es tut mir leid«, sagte er zerknirscht.

»Ja, mir auch«, erwiderte sie leise. »Ich habe geglaubt, ich könnte dir vertrauen.«

»Das kannst du auch«, versicherte er. »Ganz bestimmt, ich habe …« Er brach ab, als sie einfach weiterging.

Nele wollte nichts mehr hören. Sie war enttäuscht. Und wütend. Aber vor allem enttäuscht!

Die Kinder waren noch mit Margot Rossmann auf dem Außendeck. Noah saß auf dem Boden und spielte mit einem kleinen Spielzeugauto, das er immer in seiner Hosentasche mit sich herumtrug, Emilia saß in einem Liegestuhl neben Margot Rossmann und löcherte sie mit Fragen.

»Warum hast du keine Kinder?«, hörte Nele sie fragen.

Margot stieß einen tiefen Seufzer aus. »Das hat leider nicht so geklappt, wie wir uns das gewünscht haben.«

»Bist du denn eine Oma?«

Noah schaute auf. »Wenn sie keine Kinder hat, kann sie auch keine Oma sein.«

»Kluger Junge.« Margot Rossmann lächelte.

Emilia gefiel es überhaupt nicht, dass ihr Bruder klüger sein sollte als sie. »Das hab ich gewusst.« Sie schnitt ihrem Bruder eine Grimasse. »Du kannst meine Oma sein«, sagte sie zu Margot Rossmann. »Ich hab keine.«

Noah sprang auf und trat an die andere Seite des Liegestuhls, in dem Margot saß. »Dann bist du auch meine Oma.« Er zeigte auf Emilia. »Das ist nämlich meine Zwillingsschwester.«

»Ihr seid so süß!« Margot Rossmann lächelte gerührt. »Ich hätte gerne zwei so liebe Enkelkinder wie euch.«

Die drei bemerkten Nele erst, als sie näher kam. Margot Rossmann schaute sie besorgt an. »Ist alles in Ordnung?«

»Es ist alles geklärt.« Nele ging in die Hocke und legte eine

Hand auf Margot Rossmanns Hand. »Vielen Dank, dass Sie auf die Zwillinge aufgepasst haben.«

»Jederzeit gerne wieder«, versicherte Margot Rossmann. »Die beiden haben mir sehr viel Freude bereitet.«

Inzwischen hatte die *MS Kristiana* Brønnøysund passiert, und wieder sammelten sich Passagiere auf dem Außendeck, um das baldige Einlaufen des Schiffes in den Hafen von Sandnessjøen nicht zu verpassen.

Plötzlich tauchte Mirko auf. Er war immer noch sichtlich zerknirscht. »Es tut mir leid«, sagte er leise zu Nele.

»Das sagtest du bereits«, erwiderte sie kühl, beachtete ihn aber nicht weiter, sondern schaute zu Margot Rossmann und den Zwillingen, die jetzt wieder an die Reling traten.

»Nele.« Seine Finger streichelten über ihren Arm. »Ich würde nie etwas machen, was dir schadet.«

»Aber genau das hast du«, erwiderte sie heftig. »Deine Indiskretion hätte mich fast den Job gekostet. Und Marisol auch, obwohl sie mir nur geholfen hat.«

»Aber es ist doch alles gut gegangen«, erwiderte er hilflos.

»Das war ganz bestimmt nicht dein Verdienst!« Nele hätte ihn am liebsten gepackt und geschüttelt. Oder sich einfach umgedreht und nie wieder ein Wort mit ihm gesprochen. Doch dann sagte er etwas, was sie zutiefst berührte: »Ich habe mich in dich verliebt. Ich kann es nicht ertragen, dass du so wütend auf mich bist.«

Ihr Herz flog ihm zu. Auch wenn sie es ihm nicht zu leicht machen wollte, so begann sie doch automatisch zu lächeln. Er lächelte zurück und wirkte unendlich erleichtert.

»Können wir uns später sehen?«, bat er. »Wir könnten in Sandnessjøen an Land gehen.«

»Ich muss mich um die Zwillinge kümmern«, erinnerte sie ihn.

»Die nehmen wir natürlich mit«, sagte er und löschte so den letzten Rest von Ärger, den sie ihm gegenüber empfand. Er legte einen Arm um ihre Schulter, als sie zu den Zwillingen und Margot Rossmann an die Reling traten.

Die *MS Kristiana* glitt vorbei an Küsten und Berglandschaften von unwirklicher Schönheit. Als sie in den Hafen von Sandnessjøen einlief, war die Bergkette der sieben versteinerten Schwestern zu sehen.

Noah war fasziniert von dem Anblick, während Emilia begeistert vernahm, dass sie heute zum ersten Mal seit Bergen wieder das Schiff verlassen durfte. Ihre Begeisterung erhielt allerdings einen Dämpfer, als sie erfuhr, dass Mirko sie begleitete. »Ich kenn den nicht«, sagte sie vorwurfsvoll zu Nele.

Mirko antwortete für Nele. »Na und? Dann lernen wir uns eben kennen.«

Emilia dachte kurz nach und zuckte schließlich mit den Schultern. Ihre Miene verriet allerdings deutlich, dass sie nicht wirklich einverstanden war.

Nele kam eine Idee. »Kommen Sie doch auch mit«, forderte sie Margot Rossmann auf. Sie spürte, dass Mirko neben ihr kurz zusammenzuckte, doch die Kinder jubelten begeistert.

»Ich weiß nicht …« Margot zögerte, obwohl ihr deutlich anzusehen war, dass sie große Lust auf den Ausflug verspürte. »Ich will nicht stören.«

»Sie stören nicht«, behauptete Mirko. »Wir freuen uns, wenn Sie mitkommen.«

Nele wusste, dass er nicht die Wahrheit sagte, und doch gewann er mit seiner Schwindelei ihr Herz noch ein wenig mehr, weil sie wusste, dass er ihr damit einen Gefallen erwies.

Sie verabredeten sich zehn Minuten später am Ausgang. Viel Zeit blieb für den Ausflug ohnehin nicht, weil die *MS Kristiana* bereits in zwei Stunden wieder ablegen würde. Und so bummelten sie zu fünft ein wenig durch den Hafen, und Margot, die zuerst etwas unsicher wirkte, lebte nach kurzer Zeit sichtlich auf und spendierte schließlich allen ein Eis.

»Vielleicht sehen wir uns ja noch«, flüsterte Mirko Nele ins Ohr, als sie das Schiff wieder betraten. »Um Mitternacht an der Reling auf unserem Deck?«

»Ich weiß es nicht«, erwiderte sie unschlüssig.

»Vielleicht klappt es ja. Ich bin da und warte auf dich.«

Weiter ging es Richtung Norden. Das sehr nahe Ziel war Nesna. Hier sollte die *MS Kristiana* bis zum nächsten Tag ankern. Nach dem Mittagessen würde es dann über den Polarkreis in das Land der Mitternachtssonne gehen.

Obwohl es bereits spät war, nahm Nele die Zwillinge abends zum ersten Mal mit in den Speisesaal der Crew. Inzwischen hatte sich die Geschichte der blinden Passagiere herumgesprochen.

Nele setzte sich mit den Zwillingen zu Jasmin und der Pianistin Anna. »Danke«, sagte sie zu Jasmin.

Jasmin schenkte ihr ein Lächeln, ging aber nicht weiter darauf ein. »Wie schön, euch zu sehen«, sagte sie zu den Zwillingen und stellte sie dann Anna vor, der sie kurz Neles Geschichte erzählte.

Anna war begeistert. »Wenn du die Kinder mal wieder an Bord schmuggelst, kannst du dich auch gerne an mich wenden«, sagte sie. »Ich helfe dir auch.«

»Bloß nicht!« Nele lachte. »Ich hoffe, dass das nie wieder nötig sein wird. Und wenn doch, wende ich mich auf jeden Fall an Kapitän Fredriksen. Er ist toll.«

»Ja, das ist er«, bestätigte Anna. Jasmin sagte nichts, sie schien sich ausschließlich auf ihr Essen zu konzentrieren.

Für die Kinder war es ein ereignisreicher Tag gewesen. Noah konnte sich kaum noch wach halten, und auch Emilia gähnte inzwischen ständig. Nele drängte zum Aufbruch.

Als sie die Kabine betrat, um die beiden ins Bett zu bringen, war Marisol bereits da. Sie stand mitten in der Kabine und hielt etwas in der Hand.

Nele war fassungslos. »*Du* hast Klaus Rossmanns Zähne geklaut?«, fragte sie entsetzt. »Warum?«

»*Ich* habe das Gebiss natürlich nicht gestohlen.« Marisol legte es auf den kleinen Tisch neben dem Fenster und schüttelte sich mit angeekelter Miene.

»Aber wieso …« Nele brach ab, als sie bemerkte, dass Marisol Emilia anschaute. Die wiederum hatte den Kopf gesenkt.

»Emilia!«

»Die gehören keinem«, behauptete Emilia. »Die waren ja nicht in einem Mund, sondern ganz allein im Glas, ohne Mensch dran. Und die waren so schön, da hab ich die einfach mitgenommen.«

Nele bemerkte, dass Marisol kurz davor war, in Gelächter auszubrechen. Sie selbst fand die Geschichte keineswegs lustig. Sie hatte geglaubt alle Sorgen los zu sein, und nun das. Selbst Kapitän Fredriksen würde kaum Verständnis dafür zeigen, dass ihre Nichte einen Passagier bestohlen hatte. Und dann auch noch ausgerechnet den Passagier, der geradezu zwanghaft nach Mängeln suchte.

Nele war so aufgebracht, dass sie kein Wort hervorbrachte. Dafür wandte Marisol sich an das Mädchen. »Wo und wann hast du denn die Zähne gefunden?«, wollte sie wissen.

Gefunden? Nele wusste nicht, ob sie weinen oder lachen sollte.

»Als Tante Nele die Kim abgeholt hat«, berichtete Emilia.

Nele erinnerte sich. Kims Eltern hatten sich bei der Rezeption gemeldet und darum gebeten, dass ihre Tochter abgeholt und in den Kindergarten des Schiffes gebracht wurde. Das war ein Service, den die Reederei anbot, der aber nur selten genutzt wurde.

Die meisten Eltern begleiteten ihre Kinder und holten sie auch selbst wieder ab.

Nele hatte kurz Kims Kabine betreten und dafür die Zwillinge wenige Minuten allein auf dem Gang gelassen. Diesen Moment musste Emilia genutzt haben. Nele schaute ihre Nichte streng an. »Du bist einfach in eine fremde Kabine gegangen?«

Emilia schaute Nele verwundert an. »Aber die Tür war doch auf!«

»Emilia, du kannst nicht einfach in eine fremde Kabine gehen, nur weil die Tür aufsteht. Und vor allem darfst du dir nichts mitnehmen, was dir nicht gehört.«

Emilia stampfte ungeduldig mit dem Fuß auf. »Aber da hing kein Mensch an den Zähnen.«

Marisol gab ein glucksendes Geräusch von sich und drehte sich schnell um.

»Das ist nicht lustig«, stieß Nele ärgerlich hervor. »Ausgerechnet das Gebiss von Herrn Rossmann! Der rennt doch sofort zum Kreuzfahrtdirektor und beschwert sich. Magnus wird Freudentänze veranstalten, wenn er davon erfährt.«

»Dann darf er es eben nicht erfahren«, entgegnete Marisol mit entschlossener Stimme.

Neles Geduld wurde auf eine harte Probe gestellt bei dem Versuch, Margot Rossmann noch außerhalb ihrer Kabine zu erwischen. Wäre sie bereits in ihrer Kabine, hätte Nele nicht nur ihr, sondern auch Klaus Rossmann alles gestehen müssen.

Im Moment saß Margot seit einer ganzen Weile an ihrem Tisch im Speisesaal und unterhielt sich angeregt mit ihren Tischnachbarn. Nele beobachtete sie durch die Trennscheibe zwischen Speisesaal und Foyer. Gleich würde Margot das Lachen vergehen …

»Wieso stehst du hier herum und starrst in den Speisesaal?«

Nele fuhr herum, obwohl sie die Stimme bereits erkannt hatte. Vor ihr stand Magnus. Mit unbewegter Miene, doch in seinen Augen lag ein Ausdruck, der ihr Unbehagen einflößte.

»Sie wartet auf mich!« Mirko trat neben Nele und legte einen Arm um ihre Schulter.

»Verabredet euch gefälligst im Bereich der Crew«, sagte Magnus, ohne den Blick von Nele zu nehmen. »Du solltest dir besser nichts mehr zuschulden kommen lassen.«

Nele dachte an das in Papiertücher gewickelte Gebiss in ihrer Jackentasche. Sie stand ganz kurz vor einem Rauswurf. Der Gedanke ließ sie schaudern, was offensichtlich auch Mirko bemerkte. Der Druck seines Armes verstärkte sich, seine Hand strich über ihren Oberarm.

»Und Liebeleien unter dem Personal sind auch nicht gerne gesehen«, fuhr Magnus fort.

»Bist du jetzt fertig?« Mirko grinste. »Nele und ich sind nur gute Freunde.«

Magnus ignorierte ihn. Er blickte Nele immer noch durchdringend an, dann drehte er sich um und ging.

»Freunde?« Fragend schaute Nele zu Mirko.

»Ja, das auch.« Er senkte den Kopf und streifte ihre Lippen mit seinem Mund. »Aber nicht nur. Jedenfalls hoffe ich das.«

»Ich auch.« Nele schmiegte sich in seinen Arm.

»Lass uns woanders hingehen«, bat er leise. »Irgendwohin, wo wir allein sind.«

In diesem Moment bemerkte Nele, dass Margot Rossmann aufstand und sich von ihren Tischnachbarn verabschiedete. »Wir können uns gleich im Kindergarten treffen«, schlug sie vor. »Da sind wir garantiert ungestört. Ich muss aber vorher noch etwas klären.«

Er hauchte einen Kuss auf ihre Nasenspitze. »Ich warte da auf dich.«

Margot sah sie erst, als sie aus dem Speisesaal trat. »So ein Zufall!«, sagte sie erstaunt.

»Das ist kein Zufall«, erwiderte Nele. »Ich habe auf Sie gewartet. Haben Sie einen Moment Zeit?«

»Natürlich.« Margot Rossmann folgte ihr aufs Außendeck. Ein paar Meter weiter stand ein Paar, engumschlungen und so ineinander versunken, dass sie nichts um sich herum wahrnahmen. Auf der anderen Seite des Decks lehnte ein älterer Mann an der Reling und schaute hinaus auf die bunten Häuser von Nesna. Eingefasst vom Ranfjord und Sjonafjord breitete sich die Kleinstadt auf einer Landzunge aus.

Margot ließ ihren Blick schweifen. »Am liebsten wäre ich Tag und Nacht auf dem Außendeck, um einfach nur zu schauen. Trotz der Berge, die sich ringsum wie dunkle Schatten aus dem Wasser erheben, wirkt dieses Land so weit und still.«

Nele wusste nicht, was sie sagen sollte. Margot wirkte so versunken, dass es ihr schwerfiel, das zu sagen, was gesagt werden musste. Sie räusperte sich. »Wie geht es eigentlich Ihrem Mann?«, begann sie vorsichtig.

»Keine Ahnung. Wahrscheinlich durchsucht er gerade die Kabine nach irgendwelchen Baumängeln.«

»Vielleicht sucht er auch nach seinen Zähnen.« Nele zog das Päckchen aus ihrer Jackentasche, faltete die Papiertaschentücher auseinander und präsentierte Margot das Gebiss. »Ich muss Ihnen etwas gestehen: Emilia hat die Zähne genommen.«

Margot starrte auf das Gebiss. Sie sagte kein Wort, dafür sprach Nele hastig weiter.

»Sie sagt, die Tür zu Ihrer Kabine hätte offen gestanden und es wäre niemand im Raum gewesen. Das ist natürlich keine Entschuldigung für ihr Handeln, aber die Zähne haben sie so sehr fasziniert, dass Emilia sie einfach an sich genommen hat.«

»Ich erinnere mich«, sagte Margot langsam. »Ich war kurz auf dem Außendeck, um frische Luft zu schnappen. Und Klaus stand unter der Dusche. Er war hinterher ziemlich sauer, weil ich die Tür nicht richtig geschlossen hatte. Das hat er natürlich bei seiner Beschwerde über den Diebstahl nicht erwähnt.«

»Es tut mir so leid«, versicherte Nele noch einmal. »Jetzt hat Ihr Mann sein Gebiss ja wieder. Ich kann natürlich verstehen, wenn er sich darüber beschwert, und dieses Mal hat er auch allen Grund, Schadenersatz für entgangene Urlaubsfreude zu verlangen. Immerhin sitzt er ohne Zähne in der Kabine fest.«

»Ja, das stimmt.« Margot nahm das Gebiss aus Neles Hand und warf es mit einer ausholenden Bewegung in den Fjord. Es ging sofort unter.

Nele starrte Margot fassungslos an.

»Das ist der schönste Urlaub meines Lebens«, sagte Margot. »Zum ersten Mal genieße ich die Reise einfach nur, schließe Freundschaften und bin nicht ständig auf der Suche nach Missständen, um die Kasse für die nächste Reise aufzufüllen, die dann noch schrecklicher ist als die vorhergehende.« Sie schaute Nele schmunzelnd an. »Es ist für uns alle besser, wenn wir nicht wissen, was mit dem Gebiss passiert ist. Sie müssen nur dafür sorgen, dass Emilia nichts erzählt.«

Nele nickte, erleichtert und dankbar zugleich.

»Am liebsten würde ich ihr noch ein großes Eis spendieren«, brach es aus Margot heraus. »Weil ich ihr diesen wundervollen Urlaub verdanke. Aber es ist pädagogisch wohl kaum vertretbar, sie für einen Diebstahl zu belohnen.«

»Nein, das ist es nicht«, bestätigte Nele. Sie schauten sich an und brachen gleichzeitig in lautes Lachen aus.

»Vielen Dank«, sagte Nele. »Diesmal hätte ich garantiert meinen Job verloren. Aber so …« Sie atmete erleichtert aus. »Jetzt wird alles gut.«

»Ja, ganz bestimmt.« Margot lächelte. »Wenn wir wieder zu

Hause sind, werde ich Klaus sagen, dass seine Zähne hier in Frieden ruhen.« Sie blickte schweigend aufs Wasser. »Und dann mache ich ihm klar, dass sich in unserer Ehe etwas ändern muss, wenn er auch weiterhin mit mir zusammenleben und verreisen will.«

Mirko wartete vor der Tür des Kindergartens auf Nele. »Das hat aber lange gedauert«, sagte er.

»Ja. Ich war mir auch nicht sicher, ob du überhaupt noch da bist.« Nele steckte den Schlüssel ins Schloss.

Er umfasste sie mit beiden Armen. »Auf dich würde ich ewig warten«, versicherte er. Seine Küsse wanderten von ihrem Ohr zu ihrem Hals. Er nahm ihr den Schlüssel aus der Hand, küsste sie voller Leidenschaft und stieß die Tür weit auf. Mit einem Arm umfasste er sie. Mühelos hob er sie hoch, hörte nicht auf, sie zu küssen, und trug sie über die Schwelle. Mit dem Fuß stieß er die Tür hinter sich zu. Langsam ließ er sich auf dem weichen Teppich zu Boden gleiten, und diesmal stieß Nele ihn nicht zurück. Ihre Lippen öffneten sich unter seinen Küssen, ihr Körper wölbte sich ihm entgegen. *Jetzt beginnt der beste Teil meines Lebens*, dachte sie. Und dann dachte sie nichts mehr und überließ sich nur noch ihren Gefühlen.

Kapitel 21

»Kann es sein, dass du mir aus dem Weg gehst?«

Leonie nahm die Sonnenbrille von der Nase. Sie hatte sich an diesem Mittag einen Platz zwischen den anderen Passagieren auf dem Oberdeck gesucht. Auf ihrer Veranda wäre es sicher gemütlicher gewesen, wenn sie die denn für sich gehabt hätte. Aber Iris hatte recht: Leonie ging ihr aus dem Weg.

»Wundert dich das? Nachdem du einfach mal wieder in mein Leben geplatzt bist, ohne mich zu fragen, ob ich das überhaupt will.«

»Ich habe dich unzählige Male gefragt«, widersprach Iris prompt. »Per SMS und auf deiner Mailbox. Aber ich habe von dir keine Antwort bekommen.«

»Ute hat dir sicher gesagt, dass es mir gut geht.«

»Ja, aber ich wollte mich selbst davon überzeugen.«

»Also wirklich, Iris …« Leonie schüttelte den Kopf.

»Was hättest du denn umgekehrt gemacht? Stell dir vor, mich hätte der Mann verlassen, den ich ein paar Tage später heiraten wollte, und dann wäre ich verschwunden. Einfach so, ohne ein Wort zu sagen.«

»Ich habe dir eine SMS geschickt«, rechtfertigte sich Leonie.

»Ja, und dann habe ich nichts mehr von dir gehört. Ich wusste lediglich, dass die Hochzeit nicht stattfindet. Ich hatte keine Ahnung, wie es dir geht und wo du bist.«

Leonie musste nicht lange über die Antwort auf Iris' Frage nachdenken. »Ich hätte akzeptiert, dass du Zeit für dich brauchst!«

Iris musterte sie schweigend. »Was ist eigentlich mit uns passiert, Leonie?«, fragte sie schließlich traurig. »Wir haben uns doch früher gut verstanden.«

Auch diesmal kam Leonies Antwort prompt. »Es hat mich immer schon genervt, dass du dich ungefragt in meine Angelegenheiten eingemischt hast. Aber richtig übel genommen habe ich dir, dass du ständig gegen den Mann gestänkert hast, den ich liebe.«

»Den du geliebt hast«, verbesserte Iris.

Iris hatte nicht das Recht, ihr vorzugeben, was sie zu fühlen hatte. Provozierend schaute Leonie sie an. »Und wenn ich ihn immer noch liebe?«

Iris riss die Augen auf. »Verdammt, Leonie …«

»Jetzt fängst du schon wieder an«, fiel Leonie ihr ins Wort. Aufgebracht richtete sie sich auf. Die neugierigen Blicke der Passagiere ringsum waren ihr egal.

Iris hingegen war das offensichtlich peinlich. »Pst«, zischte sie mit einem Blick nach rechts und links. »Lass uns unter vier Augen darüber reden.«

»Ich will überhaupt nicht mit dir darüber reden«, ereiferte sich Leonie in unverminderter Lautstärke. »Akzeptiere endlich, dass ich dir keine Rechenschaft über meine Entscheidungen schulde.« Sie sprang auf und ließ ihre Schwester stehen.

»Ja, lauf wieder weg«, rief Iris ihr nach. Offenbar waren ihr die anderen Passagiere jetzt egal. »So wie du es immer machst.«

Leonie hatte keine Ahnung, wohin sie gehen sollte. Das Schiff war trotz seiner Größe zu klein für sie und ihre Schwester. Nicht einmal in ihrer Kabine war sie sicher vor Iris, selbst da hatte sie sich schon ausgebreitet. Zum Glück nur im Salon. Dort schlief sie auf dem breiten Sofa. Trotzdem war sie allgegenwärtig, und Leonie konnte ihr nicht aus dem Weg gehen.

Natürlich hatte Iris auch durchgesetzt, dass sie zusammen an einem Tisch saßen. In der Nähe von Malte und Tabea, die heute Morgen beim Frühstück auch keinen besonders glücklichen Eindruck gemacht hatten. Malte hatte immer wieder zu ihr geschaut. Iris hatte das zum Glück nicht mitbekommen, weil sie mit dem Rücken zu Malte saß. Tabea hingegen war keiner seiner Blicke entgangen. Ihre Miene hatte sich zunehmend verfinstert. Sie war sichtlich sauer. Auf Malte, aber vor allem auf Leonie. Außerdem verübelte ihr Florian, dass sie ihn mit seinen langweiligen Eltern allein am Tisch sitzen ließ. Dabei war das nicht ihre Idee gewesen, aber das hatte er nicht hören wollen.

Ziellos irrte sie umher. Sie wollte nicht mehr, als sich einfach still und leise irgendwo zurückziehen und in aller Ruhe nachdenken zu können.

Im Gang vor der Pianobar kam ihr von der anderen Seite Ben Mermann entgegen. Er lächelte, freute sich sichtlich, sie zu sehen, und blieb stehen.

Die Begegnung löste auch in Leonie ein wohliges Gefühl aus. Er war in diesem Moment der einzige Mensch, dessen Gegenwart sie nicht als störend empfand.

»Übermorgen erreichen wir die Lofoten«, sagte Ben. »Hast du mal wieder Lust auf einen Ausflug mit mir?«

»Lust hätte ich schon«, sagte sie. »Aber meine Schwester ist ja seit Trondheim an Bord.«

»Wir können auch zu dritt …« Er brach ab, als sie den Kopf schüttelte. Im Moment wollte sie nichts planen, das ihre Schwester mit einbezog.

»Schade«, sagte er. »Dann vielleicht ein anderes Mal.« Es klang, als wäre ihre Absage ihm gleichgültig, seine Stimme blieb gleichbleibend freundlich, und auch in seinem Gesicht regte sich nichts.

Leonie ertappte sich dabei, dass sie enttäuscht war, und fand das albern. »Ja, vielleicht«, erwiderte sie ebenso ausweichend wie er. Sie schaute ihm nach, als er weiterging und die Treppe zur Kommandobrücke hinaufstieg.

Leonie betrat die Pianobar und bestellte einen Kaffee. Mit der Tasse in der Hand ging sie hinaus auf das anschließende Außendeck. Erleichtert stellte sie fest, dass außer ihr niemand hier war.

Wolken hatten sich vor die Sonne geschoben und spiegelten sich im Wasser des Fjords. Es war kühler geworden. Leonie fröstelte leicht, trotzdem blieb sie draußen und nahm auf einem der Stühle Platz. Weniger denn je wusste sie, wie es weitergehen sollte. Sie hatte nicht einmal eine Wohnung, wenn sie nach Hause kam.

Plötzlich spürte sie, dass sie beobachtet wurde. Hastig wandte sie den Kopf und erblickte Malte, der an der Tür stand und zu ihr schaute. Ihre Blickte trafen sich.

»Hat Tabea dir Freigang gewährt?« Es sollte spöttisch klingen, kam aber eher spröde und verhalten über ihre Lippen.

Malte ignorierte die Frage. »Können wir jetzt reden?«

Leonie nickte knapp.

Malte setzte sich neben sie. Lange sagte er nichts, sondern schaute nur auf seine ineinander verknoteten Hände.

»Du wolltest reden«, erinnerte sie ihn nach einer Weile.

»Ja.« Er sprang auf. »Lass uns ein paar Schritte gehen.«

Leonie stellte ihre Kaffeetasse auf den Boden und folgte ihm. Es waren nur wenige Schritte bis zum Bug. Sie stellte sich selbst mit ausgebreiteten Armen an der Spitze des Schiffes vor, gehalten von der Liebe und dem Gefühl, übers Wasser zu fliegen.

»Weißt du noch?« Malte lächelte. Offenbar dachte er auch gerade an ihr Vorhaben.

Leonie lächelte zurück. Und dann stellte sie sich einfach in Positur, breitete die Arme aus. Das schiefergraue Wasser des Fjords teilte sich unter dem Bug des Schiffes. Die grauen Wolken über ihr schienen zum Greifen nah, und sie hatte das Gefühl, zu fliegen. Frei und schwerelos.

Malte trat hinter sie. Sie spürte, dass er die Arme ausstreckte, sie halten wollte, und ein Gefühl des Unbehagens erfüllte sie. Hastig trat sie zur Seite.

»Ich wollte dich nur festhalten«, sagte er verunsichert.

So hatte sie es nicht geplant. So war es nicht richtig. Sie schüttelte leicht den Kopf.

Ich kann allein fliegen!

Ein Gedanke nur. Und ein Gefühl von grenzenloser Freiheit!

Iris saß eingekuschelt in einer Decke auf der Veranda der Suite und las. Sie ließ die Hand mit dem Buch sinken, als Leonie hinaustrat. Sie schauten sich an. Lange und wortlos.

»Hast du das Buch gelesen?« Iris hob es hoch und zeigte Leonie den Titel. *Nur du und ich*, von Ricarda Jacobsen.

Leonie schüttelte den Kopf. »Ein Liebesroman?«

»Ja, auch.« Iris legte einen Zettel zwischen die Seiten, die sie gerade las, und schlug das Buch zu. »Es handelt von der Liebe in den unterschiedlichsten Facetten. Zwischen Mann und Frau, zwischen Eltern und Kindern …«, Iris hielt kurz inne, »… zwischen Geschwistern. Und es handelt vom Loslassen. Ganz besonders vom Loslassen.«

Leonie lächelte. »Ich sollte es also unbedingt lesen.«

»Unbedingt.« Auch Iris lächelte jetzt. »Ich beneide dich ein bisschen darum, dass du die Möglichkeit hast, Ricarda Jacobsen persönlich kennenzulernen.«

»Dann bleib doch bis zum Ende der Reise.« Leonie konnte selbst nicht glauben, dass sie das sagte.

Iris schüttelte den Kopf. »Ich bleibe nicht mal bis Tromsø. Ich habe eine Passage auf der *MS Silver Lining* gebucht. Beide Schiffe treffen sich in Svolvær, da verlasse ich die *MS Kristiana*.«

»Wann hast du das denn beschlossen?«

»Heute Morgen. Ich wollte dir vorhin davon erzählen, aber dann lief unser Gespräch mal wieder aus dem Ruder.«

»Ja.«

»Leonie … ich weiß, ich mische mich wirklich zu viel ein. Ich gebe zu, dass ich Malte nicht leiden kann und der Meinung bin, dass du einen besseren Partner an deiner Seite verdient hast. Aber ich werde mich nie wieder einmischen. Versprochen!« Sie seufzte auf. »Selbst wenn es so ein Idiot wie Malte ist.« Sie lachte, als Leonie eine Grimasse zog. »Die Bemerkung konnte ich mir nicht verkneifen. Aber ich werde nichts mehr sagen, ich verspreche es dir.«

Leonie schmunzelte. »Versprich lieber nichts, was du nicht halten kannst.« Sie ging zu ihrer Schwester und setzte sich zu ihr auf die Couch. Als Iris die Decke lüpfte, kuschelten sie sich aneinander.

»Jetzt ist es fast so wie früher«, bemerkte Iris leise.

»Ja.« Die neue Nähe zu ihrer Schwester erfüllte Leonies Herz mit Wärme. Eine lange Weile saßen sie still nebeneinander.

Das Signalhorn der *MS Kristiana* riss sie beide aus ihrer Versunkenheit und kündigte an, dass sie den Polarkreis erreicht hatten. 66° 33' N zeigten die Landkarten nüchtern an, aber für die meisten Passagiere war es eine magische Grenze, wo die Sonne in den Sommermonaten nicht mehr hinter dem Horizont versinkt. Ein Metallglobus auf der winzigen Insel Viking markierte diesen Punkt.

Iris zückte ihr Handy und fotografierte den Globus, ebenso wie die Insel Hestmannøya, die der Sage nach der versteinerte Hestmannen sein sollte. Mit viel Fantasie konnte Leonie sich tatsächlich einen versteinerten Reiter vorstellen.

Backbord war der sphinxähnliche Rødøyløven zu sehen. Der rötliche Schimmer des Berges spiegelte sich im Wasser. Kurz darauf kam auf der anderen Seite der Svartisen-Gletscher in Sicht. Trotz seines Namens »Schwarzeis« präsentierte er sich in strahlendem Weiß.

»Schickst du mir bitte die Fotos«, bat Leonie. »Ich habe mein Handy noch in meiner Reisetasche.« Sie wartete auf eine spöttische Bemerkung oder die Frage, wann sie ihr Handy denn mal wieder aktivieren wollte, aber Iris nickte nur. Sie schaute auf ihre Uhr und stieß einen Schrei aus. »Ich habe die richtige Zeit getippt!«, rief sie aufgeregt.

Leonie hatte keine Ahnung, wovon sie sprach.

»Bei dem Wettbewerb …« Iris brach ab. »Ach ja, du bist ja so schnell aus dem Speisesaal verschwunden, dass du es nicht mitbekommen hast: Wir sollten tippen, um welche Zeit die *MS Kristiana* den Polarkreis überquert. Und ich habe richtig getippt.«

»Was gibt es denn da zu gewinnen?«

»Keine Ahnung.« Iris strahlte. »Der Sieger wird bei der Polartaufe verkündet.«

Leonie hatte eigentlich nicht die Absicht, an der Polartaufe teilzunehmen.

»Du musst mich nicht begleiten«, sagte Iris, die ihren Unwillen offenbar bemerkte. »Es macht mir nichts aus, allein daran teilzunehmen.«

Leonie legte einen Arm um Iris' Schulter. »Vielleicht wird es ja ganz nett.«

Die Polartaufe fand auf dem großen Außendeck hinter dem Speisesaal statt. Viele Passagiere waren bereits da. Leonie sah eine ältere Frau zusammen mit zwei Kindern in der Nähe der Treppe. Insbesondere die Kinder warteten gespannt auf Neptuns Erscheinen. Besonders das kleine Mädchen, das offenbar auf den Namen *Emilia* hörte, konnte kaum stillstehen.

Auch Florian war mit seinen Eltern da. Als er die Hand zum

Gruß hob, winkte Leonie zurück, erleichtert, dass er offensichtlich nicht mehr eingeschnappt war. Leonie bemerkte auch Maren bei Uschi und Martina aus Köln. Petra hingegen hatte sich zusammen mit Tillmann ein wenig abgesondert. Leonie fiel auf, dass Maren immer wieder zu den beiden schaute. So ganz egal schien es ihr nicht zu sein, dass sie sich gut verstanden.

Sie zog Iris zu Maren und den Kölnerinnen und stellte ihre Schwester vor.

»Isch jläuv, dat Petra hätt allt wat fürs Hätz jefunge.« Uschi deutete schmunzelnd in Petras und Tillmanns Richtung.

Leonie blickte Maren an. Sie wirkte nicht besonders fröhlich, doch als sie Leonies Blick bemerkte, lächelte sie, als wäre alles in Ordnung.

Dann kam Kapitän Fredriksen zusammen mit dem Kreuzfahrtdirektor und der Hotelmanagerin an Deck, und Magnus Foss reichte dem Kapitän ein Mikrofon.

»Meine Damen und Herren«, grüßte der Kapitän. »Ich begrüße ganz besonders die Passagiere …« Er wandte sich der Hotelmanagerin zu, »… und die neuen Crew-Mitglieder, die heute zum ersten Mal den Polarkreis überqueren. Extra für sie alle steigt Neptun heute aus den Tiefen seines Reiches, um die Taufe vorzunehmen. Sie alle erhalten anschließend einen Taufschein, mit dem sie zukünftig ungehindert den Polarkreis überqueren können.«

»Un wat es met däm Schnäpsken?«, rief Uschi laut.

Der Kapitän lachte. »Selbstverständlich gibt es hinterher ein Glas Schnaps zum Aufwärmen.«

»Isch lasse mr ndoch nix entjehen, wat ömsöns es«, stellte Uschi klar.

»Begrüßen Sie mit mir Neptun und sein Gefolge!«, rief Kapitän Fredriksen.

Neptun entstieg nicht der Tiefe, sondern kam die Treppe

herunter. Bekleidet mit einem weißblauen Gewand, schritt er langsam von Stufe zu Stufe. Seine langen Haare und der angeklebte Bart, der ihm bis zur Brust reichte, waren schlohweiß. Sein Gefolge, zu dem unter anderem die Tante der Zwillinge, Nele, gehörte, folgte ihm. Auch sie alle trugen weiße Gewänder und Perücken.

»Ich wette, Bart und Haare benutzen die im Dezember auch für den Weihnachtsmann«, flüsterte Iris. Leonie musste lachen und richtete damit Neptuns Aufmerksamkeit auf sich.

»Du!« Er zeigte mit dem Dreizack auf sie. Seine Stimme klang dunkel und grollend. »Bist du bereits getauft?«

Lachend schüttelte Leonie den Kopf.

»Führt sie zu mir!«

Nele und ein junger Matrose nahmen Leonie in ihre Mitte und führten sie zu Neptun, der neben einem Fass Aufstellung genommen hatte. Leonie verging das Lachen, als sie die Eisstücke in dem Wasser erblickte.

Neptun, der sich aus der Nähe als Fitnesstrainer Mirko entpuppte, füllte eine Schöpfkelle mit Wasser und Eis und entleerte sie über ihrem Kopf.

Leonie quietschte auf, aber da stand Neptuns Gehilfe, der junge Matrose, bereits mit einem Handtuch bereit und trocknete sie behutsam ab. »Ich bin Niklas«, stellte er sich vor.

Leonie musste unwillkürlich an Ben denken. Sie hatte ihn bei der Polartaufe bisher nicht gesehen, und es war eigentlich logisch, dass er während der Abwesenheit des Kapitäns auf der Kommandobrücke war.

»Wenn du Malte suchst, der ist gerade erst gekommen«, sagte Iris mit diesem typischen »Ich kann Malte nicht leiden«-Unterton und riss Niklas das Handtuch aus der Hand. Der junge Matrose hatte nur Augen für Leonie.

»Ohne Tabea übrigens«, fügte Iris hinzu.

Leonie verschwieg, dass sie nicht einmal an Malte gedacht hatte, schaute jedoch wie von selbst in die gleiche Richtung wie Iris – geradewegs in Maltes trauriges Lächeln. Sie sah ihm an, dass er nicht glücklich war. Vergeblich versuchte sie sich einzureden, dass er sich das alles selbst zuzuschreiben hatte. Doch sie konnte einfach nicht anders, als Mitleid mit ihm zu empfinden. Am liebsten wäre sie zu ihm gegangen, doch dann stand plötzlich Florian vor ihr und schwenkte übermütig eine Flagge mit dem Emblem der *MS Kristiana*. »Ich habe gewonnen«, rief er. »Ich habe beim Wettbewerb die richtige Zeit erraten.«

»Ich auch!« Iris stemmte in gespielter Empörung die Hände in die Hüften, während Neptun die Gelegenheit nutzte, Florian die Polartaufe zu verpassen.

Ihm war es egal. Er strahlte weiter und streckte Leonie die Fahne entgegen. »Die schenke ich dir. Als Erinnerung an unseren gemeinsamen Urlaub.«

Unser gemeinsamer Urlaub? Mehr noch als diese Bemerkung erschreckte Leonie der Ausdruck im Blick des Jungen. Es gab keinen Zweifel: Er war ernsthaft in sie verliebt.

Sie wollte ihn nicht ermutigen, aber noch weniger lag ihr daran, ihn zu verletzen. Deshalb nahm sie die Fahne und bedankte sich.

»Nichts zu danken.« Er trat auf sie zu und riss sie in seine Arme. Er hätte sie glattweg auf den Mund geküsst, wenn sie den Kopf nicht blitzschnell zur Seite gewandt hätte.

Ich muss mit ihm reden! Nicht jetzt und nicht hier vor all den anderen Leuten, aber ich muss unbedingt mit ihm reden!

Jetzt kam auch Malte dazu. Der Blick, mit dem er Florian musterte, verriet deutlich, was in ihm vorging. War er tatsächlich eifersüchtig auf einen Jungen, der ihr Sohn hätte sein können?

Leonie war entsetzt und völlig überfordert in dieser Situation. Dann hatte sie das Gefühl, dass sich jemand an der Hosentasche ihrer Jeans zu schaffen machte, doch als sie sich umdrehte, war niemand zu sehen. Niklas und Nele machten sich gerade auf den Weg zu den nächsten Täuflingen.

»Bist du böse, wenn ich jetzt gehe?«, raunte sie Iris zu.

»Danke, dass du meinetwegen überhaupt mitgekommen bist«, gab Iris leise zurück. »Ich halte mich an Uschi, Martina und Maren. Zumindest mit den beiden Kölnerinnen werde ich viel Spaß haben. Maren wirkt ja eher nicht so fröhlich.«

»Sie ist sehr nett.« Leonie umarmte ihre Schwester. »Viel Spaß.«

Den Rest des Tages verbrachte sie auf ihrer eigenen Veranda. Zuerst genoss sie die Ruhe, doch irgendwann begann sie sich zu langweilen. Ihr Blick fiel auf Iris' Buch. Sie hob es auf, wollte eigentlich nur kurz reinlesen, und war bereits nach wenigen Zeilen so gefesselt, dass sie nicht mehr aufhören konnte. Jetzt verstand sie, weshalb ihre Schwester von diesem Buch so begeistert war und weshalb Maren diese Reise auch deshalb machte, um die Schriftstellerin persönlich kennenzulernen.

Erst kurz vor dem Abendessen legte sie das Buch beiseite, beschloss dann aber, zum Essen lieber in der Kabine zu bleiben. Sie bestellte beim Steward einen Snack, der ihr auf der Veranda serviert wurde.

Die *MS Kristiana* nahm Fahrt auf und steuerte in das mystische Licht der Mitternachtssonne. Auf dem Wasser entstanden faszinierende Lichtspiele, die Leonie völlig in ihren Bann zogen und alles andere, was sie bewegte, in den Hintergrund rücken ließen. Leonie hätte dieses Schauspiel ewig betrachten können. Noch schöner wäre es, wenn sie es mit einem anderen Menschen teilen könnte …

Da waren wieder diese Gedanken, die sie in den letzten Stunden so erfolgreich verdrängt hatte. Leonie mochte sie auch jetzt nicht zulassen, doch immer wieder drängte sich Maltes trauriges

Gesicht in ihr Gedächtnis. Sie fragte sich, warum er allein zu der Polartaufe gekommen war, nachdem Tabea sich an den Tagen zuvor wie ein siamesischer Zwilling an ihn geheftet hatte. Und was löste das in ihr aus? War da noch mehr als Mitleid?

Viel später als sonst ging Leonie ins Bett, ohne zu einem Ergebnis zu kommen. Auch die immerwährende Sonne führte dazu, dass sie sich noch nicht müde fühlte. Dabei war es bereits kurz vor Mitternacht – und Iris war immer noch nicht da.

Hauptsache, sie hat Spaß. Diese Gedanken begleiteten Leonie in den Schlaf.

Leonie hatte keine Ahnung, wie spät es war, als Iris die Suite betrat. Sie war zu müde, um nachzusehen.

Iris gab sich vergeblich Mühe, leise zu sein. Sie stolperte über ihre eigenen Füße und riss dabei einen Stuhl um, der polternd umfiel.

»Dammich«, hörte Leonie ihre Schwester murmeln. »Muschischleissein.«

»Bist du betrunken?«, fragte Leonie, ohne sich umzudrehen.

»Kannichsein«, behauptete Iris. »Nuzweidreiglas.« Ein weiteres polterndes Geräusch war zu hören, das Leonie veranlasste, nun doch aufzustehen und nach nebenan zu gehen. Dort war ihre Schwester offensichtlich bei dem Versuch, sich auszuziehen, der Länge nach hingefallen.

»'gal«, murmelte sie. »Echtscheißgal. Schlafischhier.«

Leonie half ihrer Schwester auf die breite Couchgarnitur und deckte sie zu. Sie war sicher, dass Iris bereits tief und fest schlief, doch dann öffnete sie noch einmal die Augen. »DeinOffsierwada. Wolltwisswodu. SonschönerMann. Nett. Nimmden.« Damit schlief sie endgültig ein, und Leonie ging zurück ins Bett.

Ein Lächeln umspielte ihre Lippen, als sie wieder in den Schlaf fiel.

Als Leonie am nächsten Morgen erwachte, ankerte die *MS Kristiana* bereits im Hafen von Bodø. Nebenan hörte sie Iris laut gähnen.

Leonie wollte ihrer Schwester Zeit lassen. Sie ging ins Bad, duschte und machte sich fertig. Erst dann betrat sie den Salon.

Iris saß auf dem Sofa, die Arme auf die Knie gestützt, und hielt sich den Kopf mit beiden Händen.

»Bist du sicher, dass es nur zwei oder drei Gläser waren?« Leonie grinste ihre Schwester an, als sie den Kopf hob.

»Diese Uschi.« Iris verzog schmerzerfüllt das Gesicht. »Es ist unglaublich, was sie verträgt.«

»Und du hast versucht, mitzuhalten?«

»Ich glaube, das haben wir alle versucht.« Iris lächelte schief. »Sie hat sogar Neptun unter den Tisch getrunken.«

»Das war sicher keine Kunst. In dem Kostüm steckte doch der Fitnesstrainer. Die trinken normalerweise eher nicht so viel, weil sie doch so auf ihre Gesundheit bedacht sind.«

»Nein, ich meine nicht den Mirko. Den hat eine Blondine abgeschleppt, bevor es richtig losging.«

»Das ist die Kindergärtnerin. Sie heißt Nele. Sie ist Mirkos Freundin«, erwiderte Leonie. Selbst den Passagieren war nicht entgangen, dass sich zwischen den beiden eine Romanze entwickelt hatte.

»Nein, Nele ist doch die Tante der Zwillinge. Ich habe sie gestern kennengelernt. Eine sehr nette junge Frau, aber mit ihr ist der Fitnesstrainer nicht verschwunden.«

»Mistkerle!«, stieß Leonie hervor.

Iris schaute sie fragend an. »Wen meinst du denn noch, außer dem untreuen Fitnesstrainer?«

Leonie winkte ab und wechselte das Thema. »Was hältst du von Frühstück?«

»Gib mir fünf Minuten«, bat Iris und machte sich auf den

Weg ins Bad. Sie brauchte allerdings bedeutend länger, und Leonie nutzte die Zeit, ihre Kleidung vom Vortag wegzuräumen. Als sie die Jeans glattstrich und über einen Hosenbügel hängen wollte, fiel ein Zettel zu Boden. Leonie hob ihn auf.

Niklas stand auf dem Papierfetzen. Dahinter hatte er seine Handynummer notiert.

Als Iris in dem Moment aus dem Bad trat, knüllte sie den Zettel zusammen und warf ihn in den Papierkorb.

»Schade, dass die *MS Kristiana* nicht in Ørnes anlegt.« Während Iris sprach, rieb sie mit einem Handtuch ihre kinnlangen Haare trocken. »Ich hätte mir gerne mit dir zusammen den Svartisen-Gletscher angesehen.«

»Kannst du dir den nicht auf der Rückfahrt mit der *MS Silver Lining* anschauen?«

Iris nahm das Handtuch vom Kopf. »Keine Ahnung. Vielleicht. Es geht mir vor allem darum, in unserer kurzen gemeinsamen Zeit etwas gemeinsam zu unternehmen.«

Leonie lächelte. »Das wäre schön. Lass uns doch gleich an der Rezeption fragen, an welchen Ausflügen wir heute noch teilnehmen können.«

Iris war einverstanden. Nachdem sie sich angezogen hatte, verließen sie gemeinsam die Kabine. Zur gleichen Zeit traten aus der gegenüberliegenden Kabine Malte und Tabea auf den Gang.

Maltes Gesicht leuchtete sofort auf, während Tabeas Miene ziemlich verkniffen war.

»Guten Morgen«, sagte Malte.

»Guten Morgen«, grüßte Leonie zurück. Iris drängte sich an ihr vorbei und ging wortlos weiter.

Leonie folgte ihr und holte sie mit wenigen Schritten ein. Sie schwiegen beide, bis sie das Treppenhaus erreicht hatten. Von Malte und Tabea war nichts zu sehen.

»Tut mir leid«, murmelte Iris. »Ich weiß, du liebst ihn immer noch, und ich gebe mir auch alle Mühe, das zu akzeptieren. Aber als ich ihn so plötzlich vor mir sah, war es mir unmöglich, ihn zu begrüßen. Ich brauche noch ein bisschen Zeit.«

»Es ist alles in Ordnung«, sagte Leonie leise. Dann atmete sie tief durch und suchte den Blick ihrer Schwester. »Und du musst dir keine Sorgen machen. Ich liebe ihn nicht mehr. Allein für diese Erkenntnis war die Reise wichtig.«

In Iris' Augen schimmerten Tränen. Schweigend umarmte sie Leonie. Dann griff sie ihre Hand, und so gingen sie weiter.

Die nette Hotelmanagerin Jasmin bot ihnen zwei Möglichkeiten zur Besichtigung des Saltstraumen an. Sie schilderte zunächst eine Bustour zum Gezeitenstrom, die die Aussicht vom Ufer aus ermöglichte. Als Iris jedoch von der zweiten Möglichkeit erfuhr, direkt mit einem Boot in die tosenden Wassermassen hineinzufahren, gab es für sie kein Halten mehr. »Bitte, Leonie, bitte, bitte, lass uns das machen!«, rief sie.

Leonie schüttelte den Kopf. »Das ist mir zu viel Abenteuer.«

Iris gab nicht auf. Sie stellte sich vor Leonie, legte ihre Hände auf deren Schulter und schüttelte sie leicht. »Ich verspreche dir, du wirst es überleben!«

Das war für Leonie kein überzeugendes Argument. »Und wenn nicht?«

»Kannst du mich gerne verklagen.« Iris grinste, doch gleich darauf wurde ihre Miene wieder ernst. »Lass uns das machen, Leonie. Bitte!«

Leonie gab nach, ihrer Schwester zuliebe. Und ein bisschen auch wegen Ben, der in diesem Moment dazukam. Sie wollte vor ihm nicht als Feigling dastehen.

Ben sah die Prospekte auf dem Tresen. »Ihr macht auch diese Bootstour durch den Saltstraumen? Wie schön, dann sehen wir uns ja gleich.«

Jasmin schien überrascht und blickte ihm dann plötzlich lächelnd nach, was bei Leonie das Gefühl weckte, dass er sich gerade erst zu dieser Tour entschlossen hatte. Vielleicht war es verrückt, sich so sehr darüber zu freuen, dass sie nun auch spontan zusagte. Die Angst aber blieb. Beim Frühstück bekam sie kaum einen Bissen runter.

Die Kleidung für den Bootsausflug wurde ihnen vor Ort gestellt. Wasserdichte Overalls, Handschuhe und Schutzbrillen. Sicherheitsanweisungen wurden erteilt. Alle hörten aufmerksam zu, nur Iris schien anderweitig beschäftigt. Leonie stieß sie an. »Das ist wichtig, also hör gefälligst zu.«

»Mein Handy ist wichtiger«, gab Iris zurück und kramte weiter in ihrer riesigen Tasche herum. »Es ist verschwunden.«

»Vielleicht liegt es in unserer Kabine.«

»Nein, ich habe es zuletzt in der Pianobar benutzt und seither nicht mehr aus der Tasche genommen.«

»Sollen wir den Ausflug lieber absagen und zurück zum Schiff gehen?«

Iris hielt mitten in der Bewegung inne. Ihre Augen blitzten. »Das könnte dir so passen.«

Alle Gegenstände, die nicht mit aufs Boot durften, wurden eingesammelt und weggesperrt, dann machten sie sich auf den Weg zum Kai, wo sich zwei weitere Männer in Overalls dazugesellten.

»Ben und Niklas.« Iris lachte. »Ihr beide habt die Sicherheitsanweisungen verpasst.«

»Du auch«, konterte Leonie. Iris überhörte das großzügig, während Ben versicherte, dass er die Tour ebenso wie Niklas bereits mehrfach mitgemacht hatte.

Niklas hatte auch heute wieder nur Augen für Leonie. »Hast du Angst?« Er duzte sie gleich wie selbstverständlich. Leonie war es egal, viel wichtiger war, dass Niklas den Nagel auf den Kopf getroffen hatte. Sie nickte beklommen.

Niklas legte einen Arm um ihre Schulter. »Ich passe auf dich auf«, versprach er. »Dir wird nichts passieren.«

Ben half Iris in das motorbetriebene Schlauchboot. Danach reichte er Leonie die Hand. Ihre Blicke trafen sich. Er lächelte, und Leonies Herz wurde mit einer Wärme erfüllt, die sie lange nicht mehr gespürt hatte. Sie hätte sich gewünscht, dass er an ihrer Seite Platz nahm auf diesem, wie es ihr schien, viel zu kleinen Boot, das sie gleich alle zum stärksten Mahlstrom der Erde bringen würde.

Doch Niklas war schneller. Er setzte sich neben sie und griff nach ihrer Hand. »Ich passe gut auf dich auf.«

»Danke.« Vorsichtig entzog sie ihm ihre Hand.

Außer dem Steuermann konnte das Boot acht Personen aufnehmen, die in Zweiergruppen hintereinander saßen. Ben nahm neben Iris Platz. Der Steuermann stand hinter den Sitzreihen und startete den Motor.

Leonies Angst ließ nach, als das Boot langsam aus dem Hafen tuckerte. Erst danach nahm es Fahrt auf. Es tanzte auf den Wellen, doch der Steuermann hielt es fest im Griff. Sie passierten Inseln und winzige, unbewohnte Inselchen, die Heimat vieler Seevögel, wie Leonie gelesen hatte.

Kurz darauf bog das kleine Boot in den Saltfjord ein. Ein wilder Ritt begann. Vierhundert Kubikmeter Wasser, die alle sechs Stunden mit einer Geschwindigkeit von mehr als vierzig Stundenkilometern durch die schmale Meerenge zwischen Saltenfjord und Skjerstadfjord gepresst werden, ließen riesige Strudel entstehen, die sich ausbreiteten, miteinander verbanden, auflösten und das Spiel erneut entstehen ließen. Leonie spürte, dass selbst der starke Motor des Bootes gegen diese Kraft ankämpfen musste. Dennoch hatte sich ihre Angst vollständig aufgelöst angesichts dieses faszinierenden Naturschauspiels.

Sie sah Schaulustige am Ufer und andere hoch oben auf der

Brücke über der engsten Stelle des Fjords. Sie bedauerte diese Menschen ein wenig, weil sie nur anschauen konnten, was sie selbst in dem Boot fühlte: die Urgewalt der Natur, eingebunden in eine traumhafte Kulisse von Wasser und Bergen. Sie bedauerte fast, als das Boot weiterfuhr. Es umrundete Ryndholmen, bog anschließend in den Skjerstadfjord ein. Und hier war es, als wären sie in einer völlig anderen Welt gelandet. Hohe, überwiegend vegetationslose Felsen rahmten den Fjord ein. Als der Steuermann den Motor abstellte, war nichts zu hören außer dem leisen Rauschen des nun träge dahinfließenden Wassers. Ein Seeadler flog über ihre Köpfe hinweg, erhob sich in die Lüfte und schwebte majestätisch weiter.

Leonie war gefangen von dieser Welt, die so unberührt erschien. Ruhe erfüllte sie, bis Niklas alles zerstörte. Er legte einen Arm um ihre Schultern und grinste sie selbstgefällig an. Als sie unwillig die Stirn runzelte, nahm er seinen Arm wieder weg, doch für Leonie war der Zauber des Augenblicks vorbei. Sie war froh, als der Steuermann den Motor anwarf.

Zurück auf der *MS Kristiana* machte Iris sich sogleich auf die Suche nach ihrem Handy in der Hoffnung, dass es jemand gefunden und abgegeben hatte. Kurz nachdem sie die Kabine verlassen hatte, klopfte es.

Leonie eilte zur Tür. »Hast du jetzt auch deine Keycard verl…« Doch nicht Iris stand vor der Tür, sondern Florian.

»Ist Iris da?«

Sie schüttelte den Kopf, doch bevor sie etwas sagen konnte, fragte er: »Hast du kurz Zeit für mich?«

Leonie beschlich eine unangenehme Vorahnung. Florian hatte sich augenscheinlich herausgeputzt. Die schulterlangen Haare glänzten, seine Hose war neu, denn an der Seite hing ein Preisschild, das seiner Aufmerksamkeit offenbar entgangen war.

Auch das T-Shirt hatte sie noch nicht an ihm gesehen. Schwarz, mit einem gruseligen Totenkopf auf der Brust.

Vergeblich suchte sie nach einer Ausrede, Florian schob sich einfach an ihr vorbei in die Kabine. Als sie die Tür schloss, trat er gleich einen Schritt auf sie zu. Sein Blick war erfüllt von jugendlichem Schmerz. »Ich muss dir etwas sagen, Leonie.«

Sie war sich sicher, dass sie es nicht hören wollte!

»Ich habe mich in dich verliebt.« Er hob die Hand, als sie den Mund öffnete. »Bitte sag jetzt nicht, dass ich zu jung für dich bin.« Seine Stimme war ebenso flehend wie sein Blick. »Wahre Liebe kennt kein Alter. Gib mir bitte die Gelegenheit, dir das zu beweisen.«

»Florian ...«, begann sie hilflos, aber er ließ sie noch nicht zu Wort kommen.

»Ich kann ohne dich nicht leben!«

Die Kraft seiner Worte erschreckte sie, und ihr wurde bewusst, dass sie keine andere Wahl hatte, als ihm unglaublich wehzutun. Sie wusste nur zu gut, wie schmerzhaft Liebeskummer war. In jedem Alter. Sie griff nach seinen Händen und schaute ihn liebevoll an. »Florian, es geht nicht darum, wie alt wir sind. Ich gebe dir recht, dass Alter keine Rolle spielt, wenn zwei Menschen sich aufrichtig lieben. Ich mag dich sehr gerne.« Sie sah, wie sich der Ausdruck seines Gesichts veränderte. »Aber ich liebe dich nicht, Florian.«

Er würde den Schmerz überwinden. Er war jung, und irgendwann würde er sich wieder verlieben. Floskeln, die ihr auf der Zunge lagen, die sie aber nicht aussprach. Sie wusste, dass es ihm nicht half. Und ihr selbst auch nicht.

Wahrscheinlich hätte er ihr auch nicht mehr zugehört. Er zog seine Hände zurück, blinde Wut lag in seinem Blick. Leonie nahm es ihm nicht übel. Wut war immer noch besser zu ertragen als der Kummer um eine unerfüllte Liebe.

Wortlos drehte er sich um und verließ die Kabine. Laut fiel die Tür hinter ihm ins Schloss.

Leonie widerstand dem Impuls, ihm zu folgen. Sie konnte ohnehin nichts sagen, was es ihm leichter machte.

Eine halbe Stunde später kam Iris zurück. Sie hatte ihr Handy nicht gefunden. »Macht nichts«, sagte sie. »Ich wollte mir sowieso ein neues zulegen. Es ist nur schade wegen der ganzen Fotos, die darauf gespeichert sind. Vor allem die Fotos der letzten Tage.«

Leonie umarmte sie. »Glaubst du wirklich, dass wir Fotos brauchen, um uns an diese Reise zu erinnern?«

Iris lächelte. »Nein, die brauchen wir nicht. Ich werde diese Tage mit dir nie vergessen.«

»Du kannst für die Weiterreise mein Handy haben«, bot Leonie an. »Keine Widerrede«, befahl sie lachend, als ihre Schwester den Mund öffnete. »Ich habe in den letzten Tagen bewiesen, dass ich es nicht brauche. Ich weiß aber, dass du ohne Handy verloren bist.«

»Ja, okay.« Iris nahm das Angebot an. »Vielen Dank.«

Zum ersten Mal seit ihrer Abreise zog Leonie ihr Handy aus ihrer Reisetasche. Sie schloss es an das Ladegerät an, da der Akku komplett leer war. »Bis wir Svolvær erreichen, ist es bereit.«

Iris beschloss, auf das späte Mittagessen zu verzichten und sich noch einmal hinzulegen, um die nicht unerheblichen Nachwirkungen des vergangenen Abends zu kurieren.

Leonie machte sich allein auf den Weg in den Speisesaal und traf gleich im Gang auf Niklas. Er grinste, als er sie sah, und schaute sich nach allen Seiten um, bevor er auf sie zukam. Vermutlich hatte er in diesem Bereich der Passagiere nichts zu suchen.

»Wir haben auf den Lofoten vierundzwanzig Stunden frei«, sagte er hastig. »Ich kenne ein kleines Hotel in der Nähe von Svolvær. Hast du Lust …«

»Nein«, unterbrach ihn Leonie. »Ich bin nicht interessiert.«

Er schien es leichtzunehmen, zuckte lediglich mit den Schultern und erwiderte lächelnd: »Meine Nummer hast du ja. Sag mir einfach Bescheid, wenn du es dir doch noch anders überlegst.«

»Rechne nicht damit«, sagte Leonie und ging weiter.

Als sie in der Nähe des Speisesaals die Gerlachs zusammen mit Florian sah, machte sie kehrt, bevor die drei sie bemerkten. Sie ging hinauf in die Pianobar. Nur der Barkeeper war da, der tagsüber die Aufgabe eines Baristas versah. Sie bestellte einen Capuccino.

»Für mich bitte auch einen.« Ben lehnte sich gegen den Tresen.

Da war wieder dieses warme Gefühl in ihrem Herzen, das sie jedes Mal empfand, wenn er in ihrer Nähe war. Bildete sie sich das ein, oder wurde es mit jedem Mal stärker? Sie betrachtete ihn verstohlen aus den Augenwinkeln. In seiner Freizeitkleidung, Jeans und T-Shirt sah er ebenso fantastisch aus wie in seiner Uniform.

»Wie hat dir der Ausflug heute Morgen gefallen?«

»Ich bin so froh, dass ich nicht auf meine Angst gehört habe«, erwiderte sie. »Denn dann wäre ich nie in dieses Boot gestiegen. Es war traumhaft.«

Der Ausdruck in seinem Blick war unergründlich, als er antwortete: »Ja, manchmal ist es wichtig, die Angst zu überwinden und sich auf etwas völlig Neues einzulassen.«

»Sprichst du jetzt von der Bootsfahrt zum Saltstraumen?«

»Wovon sonst?« Er wich ihrem Blick nicht aus.

Leonie bemerkte, dass der barkeepende Barista ihrem Wortwechsel gespannt folgte. »Es war jedenfalls traumhaft«, sagte sie leichthin. »Und wenn das nächste Mal ein unvergleichliches Erlebnis auf mich wartet, greife ich einfach zu.«

»Hoffentlich machst du das wirklich«, sagte er leise. Er nahm seine Tasse und verabschiedete sich.

Ihr Atem ging flach, als sie ihm nachschaute und über das nachdachte, was er zwischen die Zeilen seiner Worte gelegt hatte. Es berührte sie.

Am späten Nachmittag legte die *MS Kristiana* ab und steuerte langsam aus dem Hafen durch den Ladegodefjord hinaus aufs offene Meer, um den Vestfjord zu überqueren, der die Lofoten vom Festland trennt.

Nur noch wenige Stunden, dann heißt es Abschied nehmen. Leonie schaute auf ihre Schwester, die immer noch tief und fest schlief. Selbst als es an der Tür klopfte, wachte sie nicht auf.

Jasmin, die Hotelmanagerin, stand vor der Tür. »Ich glaube, wir haben das Handy Ihrer Schwester gefunden.«

»Ja, das ist Iris' Handy. Wo war es denn?«

»Das ist eine seltsame Geschichte«, erwiderte die Hotelmanagerin. »Ich war zusammen mit meiner Kollegin Marisol an der Rezeption. Plötzlich lag es da auf dem Tresen. Wir haben beide nicht gesehen, wer es dahin gelegt hat.«

»Hm. Das ist wirklich seltsam«, sagte Leonie. »Aber Hauptsache, es ist wieder da. Vielen Dank, dass Sie es hergebracht haben.«

»Keine Ursache. Das ist selbstverständlich«, sagte die Hotelmanagerin lächelnd.

Kaum dass sie sich verabschiedet hatte, wurde auf der anderen Seite die Kabinentür geöffnet, und Malte stand in der Tür. »Ich habe deine Stimme gehört.« Er lächelte zaghaft.

Leonie schaute ihn abwartend an.

»Tabea ist weg«, sagte er. »Sie ist in Bodø von Bord gegangen.«

Leonie sagte immer noch nichts, obwohl sie ihm ansah, dass er auf eine Antwort wartete.

»Wir haben uns getrennt!«

Leonie horchte in sich hinein. Da war nichts in ihr, außer Gleichgültigkeit.

»Wir können ganz von vorn anfangen«, sagte Malte. »Du musst es nur wollen.«

»Malte … ich … Es ist zu viel zwischen uns passiert. Und ich will jetzt nicht darüber reden.« Mit diesen Worten drehte Leonie sich einfach um und schloss die Kabinentür hinter sich.

Iris saß aufrecht auf dem Sofa und schaute sie an. Sie sagte kein Wort.

»Ist es okay, wenn auch wir jetzt nicht darüber reden?«, bat Leonie.

Iris nickte. »In unseren letzten gemeinsamen Stunden möchte ich ungern ausgerechnet über Malte mit dir reden.«

»Danke. Schau mal, was ich habe.« Leonie gab Iris das Handy und erzählte, was sie von der Hotelmanagerin erfahren hatte.

»Seltsam«, sagte Iris nachdenklich. »Aber jetzt können wir immerhin miteinander telefonieren, während wir auf zwei unterschiedlichen Schiffen unterwegs sind. Wenn du magst. Soll ich dir die Fotos schicken, die ich gemacht habe?«

Leonie holte ihr eigenes Handy, das nun wieder geladen war, setzte sich neben Iris und schaltete es ein. Sie hatte unzählige SMS und Anrufe erhalten, die letzte SMS erst vor einer Stunde. Sie öffnete sie und schrie erschrocken auf. Ein ausgestreckter Mittelfinger füllte das Display aus.

Iris beugte sich zu ihr. »Hoppla«, stieß sie erschrocken hervor. »Wer schickt dir denn so was?«

»Du.« Leonie präsentierte ihr den Absender.

»Niemals!« Iris war erschüttert. »Kann es sein, dass jemand mein Handy an sich genommen hat, um dir diese Nachricht zu schicken? Wen hast du so wütend gemacht?«

»Tabea?«, mutmaßte Leonie.

»Nein. Das ist eine Männerhand«, wandte Iris ein.

»Dann habe ich keine Ahnung.« Der Gedanke, dass sie an Bord einen Feind hatte, erschreckte Leonie.

Iris ging es offenbar ähnlich. »Willst du ab Svolvær nicht lieber mit mir fahren?«

Leonie schüttelte den Kopf. »Diesmal laufe ich nicht weg!«, sagte sie entschlossen.

Kapitel 22

Zuerst waren es nur dunkle Schatten am Horizont, doch dann erhoben sich die gezackten Berge wie eine dunkle Wand. Eine bizarre Bergkette, die sich aus dem tiefblauen Wasser erhob. Die Lofoten!

Jasmin freute sich. Ihr Herz war diesem Ziel schon seit Tagen vorausgeeilt.

»Kennst du die Lofoten?«, fragte sie Marisol aufgeregt, die neben ihr am Tresen der Rezeption stand.

»Ja, es ist traumhaft. Vierundzwanzig Stunden sind viel zu kurz, um sich alles anzusehen.«

»Ist es wirklich okay, dass ich mir so lange freigenommen habe?«, fragte Jasmin besorgt. »Vielleicht möchtest du ja auch etwas unternehmen?«

»Das ist absolut in Ordnung«, versicherte Marisol. »Ich kenne die Lofoten bereits und werde schon wegen Nele an Bord bleiben, um sie ein bisschen bei der Bespaßung der Zwillinge zu unterstützen. Es ist zwar manchmal anstrengend mit ihnen, aber ich werde sie sehr vermissen, wenn sie in Tromsø von Bord gehen.« Marisol lachte laut auf. »Weißt du übrigens, dass Emilia dem Kapitän heute einen Heiratsantrag gemacht hat, als sie und ihr Bruder auf der Kommandobrücke waren? Eigentlich war es nicht einmal ein Antrag, sondern eine Feststellung.« Marisol ahmte Emilias Kinderstimme nach: »Wenn ich groß bin, heirate ich dich.«

Jasmin lachte. »Wie hat er reagiert?«

»Er hat gelacht wie alle anderen. Als Nele sich noch einmal

bei ihm bedankte, meinte er, das schulde er ihrem zukünftigen verwandtschaftlichen Verhältnis.«

Kein Wunder, dass selbst kleine Mädchen von ihm verzaubert waren. Jasmin war sehr gespannt, Adrian besser kennenzulernen. Bisher hatte sie immer nur Momente mit ihm erlebt, ab morgen früh würde sie vierundzwanzig Stunden mit ihm zusammen sein. Ob er ihr danach immer noch gefiel? Oder würde sie Seiten an ihm entdecken, die ihre Faszination dämpften?

Zwei Frauen gingen an der Rezeption vorbei, Franziska Berger und Rebecca Soltau – zwei Freundinnen, wie Jasmin mittlerweile wusste.

»Ich dachte, wir machen diese Reise gemeinsam«, beschwerte sich Franziska gerade. »Stattdessen machst du nur noch mit diesem Fitnesstrainer rum, und ich kann schauen, wie ich mir die Zeit vertreibe.«

»Pst«, zischte Rebecca. Sie schaute schnell wieder weg, als ihr Blick auf Jasmins traf.

»Und jetzt willst du die Zeit auf den Lofoten auch noch mit diesem Mirko verbringen«, fuhr Franziska unvermindert laut fort.

»Jetzt sei doch leise.« Rebecca fasste ihre Freundin am Arm und zog sie weg.

»Ich dachte, Mirko ist mit Nele zusammen«, sagte Jasmin, sobald die beiden Frauen außer Hörweite waren.

»Das denkt Nele auch«, gab Marisol aufgebracht zurück.

»Was machen wir denn jetzt?« Jasmin war entsetzt. »Ich will mich nicht einmischen, aber ich mag Nele. Ich will nicht, dass sie so hintergangen wird.«

Marisol starrte nachdenklich ins Leere. »Ich sage es ihr. Ich muss nur den richtigen Zeitpunkt erwischen.«

»Den gibt es nicht«, erwiderte Jasmin.

»Ich weiß.«

Morgen früh um acht Uhr auf dem Kai, hatte Adrian ihr per SMS mitgeteilt. Und nun stand Jasmin hier und wartete auf ihn. Unsicher, ob sie sich in der Nähe des Schiffes aufhalten sollte. Vielleicht sollte sie lieber ein paar Schritte weitergehen, damit sie und Adrian nicht Gefahr liefen, gemeinsam gesehen zu werden.

Ihr Herz klopfte schneller, als er die Gangway betrat. Ebenso wie sie selbst hatte auch er eine Reisetasche dabei. Er lächelte und schien sich nicht im Geringsten daran zu stören, dass sie von einigen Matrosen der *MS Kristiana* gesehen wurden.

Plötzlich spürte Jasmin, dass sie beobachtet wurde. Sie hob den Kopf. Magnus stand auf dem Außendeck. Als sich ihre Blicke trafen, zog er sich zurück, aber Jasmin war sicher, dass er irgendwo hinter den Fenstern stand, um sie und Adrian weiter zu beobachten.

Es versprach ein schöner Tag zu werden. Nur wenige Schleierwolken zogen über den blauen Himmel. Die gezackten Kanten der Berge wirkten wie weich gezeichnet im milden Licht der Morgensonne.

Jasmin folgte Adrian über den Kai an den Hafengebäuden vorbei. Zwei wie Ziegenhörner geformte Felsen überragten die Stadt und den Naturhafen: Svolværgeita, *die Svolvær-Ziege*.

Am Ende des Kais stand ein Allradwagen, daneben ein älterer Mann, der ihnen entgegenstrahlte.

»Jasmin, das ist Svein, ein alter Freund der Familie.« Adrian wandte sich an den Mann und sprach norwegisch mit ihm, Jasmin verstand lediglich ihren Namen. Offensichtlich hatte er sie ebenfalls vorgestellt, denn Svein streckte ihr die Hand entgegen und sagte etwas auf Norwegisch zu ihr.

»Er wünscht dir einen wundervollen Aufenthalt auf den Lofoten«, übersetzte Adrian.

»*Takk skal du ha*«, bedankte sich Jasmin. Sie lachte, als Adrian sie überrascht anschaute. »Das hat mir Marisol beigebracht.«

Svein überreichte Adrian den Schlüssel für den Wagen und verabschiedete sich.

»Was willst du zuerst sehen?«, fragte Adrian, als er ihre Reisetaschen auf dem Rücksitz verstaut hatte. »Du kannst dir aussuchen, was du willst, sofern es mit dem Auto erreichbar ist.«

»Also keine Schiffstouren«, stellte Jasmin lachend fest. Sie hatte sich das Buch über die Lofoten angesehen, konnte sich aber jetzt für kein bestimmtes Ziel entscheiden.

»Wir müssen uns ja auch nicht entscheiden«, sagte Adrian. »Ich fahre einfach los, und wir lassen uns treiben.«

Die Schönheit der Lofoten zog Jasmin in ihren Bann. Felswände, die aus dem Atlantik ragten, schneebedeckte Berge und dazwischen immer wieder zauberhafte Täler und malerische Fischerdörfer. Geschützte Buchten mit feinen Sandstränden, und dann wieder steil abfallende Felsen.

Sie bestaunte die bunten Holzhäuser in den Tälern ebenso wie die roten Fischerhäuser am Strand.

Viele der Inseln waren durch Brücken miteinander verbunden, doch immer hatten sie während der Fahrt das Meer im Blick. Weiter draußen gab es unbewohnte Schären und Holme, dann wieder winzige Inseln mit nur einem Fischerhaus. Manchmal pressten sich zwei oder drei Häuser fest aneinander.

Nach etwa zwei Stunden erreichten sie Reine. Die monumentale Lofotenwand, *Lofotveggen*, beherrschte das Landschaftsbild des beschaulichen Dorfes.

»Die Aussicht vom Reinebriggen ist phänomenal«, berichtete Adrian, ohne den Blick von der Straße zu nehmen. »Der Aufstieg ist allerdings ziemlich anspruchsvoll.«

Jasmin zögerte. Sie hatte in seinem Buch die Bilder von dem fantastischen Ausblick auf den Reinefjord in den verschiedenen Blau- und Türkistönen gesehen. Die Dörfer, die sich ringsum auf den flachen Inseln verteilten, eingerahmt von den gezackten Bergen der Lofoten.

»Vielleicht beim nächsten Mal«, schlug Adrian vor, als er ihr Zögern bemerkte. »Dann ziehen wir uns gleich die passenden Wanderschuhe an.«

»Beim nächsten Mal?« Jasmin schaute ihn fragend an. »Die *MS Kristiana* fährt die Tour durch die Hurtigruten also gleich wieder?«

»Nein.« Er lächelte. »Unsere nächste Reise führt uns nach Australien und Neuseeland.«

Jasmin stockte der Atem. Schon als junges Mädchen hatte sie von einer Reise dorthin geträumt.

»Bist du enttäuscht?«, fragte Adrian, offenbar verunsichert, weil sie nichts gesagt hatte.

»Nein, ich bin begeistert!«, erwiderte Jasmin. »Von der Aussicht, Australien kennenzulernen, aber mehr noch freue ich mich auf Neuseeland.«

Sie vergaß seine Bemerkung, dass er beim nächsten Mal den Aufstieg auf den Reinebriggen mit ihr wagen wollte.

Sie wendeten und aßen in einem Café in Ramberg, direkt am Wasser. Später spazierten sie am weißen Sandstrand entlang.

Umgeben von grünem Gras, blauem Meer und den majestätischen Bergen erinnerte es Jasmin an Bilder von Hawaii. Sie konnte der Versuchung nicht widerstehen, ihre Schuhe auszuziehen. Laut schrie sie auf, als die erste Welle ihre nackten Füße umspülte. Das Wasser war eiskalt.

Adrian schmunzelte. »Wenn du eine Runde schwimmen willst, warte ich hier auf dich.«

Jasmin bückte sich, füllte ihre hohle Hand mit Wasser und warf es in seine Richtung. Obwohl er blitzschnell zur Seite sprang, trafen ihn einige der Tropfen. Als er zum Wasser eilte und sich bückte, lief Jasmin los.

Mit wenigen Schritten holte er sie ein. Seine Arme umfassten sie. Fest drückte er sie an sich. Durch sein T-Shirt spürte sie, dass sein Herz ebenso schnell schlug wie ihres. Er lächelte, beugte den Kopf zu ihr hinunter. Seine Lippen streiften ihre Stirn, mehr nicht.

Jasmin war enttäuscht und erleichtert zugleich. Sie würde die Nacht mit ihm verbringen und hatte keine Ahnung, was er sich vorstellte. Sie wusste nicht einmal, was sie selbst von sich und auch von ihm erwartete.

»Lass uns nach Hause fahren«, sagte er leise.

»Nach Hause?« Fragend schaute sie ihn an.

»Ich habe ein Haus in Svolvær.« Er ließ sie los, den Blick in die Ferne gerichtet. »Mein Elternhaus«, fügte er nach einer Weile hinzu.

»Du bist auf den Lofoten aufgewachsen?«

Adrian breitete die Arme aus. »Ja, das hier ist meine Heimat.« Er ließ die Arme sinken, bevor er hinzufügte: »Und heute ist mir klar geworden, wie sehr ich das alles vermisst habe.«

Adrians Haus befand sich auf einer vorgelagerten Insel. Umgeben von einer hölzernen Terrasse stand das rote Haus auf einer Anhöhe. Von hier oben war das blaue Wasser von allen Seiten zu sehen. Langsam drehte Jasmin sich um sich selbst.

Eine Weile schaute Adrian ihr lächelnd zu. »Ich habe im Haus einen wundervollen Rotwein«, sagte er dann. »Sollen wir reingehen? Du kannst die Aussicht auch von drinnen bewundern.«

Er schloss die Haustür auf und bat Jasmin, einzutreten. Direkt hinter dem Eingang befand sich ein großer Raum, der von einem offenen Kamin dominiert wurde. Ein gemütliches Sofa war so aufgestellt, dass man dort sitzen und durch die hohen Fenster aufs Meer schauen konnte. Gleich neben dem Eingang zur Küche stand ein massiver Holztisch mit acht Stühlen.

Auf der anderen Seite des Raumes führte eine Treppe in das obere Stockwerk.

Adrian stellte ihre Reisetaschen neben der Treppe ab. »Wir haben oben mehrere Schlafzimmer. Du kannst dir nachher eines aussuchen.«

Wahrscheinlich war ihr die Erleichterung anzusehen, denn Adrian fragte schmunzelnd: »Hast du geglaubt, ich würde dich gleich nach der Ankunft in meine Schlafkammer zerren? Obwohl wir uns kaum kennen?«

Sie zuckte mit den Schultern. »Ich war mir nicht sicher, denn wie du gerade richtig sagtest, kennen wir uns noch nicht besonders gut.«

»Ich hoffe, dass sich das ändert.« Er trat auf sie zu, strich ihr eine Locke aus der Stirn, die sich aus ihren aufgesteckten Haaren gelöst hatte. Seine Hand fuhr über ihre Wange, er umfasste ihr Gesicht mit beiden Händen …

»Papa!«

Der empörte Ausruf ließ sie auseinanderfahren. Es war ohne jeden Zweifel Adrians Tochter, die mit wütend funkelnden Augen in der offenen Haustür stand. Dicht hinter ihr betrat Eva Fredriksen den Raum.

»Was macht ihr denn hier?«, fragte Adrian verblüfft.

»Ich wollte dich überraschen«, sagte das Mädchen giftig. »Und es sieht ganz so aus, als wäre mir das auch gelungen.«

Adrian wandte sich ärgerlich an seine Frau. »War das deine Idee?«

Wieder antwortete das Mädchen. »Nein, das war meine Idee. Du kannst dir den Ton also sparen.«

»Es reicht, Fenja«, sagte er leise.

Jasmin hatte genug. »Ich glaube, ich gehe besser.«

»Ja!«, sagte Fenja sofort.

»Jasmin ist mein Gast!«, fuhr Adrian seine Tochter an. »Ich

erwarte, dass du dich entsprechend benimmst.« Adrian war deutlich anzusehen, wie unangenehm ihm die ganze Situation war.

Noch nie zuvor hatte Jasmin sich so unbehaglich gefühlt. Die Stimmung im Raum wurde erdrückend. »Kannst du mir ein Taxi rufen«, bat sie und griff nach ihrer Reisetasche. »Ich warte draußen.«

Adrian streckte die Hand nach ihr aus. »Ich fahre selbstverständlich zusammen mit dir zurück zum Schiff.«

»Nein.« Jasmin schüttelte den Kopf.

Fenja sagte kein Wort mehr, ließ sie aber nicht aus den Augen. *Es sind Adrians Augen*, schoss es Jasmin durch den Kopf.

Eva Fredriksen hingegen würdigte sie keines Blickes.

Adrian nahm ihr die Reisetasche aus der Hand. »Ich begleite dich nach draußen«, sagte er.

Eva und Fenja traten zur Seite, als sie zur Tür kam. »Auf Wiedersehen«, sagte Jasmin höflich. Eine Antwort erhielt sie nicht, aber damit hatte sie auch nicht gerechnet. Draußen atmete sie erst einmal tief durch.

Adrian zog sein Handy aus der Hosentasche und rief ein Taxi. »Es tut mir leid«, sagte er leise, als er das Handy wieder einsteckte.

»Ja. Mir auch.« Ein starker Wind kam auf, wehte Jasmin ins Gesicht und fegte die Strähne zurück, die er ihr eben noch aus der Stirn gestrichen hatte.

Das Taxi kam. Adrian sprach auf Norwegisch mit dem Fahrer und bezahlte ihn gleich an Ort und Stelle, während Jasmin sich in den Wagen setzte. Sie war ihm dankbar, dass er nicht versuchte, seine eigene Sprachlosigkeit mit Phrasen zu übertünchen.

Das Taxi fuhr los. Jasmin schaute nicht zurück. Sie war zutiefst traurig, aber weinen konnte sie in diesem Moment nicht.

Kapitel 23

Eva bemerkte Adrians grimmige Miene, als er zurück ins Zimmer trat, und machte sich auf alles gefasst. Sein gesamter Zorn richtete sich gegen sie. »Was soll das?«, fuhr er sie scharf an.

»Ja, was soll das?« Es war Fenja, die im gleichen Ton antwortete. »Ich wollte dich überraschen und hab Mama gebeten, dir nicht zu sagen, dass wir hierherkommen.«

Eva war gerührt, weil ihr Kind log, um sie aus der Schusslinie zu bringen. Sie war sich durchaus bewusst, dass sie eigentlich alles richtigstellen müsste, aber sie konnte es nicht. Sie brachte kein Wort über die Lippen. Zu tief saß der Schock, dass sich all das zu bewahrheiten schien, was sie schon die ganze Zeit befürchtet hatte.

Aber es gab einen weiteren Grund dafür, dass sie nichts sagte: Fenja stellte all die Fragen, die sie sich selbst nicht zu fragen traute, deren Antworten sie dennoch brennend interessierten.

»Wer war das überhaupt?«, fragte sie jetzt hart. »Deine Neue?«

Adrian runzelte die Stirn. »Mit Verlaub, mein Kind, das geht dich nichts an.«

Fenjas Augen füllten sich mit Tränen. »Natürlich geht mich das was an, wenn du unsere Familie kaputtmachst.«

Eva wich Adrians Blick aus, der jetzt auf ihr ruhte. Sie wusste, was er ihr damit sagen wollte: *Gesteh ihr endlich die Wahrheit. Nicht ich habe die Familie zerstört, sondern du.*

Adrian trat auf seine Tochter zu und nahm sie in die Arme. »Schön, dass du da bist«, sagte er herzlich. »Ich hätte mich gerne darauf vorbereitet, dass du kommst.«

»Du meinst, du hättest deine Tussi dann nicht hierher eingeladen?«, fragte Fenja frech. »Wer ist die überhaupt?«

»Das ist die Hotelmanagerin der *MS Kristiana*«, entfuhr es Eva. Sie warf den Kopf in den Nacken und schaute ihren Mann herausfordernd an.

»Papa!« Fenja stemmte aufgebracht die Hände in die Hüften. »Bist du etwa auch so ein grapschender Lüstling wie Kapitän Uthoff? Ist deine Mitarbeiterin freiwillig mitgekommen, oder hast du sie unter Druck gesetzt?«

Eva war schockiert. Ein Blick zu Adrian genügte, um zu sehen, dass es ihm ebenso erging. »Was willst du damit sagen?«, fragte sie ihre Tochter scharf. »Veit Uthoff ist ein alter Freund der Familie. Wie kommst du zu solchen Behauptungen?«

»Ganz einfach: Weil es stimmt«, fauchte Fenja sie an. »Er hat sich an Helena rangemacht. Als sie ihm damit gedroht hat, ihn zu melden, hat er sie nur ausgelacht. Dummerweise wusste er nicht, dass sie die Tante meiner besten Freundin ist.«

»Aber du hast es nicht selbst gesehen?« Eva kannte Veit Uthoff seit ihrer Kindheit. Das, was ihre Tochter gerade behauptete, war für sie unvorstellbar.

»Wir haben es beide gesehen, Sophie und ich! Helena hat ihm eine Falle gestellt. Setzt euch lieber, bevor ich euch das zeige.« Fenja ging zum Sofa und ließ sich darauf nieder. Eva und Adrian nahmen rechts und links neben ihr Platz.

Adrian legte einen Arm um Fenjas Schulter. Dabei berührte er auch Evas Schulter. Erstaunt bemerkte sie, dass er seine Hand nicht zurückzog. Sie schaute ihn an, lächelte, als er lächelte.

Fenja entsperrte ihr Handy und hielt das Display so, dass alle es sehen konnten. Eine Schiffskabine erschien auf dem Bildschirm. Eine junge Frau, die sich gegen die fensterlose Wand darin presste. Vor ihr stand ein Mann in Uniform. Nur seine Kehrseite war zu sehen.

»Lassen Sie das!«, fuhr die Frau ihn an. In ihrer Stimme lagen Ärger und Angst.

Der Mann lachte. »Stell dich nicht so an. Du willst es doch auch.«

»Wenn Sie mich nicht sofort in Ruhe lassen, schreie ich«, drohte sie.

»Mach das!« Er presste sich mit seinem ganzen Körpergewicht gegen sie.

»Hören Sie auf, Sie verdammter Mistkerl!« Sophie kam ins Bild, schlug mit beiden Fäusten gegen den breiten Rücken des Mannes, während die Kamera sich nicht bewegte. Offenbar filmte Fenja.

Tatsächlich ließ der Mann von der jungen Frau ab. Er fuhr herum, schien zu begreifen, was gerade geschah. Leider war auch jetzt sein Gesicht nicht zu sehen, sondern nur seine Brust. »Gib das her, du verdammte Göre«, brüllte der Mann.

Dann folgten bloß noch verwackelte Ausschnitte. Teile des Ganges huschten rasend schnell vorbei, die wütende Stimme des Verfolgers und Fenjas keuchender Atem.

»Er hat mich nicht gekriegt«, sagte Fenja stolz.

Eva war fassungslos. Wegen Veit Uthoffs Verhalten und ganz besonders wegen der Gefahr, in die Fenja sich gebracht hatte. »Das müssen wir meinem Vater zeigen«, stieß sie hervor.

»Ich habe längst mit Opa telefoniert«, sagte Fenja. »Aber der hat genauso reagiert wie du im ersten Moment. Veit Uthoff ist ein alter Freund der Familie und damit unantastbar. Wer weiß, wie viele Frauen der schon so unter Druck gesetzt hat.«

Sie schwiegen einen Moment, als ihnen die mögliche Dimension des Geschehens aufging.

»Ich glaube, ich kenne eine von ihnen«, sagte Adrian schließlich langsam.

Fenja musterte ihn fragend. »Deine Hotelmanagerin?«

»Sie ist nicht meine Hotelmanagerin. Und nein, Jasmin ist es nicht.«

»Jasmin heißt sie also.« Fenja schaute ihren Vater aufmüpfig an. »Ist sie so doof wie ihr Name?«

»Wir reden jetzt nicht über Jasmin, sondern über das da.« Adrian tippte auf Fenjas Handy. »Hast du Clemens das Video geschickt?«

»Ich bin doch nicht blöd! Klar habe ich ihm das Video geschickt, aber das ist für Opa auch kein Beweis. Er sagt, da ist kein Gesicht zu sehen und das könnte auch einfach so gestellt sein, um Veit Uthoff eins auszuwischen. Und indirekt hat er damit gedroht, dass das auch für Helena Folgen haben wird. Helena hat das Schiff schon verlassen, sie wohnt mit Sophie in einem Hotel. Und so wie es gerade aussieht, kann sie auch nicht mehr auf die *MS Silver Lining* zurück.«

Eva war nicht im Geringsten verwundert. Ihr Vater hatte sie schon so oft und auf so vielfältige Weise enttäuscht, da passte dieses Verhalten ins Bild. Aber es machte sie unglaublich wütend, weil es diesmal auch ihr eigenes Kind betraf. Er kannte Fenja gut genug, um zu wissen, dass sie nicht log.

»Opa ist ja selbst so ein alter Lüstling. Kein Wunder, dass er Verständnis für den Uthoff hat.«

Das ging Eva nun wirklich zu weit. »Ich will nicht, dass du so redest«, sagte sie streng.

»Aber …«

»In dem Punkt gebe ich deiner Mutter recht«, fiel Adrian seiner Tochter ins Wort.

Fenja lehnte sich mit einem zufriedenen Lächeln zurück. »Das ist ja schon einmal ein Fortschritt, dass ihr euch zumindest bei meiner Erziehung einig seid.«

Eva blickte mit einem Lächeln zu Adrian, der sie ebenfalls anlächelte. Einvernehmlich, was Eva wieder mit Hoffnung erfüllte.

Wenn er sich und ihr nur eine Chance gab, dann würde er bei ihr bleiben. Die Hotelmanagerin würde ihm nie das geben können, was sie selbst einmal für ihn gewesen war. *Die Liebe seines Lebens!* So hatte er es ihr gesagt, als es noch keinen Riss in ihrer Ehe gegeben hatte. Genauso, wie er die Liebe ihres Lebens war.

Vielleicht wäre es sogar ganz gut, wenn er einmal mit der Hotelmanagerin schlief, dann hätten sie sich beide gegenseitig nichts mehr vorzuwerfen. Sie könnte ehrlich zu ihm sein und …

Und damit war sie wieder genau an dem Punkt, an dem ihre Gedanken sich immer wieder im Kreis drehten. Vielleicht war ein Geständnis der einzige Weg, um wieder zueinander zu finden. Aber ihre Angst war zu groß, dass eine solche Offenbarung endgültig alles für immer zerstörte.

»Mama?« Fenja wedelte mit der Hand vor ihrem Gesicht herum. »Bist du noch da?«

»Ich habe gerade an Opa gedacht«, log Eva und sprang auf, plötzlich unfähig, die räumliche Nähe zu Adrian zu ertragen, wo doch all das, was ihr gerade durch den Kopf gegangen war, sie erneut ein ganzes Stück von ihm trennte.

»Was machen wir denn jetzt?«, fragte Fenja. »Ich überlege ernsthaft, das Video an irgendeine Zeitung in Hamburg zu schicken. Dann muss Opa darauf reagieren.«

»Er wird auch so reagieren«, versprach Adrian. »Dafür sorge ich. Ruf du deine Freundin an und sag ihr, dass ich mich darum kümmere. Ach ja, und schick mir das Video bitte auf mein Handy.«

Eva beobachtete, wie er zur Treppe ging und seine Reisetasche aufhob. »Was hast du vor?«, fragte sie. »Fährst du zurück zur *MS Kristiana*?« *Fährst du zu ihr?*, lautete die eigentliche Frage, die sie beschäftigte.

»Zur *MS Silver Lining*«, erwiderte Adrian knapp. »Mach dir keine Sorgen«, sagte er zu Fenja. »Ich bringe alles in Ordnung.«

»Mein Papa, mein Held.« Fenja lächelte ihn vertrauensvoll an. »Du kannst alles in Ordnung bringen, wenn du es nur willst.« Alle drei wussten, dass Fenja damit nicht nur die Situation auf der *MS Silver Lining* ansprach.

Während Fenja mit Sophie telefonierte, brachte Eva ihren Mann zur Tür. »Musst du wirklich da hinfahren? Ich habe Angst, dass die Situation eskaliert.«

»Es wird nichts passieren«, versicherte er ruhig.

»Pass bitte auf dich auf«, bat sie leise. Und dann umarmte sie ihn, folgte einfach ihrem Impuls. Sie spürte, wie er zusammenzuckte, doch dann umfing er sie zu ihrer Überraschung mit seinem freien Arm. Er ließ sogar zu, dass sie ihm einen Kuss auf die Wange hauchte, dann ging er. Am Ende der Veranda drehte er sich noch einmal um und lächelte ihr zu.

Alles wird gut!

In diesem Moment stiegen Evas Hoffnungen bis in den Himmel und fielen nicht mehr zurück.

Am späten Abend klingelte ihr Handy. »Veit Uthoff befindet sich auf dem Heimflug«, sagte Adrian. »Er ist vorerst suspendiert. Manfred Hausmann sitzt bereits im Flugzeug und übernimmt morgen das Kommando auf der *MS Silver Lining*. Sophies Tante wird ebenfalls morgen wieder zum Dienst erwartet, auch die beiden Mädchen können zurück aufs Schiff.«

Eva war erleichtert und Adrian zutiefst dankbar, dass er die Sache in die Hand genommen hatte. Sie kannte Manfred Hausmann. Er stand seit vielen Jahren als Kapitän im Dienst der Reederei.

»Danke! Ich sage Fenja Bescheid. Kommst du noch einmal zurück zum Haus?«, fragte sie.

»Nein.«

Eva war enttäuscht. Sie hatte gehofft, da weitermachen zu

können, wo sie eben aufgehört hatten. Aber offensichtlich war die Anziehungskraft der Hotelmanagerin noch stärker, als sie befürchtet hatte.

»Ich bleibe heute auf der *MS Silver Lining*. Veit Uthoffs Abschied war ein wenig abrupt.« Sie hörte an seiner Stimme, dass er lächelte. »Ich habe deinem Vater versprochen, dass ich alles für die Übergabe an Manfred Hausmann vorbereite.«

Immerhin. Nicht auf der *MS Kristiania*. »Bis morgen«, sagte sie leise.

»Bis morgen.« Er beendete das Gespräch.

Kapitel 24

»Gibt es da richtige Trolle?«, fragte Kim aufgeregt, als Nele den Kindern an diesem Morgen erzählte, dass die *MS Kristiana* heute durch den Trollfjord fahren würde.

»Sonst hieß der ja nicht Trollfjord«, sagte Emilia.

Kim streckte ihr die Zunge raus, was Emilia gleich entsprechend quittierte.

Nele wollte die beiden gerade zurechtweisen, als Marisol den Kindergarten betrat. »Der Kapitän will dich sprechen«, sagte sie. »Sofort!«

Nele fühlte, wie ihr Herz sogleich hart gegen ihre Rippen schlug, sie konnte vor Angst nur noch flach atmen. »Warum? Was ist passiert?«

Marisols Blick war voller Mitgefühl, als sie sagte: »Ich weiß es nicht, aber es klang dringend.«

»Und die Kinder? Ich kann sie doch nicht einfach allein lassen.«

»Ich bleibe solange hier.« Marisol streichelte Neles Arm. »Mach dich nicht verrückt, es ist bestimmt nichts Schlimmes.«

Marisols Stimme klang wenig überzeugend, trotzdem nickte Nele. »Kinder, das ist Marisol«, wandte sie sich an ihre Schützlinge. »Sie passt ein paar Minuten auf euch auf. Ihr seid bitte artig.«

Alle fünf zeigten ihr Engelsgesicht und nickten.

»Lass dich davon nicht täuschen«, flüsterte Nele und verließ den Raum. Sie hatte Angst. Große Angst, auch wenn sie keine Ahnung hatte, was sie jetzt wieder falsch gemacht haben könnte.

Oder hatte Kapitän Fredriksen von dem geklauten Gebiss erfahren? Schlimmer noch, vielleicht war die Beschwerde direkt an die Reederei gegangen – dann konnte sie in Tromsø zusammen mit ihrer Schwester und den Zwillingen den Heimflug antreten. Miriam hatte sie vor einer Stunde angerufen und ihr mitgeteilt, dass sie das Krankenhaus verlassen durfte.

Je näher Nele der Kommandobrücke kam, desto langsamer wurden ihre Schritte. Jede Stufe der Treppe auf dem vorletzten Deck nach oben war eine Qual. Sie hatte noch nie so gerne auf einem Schiff gearbeitet wie auf der *MS Kristiana*. Und dann war da ja auch noch Mirko.

Ich will hier nicht weg!

Als sie nach einer schieren Unendlichkeit mit schwerem Herzen die Kommandobrücke betrat, stand Kapitän Fredriksen neben Ben Mermann, der in einem der Stühle saß und abwechselnd auf den Monitor und durch die verglaste Bugwand schaute. Er winkte, als er sie sah.

In einem der anderen Stühle saß einer der Ingenieure. Und am Bugfenster stand ein Matrose mit einem Fernglas in der Hand.

Langsam trat Nele näher. Sie bemerkte erleichtert, dass der Kapitän ihr zulächelte und kein bisschen verärgert wirkte. Aber ganz ließ die Beklemmung nicht nach.

»Wir fahren gerade in den Raftsund ein.« Der Kapitän deutete auf das Bugfenster.

Nele stockte der Atem angesichts der Steilwände, auf die das Schiff nun Kurs nahm. Doch plötzlich öffneten sie sich und gaben die nur wenige hundert Meter breite Fahrrinne des Raftsund preis.

»Beeindruckend, nicht wahr?«

Die Stimme des Kapitäns erinnerte sie an den Grund, weshalb sie hier war. »Haben Sie mich rufen lassen, um mir das zu zeigen?«, fragte sie lockerer, als sie sich fühlte.

Adrian Fredriksens Miene wurde ernst. »Hervorragende Arbeit«, lobte er Ben Mermann, bevor er sich wieder Nele zuwandte und sie bat, mit ihm auf die andere Seite des Raumes zu gehen, wo sie ungestört miteinander reden konnten.

Er blickte sie mit ernster Miene an. »Was ist zwischen Ihnen und Kapitän Uthoff vorgefallen?«

Die Frage kam so unerwartet, dass Nele wie unter einem Schlag zusammenzuckte. »Es ist nichts passiert«, stieß sie spontan hervor. Sie senkte den Blick, als Adrian Fredriksen sie durchdringend anschaute.

»Frau Bierwald, Sie müssen mir die Wahrheit sagen!«

»Damit ich meine Stelle verliere, wie so viele Kolleginnen vor mir?«, stieß Nele bitter hervor.

»Damit Veit Uthoff die Strafe erhält, die er verdient!«

Nele hob überrascht den Kopf.

»Er wurde vom Dienst suspendiert.«

Nele schloss die Augen und atmete tief durch. »Das ist eine gute Nachricht«, sagte sie leise.

»Wenn das stimmt, was mir zugetragen wurde, hat er nie wieder etwas auf einem Schiff zu suchen. Nele, sind Sie bereit, gegen ihn auszusagen?«

Nele schüttelte vehement den Kopf. »Damit ich am Ende doch noch meine Stelle verliere? Alle Frauen, die ihn gemeldet haben, mussten am Ende gehen. Zuletzt Diana, eine der Stewardessen auf der *MS Silver Lining*. Niemand hat ihr geglaubt.«

»Sie sind eine mutige, junge Frau, Frau Bierwald. Lassen Sie bitte nicht zu, dass Veit Uthoff am Ende doch noch gewinnt. Und dann da weitermacht, wo er aufgehört hat.«

Nele wusste, dass er recht hatte, und doch zögerte sie. Sie hatte versucht, die Geschehnisse zu verdrängen und nicht darüber zu reden. Natürlich aus Angst, ihre Stelle zu verlieren, aber auch, um sich nicht immer wieder den quälenden Erinnerungen aussetzen zu müssen. Doch ihr Schweigen hatte auch dazu geführt, dass er weiter sein Unwesen treiben konnte, dass andere Frauen das gleiche Leid hatten erfahren müssen wie sie. Und nun war hier plötzlich zum ersten Mal jemand, der hören wollte, was sie zu sagen hatte. Nele spürte, wie ihre Augen sich mit Tränen füllten. Sie schluckte schwer, dann sagte sie stockend: »Er hat versucht, mich zu vergewaltigen. Ich konnte mich am Ende nur mit einem Tritt retten.« Wieder schluckte sie, während Tränen über ihre Wangen liefen. Dann hob sie den Blick. »Sie wissen schon, dahin, wo es Männern besonders wehtut.« Sie versuchte sich an einem Lächeln. »Und das tat es.«

»Ich verstehe.« Der Kapitän hielt ihrem Blick stand. Seine Miene war ernst, aber Nele war sich sicher, dass sie in seinen Augen ein Funkeln gesehen hatte.

Nele atmete tief durch, fühlte sich mit jedem Wort sicherer. Ja, es war gut, darüber zu reden. »Ich musste daraufhin die *MS Silver Lining* verlassen. Ich weiß nicht, was Kapitän Uthoff behauptet hat, aber Yvonne Reimann hat mir ziemlich nachdrücklich klargemacht, dass sie mich am liebsten feuern würde. Sie hat es nur deshalb nicht gemacht, weil auf der *Kristiana* dringend jemand für die Kinderbetreuung gebraucht wurde.«

»Und ich bin sehr froh, dass wir Sie bekommen haben«, sagte Adrian Fredriksen freundlich. »Sie müssen keine Angst haben, Frau Bierwald. Sie stehen unter meinem persönlichen Schutz.«

Mit einem Mal erfüllte Nele eine tiefe Ruhe. Sie war sicher, dass sie Adrian Fredriksen vertrauen konnte. »Okay«, sagte sie mit fester Stimme. »Ich bin einverstanden. Wenn es sein muss, werde ich gegen Kapitän Uthoff aussagen.«

Beschwingt eilte sie die Treppen zur Kommandobrücke hinunter. Vor der Pianobar traf sie Mirko, der sie mit beiden Armen auffing. »Hoppla, wohin willst du denn so eilig?«

»Zu dir«, flüsterte sie. »Nur zu dir.« Sie stellte sich auf die Zehenspitzen und presste ihren Mund auf seine Lippen.

Er stöhnte auf und zog sie an sich. »Lass uns irgendwo hingehen, wo wir allein sind«, flüsterte er dicht an ihrem Ohr.

»Das geht nicht. Ich muss zurück in den Kindergarten«, sagte Nele, schmiegte sich aber entgegen ihrer Worte an ihn. »Wir können uns heute Abend treffen«, schlug sie vor. »Marisol passt bestimmt noch einmal auf die Zwillinge auf. Ab Tromsø muss ich mir darüber übrigens keine Gedanken mehr machen. Miriam holt sie da ab.«

»Das ist doch perfekt«, sagte er. »Lass uns dann was ausmachen. Heute Abend kann ich nämlich nicht. Private Trainingsstunden mit einem Passagier. Er hat extra darum gebeten.«

»Ach so.« Nele war enttäuscht. »Schade. Dann eben nach Tromsø.« Sie hätte ihm gerne von dem Gespräch mit Kapitän Fredriksen erzählt. Von ihren unangenehmen Erfahrungen mit Veit Uthoff, aber nicht hier, zwischen Tür und Angel.

Mirko ließ sie so plötzlich los, dass sie heftig taumelte. Gleich darauf erkannte sie den Grund: Zwei Frauen kamen vorbei und betraten die Pianobar. Beide musterten Mirko, bevor sie sich ein vielsagendes Grinsen zuwarfen.

»Was war das denn?«, fragte Nele.

»Gelangweilte Touristinnen.« Mirko grinste abfällig. »Die gibt es auf jeder Reise.«

»Ach so. Ich muss los.« Nele hauchte ihm einen Kuss auf den Mund und eilte weiter.

Als sie zurück in den Kindergarten kam, saßen die Kinder erstaunlich brav im Halbkreis und lauschten einer Trollgeschichte, die Marisol ihnen erzählte. Mit einem Lächeln und einem Nicken gab Nele ihr zu verstehen, dass alles in Ordnung war.

Marisol schloss ihre Geschichte mit den Worten: »Ihr müsst wissen, dass Trolle ziemlich dusselige Wesen sind. Ganz oft passiert es, dass sie nicht rechtzeitig nach Hause gehen. Wenn sie vom ersten Sonnenstrahl erwischt werden, erstarren sie zu Stein.«

»Können wir die Steintrolle sehen?«, fragte Kim aufgeregt.

»Ich hab sie schon gesehen«, trumpfte Emilia auf. »Den Hestemannen und die sieben Schwestern.« Damit hatte sie die Aufmerksamkeit aller wieder auf sich gezogen.

Marisol stand auf und trat zu Nele. »Erstaunlich, dass sie sich solche Namen merken kann«, sagte sie mit einem Blick zu Emilia. »Ist alles in Ordnung mit dir?«

»Es ist alles perfekt.« Nele strahlte. »Stell dir vor, Kapitän Uthoff wurde suspendiert. Unser Kapitän hat mich gebeten, gegen ihn auszusagen, und mir versprochen, dass mir dadurch keine Nachteile entstehen.«

Marisol atmete tief durch. »Ich finde es super, dass du das machst«, sagte Marisol. »So etwas darf einfach nicht ohne Konsequenzen bleiben.« Sie zögerte, und Nele spürte ganz deutlich, dass Marisol ihr noch etwas sagen wollte.

»Nele, das hier fällt mir nicht leicht«, begann Marisol schließlich umständlich. »Aber es gibt da etwas, das du wissen musst …« Sie brach ab und biss sich auf die Unterlippe.

»Sag es einfach«, forderte Nele sie auf, getragen von dem Gefühl, dass sie heute nichts mehr erschüttern konnte. Kapitän Uthoff würde seine gerechte Strafe erhalten, Miriam ging es besser, sie würde morgen in Tromsø die Kinder abholen, und Mirko liebte sie. Was konnte sie jetzt noch erschüttern?

»Es geht um Mirko«, hub Marisol erneut an. »Nele, ich weiß nicht, wie ich es sagen soll: Ich glaube, dass er dich wirklich mag. Aber er gehört zu der Sorte Männer, die einfach nicht treu sein können.«

Nele starrte Marisol an. Alles in ihr sperrte sich gegen deren Worte. Marisol musste sich irren! Vielleicht gönnte sie ihr auch das Glück nicht. »Ich glaube dir kein Wort«, stieß sie mit bebenden Lippen hervor.

»Ja, das habe ich befürchtet«, erwiderte Marisol leise. »Ich musste es dir trotzdem sagen, denn du bist nicht nur meine Kollegin, du bist meine Freundin. Ich kann nicht wortlos mit ansehen, was er dir antut.«

»Du gehst jetzt besser.« Nele wandte Marisol eilig den Rücken zu. Und während sie langsam zu den Kindern ging, nahm der Schmerz in ihrem Herzen immer mehr Raum ein.

Der Eingang in den Trollfjord, der die Lofoten von den Vesterålen trennte, war schmal und von beiden Seiten mit steilen, fast vegetationslosen Felsen eingerahmt. Plötzlich öffnete sich der Fjord, und ein überwältigender Anblick tat sich auf. Gigantische, von Gletschern gekrönte Felsen, durchschnitten von zahlreichen Fjorden, spiegelten sich im türkisblauen Wasser. Ein Seeadler zog hoch über dem Schiff seine Kreise, stieß hinab ins Wasser, um dann wieder in die Höhe zu steigen.

Nele, die mit den Zwillingen auf dem Außendeck stand, versuchte sich ausschließlich auf diese Aussicht zu konzentrieren. Der Druck auf ihrem Herzen ließ jedoch nicht nach. Was, wenn Marisol doch recht hatte?

Sie war froh, dass die Zwillinge abgelenkt waren und sich gegenseitig auf einen zweiten Seeadler aufmerksam machten, der jetzt tief über die Wasserfläche flog. Der weiße Stoß, der im Flug kaum sichtbar war, leuchtete auf der blauen Wasserfläche. Die Schwingen ausgebreitet, stieß er sich elegant wieder in die Höhe.

Nele wünschte sich, sie könnte es ihm gleichtun. Sich einfach in die Höhe aufschwingen und die Dinge aus der Distanz betrachten. Dann tat es auch nicht so weh …

Am Ende des Fjords begann für die *MS Kristiana* das Abenteuer des Wendens, das die ganze Konzentration des Steuermanns und seines Teams erforderte. Immer haarscharf an den Felsen vorbei drehte das Schiff auf der Stelle, um dann in gemächlichem Tempo durch den Trollfjord zurückzufahren.

Noah beschwerte sich darüber, im Trollfjord keine Trolle gesehen zu haben.

»Weil sie doch bei Sonnenlicht zu Stein erstarren.« Emilia stemmte eine Hand in ihre Hüfte und stieß einen Seufzer aus. »Jetzt weiß ich aber, dass du kein Troll bist, sonst wärst du nun auch ein Stein.«

»Das hätte ich dir auch sagen können«, murrte Noah. »Ich weiß, dass ich kein Troll bin.«

»Nicht streiten, Kinder«, mahnte Nele. Ihr Herz klopfte schneller, als sie Mirko auf sich zukommen sah. Die Kinder begrüßten ihn begeistert. Sie mochten ihn.

»He, ihr drei. Hat euch die Fahrt gefallen?«

»Ja«, riefen die Kinder unisono aus. Nele hingegen gelang es nicht, sich unbefangen zu zeigen.

»Ist irgendwas?« Verunsichert schaute er sie an.

Sie schüttelte den Kopf und zwang sich zu einem Lächeln. »Was machst du hier?«

»Ich wollte euch ein wenig Gesellschaft leisten und zuschauen. Schade, dass ich das Wendemanöver verpasst habe.«

Er stand dicht neben ihr, als das Schiff seinen Kurs Nordnordwest fortsetzte, und liebkoste sie mit seinem Blick. »Schade, dass wir nicht allein sind.« Sie empfand einen kurzen Moment des Glücks, dann ging er wieder, und die Zweifel kehrten zurück.

Am späten Nachmittag erreichte die *MS Kristiana* den Risøysund zwischen den Inseln Hinnøya und Andøya. Die Zwillinge begannen zu quengeln, weil sie wussten, dass es nicht mehr lange dauerte, bis sie ihre Mutter wiedersahen.

»Nur noch einmal schlafen«, wiederholte Nele mehrfach, trotzdem fragte vor allem Noah immer wieder, wie lange es noch dauerte. Nach dem Abendessen waren die Kinder sogar freiwillig bereit, ins Bett zu gehen.

»Und wenn wir aufstehen, ist Mama da?«, vergewisserte Emilia sich vorsichtshalber noch einmal.

»Ja, dann ist sie da.« Nele verschwieg den Zwillingen, dass Miriams Maschine in diesen Minuten in Tromsø landete, weil sie Angst hatte, dass die beiden dann vor Aufregung die ganze Nacht nicht schliefen.

»Es wird komisch sein, wenn sie morgen Abend nicht mehr da sind«, sagte Marisol.

»Mhm«, machte Nele. Seit Marisols Warnung vor Mirko hatten sie kein Wort mehr miteinander gesprochen.

»Sei mir bitte nicht böse«, sagte Marisol leise. »Ich mache mir doch nur Sorgen um dich.«

»Völlig unnötig«, behauptete Nele von oben herab.

»Das hoffe ich sehr für dich.« Marisol lächelte sie versöhnlich an. »Warum gehst du nicht einfach zu ihm und machst dir einen schönen Abend mit ihm? Ich wollte heute Abend sowieso in der Kabine bleiben.«

Das Angebot rührte Nele. Schade, dass Mirko keine Zeit hatte. »Er trainiert heute Abend noch mit einem Passagier«, sagte sie und ärgerte sich im nächsten Moment erneut über Marisol. In deren Blick lagen deutliche Zweifel – die ihre eigenen Zweifel spiegelten.

»Sag schon, was du denkst«, fuhr sie Marisol hart an.

»Warum ist Tante Nele böse auf Marisol?«, fragte Noah seine Schwester.

»Frag sie doch.«

»Es ist alles in Ordnung«, beteuerte Nele sofort, als sie die Verunsicherung der Kinder bemerkte. »Es gibt da nur ein Missverständnis zwischen Marisol und mir, das sich aber inzwischen geklärt hat.« Scharf fasste sie Marisol ins Auge.

Marisol warf den Kopf in den Nacken. »Rebecca Soltau«, sagte sie. »Kabine 426. Falls du genau wissen willst, wo er … trainiert. Das Angebot steht, ich kümmere mich um die Zwillinge.« Sie wandte sich den Kindern zu. »Zähne putzen, ausziehen und ab ins Bett. Wenn ihr das in zwanzig Minuten schafft, erzähle ich euch eine letzte Trollgeschichte.«

Die Kinder rasten ins Bad, und die Frauen blieben allein in der Kabine zurück. »Ich bin nicht die, die dir das Herz bricht«, sagte Marisol leise. »Ich bin nur die Überbringerin der Wahrheit.«

Nele sagte lange nichts, dann erhob sie sich. »Also gut, ich werde das überprüfen«, sagte sie schließlich. »Aber ich weiß, dass du dich irrst.«

Der Gang auf Deck 4 lag verlassen vor ihr. Die meisten Gäste hielten sich entweder in der Pianobar oder auf einem der Außendecks auf. Die Fahrt durch die Sunde Richtung Tromsø im magischen Licht der Mittsommersonne war ein ganz besonderes Erlebnis.

Zimmer 426 allerdings war nicht verwaist. Die Geräusche hinter der Tür waren unmissverständlich.

»Aber das muss ja nicht Mirko sein«, flüsterte Nele. Sie drehte sich um und ging zurück. Langsam und mit dem wachsenden Gefühl, die Ungewissheit nicht länger ertragen zu können. Plötzlich machte sie auf dem Absatz kehrt und rannte zurück zur Tür der Kabine mit der Nummer 426. Hart schlug sie mit der Faust gegen die Tür. Die Geräusche dahinter verstummten schlagartig.

»Wer ist da?«, vernahm sie eine Frauenstimme.

Statt einer Antwort klopfte Nele erneut an, und diesmal wurde die Tür einen Spaltbreit geöffnet. Eine Frau, eingehüllt in ein Bettlaken, steckte ihren Kopf durch den Spalt. »Ja, bitte?«

Nele sagte kein Wort, stieß nur kraftvoll die Tür auf. Die Frau schrie erschrocken auf und taumelte zurück.

Nele schritt an ihr vorbei ins Zimmer. Vor dem Bett blieb sie wie erstarrt stehen, dann brach ein Wimmern aus ihr hervor. Sie ballte die Hände zu Fäusten, während Mirko sich bemühte, seine Blöße zu bedecken, und die schlimmste aller Ausreden für solche Fälle benutzte: »Es ist nicht so, wie es aussieht.«

Nele wollte nichts davon hören, konnte seinen Anblick nicht mehr ertragen. Sie rannte aus dem Zimmer.

»Nele! Warte!«

Mit tränenblinden Augen lief sie weiter. Es gab nur einen Ort, an dem sie jetzt allein sein konnte.

Erst ganz früh am nächsten Morgen verließ sie den Kindergarten. Sie hatte kaum geschlafen, und obwohl sie sich das Gesicht mehrmals mit kaltem Wasser abgewaschen hatte, waren die Spuren der Tränen noch zu sehen.

Die Zwillinge schliefen noch, als sie zurück in die Kabine trat. Marisol war schon wach und sah sofort, wie es ihr ging. Sie kam zu ihr, schloss sie ganz fest in die Arme. »Es tut mir leid«, sagte sie leise. »Ich hätte mir so sehr für dich gewünscht, dass es anders ist.«

»Lass uns nie wieder darüber reden«, bat Nele. »Ich will seinen Namen nicht mehr hören, und am liebsten würde ich ihn auch nicht mehr sehen.«

Marisol war sichtlich erschrocken. »Willst du die *MS Kristiana* verlassen?«

»Ich habe heute Nacht darüber nachgedacht«, gab Nele zu. »Aber nein, ich bleibe. Kapitän Fredriksen ist der beste Kapitän, den ich mir vorstellen kann, und du bist die beste Freundin. Er hat nicht verdient, dass ich das alles seinetwegen aufgebe.«

»Und er hat dich nicht verdient«, flüsterte Marisol.

Tromsø! Das Tor zum Eismeer, umgeben von Fjorden, Schären und Berggipfeln. Trotz der kurzen Sommer und langen Winternächte pulsierte hier das Leben. Vielleicht auch gerade deshalb. Nicht umsonst trug die Stadt den Beinamen »Paris des Nordens«.

Schon vom Schiff aus war die außergewöhnliche Architektur der Eismeerkathedrale zu erkennen. Aber nichts davon interessierte Nele und die Kinder. Sie sahen nur Miriam, die über die Gangway auf sie zulief. Lachend und weinend zugleich ließ sie sich auf die Knie fallen. Sie umschlang ihre Kinder und presste sie fest an sich. »Ich habe euch so vermisst«, schluchzte sie haltlos.

Auch Nele weinte. Froh darüber, dass sie die Tränen des Verlustes als Tränen der Wiedersehensfreude kaschieren konnte. Tief in ihr war alles schwer und dunkel. Sie hatte das Gefühl, dass sie nie wieder in ihrem Leben glücklich werden konnte.

Miriam richtete sich auf und schloss sie jetzt auch in ihre Arme. »Danke für alles, Schwesterchen«, sagte sie. »Schade, dass ich nicht noch bleiben kann, aber unser Rückflug geht schon in zwei Stunden.«

Marisol kam, um sich von den Zwillingen zu verabschieden. Sie drückte die beiden ganz fest an sich und schenkte jedem einen Troll. Auch Jasmin trat zu ihnen. Sie brachte Süßigkeiten mit. »Reiseproviant. Den gebe ich aber eurer Mama, damit sie das einteilt«, sagte sie grinsend.

Sogar Kapitän Fredriksen ließ es sich nicht nehmen, sich von seinen kleinen blinden Passagieren zu verabschieden.

»Mama, den heirate ich, wenn ich groß bin«, stellte Emilia ihn vor.

Miriam reichte ihm lachend die Hand. »Dann freue ich mich sehr, meinen zukünftigen Schwiegersohn kennenzulernen.«

»Schwiegermutter.« Adrian deutete eine leichte Verbeugung

an. »Sollte es mal wieder einen Notfall geben, ist hier jederzeit Platz für die Zwillinge. Macht es gut, ihr beiden.«

Nele weinte bitterlich, als sie sich verabschiedete. »Wir sehen uns bald«, sagte sie. »Sobald wir Bergen erreichen, komme ich für ein paar Tage nach Hause.«

Mirko lauerte ihr mittags vor dem Kindergarten auf, nachdem die verbliebenen drei Kinder von ihren Eltern abgeholt worden waren.

»Bitte, Nele, hör mir zu!«, flehte er sie an.

Sie musterte ihn kalt. »Das, was ich gesehen habe, reicht mir. Ich will nichts mehr hören.«

»Aber ich liebe dich.«

Seine Worte trafen sie an genau der Stelle, die er so tief verwundet hatte. »Für mich spielt das keine Rolle mehr«, stieß sie hervor, dann ging sie mit hocherhobenem Kopf an ihm vorbei. Sie wusste, dass es noch lange wehtun würde, aber ebenso sicher wusste sie, dass es vorbei war.

Kapitel 25

Wie still und leer es plötzlich in ihrer Luxuskabine war! Vor ein paar Tagen hätte Leonie das für unmöglich gehalten, aber sie vermisste tatsächlich ihre Schwester. Doch es war nicht nur Iris, die ihr fehlte. Sie sehnte sich nach Umarmungen, nach Zärtlichkeit und nach Zweisamkeit.

Irgendwann, dachte sie. *Es kommt auch wieder die Zeit, in der ich einem Mann vertrauen und mit ihm glücklich werden kann.*

Gegen Mittag knurrte ihr Magen. Sie hatte bereits auf das Frühstück verzichtet, weil sie keine große Lust verspürte, an den Tisch zu den Gerlachs zurückzukehren. Als sie jedoch in den Speisesaal kam, erfuhr sie, dass diese Sorge unbegründet war. Malte hatte bereits dafür gesorgt, dass ihr Tabeas verwaister Platz zugeteilt wurde.

»Du freust dich doch?« Unsicher schaute er sie an.

Nein, sie freute sich nicht, aber die Alternative war der Platz neben Florian. Leonie sah, dass er sie beobachtete. Sein Gesicht verdüsterte sich, als sie neben Malte Platz nahm.

»Ich dachte, so können wir ein wenig Zeit miteinander verbringen und uns wieder näherkommen«, hörte sie Malte neben sich sagen. »Das willst du doch auch.« Der letzte Satz war keine Frage, sondern eine Feststellung. So als wüsste er am besten, was sie wollte. In dieser Hinsicht unterschieden er und Iris sich nicht voneinander.

Leonie stellte sich das Gesicht vor, das ihre Schwester machen würde, wenn sie ihr das sagte, und prustete laut los.

Malte schaute sie befremdet an. »Geht es dir nicht gut?«

»Es geht mir ausgezeichnet«, versicherte sie.

»Ich habe mir was überlegt«, begann Malte umständlich. »Bald kommt ja die Schriftstellerin an Bord, dann muss ich die Kabine dir gegenüber wieder verlassen. Was hältst du davon, wenn ich sofort zu dir zurückziehe?«

»Nichts!«, erwiderte Leonie spontan.

Der Blick, mit dem Malte sie daraufhin ansah, wirkte nicht nur überrascht, sondern vor allem gekränkt. »Ich habe mich extra wegen dir von Tabea getrennt.«

»Nachdem du dich für sie erst einmal von mir getrennt hast. Wenige Tage vor unserer Hochzeit.«

»Ja.« Mehr sagte er nicht.

Leonie registrierte verwundert, wie bedeutungsschwanger so ein winziges Wort sein konnte. Es lag so viel Kränkung darin, so viel Schmerz. Eine Phase, die sie hinter sich hatte.

»Soll ich jetzt allein bleiben?«, fragte er mürrisch, als sie sich nach dem Essen von ihm verabschiedete.

»Von mir aus nicht«, erwiderte sie freundlich. »Du hast hier ein ganzes Schiff voller Leute. Irgendwer leistet dir bestimmt Gesellschaft.« Damit erhob sie sich und ging.

Als sie den Restaurantleiter bemerkte, trat sie auf ihn zu. »Wäre es möglich, dass Sie mich einem völlig anderen Tisch zuteilen?«, bat sie.

Seine Stirn legte sich sogleich in Falten. »Schon wieder? Ich musste bisher keinen Passagier so oft umsetzen wie Sie.«

»Da kommt es auf ein Mal mehr oder weniger auch nicht an«, vernahm sie eine Stimme hinter sich. Sie wandte sich um und sah geradewegs in Bens lachendes Gesicht. Diesmal war es nicht mehr dieses wärmende Kribbeln, das ihr Herz erfüllte, sondern eine regelrechte Explosion, die alle ihre Sinne erreichte. Ein so überwältigendes Gefühl überkam sie, dass es ihr fast den Atem raubte. Sie ließ zu, dass er nach ihrer Hand griff und sie aus dem

Speisesaal führte. Er blieb erst stehen, als sie das Außendeck erreichten.

»Ich bin Seemann, ich bin nie lange an einem Ort«, begann er. »Ich kann also nicht auf dem üblichen Wege versuchen, dich kennenzulernen, indem ich mich mir dir verabrede, mit dir ausgehe …« Er holte tief Luft, dann sprach er weiter: »In ein paar Tagen sind wir zurück in Bergen. Dann verlässt du das Schiff, und wir sehen uns nie wieder.«

Erst als er es aussprach, wurde Leonie bewusst, wie wenig Zeit ihnen noch blieb. Sie sah sich mit ihrer Reisetasche von Bord gehen, zurück nach Düsseldorf fliegen, während Ben weiterhin auf der *MS Kristiana* herumschipperte. Immer tausende von Kilometern von ihr entfernt. Und irgendwann würde sie für ihn nicht mehr als eine schwache Erinnerung sein.

»Das will ich nicht«, flüsterte sie.

»Ich auch nicht. Lass uns die Zeit nutzen. Jeden Moment, der uns bleibt.« Er kam näher, bis er ganz dicht vor ihr stand. »Ich liebe dich«, sagte er leise. »Ich habe es in dem Moment gewusst, als ich dich sah.«

»Ich liebe dich auch.« Leonie lächelte, als sie die Erkenntnis aussprach. »Leider habe ich es eben erst bemerkt. So viel kostbare Zeit, die uns verlorengegangen ist!«

»So viel kostbare Zeit, die noch vor uns liegt.« Vorsichtig nahm er sie in die Arme. »Kannst du dir vorstellen, dein Leben mit einem Seemann zu teilen? Ich werde oft wochenlang unterwegs sein.«

»Glück bedeutet nicht ständige räumliche Nähe, sondern das Wissen, dass es da einen Menschen gibt, der dich liebt und immer wieder zu dir zurückkommt«, sagte sie.

Er lächelte, dann senkte er den Kopf und küsste sie.

Abends verließ die *MS Kristiana* den Hafen von Tromsø Richtung Nordnordost. Ben war bei Leonie auf der Veranda ihrer Kabine. Engumschlungen saßen sie auf dem Loungesofa und betrachteten die vorbeiziehende Landschaft.

Die Sonne stand nur knapp über dem Horizont und tauchte die Landschaft in ein magisches Licht. Der rötliche Schein erfasste die Lyngen-Alpen. Auf einer Länge von fast einhundert Kilometern reckten sich Gipfel wie gigantische Skulpturen bis zu zweitausend Meter in die Höhe. Immer wieder unterbrochen von kleinen Gletschern, die sich dazwischenzwängten.

Nach langen, wohligen Minuten schlief Leonie in Bens Armen ein.

Leonie hatte keine Ahnung, wie lange sie geschlafen hatte, als das Schiffshorn sie weckte.

Ben war immer noch bei ihr. »Guten Morgen. Hast du gut geschlafen?«

»Ich habe lange nicht mehr so gut geschlafen.« Leonie streckte sich. Sie stand auf und trat an die Reling.

Morgenlicht lag über der Landschaft, Blau in allen Schattierungen. Dunkelblau die aufragenden Berge und Felsen, hellblau gezeichneter Himmel, selbst das Wasser spiegelte sich in fast weißen bis dunkelblauen Tönen.

»Wir fahren gerade durch den Magerøysund«, sagte Ben. Als sie ihn fragend anschaute, ergänzte er: »Der Sund trennt die Nordkapinsel Magerøya vom Festland.«

»Wir haben das Nordkap erreicht?«, hauchte Leonie ergriffen.

Er lächelte. »Übrigens gibt es hier einen Tunnel, der die Insel ebenfalls mit dem Festland verbindet. Kaum zu glauben, dass wenige Meter unter uns reger Autoverkehr herrscht.« Er lachte, als Leonie ihn ungläubig anschaute.

»Mein Dienst beginnt jetzt gleich. Wenn wir in Honningsvåg anlegen, muss ich auf der Brücke sein. Aber danach habe ich frei, bis wir am späten Nachmittag wieder ablegen. Fahren wir zum Nordkap?«

»Nichts könnte mich davon abhalten«, flüsterte Leonie ergriffen.

»Ich weiß nicht, wo ich Sie hinsetzen soll.« Der Restaurantleiter wirkte fast verzweifelt. »Sie müssen sich zwischen den Gerlachs oder Herrn Heynig entscheiden.«

Da Malte noch nicht da war, entschied Leonie sich für seinen Tisch. Leider war das ein Fehler, wie sie schnell feststellen musste. Kaum hatte sie ihren Teller am Büfett beladen und wieder Platz genommen, erschien Malte. Sein Gesicht strahlte kurz auf, als er sie erblickte, dann zeigte er wieder eine mürrische Miene.

»Du weißt schon, dass ich morgen in dieses Loch zurückmuss«, sagte er unzufrieden.

»Loch?« Verständnislos sah sie ihn an. »Ich weiß nicht, was du meinst.«

»In diese Billigkabine.«

»Heißt das, Ricarda Jacobsen kommt morgen an Bord?«

Beleidigt schaute er sie an. »Interessierst du dich wirklich mehr für diese mysteriöse Schriftstellerin als für meine Befindlichkeit?«

Leonie musste über eine Antwort nicht einmal nachdenken. »Ja.« Sie nickte.

»Aber du liebst mich doch.«

Auch diesmal fiel ihr die Antwort leicht. »Nein!«

Damit war er mundtot, und es war fast schon komisch, wie er da neben ihr saß und nach Luft schnappte wie ein Fisch auf dem Trockenen. Doch seine Selbstgefälligkeit holte ihn rasch wieder ein. »Ich verstehe.« Er grinste breit über das ganze Gesicht. »Ich sehe ja ein, dass ich die Strafe verdient habe. Du hast mir wirklich einen gewaltigen Schrecken eingejagt. Sind wir jetzt quitt?«

»Ja, das sind wir«, sagte sie.

»Also ist jetzt alles wieder gut zwischen uns?«

»Nicht so, wie du das denkst. Ich trage dir nichts mehr nach, Malte. Ganz im Gegenteil bin ich dir sogar dankbar, weil dein Verhalten vieles in meinem Leben zurechtgerückt hat.«

Seine Miene zeigte ihr, dass er nicht wirklich verstand, was sie meinte. Deshalb griff Leonie zu einfachen, klaren Worten: »Ich liebe dich nicht mehr, Malte.«

»Und das sagst du mir einfach so brutal ins Gesicht?«

»Wohin soll ich es dir denn sonst sagen?« Leonie versuchte ernst zu bleiben, doch es gelang ihr nicht. Sie begann zu lachen. »Du kannst mir auch gerne dein Hinterteil zuwenden«, sagte sie. »Dann sage ich es dem. Aber das Ergebnis bleibt gleich, zwischen uns ist es aus.«

Auf dem Weg nach unten begegnete ihr Florian. Er trug sein Totenkopfshirt, und plötzlich fiel es Leonie wie Schuppen von den Augen: *Er* hatte ihr das Foto mit dem ausgestreckten Mittelfinger geschickt! Das Shirt im Hintergrund war ihr nicht sofort aufgefallen, jetzt aber erinnerte sie sich sehr gut daran. »Du hast Iris' Handy gestohlen!«

»Nein!« Verschreckt schaute er sie an. Leonie hielt seinem Blick stand, bis er schließlich den Kopf senkte. »Ich habe es in der Pianobar gefunden«, sagte er kleinlaut. »Und eigentlich wollte ich es ihr zurückbringen. Aber als ich dann vor dir stand, als ich dir sagte, dass ich dich liebe …« Er brach ab.

Leonie legte ihre Hand auf seinen Arm. »Das mit dem Bild war nicht in Ordnung, aber das weißt du selbst. Ich mag dich sehr gerne, Florian, doch ich kann nun einmal nichts dafür, dass ich deine Gefühle nicht erwidere.«

»Und jetzt willst du mir deine Freundschaft oder so etwas anbieten?« Seine Stimme klang verletzt.

Bei Malte war es ihr nicht schwergefallen, kalt zu reagieren, mit Florian hatte sie vor allem Mitleid.

»Ich fand es sehr mutig, dass du zu deinen Gefühlen gestanden hast. Und ich bin ganz sicher, dass du irgendwann ein Mädchen finden wirst, das deine Gefühle erwidert.« Sie lächelte ihn freundlich an. »Das wollte ich dir sagen. Und alles, was passiert ist, bleibt unter uns.« Sie legte kurz eine Hand auf seinen Arm. »Ich werde dir nicht meine Freundschaft anbieten, aber ich wünsche dir alles Gute für die Zukunft.«

Er nickte, sagte jedoch nichts mehr, stand nur mit gesenktem Kopf vor ihr.

»Es tut nicht immer so weh, glaub mir«, sagte sie leise. »Das weiß niemand so gut wie ich …«

71° 10' 21. Dreihundert Meter ragte der Schieferfelsen aus dem Eismeer empor. Leonie stand nah an der Klippe, den Blick über die endlose Weite des Meeres gerichtet. Immer geradeaus, nur zweitausendneunzig Kilometer entfernt, lag der Nordpol. Es gehörte nicht viel Fantasie dazu, um sich hier wie am Ende der Welt zu fühlen.

Sie überließ sich völlig der mystischen Stimmung des Ortes. Es war ein Geschenk, dass sie hier stehen durfte. Alles, was war, ließ sie endgültig hinter sich.

Bens Hand hielt ihre Hand. Auch er sagte kein Wort.

»He, ihr beiden.«

Sie fuhren herum. Petra kam auf sie zugelaufen, Maren und Tillmann folgten ein Stück hinter ihr. »Da hätten wir ja auch zusammen fahren können.«

»Liebende sind gerne unter sich«, sagte Tillmann mit einem spöttischen Unterton.

Petras erstaunter Blick wanderte zwischen Leonie und Ben hin und her, bevor sie sich Tillmann zuwandte. »Woher willst du das wissen?«

Er hob eine Augenbraue. »Empathie«, erwiderte er kurz angebunden.

Maren lachte hämisch. »Ihre empathische Seite ist mir bisher allerdings entgangen.«

»Weil Sie sich zu sehr auf andere Merkmale konzentriert haben«, erwiderte er anzüglich. Zu den anderen gewandt fügte er erklärend hinzu: »Sie lauert mir ständig auf, wenn ich nackt bin.«

Maren schnappte hörbar nach Luft, doch plötzlich lachte sie. »Ich würde ihm weniger oft auflauern und ihn auch ganz gerne übersehen, wenn ich ihn überhören könnte. Leider ist er schwerhörig, er kann seine Musik nur in voller Lautstärke hören.«

»Genießen!« Tillmann hob den Zeigefinger. »Ich höre nicht, ich genieße.«

Leonie lauschte dem Wortgefecht vergnüglich. Es waren ihre Freunde, auch wenn sie sich alle noch nicht lange kannten.

»Sollen wir alle zusammen essen gehen?«, schlug Ben in diesem Moment vor, und Leonie freute sich darüber. Er zeigte ihr damit einmal mehr, dass er an ihrem Leben teilhaben wollte.

Karge Felsen begleiteten sie auf dem letzten Stück ihrer Route Kurs Ostsüdost. Bizarr aufragendes Gestein markierte den Weg auf ihren letzten Kilometern bis zum offenen Meer.

»Ich muss in einer halben Stunde zum Dienst«, sagte Ben. Zärtlich nahm er Leonie in den Arm. »Aber da gibt es doch noch einen ganz besonderen Wunsch, den ich dir hier und jetzt erfüllen wollte.«

Leonie wusste genau, was er meinte. Als sie ihm das erste Mal davon erzählte, hatte er sich darüber lustig gemacht. Und nun war er bereit dazu, nur weil sie es sich gewünscht hatte.

»Ich dachte, der Geirangerfjord ist zu sehr mit deiner und Maltes Geschichte verbunden. Aber der Norden, das ist unsere Geschichte.«

Leonie flog ihm um den Hals. »Ich hätte nie für möglich gehalten, dass ich noch einmal in meinem Leben so glücklich werde.«

Er nahm ihre Hand und führte sie zum Bug des Schiffes. Vor ihnen lag die Barentssee. Die letzte und längste offene Meeresstrecke auf der Reise nach Kirkenes.

Leonie stellte sich genau in die Spitze des Bugs und breitete die Arme aus. Es war, als würde sie über das Wasser fliegen, gehalten von Ben. Zwei Menschen, die sich liebten – ein gemeinsames Ziel.

Kapitel 26

Wehmut überkam Maren, als die *MS Kristiana* in den Hafen von Kirkenes einlief. Zweitausenddreihundert Kilometer hatte das Schiff zurückgelegt. Hier war der Wendepunkt, und morgen ging es schon wieder zurück.

Es gab noch einen Höhepunkt auf der Reise – Ricarda Jacobsens Lesung im Geirangerfjord –, und dann wartete wieder das ganz normale Leben auf sie. Unterricht, unmotivierte Schüler und ein Nachbar, der sie mit Heavy Metal malträtierte.

Maren stand auf ihrem Balkon, die Arme auf der Reling aufgestützt. »Guten Morgen«, vernahm sie Tillmanns Stimme neben sich.

Sie schaute weiter geradeaus. »Sind Sie angezogen?«

»Ja.«

Erst da wandte sie den Kopf und schaute in seine Richtung.

»Wenn Sie drauf bestehen, kann ich mich aber ausziehen.« Er grinste dieses typische Tillmann-Grinsen, das sie anfangs gehasst hatte. Es würde ihr fehlen, was sie allerdings selbst unter Folter niemals zugegeben hätte.

»Ich weiß genau, was Sie jetzt fühlen«, behauptete er.

»Also doch ein Empath«, sagte sie ironisch.

Er lächelte knapp. »Ich spüre es jedes Mal, wenn ich diesen Punkt auf meinen Reisen erreiche. Von hier aus geht es nicht weiter vorwärts, sondern bloß noch zurück.«

Sprach er wirklich nur über die Reise? Prüfend schaute Maren ihn an, doch diesmal wich er ihrem Blick aus.

Was für ein merkwürdiger Mann. Maren ertappte sich bei

dem Wunsch, mehr über ihn zu erfahren. Natürlich nur aus reiner Neugier.

»Haben Sie alles gemacht, was Sie sich für diese Reise vorgenommen haben?«, fragte er plötzlich.

»Nein. Wie oft muss ich diese Reise wohl machen, bis ich alle Orte gesehen, alle Veranstaltungen besucht habe?«, überlegte sie.

»Oft«, sagte er. »Ich fahre diese Route seit zehn Jahren. Manchmal sogar im Winter und im Sommer, aber selbst ich habe noch nicht alles gesehen.«

»Sie müssen dieses Land sehr lieben.«

»Ja, heute liebe ich es. Anfangs habe ich es gehasst. Es war wie ein Zwang …« Er brach ab, als hätte er bereits zu viel verraten. »Sie sollten die Route einmal im Winter fahren«, sagte er. »Alles hat einen ganz anderen, eigenen Zauber, wenn es mit Schnee und Eis bedeckt ist und wenn Sie statt der Mitternachtssonne die Polarlichter sehen.«

Seine Worte erweckten die Sehnsucht in ihr, sich das tatsächlich anzusehen. Vielleicht in den Weihnachtsferien. Was sollte sie so ganz allein zu Hause? In den vergangenen Jahren hatte sie sich schon immer eingeredet, dass ihr das nichts ausmachte. Sie hatte sich lange nicht mehr so wohlgefühlt wie hier auf diesem Schiff mit ihren neuen Freunden. Und vielleicht war es auf einer Winterfahrt genauso schön.

Aber es würde nie das Gleiche sein, weil es nicht die Menschen waren, die sie auf dieser Reise kennengelernt hatte.

»Ich schulde Ihnen etwas«, sagte Tillmann plötzlich.

Maren schaute ihn überrascht an.

»Ich hatte noch nie so viel Kontakt zu meinen Mitreisenden.« Er lachte. »Das verdanke ich nur unseren Streitereien wegen der Lautstärke meiner Musik. Ist Ihnen überhaupt bewusst, dass Sie mich damit in Ihren Kreis gezogen haben? Eigentlich bin ich ein Einsiedler.«

Sie schüttelte den Kopf. Er war einfach da gewesen, und sie hatte bisher geglaubt, dass das an Petra lag.

»Wir haben auf der Rückfahrt noch zwei Stopps bis zum Aufenthalt in Ålesund mit dem Abstecher im Geirangerfjord. Gibt es etwas, was Sie sich da unbedingt ansehen wollen? Oder hier in Kirkenes?«

Maren musste nicht lange überlegen. »Auf meinem Plan stand die Vogelinsel Runde bei Ålesund. Auf der Hinfahrt blieb dazu keine Zeit, weil das Programm wegen der Lesung von Ricarda Jacobsen geändert wurde.«

»Bleibt denn auf der Rücktour genug Zeit für die Vogelinsel? Oder müssen Sie sich zwischen Vogelinsel und Lesung entscheiden?« Er tippte auf seine Brust. »Also, ich würde die Vogelinsel vorziehen.«

»Ich möchte beides sehen.« Maren lächelte. »Und es ist auch so aufeinander abgestimmt, dass es passt.«

Er schien nachzudenken. »Okay«, sagte er schließlich. »Dann lade ich Sie zu einem Besuch der Vogelinsel ein. Wir haben also ein Date in Ålesund.«

Ein Date! Ausgerechnet mit Tillmann! Es fiel Maren schwer, nicht laut aufzulachen. Gleichzeitig freute sie sich darauf. Allerdings gab es auch hier eine Möglichkeit zur Vogelbeobachtung auf der Insel Hornøya mit brütenden Papageientauchern und Seeadlern. Sie hätte es ihm vorgeschlagen, aber sie war nach dem Frühstück mit Leonie und Petra verabredet.

Nur Leonie erschien zum vereinbarten Treffpunkt. Mit einem Leuchten in den Augen, das Maren noch nie an ihr gesehen hatte.

»Du siehst glücklich aus.«

»Ja.« Mehr sagte Leonie nicht. Das war auch nicht nötig. Ihr strahlendes Lächeln war Antwort genug. Dafür brachte sie eine

Nachricht mit, die Maren einen Stich versetzte: »Petra kommt nicht. Sie hat sich kurzfristig mit Tillmann verabredet.«

Maren bemühte sich um eine unbeteiligte Miene, aber so ganz gelang ihr das offenbar nicht.

»Sei nicht traurig.« Leonie nahm sie kurz in den Arm. »In wenigen Tagen sind wir wieder in Bergen, dann hast du ihn wieder ganz für dich.« Leonie begann zu lachen. »Ihn und seine Musik.«

»Ich bin nicht traurig«, behauptete Maren. »Es ist mir völlig egal, wann er sich mit wem trifft. Ich finde es lediglich schade, dass Petra diese letzte Gelegenheit zu einem gemeinsamen Ausflug verstreichen lässt.«

»Ja, natürlich«, erwiderte Leonie mit einer Miene, die nur zu deutlich verriet, dass sie ihr kein Wort glaubte. »Ich bin ja bei dir.«

»Dabei würdest du doch auch lieber etwas mit dem Ersten Offizier unternehmen.« Maren erkannte an Leonies Miene, dass sie ins Schwarze getroffen hatte. Leonie gab es aber nicht zu.

»Ich bin doch jetzt hier«, sagte sie mit einem feinen Lächeln. »Und ich freue mich darauf, etwas mit dir zu unternehmen. Ben hat sowieso noch Dienst.«

»Und wann hat er frei?« Maren war froh, dass sie Leonie erfolgreich vom Thema abgelenkt hatte.

»Heute Mittag.«

»Dann ziehen wir jetzt gemeinsam los und schauen uns Kirkenes an. Ab heute Mittag nimmst du dir Zeit für Ben.«

Leonie schaute sie zweifelnd an. »Und was ist mit dir?«

»Ich bewache den Eingang.« Maren lachte. »Ricarda Jacobsen soll doch heute aufs Schiff kommen. Ich will die Erste sein, die sie sieht.«

»Aber sie kann auch schon ankommen, während wir unterwegs sind«, wandte Leonie ein. »Sollen wir gemeinsam den Eingang bewachen?«

In diesem Augenblick kam die Hotelmanagerin vorbei. Maren hielt sie auf. »Verraten Sie uns, wann Ricarda Jacobsen an Bord kommt?«

Jasmin Andres schüttelte lachend den Kopf. »Nein.«

»Ich will ja auch nicht den genauen Zeitpunkt wissen. Vormittags oder nachmittags würde mir schon reichen«, ließ Maren nicht locker.

»Ich kann es Ihnen nicht sagen, weil ich es nicht weiß«, sagte Jasmin Andres, wünschte ihr noch einen schönen Tag und ging weiter.

»Ich krieg schon raus, wann sie an Bord kommt«, sagte Leonie.

Maren schaute sie überrascht an.

»Ich wohne doch in der Kabine gegenüber.« Leonie schmunzelte. »Ich habe schon mehr als ein Mal lauschend an der Tür gestanden.«

Maren strahlte. »Natürlich! Nach unserer Rückkehr werde ich vor ihrer Kabinentür Stellung beziehen.« Plötzlich kam ihr ein Gedanke: »Ob es komisch aussieht, wenn ich all ihre Bücher zum Signieren mitbringe?«

»Sie wird begeistert sein, wenn du sie gleich nach ihrer Ankunft damit überfällst«, entgegnete Leonie trocken.

Maren stieß einen tiefen Seufzer aus. »Na gut, ich warte damit. Also, was unternehmen wir jetzt?«

Lange diskutierten sie nicht. Maren und Leonie hatten schon im Vorfeld jede für sich bereits beschlossen, die Tour zur russischen Grenze zu machen, obwohl ihnen bekannt war, dass ein Grenzübertritt ohne Visum völlig ausgeschlossen war. Sie verzichteten auf die geführte Bustour und mieteten einen Geländewagen.

Die kurvenreiche Strecke führte auf unbefestigten Straßen durch die malerische Fjord- und Fjelllandschaft, direkt an einem schmalen Grenzfluss, der Norwegen von Russland trennte. Nur wenige Meter entfernt, auf der anderen Seite des Flusses, war ein rotgrüner russischer Grenzstein zu sehen. Maren und Leonie standen neben dem Geländewagen und starrten darauf.

»Sind wir jetzt echt wegen diesem Ding die ganze Strecke gefahren?«, fragte Maren nach einer Weile.

Leonie lachte. »Das ist verbotenes Land.« Sie streckte die Hand aus. »Du hast doch überall die Warnhinweise gesehen. Also ein bisschen mehr Ehrfurcht bitte!«

Maren war enttäuscht. Statt dieser Fahrt hätte sie besser die Gangway der *MS Kristiana* bewacht. Sie nahm wieder auf dem Beifahrersitz Platz, und Leonie setzte sich hinter das Lenkrad. »Langweilt dich unsere Tour?«, wollte sie wissen.

»Ein bisschen«, gab Maren zu. »Ich habe mir die Grenze spektakulärer vorgestellt.«

»Vielleicht wird es ja spannender, sobald wir in Storskog sind.« Leonie fuhr los. Es dauerte nur wenige Minuten, bis sie den Grenzübergang nach Russland erreichten. Ein langgezogenes Gebäude markierte diesen Punkt, ebenso wie der heruntergelassene Schlagbaum. Kein Mensch war zu sehen.

Maren begann zu lachen. »Ich frage mich gerade, was wir eigentlich erwartet haben.«

»Schwerbewaffnete Grenzbeamte, die auf uns zielen, während Spione aus Ost und West gegeneinander ausgetauscht werden«, flüsterte Leonie.

»Das Gruseligste ist die Vorstellung, dass wir aus einem Wachturm beobachtet werden.« Maren wies auf den Turm, der inmitten der grünen Bewaldung hinter dem Zollhaus nur schwer auszumachen war.

»Ich glaube, wir haben genug gesehen.« Leonie gab Gas und fuhr zurück. Nach kurzer Zeit bog sie rechts ab, wo sich die Straße eine ganze Weile an einem bewaldeten Felshang vorbeischlängelte, bis sie eine freie Fläche erreichten. Aus der geteerten Straße wurde eine Schotterpiste mit tiefen Schlaglöchern.

»Bist du sicher, dass wir hier weiterfahren wollen?« Maren wurde so kräftig durchgeschüttelt, dass sie sich mit beiden Händen festhielt.

Leonie lächelte ihr kurz zu, bevor sie sich wieder auf den Weg konzentrierte. »Einmal zum Ende der Welt und wieder zurück«, sagte sie. »Die Fahrt soll sich wenigstens ein bisschen gelohnt haben.«

Maren hatte keine Ahnung, wie lange sie gefahren waren, als sie die kleine Kirche von Jakobselv erreichten. Auf einer Anhöhe erbaut, unterhalb eines felsigen Bergrückens, umgeben von saftigem Grün und blühenden Trollblumen, schien sie eins zu sein mit der Einsamkeit und der Natur, die sie umgaben.

Maren und Leonie verzichteten auf einen Besuch des Friedhofs vor der Kirche und fuhren einige hundert Meter weiter … und dann war die Welt plötzlich zu Ende, und vor ihnen dehnte sich die Barentssee aus.

Leonie manövrierte den Wagen auf einen kleinen Parkplatz, an dessen anderem Ende ein weiterer Geländewagen stand. Offensichtlich von dem gleichen Autoverleiher, bei dem auch sie ihren Wagen gemietet hatten. Einige Meter weiter, direkt am Wasser, saß ein Mann auf einem Felsen und starrte aufs Meer.

»Das ist doch …« Maren legte unwillkürlich eine Hand auf ihr Herz.

»Tillmann«, beendete Leonie ihren Satz. »Was macht der hier?«

»Ich habe keine Ahnung.«

»Und wo ist Petra?«, fragte Leonie weiter. »Er war doch mit ihr verabredet.« Sie wollte aussteigen, aber Maren hielt sie zurück, als sie sah, dass er sein Gesicht mit den Händen bedeckte. Zuckten seine Schultern? Weinte er etwa?

»Warte«, sagte sie leise und wies in Tillmanns Richtung. »Ich glaube nicht, dass wir ihn jetzt stören sollten.«

Leonie nickte. Als sie bemerkten, dass er sich erhob, zog sie aus der Seitentasche der Tür hastig eine Landkarte und entfaltete sie so, dass er sie und Maren nicht sehen konnte.

»Wer benutzt denn noch solche Landkarten?«, murmelte Maren.

»Sei froh«, gab Leonie ebenso leise zurück. »Hinter einem Navi könnten wir uns nicht verstecken.«

Maren schaute vorsichtig am rechten Rand der Karte vorbei und sah, dass Tillmann jetzt gebeugt vor dem Felsen hockte, auf dem er gesessen hatte, und mit der Hand über immer dieselbe Stelle streichelte. Sein Gesicht war von Trauer gezeichnet. Abrupt erhob er sich und kam zum Parkplatz.

Maren schob die Karte wieder vor ihr Gesicht und bemerkte erst jetzt, dass auch Leonie an der Karte vorbei zu Tillmann gesehen hatte. Sie hielten den Atem an. Hoffentlich kam er jetzt nicht auf die Idee, näher an ihren Wagen heranzutreten und durch die Scheibe zu schauen …

Doch er bemerkte sie nicht einmal. Tief in Gedanken versunken stieg er in seinen Wagen, wendete schwungvoll und fuhr davon.

Leonie faltete die Karte zusammen und stieg aus. Maren folgte ihr, geradewegs auf den Felsbrocken zu, auf dem Tillmann gesessen hatte. Sie gingen beide in die Hocke und betrachteten die Stelle, die er mit der Hand berührt hatte. Dort stand eingeritzt: *Ich bin hier!*

Diese Gedanken kreisten fortan in Marens Kopf. Während der gesamten Rückfahrt spekulierten sie und Leonie darüber, was das zu bedeuten hatte. Eine Liebesgeschichte?

Seit zehn Jahren kam er nach Norwegen, und anfangs hatte

er es gehasst, so hatte Tillmann es Maren erzählt. Davon jedoch sagte sie Leonie nichts. Es wäre ihr wie ein Vertrauensbruch vorgekommen, obwohl es nicht wirklich so etwas wie ein Vertrauensverhältnis zwischen ihr und Tillmann gab.

Zurück auf dem Schiff erfuhren sie von Petra, dass er ihre Verabredung auf den Nachmittag verschoben hatte. Maren und Leonie tauschten einen Blick. Ohne dass sie es abgesprochen hatten, behielten sie beide ihr Erlebnis am Meer für sich.

Jetzt war Leonie mit Ben unterwegs und Petra mit Tillmann. Maren fühlte sich ziemlich verlassen und tat sich selbst ein bisschen leid. Zuerst versuchte sie sich abzulenken, indem sie die Gangway im Auge behielt und auf die Ankunft von Ricarda Jacobsen wartete. Aber die Schriftstellerin tauchte nicht auf. Vielleicht war sie längst an Bord.

Maren kam zu der Erkenntnis, dass heute einfach nicht ihr Tag war. Sie zog sich in ihre Kabine zurück und legte sich mit ihrem Lieblingsbuch von Ricarda Jacobsen aufs Bett.

Es war weit nach Mitternacht, als sie durch den rauen Seegang aufwachte. Die *MS Kristiana* hatte Kirkenes verlassen und befand sich auf der Barentssee.

Maren stand auf und trat auf ihren kleinen Balkon. Die Mitternachtssonne stand knapp über dem Horizont und tauchte die Wellen der unruhigen See in ein goldenes Licht. Ein mystischer Augenblick, der sich allein nur schwer ertragen ließ.

Sie hörte, dass nebenan die Kabinentür geöffnet wurde. Offensichtlich konnte Tillmann auch nicht schlafen.

Ich bin hier!

Hatte er die Worte in den Stein geritzt? Wem galten sie, welche Geschichte steckte dahinter?

Ich werde es nie erfahren, dachte sie. Leise, damit er sie nicht hörte, schlich sie zurück in ihre Kabine.

Nach zwei Stopps in Stokmarknes und Rørvik erreichte die *MS Kristiana* zwei Tage später erneut Ålesund. Es war noch früh am Morgen, als Maren während des Anlegevorgangs zwischen anderen Passagieren auf dem Außendeck stand und unter ihnen nach Ricarda Jacobsen Ausschau hielt. Wie so oft in den vergangenen Tagen, aber ihre Lieblingsschriftstellerin schien ihre Kabine nicht zu verlassen. Auch Leonie hatte bisher keine Anzeichen dafür gehört, dass die Kabine neben ihr bewohnt war, und Maren zweifelte allmählich daran, dass sie bereits an Bord war. Als die Hotelmanagerin an ihr vorbeiging, sprach Maren sie schließlich an.

»Frau Jacobsen wurde aufgehalten«, erwiderte Jasmin Andres freundlich. »Aber heute erwarten wir sie ganz sicher. Sie hat uns mitgeteilt, dass sie rechtzeitig zur Lesung da sein wird.«

Maren bedankte sich und blieb noch ein wenig auf dem Außendeck.

Es war stiller geworden auf dem Schiff. Auf der Fahrt Richtung Norden war immer noch die Vorfreude auf Neues da gewesen. Jetzt waren die meisten Mitreisenden, so wie sie selbst, von Melancholie erfüllt. Es war eine tolle Reise in eine dramatisch schöne Landschaft gewesen. Neue Bekanntschaften, skurrile und schöne Erlebnisse rundeten diesen Urlaub ab. Und morgen, wenn sie Bergen anliefen, war alles vorbei. Am Abend erfolgte der Rückflug nach Deutschland …

Ich bin noch nicht so weit, schoss es Maren durch den Kopf. Es kam ihr so vor, als wäre diese Reise für sie noch nicht abgeschlossen.

»Treffen wir uns in einer Stunde auf dem Kai?« Plötzlich stand Tillmann neben ihr. In den beiden letzten Tagen waren sie sich kaum begegnet und hatten sich immer nur von Weitem gesehen. Fast immer war Petra bei ihm gewesen. Kein Wunder, dass Petra keine Zeit mehr hatte. Ebenso wie Leonie, die jede Minute ihrer freien Zeiten ausschließlich mit Ben verbrachte.

Ich kann es ja verstehen, redete Maren sich immer wieder ein und war gleichzeitig erstaunt, wie weh Einsamkeit tun konnte. Jetzt überraschte es sie, dass Tillmann sich an sein Versprechen erinnerte.

»Ja.« Sie freute sich und versuchte gleichzeitig, sich das nicht allzu deutlich anmerken zu lassen. »Kommt Petra mit?«

»Nein.« Seine einsilbige Antwort ließ offen, ob Petra keine Lust hatte, sie zu begleiten, oder ob er sie nicht gefragt hatte.

»Wenn du lieber etwas mit Petra unternehmen möchtest, wäre das aber auch …«

»Ich möchte mit Ihnen zur Vogelinsel fahren«, unterbrach er sie. »Bis gleich.« Er eilte davon.

Maren ging in den Speisesaal. Nur Petra saß noch am Tisch. Mit einem mulmigen Gefühl setzte Maren sich zu ihr. »Guten Morgen.«

»Guten Morgen.« Petra lächelte ihr freundlich zu. »Wir müssen noch unsere Adressen austauschen.« Sie grinste. »Aber deine Adresse habe ich ja eigentlich schon. Du bist ja Tillmanns Nachbarin.«

Maren nahm all ihren Mut zusammen. »Tillmann und ich besuchen heute die Vogelinsel Runde.«

»Ja, ich weiß.« Petra lächelte immer noch.

»Macht es dir nichts aus, dass ich heute am letzten Tag gemeinsam etwas mit ihm unternehme? Warum kommst du nicht einfach mit?«

Petra lachte laut auf. »Tillmann will nicht mit mir zur Vogelinsel, sondern nur mit dir. Und nein, es stört mich nicht. Ich wusste von Anfang an, dass Tillmann nur an dir interessiert ist. Er und ich, wir sind bloß Freunde.« Obwohl sie immer noch lachte, glitzerte es in ihren Augen verdächtig. Waren das Tränen?

Maren war sicher, dass Petra mehr für Tillmann empfand, als sie zugab. »Ich muss wirklich nicht mit ihm …« Sie brach ab, als Petra nach ihrer Hand griff. »Wenn dir ein bisschen an ihm liegt, dann musst du seine Einladung annehmen«, sagte sie leise. »Er mag dich sehr. Er ist nur zu schüchtern, es dir zu zeigen.«

Tillmann und schüchtern? Maren mochte es kaum glauben.

»Er ist ein toller Mensch«, fuhr Petra fort. »Gib ihm die Chance, dir das auch zu beweisen.«

Das weiß ich doch längst, schoss es Maren durch den Kopf, aber so ein bisschen drängte sich auch immer noch das Bild von dem alten Tillmann in ihren Kopf …

»So wie du gerade lächelst, muss ich mir um euch beide keine Sorgen machen«, unterbrach Petra ihre Gedanken.

Maren schaute sie überrascht an. Ihr war nicht bewusst gewesen, dass sie gelächelt hatte.

Unmittelbar vor ihrem Treffen mit Tillmann erfuhr Maren von Leonie, dass Ricarda Jacobsen an Bord war. Die Freundin rief sie über ihr Handy an und war hörbar aufgeregt. »Da tut sich was in der Kabine gegenüber. Sie ist da.«

Maren warf einen Blick auf die Uhr. Noch fünf Minuten …

»Ich komme!« Sie lief los, wartete nicht auf den Aufzug, sondern rannte die Treppen hoch. Atemlos erreichte sie Leonies Kabine.

Leonie stand auf dem Gang, grinste über das ganze Gesicht, wies auf die gegenüberliegende Kabine und flüsterte: »Sie ist da.«

Maren trat ganz dicht an die Tür und legte ihr Ohr dagegen. Sie vernahm Geräusche, dann wurde die Tür so plötzlich aufgerissen, dass Maren ins Taumeln geriet und sich gerade noch fangen konnte, sonst wäre sie Ricarda Jacobsen geradewegs vor die Füße gepurzelt.

Moment!

Maren schaute die Frau aufmerksam an. Langes dunkles Haar und dunkle Augen. Es gab eine entfernte Ähnlichkeit mit ihrer Lieblingsschriftstellerin.

»Sie sind nicht Ricarda Jacobsen!«, stieß Maren hervor.

Die Frau schaute sie entgeistert an. »Das habe ich auch nie behauptet!«

»Ist Ricarda Jacobsen denn da?«, fragte Maren aufgeregt. Ein bisschen fühlte sie sich wie ein Groupie, das auf den Auftritt einer bekannten Rockband wartete. Jedenfalls benahm sie sich gerade so wie einige ihrer Schülerinnen, wenn es um ihre Lieblingssänger ging.

»Sie können heute Nachmittag Frau Jacobsens Lesung besuchen«, erwiderte die Frau zurückhaltend.

»Ja, das mache ich auch. Ich will doch nur wissen, ob …«

»Dann wünsche ich Ihnen einen angenehmen Tag.« Die Frau trat aus der Kabine heraus und zog die Tür mit Nachdruck hinter sich zu. »Frau Jacobsen muss sich auf die Lesung vorbereiten. Sie will jetzt nicht gestört werden.« Mit diesen Worten entfernte sie sich und stöckelte auf ihren High Heels den Gang hinunter.

Maren und Leonie schauten ihr schweigend nach. Erst als sie nicht mehr zu sehen war, presste Maren ihr Ohr erneut gegen die Kabinentür. Die Vorstellung, dass Ricarda Jacobsen ganz in ihrer Nähe war und eine einzige Tür sie von ihrer Lieblingsschriftstellerin trennte, ließ ihr Herz schneller schlagen. So ganz war sie doch nicht wie ihre Schülerinnen: Jede von ihnen hätte angeklopft, aber das wagte Maren nun doch nicht. Sie stieß einen tiefen Seufzer aus.

»Stell dich nicht so an.« Leonie trat vor und klopfte laut an.

»Bist du verrückt?«, zischte Maren, wartete aber gespannt, dass von innen geöffnet wurde. Doch nichts passierte.

Als Leonie ein weiteres Mal die Hand hob, hielt Maren sie zurück. »Ich sehe sie doch heute Nachmittag.«

»Die Zeit bis dahin vergeht sicher schnell.« Leonie schmunzelte. »Triffst du dich nicht mit Tillmann?«

Tillmann! Den hatte Maren tatsächlich vergessen. »Er wartet schon auf mich«, rief sie und setzte sich eilig in Bewegung.

Tillmann wirkte gereizt, als sie den Kai betrat. »Da sind Sie ja. Ich dachte schon, Sie hätten es sich anders überlegt.«

»Es tut mir leid«, entschuldigte sich Maren. »Ich wurde aufgehalten.« Sie schwieg sekundenlang. »Fast hätte ich Ricarda Jacobsen kennengelernt.«

Tillmann wirkte überrascht. »Wieso?«

»Sie ist da. Leonie hat sie in der Suite gehört.« Maren erzählte von der Begegnung mit der Fremden, die aus Ricarda Jacobsens Kabine gekommen war.

Tillmann hörte ihr aufmerksam zu. »Ich muss jetzt erstmal verdauen, dass Sie mich wegen Ihrer Lieblingsschriftstellerin warten ließen.«

»Es tut mir leid«, entschuldigte sich Maren noch einmal. »Können wir jetzt los? Wir müssen vierzehn Uhr wieder auf der *MS Kristiana* sein. Ich möchte das Schiff auf keinen Fall verpassen.«

»Das Schiff legte auf der Rückkehr aus dem Geiranger noch einmal hier an, um die Passagiere abzuholen, die nicht in den Fjord wollen und stattdessen rund um Ålesund Ausflüge machen.«

»Na gut, ich will Ricarda Jacobsens Lesung nicht verpassen«, gab Maren zu.

»Das dachte ich mir«, erwiderte er grollend.

Die nächste halbe Stunde schwieg er beharrlich. Sie standen an dem Anleger zu der Fähre, die sie zur Insel Runde bringen sollte. Irgendwann wurde es Maren zu bunt. »Wenn Sie beschlossen haben, mich für den Rest des Tages mit Missachtung zu strafen, fahre ich lieber allein zur Vogelinsel.«

Er schaute sie an und wirkte ehrlich überrascht. »Ich war nur in Gedanken versunken«, sagte er ruhig.

Maren wusste nicht, ob sie ihm glauben sollte, doch in diesem Moment breitete sich ein Lächeln in seinem Gesicht aus. »Wieso duzen wir uns eigentlich nicht?«

Diesmal war sie es, die überrascht war. Sie wusste nicht, was sie darauf antworten sollte.

»Wir duzen uns mit Petra, den anderen Kölnerinnen. Mit Leonie, mit Ben. Nur wir beide duzen uns nicht. Warum eigentlich nicht?«

»Weil diese Reise irgendwann zu Ende ist und wir mit allen anderen auseinandergehen. Wir aber bleiben weiterhin Nachbarn«, versuchte Maren sich an einer Erklärung, die ihm allerdings nicht einleuchtete.

»Na und?«

»Wir waren nicht die besten Freunde, als wir an Bord der *MS Kristiana* kamen«, erinnerte Maren ihn sanft.

Er lächelte nur, sein Blick glitt über sie hinweg zum Steg. »Das Schnellboot ist da«, sagte er und beendete damit ihr Gespräch um die Frage, warum sie sich nicht duzten. Er kam auch nicht mehr darauf zurück und siezte sie weiterhin.

Maren hingegen ärgerte sich über sich selbst. Es wäre so einfach gewesen, ihm einfach nur zuzustimmen und das Du anzubieten. Wieso war mit ihm immer alles so kompliziert? Oder war am Ende sie es, die kompliziert war?

Ich denke morgen darüber nach, beschloss sie. Heute erwartete sie so viel Schönes. Sie wollte sich den Tag nicht mit schweren Gedanken verderben.

Allein die Fahrt mit dem Schnellboot hinaus aufs offene Meer war ein Erlebnis der besonderen Art. Tillmann saß so dicht neben ihr, dass sich ihre Arme hin und wieder berührten. Wenn sich ihre Blicke trafen, lächelte er. Seine Gereiztheit war verschwunden. Er wirkte gelöst und schien die Fahrt ebenso zu genießen wie sie.

»In den beiden Dörfern Runde und Goksøyr leben ungefähr hundert Menschen«, berichtete Tillmann. »Dafür brüten in den hohen Felswänden der Insel mehr als eine halbe Million Seevögel.«

»Ich möchte so gerne die Papageientaucher sehen«, sagte Maren sehnsüchtig.

»Dieser Wunsch wird Ihnen bestimmt erfüllt werden.« Er schaute sie nachdenklich an. »Vorausgesetzt, Ihre Kondition macht mit.«

»Ich bin fit«, behauptete Maren und ärgerte sich über sein Lächeln, mit dem er sie abschätzend von Kopf bis Fuß betrachtete. »Ich wette, ich halte sogar besser durch«, behauptete sie und bereute es sogleich, als er einschlug. »Wette angenommen.« Er grinste. »Um welchen Einsatz spielen wir?«

Maren musste nicht lange nachdenken. »Wenn ich gewinne, hören Sie Ihre Musik nur noch mit Kopfhörer, sobald wir wieder zu Hause sind.«

Seine Augen verengten sich, während er überlegte. »Und wenn ich gewinne, meckern Sie nie wieder über meine Musik.«

Maren schluckte. *Ich darf einfach nicht verlieren.* »Einverstanden.«

Von der Anlegestelle des Schnellbootes bis zum Ausgangspunkt ihres Wanderweges war Maren noch überzeugt, dass sie die Wanderung mühelos durchstehen würde.

»*Fuglefjellet*« stand auf dem Hinweisschild. »Der Vogelberg«, übersetzte Tillmann.

»Sie sprechen norwegisch?« Er schaffte es immer wieder, sie zu überraschen.

»Ich bin so oft hier, ich wollte die Sprache irgendwann verstehen und mit den Menschen reden können.« Unvermittelt wechselte er das Thema. »Sollen wir weitergehen? Ich will meine Wette gewinnen.«

»Niemals«, erwiderte sie und schritt zügig an ihm vorbei den Trampelpfad hinauf. Dreihundert Höhenmeter mussten überwunden werden, und Maren spürte bereits nach kurzer Zeit, wie anstrengend die Strecke war. Der naturbelassene Weg führte streckenweise durch morastiges Gebiet. Zum Glück war die Aussicht fantastisch. Sie blieb immer wieder stehen und begeisterte sich über den Blick auf das Meer oder die schneebedeckten Berge des Festlandes.

Tillmann blieb ebenfalls jedes Mal stehen, wenn sie etwas erblickte und ihn darauf hinwies. Ihm war die Anstrengung nicht im Geringsten anzumerken, und Maren beschlich das ungute Gefühl, dass er nur ihretwegen stehen blieb. Wahrscheinlich wartete er darauf, dass sie aufgab, aber das kam für sie nicht infrage.

»Was passiert eigentlich, wenn keiner von uns gewinnt?«, fragte sie.

Er grinste. »Dann bleibt alles so wie bisher.«

»Dann ziehe ich um«, prophezeite sie und ging weiter. Tillmann holte sie mit wenigen Schritten ein. »Na gut«, gab er nach. »Wir werden eine Lösung finden, mit der wir beide leben können. Als Nachbarn! Und ganz ohne Wette.«

Nach weiteren zwanzig Minuten erreichten sie gemeinsam die grasbewachsene Hochebene. Maren stand einfach nur staunend da und ließ ihren Blick über die Umgebung gleiten. Steile Felsen, die ins blaue Meer abfielen, umgaben sie. In der Ferne erhoben sich Berge aus dem Wasser. Alles schimmerte in diesem Blau, das es nur hier oben im Norden gab. Stundenlang hätte sie hier stehen und einfach nur schauen können. Überall waren Möwen zu sehen. Die Luft war erfüllt von ihrem Geschrei.

Wiesenpieper hatten sie bereits auf ihrem Weg nach oben begleitet. Ihr Gezwitscher war überall zu hören. Sie sahen Feldlerchen und Kolkraben, Seeadler, die sich hoch in die Luft erhoben, um dann blitzschnell ins Wasser zu stoßen. Und das alles wurde untermalt durch das immerwährende Rauschen des Meeres.

»Papageientaucher werden wir leider nicht sehen«, sagte Maren traurig. »Die sind tagsüber auf dem Wasser und kommen erst abends zu ihren Bruthöhlen zurück.«

Sie hatte es kaum ausgesprochen, als zwei Papageientaucher auf einem Felsen ganz in ihrer Nähe landeten und sie ohne jegliche Scheu begutachteten. Kurz darauf kamen weitere Vögel dazu.

Maren musste sich zusammenreißen, um nicht laut aufzuschreien vor Begeisterung. Sie bemerkte kaum, dass sie sich vor Aufregung an Tillmanns Arm klammerte. Sie liebte diese Tiere mit ihren bunten Schnäbeln und den roten Füßen.

Auch Tillmann lächelte beim Anblick der tollpatschig wirkenden Vögel, die hervorragende Schwimmer waren und oft in großer Tiefe tauchten, um Fische zu fangen.

»Der Aufstieg hat sich gelohnt«, flüsterte Tillmann.

Maren bemerkte erst jetzt, dass sie ihre Hände immer noch um seinen Arm hielt. Hastig ließ sie ihn los. »Danke«, sagte sie leise. »Ich bin so froh, dass ich das zum Abschluss der Reise noch sehen darf. Jetzt fehlt nur noch die Lesung mit Ricarda Jacobsen.«

»Oje«, stieß Tillmann hervor. »Wir müssen zurück.«

Maren hatte selbst die Zeit völlig vergessen. Sie zuckte erschrocken zusammen, als sie auf die Uhr schaute. »Ja, schade.«

»Sie können natürlich auf die Lesung verzichten, dann hätten wir noch Zeit«, zog er sie auf.

»Auf keinen Fall.« Maren blickte mit Bedauern auf die Papageientaucher. Ein weiterer kam dazu, den Schnabel voller kleiner

Fische als Zeichen dafür, dass er irgendwo zwischen den Felsen eine Bruthöhle hatte. Es war so friedlich hier oben, so wunderschön …

Tillmann griff nach ihrem Arm. »Wir müssen jetzt wirklich gehen«, sagte er.

»Ich komme irgendwann zurück«, sagte sie zu den Papageientauchern, aber es war eher ein Versprechen an sich selbst. Dann folgte sie Tillmann. Der Rückweg war einfacher, wobei sie immer wieder aufpassen musste, dass sie auf den morastigen Teilstücken nicht ausrutschte. Und dann passierte es doch.

Maren spürte einen scharfen Schmerz, als Steine und Geröll unter ihr nachgaben und ihr linker Fuß zur Seite kippte. Sie stöhnte laut auf und ließ sich zu Boden fallen. Tillmann war sofort neben ihr.

»Was ist passiert?«

»Mein Fuß.« Mehr musste sie nicht sagen. Ihr Knöchel schwoll sofort an.

»Können Sie aufstehen?« Tillmann streckte ihr die Hand entgegen und half ihr. Doch die Schmerzen waren kaum auszuhalten bei dem Versuch, einen Schritt zu gehen.

»Wir schaffen das nicht mehr.«

Maren hatte das Gefühl, dass auch in seiner Stimme leichte Verzweiflung mitschwang. Dabei war sie es doch, die unbedingt bei der Lesung dabei sein wollte.

»Ich schaffe das.« Sie presste die Zähne zusammen, humpelte zwei Schritte weiter und musste erkennen, dass sie so niemals rechtzeitig zur Abfahrt des Schnellbootes am Anleger ankommen würden. Und wenn sie das Schnellboot verpassten, fuhr auch die *MS Kristiana* ohne sie ab.

Tillmann stand neben ihr. »Stützen Sie sich ab.« Er legte ihren linken Arm über seine Schulter und umfasste sie mit seinem rechten Arm. Jetzt kamen sie schneller voran, aber es reichte immer noch nicht. Als sie die Anlegestelle erreichten, war das Schnellboot nicht mehr da.

Maren setzte sich auf den Steg. Sie hätte am liebsten geweint, denn genau der Moment, auf den sie die ganze Fahrt hingefiebert hatte, blieb ihr nun verwehrt.

Tillmann ließ sich neben ihr nieder. »Jetzt tut es Ihnen bestimmt leid, dass Sie den Ausflug nach Runde mit mir gemacht haben.«

»Nein.« Ein bisschen wunderte sie sich selbst über ihre Antwort, aber es stimmte. »Ich möchte ihn nicht missen.« Sie legte ihre Hand auf seine Hand. »Danke«, sagte sie leise. »Und ich finde übrigens auch, dass wir uns endlich duzen sollten.«

»Ja«, stimmte Tillmann ihr zu. Mehr sagte er nicht, doch sein Blick verriet, dass er sich darüber freute.

Es blieb ihnen nichts, als geduldig auf das Eintreffen des nächsten Schnellbootes zu warten. Immerhin hatte Maren das Gefühl, dass die erzwungene Ruhe ihrem Fußgelenk guttat. Die Schmerzen ließen ein wenig nach.

»Wenn das Boot pünktlich ist, schaffen wir es vielleicht noch«, sagte Tillmann mit einem Blick auf die Uhr.

Maren war gerührt, dass er die Ankunft ebenso herbeisehnte wie sie. Nur ihretwegen, weil es ihr so wichtig war, pünktlich auf der *MS Kristiana* zu sein.

Sie jubelten beide auf, als das Schnellboot in Sicht kam. Dann mussten sie warten, bis die neu eingetroffenen Fahrgäste ausgestiegen waren, während gleichzeitig andere Passagiere von ihrem Ausflug über die Insel zurückkehrten und mit ihnen das Schnellboot bestiegen. Im Gegensatz zur Herfahrt waren diesmal keine Gesichter zu sehen, die Maren von der *MS Kristiana* kannte.

»Wir schaffen es«, stieß Tillmann hervor, als sie ihm ihre Beobachtung mitteilte. »Wir müssen es einfach schaffen.«

»Und wenn nicht, werde ich das auch überleben«, erwiderte

Maren tapfer. Ihr wurde plötzlich bewusst, dass sie nirgendwo anders sein wollte, als hier an seiner Seite. Er hatte auch jetzt wieder den Arm um ihre Schulter gelegt, als müsse er sie stützen. Dabei saßen sie beide auf einer Bank am Bug des Schnellbootes.

Endlich war Ålesund zu sehen. Die schönen Jugendstilhäuser am Hafen tauchten auf, dann erreichten sie die Anlegestelle. Rücksichtslos drängte Tillmann sich an den anderen Passagieren vorbei, ohne den festen Griff um Maren zu lockern.

Doch als er über den Kai lief, konnte sie nur schwerfällig humpeln und blieb schließlich ein Stück zurück. Tapfer biss sie die Zähne zusammen.

Und plötzlich wandte Tillmann sich ihr zu. Trat zu ihr, hob sie hoch und warf sie wie einen Sack über seine Schulter.

»He!«, rief Maren empört, doch er lief einfach los.

Wie stark er ist, dachte sie bewundernd. *Hoffentlich hält er das aus. Und hoffentlich sieht uns niemand, wenn er so an der Anlegestelle der* MS Kristiana *ankommt.*

Niemand sah sie. Als er stehen blieb und sie von seiner Schulter hob, standen sie auf einem leeren Kai.

»Die *MS Kristiana* ist weg«, sagte Tillmann tonlos. Eine völlig überflüssige Bemerkung, denn Maren sah selbst, dass vor ihnen nichts war als Wasser.

»Das war es dann«, sagte sie leise. Die Enttäuschung war auszuhalten, und das lag nicht zuletzt an Tillmanns Anwesenheit. Da war ein Gefühl ganz tief in ihr, das sie nicht an die Oberfläche kommen lassen wollte. Und doch drängte es empor, machte sich so stark bemerkbar, dass sie es nicht mehr ignorieren konnte.

Verdammt, stellte sie für sich fest, *ich habe mich in ihn verliebt!*

Tiefblau war das Wasser des Geirangerfjords. Umgeben von schneebedeckten Berggipfeln, die sich im Wasser spiegelten. Üppig grüne Landschaften, steile Felswände. Wasserfälle stießen senkrecht nach unten und ließen feine Nebelschleier entstehen, mit denen das Sonnenlicht spielte und alle Regenbogenfarben schuf.

Tillmann hatte ein Boot gechartert, das sie zur *MS Kristiana* bringen sollte und das sie gleichzeitig die Schönheit des Geirangerfjords sehen ließ.

»Die sieben Schwestern. Es gibt sie nicht nur in Stein.« Tillmann wies auf die Wasserfälle. Dann zeigte er auf den Wasserfall auf der gegenüberliegenden Seite. »Und das ist der Freier. Der Sage nach bat er nacheinander alle Schwestern, ihn zu heiraten. Weil sie ihn zurückwiesen, verfiel er dem Alkohol.«

Die grandiose Fjordlandschaft faszinierte Maren so sehr, dass sie alles um sich herum vergaß. Bergbauernhöfe waren hoch oben im Fels ebenso wie direkt am Ufer des Fjords zu sehen. All das verdankte sie Tillmann. In diesem Moment verzieh Maren ihm jede Sekunde, in der sie sich über ihn geärgert hatte. *Von mir aus kann er demnächst von morgens bis abends Heavy Metal in voller Lautstärke hören.* Sie lächelte bei dem Gedanken.

»Ich muss dir etwas sagen.« Tillmann sah sie mit einem Blick an, den sie nicht deuten konnte. Verlegenheit? Unsicherheit?

Doch er sprach nicht weiter, denn in diesem Moment kam die *MS Kristiana* in Sicht, und dann ging alles sehr schnell.

Es war offensichtlich, dass sie erwartet wurden, und Maren wurde schlagartig bewusst, dass sich das allgemeine Interesse nicht auf sie konzentrierte.

Zuerst waren es überwiegend Crew-Mitglieder, die sich um sie kümmerten, doch dann kam die Frau dazu, die am Morgen aus Ricarda Jacobsens Kabine gekommen war. Aufgebracht lief sie auf Tillmann zu. »Verdammt, wo bleibst du denn? Die Presse ist da, sogar zwei Fernsehsender.«

Tillmann schaute sich suchend nach Maren um. »Ich werde

dir alles erklären«, rief er ihr zu und ließ sich von der Frau mitziehen.

Maren blieb zurück, schaute ihm fassungslos nach. Es gab eine Verbindung zwischen Tillmann und Ricarda Jacobsen, das war offensichtlich. Und er hatte ihr nichts gesagt …

An Deck herrschte atemlose Stille. Nur das Rauschen des Wassers war zu hören. Ein Tisch und ein Stuhl standen inmitten des Platzes. Im Halbkreis waren Stühle aufgestellt, die allesamt besetzt waren. Ricarda Jacobsens Bücher lagen auf dem Tisch.

Maren war ein offensichtlich für sie reservierter Platz in der ersten Reihe zugewiesen worden, die Hotelmanagerin persönlich hatte sie zu diesem Stuhl gebracht. Und nun wartete sie hier zusammen mit den anderen Gästen auf Ricarda Jacobsen.

Die Schriftstellerin ließ sich Zeit. Immer wieder schaute Maren sich suchend um, aber auch Tillmann war nirgends zu sehen.

Dann tauchte die Frau aus Ricarda Jacobsens Kabine auf. Sie stellte sich vor das wartende Publikum und blickte lächelnd in die Runde.

»Meine Damen und Herren, mein Name ist Gina Bellem. Ich bin Ricarda Jacobsens Agentin und freue mich, Sie alle zu Ricardas erster Lesung in dieser wundervollen Landschaft zu begrüßen. Wer ihre Bücher gelesen hat, weiß, dass sie eine ganz besondere Beziehung zu Norwegen hat. Meine Damen und Herren, begrüßen Sie mit mir Ricarda Jacobsen.«

Applaus brandete auf. Alle starrten gespannt auf den Eingang zur Pianobar. Die Presseleute hatten ihre Kameras gezückt, die Filmkameras liefen. Und dann war es ausgerechnet Tillmann, der nach draußen trat.

Der Applaus verebbte, Enttäuschung breitete sich aus, weil es immer noch nicht die Schriftstellerin war.

»Die macht es aber wirklich spannend«, hörte Maren jemanden hinter sich murmeln.

Sie drehte sich nicht um, sah nur Tillmann an. Ihr Herz schlug schneller, als sie bemerkte, dass sein Blick suchend über die Zuschauer glitt. Er lächelte, als er sie erblickte, dann trat er hinter den Tisch in der Mitte. Er sah nur Maren an, und sie spürte deutlich, dass alles, was er sagte, vor allem ihr galt.

»Ich freue mich, Sie hier zu sehen«, begann er. »Sie alle erwarten Ricarda Jacobsen …« Er machte eine Pause, sein Blick glitt über die Gesichter der Anwesenden, bevor er erneut ausschließlich Maren anschaute.

»… und jetzt stehe ich vor Ihnen. Mein Name ist Tillmann Lindner, ich bin Schriftsteller und schreibe unter dem Pseudonym Ricarda Jacobsen.«

Die Mitteilung schlug ein wie eine Bombe. Die Presseleute fotografierten unablässig, die Kameras liefen. Seit Ricarda Jacobsens ersten Erfolgen hatten die Medien versucht, die Identität der Schriftstellerin herauszufinden. Dass es sich nun um einen Mann handelte, war eine Sensation.

An Maren rauschte das alles vorbei. In ihrem Kopf drehte sich alles, während sie versuchte, Tillmanns Mitteilung zu begreifen. Ausgerechnet *er* war Ricarda Jacobsen! Die Schriftstellerin, die sie so sehr verehrte, war ein Mann! Und dann auch noch ihr Tillmann!

Maren war fassungslos. Sie erhob sich und humpelte davon.

»Maren!«, hörte sie ihn rufen, aber sie blieb nicht stehen. Sie schaute nicht einmal zurück.

Maren saß auf dem Balkon vor ihrer Kabine und schaute auf die bewaldeten Berghänge. In ihrem Kopf kreisten die Gedanken, ohne irgendeinen Halt zu finden. Kein Punkt, an dem sie innehalten und endlich etwas Ruhe finden konnten.

Tillmann war Ricarda Jacobsen!

Sie wunderte sich nicht, als sein Kopf plötzlich an der Trennwand erschien. »Kann ich rüberkommen?«

Sie zuckte nur mit den Schultern, wusste nicht einmal mehr, ob sie ihn sehen wollte oder nicht.

Er kletterte kurzerhand über die Reling. Eine nicht ganz ungefährliche Angelegenheit.

Maren registrierte überrascht, dass sie sich trotz allem Sorgen machte und erleichtert aufatmete, als er heil auf ihrem Balkon stand.

»Ich wollte es dir sagen«, begann er. »Ich dachte, dass Runde der richtige Ort dafür ist, doch dann passierte das mit deinem Fuß und dem verpassten Schiff. Ich dachte, ich schaffe es noch, bevor das ganze Spektakel hier losgeht, aber da blieb auch keine Zeit mehr.«

Sie schaute ihn nur an, sagte kein Wort.

»Ich hätte es dir schon an der Barentssee gesagt, wenn du allein da gewesen wärst.«

»Du hast uns gesehen?«

Tillmann nickte. »Ja, und ich hätte es dir gerne da schon erklärt. Dieser Ort …« Er hielt kurz inne. »Es ist ein ganz besonderer Ort für mich, und es berührt mich immer sehr, wenn ich da bin.«

»Ich bin hier!«, flüsterte Maren in Erinnerung an die Inschrift auf dem Felsen.

»Da spüre ich sie ganz besonders«, sagte Tillmann leise.

Maren spürte einen Stich in ihrem Herzen. »Du musst sie sehr geliebt haben. Hat sie dich verlassen?«

Er schüttelte den Kopf und setzte sich vor dem Balkonstuhl, auf dem sie saß, auf den Boden. »Sie ist tot. Und ja, ich habe sie geliebt.« Er lächelte. »Sie war meine Schwester, und ihr Name war Ricarda Jacobsen.«

Maren spürte einen Kloß in ihrem Hals. »Diese Frau auf den Umschlägen in deinen Büchern?«

»Ja, das ist Ricarda.« Er nickte. »Sie hat hier in Norwegen gelebt. Und sie ist hier gestorben.« Er griff nach ihrer Hand. »Du musst verstehen, Maren, dass es mir sehr schwerfällt, darüber zu reden. Ich konnte es bisher nicht.«

»Du musst nicht …«

»Ich will aber«, fiel er ihr ins Wort. »Es ist mir wichtig, dass du meine Geschichte kennst.« Er hielt ihre Hand weiterhin fest und schaute sie an. »Ricarda war meine Zwillingsschwester. Wir hatten eine ziemlich enge Verbindung, selbst dann noch, als sie sich in einen Norweger verliebte und in die Nähe von Kirkenes zog. Als ich sie das letzte Mal besuchte, waren wir gemeinsam an diesem Felsen. Damals ritzte sie die Worte hinein und sagte mir, dass ich sie immer an diesem Ort, unserem Lieblingsplatz, finden würde. Erst später erfuhr ich von meinem Schwager Raik, dass sie zu dem Zeitpunkt schon todkrank war. Sie hat es mir nicht gesagt, und ich begreife bis heute nicht, dass ich nicht bemerkt habe, wie schlecht es ihr ging.«

Tillmann verstummte, und Maren bemerkte, dass er gerade weit weg in seiner Vergangenheit weilte. Ihr Herz quoll über vor Mitleid, und gleichzeitig spürte sie mit aller Macht das Gefühl, das sie schon am Nachmittag empfunden hatte: *Ich liebe ihn!*

»Ich habe Ricarda danach nie wiedergesehen«, fuhr er nach einer Weile fort. Seine Stimme klang tonlos, in seinen Augen lag die tiefe Trauer, die er immer noch empfand. »Ich habe alle Kontakte abgebrochen, habe mich allen Menschen verschlossen. Immer wieder bin ich zu diesem Felsen nach Kirkenes gefahren, weil ich tatsächlich glaube, ihre Anwesenheit da zu spüren. Ich war völlig ruhelos, bis ich mit dem Schreiben begann.« Er lächelte. »Kannst du dir vorstellen, dass ich als Manager einen riesigen Konzern geleitet habe?«

Maren schüttelte den Kopf.

»Ich kann es mir heute auch nicht mehr vorstellen. Das Schreiben hat mich befreit und aus meiner Erstarrung geholt, aber von Menschen wollte ich immer noch nichts wissen. Deshalb habe ich meine Bücher unter einem Pseudonym geschrieben. Und weil ich wollte, dass etwas von meiner Schwester bleibt, habe ich dafür ihren Namen gewählt.«

»Und was hat sich verändert?«, wollte Maren wissen. »Wieso bist du jetzt wieder bereit, auf Menschen zuzugehen?«

»Deinetwegen. An dem Tag, als du vor meiner Tür standest und so penetrant geklingelt hast.« Er lachte. »Wenn ich damals gewusst hätte, dass wir beide auf dem gleichen Schiff landen …«

Maren begann auch zu lachen. »Und schon wieder als Nachbarn. Das ist ein unglaublicher Zufall.«

»Meine Lektorin würde diese Geschichte als unglaubwürdig ablehnen, sollte ich sie ihr liefern.« Tillmann wurde wieder ernst. »Es war kein Zufall, da bin ich mir ganz sicher. Ich glaube, dass alles so kommen sollte, dass es so bestimmt war.«

»Schicksal?«, flüsterte sie.

»Vielleicht.« Er zuckte mit den Schultern. »Eigentlich ist es mir egal. Es ist nur wichtig, dass ich dich gefunden habe.« »Ja.« Ein Wort reichte, um all seine Worte aus vollem Herzen zu bestätigen.

Er zog sie zu sich auf den Boden, umschlang sie mit beiden Armen. »Zuerst habe ich mich in dich verliebt«, sagte er leise. »Und jetzt weiß ich, dass ich dich liebe. Gibst du uns beiden die Chance, einander kennenzulernen?«

Sie umschlang ihn mit beiden Armen, als er sie küsste.

»Glaubst du, du kannst dich an meine Musik gewöhnen?«, fragte er zwischen zwei Küssen.

»Klassik immer«, murmelte sie. »Heavy Metal kann ich zeitweise auch ertragen.« Sie bog den Kopf zurück und schaute ihn fragend an. »Aber Schlager?«

»Recherche«, erklärte er. »Mein nächstes Buch führt ins Schlagermilieu. Es gibt allerdings den einen oder anderen Titel, den ich nicht einmal schlecht finde.« Er strich ihr eine Strähne aus der Stirn und schaute sie zärtlich an. »Du hast doch noch Sommerferien, oder?«, wollte er dann wissen.

Maren nickte.

»Was hältst du davon, wenn wir das Schiff verlassen und noch einmal zusammen über den Landweg nach Kirkenes reisen? Und dann zeige ich dir all die Orte, die in meinen Romanen eine Rolle gespielt haben.«

»Ja!«, jauchzte sie und umarmte ihn, dann küssten sie sich wieder.

Eine Frage hatte sie allerdings noch: »Die Kabine«, begann sie. »Wieso hast du diese teure Kabine gebucht und in der preiswerteren neben mir gewohnt?«

Tillmann lachte. »Die Kabine hat meine Agentur gebucht. Als eine Art Ablenkungsmanöver für besonders aktive Fans. Niemand sollte wissen, dass Ricarda Jacobsen von Anfang an auf der Reise dabei war.«

Maren war froh, dass ihr noch Zeit blieb, sich von ihren neuen Freundinnen zu verabschieden. Sie versprachen, in Kontakt zu bleiben.

In Ålesund verließ sie mit Tillmann das Schiff. Und Maren hatte endlich das Gefühl, dass sie mit dieser Reise abschließen und etwas Neues beginnen konnte. Nicht allein. Zusammen mit Tillmann.

Kapitel 27

Es endete dort, wo es angefangen hatte. Die *MS Kristiana* lag in Bergen am Kai. Sie hatte ihre erste große Reise erfolgreich hinter sich gebracht. Sobald die Passagiere das Schiff verlassen hatten, würden die Vorbereitungen für die nächste Tour beginnen.

Jasmin stand zusammen mit Marisol an der Gangway und verabschiedete sich von den Gästen.

Die drei Kölnerinnen verließen zuerst das Schiff. »Et wor jood bei üch, villech kumm isch noch ens«, sagte Uschi.

»Es war ein Traum«, versicherte Petra. »Nur schade, dass ich vorher nicht wusste, wer Ricarda Jacobsen ist. Da bin ich Tag für Tag mit einer berühmten Schriftstellerin zusammen und merke es nicht einmal.«

Leonie kam angelaufen. Sie umarmte die Kölnerinnen, ganz besonders Petra. »Wir bleiben in Kontakt.«

»Ganz bestimmt«, versicherte Petra. Uschi und Martina gingen bereits über die Gangway zum Kai, aber Petra konnte sich noch nicht lösen. »Und vielleicht treffen wir uns alle mal. Du, Maren und ich.«

Leonie grinste. »Und Ricarda Jacobsen.«

»Ja, die auch.« Noch eine schnelle Umarmung, dann war auch Petra weg.

Andere Gäste gingen vorbei, das Schiff leerte sich mehr und mehr, und dann zogen auch die ersten Mitarbeiter ab.

Ben Mermann verließ zusammen mit Leonie das Schiff. Nele hielt sich tapfer, als sie sich von Marisol und Jasmin verabschiedete. Sie umarmte beide. »Vielen Dank für alles. Wir sehen uns bald wieder.«

»Grüß die Zwillinge von uns«, sagte Jasmin.

Als Nele gegangen war, betrat ein großer Mann über die Gangway das Schiff. Marisol stieß einen lauten Schrei aus und lief auf ihn zu. Lachend schwenkte er sie durch die Luft, bevor er sie mit einem langen Kuss begrüßte.

»Das ist mein Mann Reidar«, stellte Marisol ihn vor. Sie hatte ihre Reisetasche bereits gepackt und verabschiedete sich herzlich von Jasmin. »Ich bin froh, dass du da bist. Und ich freue mich auf unsere nächste gemeinsame Tour.«

Es war fast wie beim ersten Mal, als Jasmin hier am Kai gestanden hatte. Es dämmerte, der Himmel war wolkenverhangen. Ringsum waren die Lichter von Bergen zu sehen. Dahinter erhoben sich wie dunkelgraue Riesen die Schatten der Berge.

Stolz und schneeweiß ragte vor ihr die *MS Kristiana* empor. Ihre Beleuchtung spiegelte sich im Wasser des Hafens, während sie auf ihren nächsten Einsatz wartete.

»Mach's gut«, sagte Jasmin leise. »Wir sehen uns bald wieder.« Sie nahm ihre Reisetasche auf und machte sich auf den Weg zu dem Hotel, in dem sie bereits bei ihrer Ankunft gewohnt hatte.

Kapitel 28

Es gab nicht mehr viel zu regeln in der Krankenstation der *MS Kristiana*. Eva hatte kaum Patienten gehabt.

Sie verzog den Mund, als Magnus den Raum betrat. Er schaute sie mit unbewegter Miene an. »Ich wollte mich nur verabschieden.«

»Das wäre nicht nötig gewesen«, erwiderte sie von oben herab.

»Es könnte sein, dass ich mich irgendwann nicht mehr so von dir behandeln lasse.« Seine Stimme klang gleichmütig, dennoch war Eva klar, dass eine deutliche Drohung hinter seinen Worten steckte. Doch sie wandte ihm einfach den Rücken zu und räumte eine Akte in den Schrank. Als sie sich wieder umdrehte, war er verschwunden. Lautlos wie eine Raubkatze und ebenso gefährlich. Sie musste eine Möglichkeit finden, ihn loszuwerden. Nicht heute, aber bald …

Nachdem sie ihre Koffer gepackt hatte, ging Eva auf die Veranda, die sie mit Adrian teilte. Er trat heraus, als er sie sah. »Bleibst du noch in Bergen?«

Sie schüttelte den Kopf. »Ich will den Rest der Ferien mit Fenja verbringen.« Sie schwieg eine Weile. »Es wäre schön, wenn du dir auch ein paar Tage Zeit nimmst.«

»Vielleicht mag Fenja zu mir nach Bergen kommen«, wich er aus.

Eva schwieg einen Moment. »Gib uns bitte nicht auf«, bat sie dann. »Und vergiss nie, dass ich dich liebe.« Sie fand, dass seine

Miene nicht mehr ganz so abweisend war wie zuvor. Lag in seinen Augen nicht sogar die Andeutung eines Lächelns?

»Ich hätte dich nie aufgegeben«, sagte er leise. »Ich habe nie zuvor einen Menschen so geliebt wie dich.«

Und doch bist du gegangen. In der schwersten Zeit meines Lebens, als du auf See warst, stand Magnus an meiner Seite. Er hat mich aufgerichtet, hat mich getröstet, und ich habe den schlimmsten Fehler meines Lebens begangen. Ich habe mich in einem schwachen Moment auf ihn eingelassen.

Das Kind, gegen das ich mich damals entschied, war nicht dein Kind. Es war Magnus' Kind.

Eva sprach diese Worte nicht aus. Nicht heute. Irgendwann später, wenn sie keine andere Möglichkeit mehr sah, ihn zurückzugewinnen. Aber vielleicht war es auch nie nötig, weil eine Liebe, die so groß und einmalig war, nie ganz verging.

»Wir sehen uns«, sagte sie.

Er lächelte. »Wir sehen uns.«

Epilog

Noch einmal ging Adrian auf die Kommandobrücke. Nachdenklich strich er über den Leitstand, dann trat er ans Fenster und schaute hinaus.

Was für eine Fahrt!

Er dachte an den Abend, als er mit Peetu das letzte Glas Lonkero getrunken hatte. So viel war seither passiert. Er hatte wieder ein Kreuzfahrtschiff gesteuert, und er musste sich eingestehen, dass es ihm gefallen hatte. So ungern er diesen Dienst angetreten hatte, jetzt freute er sich auf die nächste Fahrt.

Er dachte an Peetu und die anderen Wissenschaftler, die seinetwegen ihre Forschungen fortsetzen konnten.

Ich habe kein Opfer gebracht, dachte er. *Ich fahre eines der schönsten Schiffe über die Meere, und ich will nie etwas anderes machen.*

Er löschte das Licht, als er die Brücke und anschließend das Schiff verließ. Zurück blieben die Wachen, die sich alle zwölf Stunden abwechselten.

Im Hotel nahm er die Rotweinflasche und zwei Gläser aus seiner Reisetasche. Dann ging er zu Jasmins Tür und klopfte an.

Sie öffnete und lächelte, als sie ihn sah.

Adrian präsentierte ihr den Wein. »Den hatte ich dir in Svolvær versprochen, aber dann kam alles anders. Magst du ihn jetzt mit mir trinken?«

»Komm rein«, sagte sie leise.

Adrian betrat das Zimmer und zog die Tür hinter sich zu.

Danke

Eine aufregende Reise ist vorbei. Alles begann mit einem Arbeitsessen und der ersten Planung für unsere Fahrt in die Hurtigruten. Es kommt mir vor, als wäre es gestern gewesen – und jetzt ist das Buch bereits fertig.

Mein ganz besonderer Dank gilt Bastei-Lübbe-Programmleiterin Dr. Claudia Müller sowie den Lektorinnen Melanie Blank-Schröder und Marion Labonte.

Danke, Claudia, dass ich dieses Buch schreiben durfte.

Danke, Melanie, für die tolle Zusammenarbeit. Jedes Brainstorming mit dir ist super. Deine Ideen sind großartig.

Liebe Marion, die Zusammenarbeit mit dir ist ein Vergnügen. Ich liebe deine humorvollen Kommentare, deine Tipps und die konstruktiven Vorschläge. Ich wüsste nicht, was ich ohne deine Listen und Zeitenkontrolle machen würde.

Ich danke dem kompletten Team von Bastei Lübbe, das im Hintergrund an der Gestaltung, dem Marketing und natürlich dem Vertrieb beteiligt ist. Ihr seid toll!

Mein ganz besonderer Dank gilt Sarah Borchart, die das wunderschöne Cover gestaltet hat, sowie Christl Glatz, die für die erste Reise der *MS Kristiana* die tolle Karte angefertigt hat.

Und ich danke dir, liebe Leserin – lieber Leser. Schön, dass du uns auf unserer Reise durch die Hurtigruten begleitet hast. Vielleicht treffen wir uns ja bald wieder, wenn die *MS Kristiana* zu ihrer Reise nach Neuseeland aufbricht.

Lesejury